Mord mit Ostseebrise

© Julia Blank

© privat

Silke Porath lebt, liebt und arbeitet mit ihrem französischen Mann, dem Mops Baudelaire und dem reinrassigen Charlie in ihrer schwäbischen Heimatstadt Balingen. Die Mutter dreier Kinder ist Mitglied bei den 42erAutoren und im Verband deutscher Schriftsteller.
Das Zuhause im Netz ist immer geöffnet: www.silke-porath.de.

Sören Prescher, Jahrgang 1978, wohnt mit seiner Familie in Nürnberg. Zudem ist er Mitglied der 42erAutoren und freier Journalist des Nürnberger Musik- und Kulturmagazins RCN. Neben zahlreichen Kurzgeschichten-Veröffentlichungen sind in den vergangenen Jahren mehrere Romane von ihm erschienen, unter anderem der Thriller »Raststopp«. Zusammen mit Silke Porath verfasste er drei Kurzkrimi-Sammlungen sowie den amüsanten Kriminalroman »Klosterkeller«. Mehr über den Autor unter www.soeren-prescher.de.

Silke Porath
Sören Prescher

Mord mit Ostseebrise

Kriminalroman

Weltbild

Besuchen Sie uns im Internet:
www.weltbild.de

Dieses Werk wurde vermittelt durch die Literarische Agentur
Thomas Schlück GmbH, 30161 Hannover
Projektleitung und Redaktion: usb bücherbüro, Friedberg/Bay.
Umschlaggestaltung: Alexandra Dohse – www.grafikkiosk.de, München
Umschlagmotiv: Alexandra Dohse unter Verwendung von Bildern von
Shutterstock Images: © Kristina Hansen, Vaclav Sonnek, Wolfgang Jargstorff,
Bauer Alexander und WP Studio
Satz: Datagroup int. SRL, Timisoara
Druck und Bindung: CPI Moravia Books s.r.o., Pohorelice
Printed in the EU
ISBN 978-3-96377-544-4

Seebad Sellin, Tag 2

Schrödinger

»Guten Morgen!« Schrödinger kam gut gelaunt und frisch geduscht mit Horst an der Leine in die Lobby und nickte dem Rezeptionisten zu. Marion hatte sich noch mal umgedreht und war auf der Stelle wieder eingeschlafen. Wahrscheinlich die Nachwirkungen des Bardolino, dachte Schrödinger, der seiner Gattin das Ausschlafen von Herzen gönnte. Zu Hause war das selten möglich. Steckte man Max und Marlene um zwanzig Uhr ins Bett, waren sie um kurz nach sechs wach. Genauso am Wochenende. Ließ man die Zwerge dagegen noch lange fernsehen, standen sie schon um fünf Uhr putzmunter im Schlafzimmer. Hätte ihn nicht ein übler Geruch geweckt und er rasch den Kackhaufen entsorgt, Schrödinger wäre vermutlich selbst noch auf der unbequemen Matratze liegen geblieben.

Hund und Herrchen steuerten auf den Ausgang zu. Ein kurzer Spaziergang an der Promenade, das war der Plan, zu dem der strahlend blau polierte Himmel perfekt passte.

»Herr Schrödinger, einen Moment bitte!« Seyfarth klang ein bisschen wie ein Aufseher.

»Ja?«

Schrödinger trödelte Richtung Rezeption. Er war noch einige Schritte entfernt, als er den Grund für den Aufruf erfuhr.

»Weder Sie noch Ihre werte Frau Gemahlin waren gestern beim Mitternachts-Yoga.« Seyfarth sagte das in einem Ton, als habe er eben in einen ranzigen Hering gebissen.

»Ja?« Schrödinger hob fragend die Augenbrauen.

»Das gehört aber zum Package, das Ihre Schwiegermutter gebucht hat.«

»Ja nun, wir waren müde von der Fahrt«, erklärte Schrödinger und verschwieg, dass er auch ohne Zechgelage mit Brigitte und Heiner nicht die Bohne daran gedacht hatte, sich mitten in der Nacht am Strand zu einer fliegenden Palme oder einem abstürzenden Apfel zu verbiegen.

»Wir legen in unserem Haus großen Wert darauf, dass unsere Gäste die gebuchten Leistungen voll ausschöpfen.«

»Arbeiten Sie nebenher bei einer Versicherung?«

»Wie bitte?«

»Nichts. Schon gut.«

Seyfarth tippte und starrte den Monitor vor sich an. »Heute Vormittag haben Sie frei, aber denken Sie bitte an die Wassergymnastik um fünfzehn Uhr. Jeden Vormittag gibt es eine weitere Fitnessstunde.«

»Hm.« Schrödinger nickte dem eifrigen Hotelangestellten zu. Im Gehen fragte er sich, ob er im Urlaub – schon gar in den Flitterwochen! – nicht immer frei hatte. Nein, offenbar hatte Hillu vor, ihm und Marion so wenig gemeinsame Zeit als möglich zu gönnen. Seine Schwiegermutter hatte schon angedeutet, dass ihr die zwei vorhandenen Enkel mehr als ausreichend erschienen und sie von weiteren Familienplanungen in etwa so viel hielt wie Horst von grünem Salat.

Der Hund zog seinen Menschen an der Leine Richtung Ausgang. Und dann war es soweit: Hund und Herrchen standen an der Promenade und sahen das Meer. Nur ein schneeweißer Strand trennte die beiden von der Ostsee. Einen Moment lang schnupperten beide die salzige Luft, mit der sie die Lungen füllten. Dann löste Schrödinger die Leine, und Horst stürmte begeistert los, um die Möwen ordentlich aufzuscheuchen.

Schrödinger schlenderte gemütlich dem Boxer hinterher und genoss das Kreischen der Seevögel, das sanfte Rauschen der sattgrünblauen Wellen und den Gedanken, eine ganze Woche lang seine Marion für sich allein zu haben. Ohne Kinder in der Besucherritze (Horst ließe sich ja zur Not auf die Terrasse verbannen) und vor allem ohne Schwiegermutter, die ihm schon bei der ersten Begegnung beim Campingurlaub am Bodensee klargemacht hatte, was sie von einem Mann aus Hannover hielt: nämlich nichts.

Horst wandte sich nach rechts. Die Seebrücke mit dem opulenten Restaurantgebäude wurde in Schrödingers Sichtfeld größer und größer. Er bedauerte es, sein Smartphone im Zimmer gelassen zu haben. Gerne hätte er Marion ein paar Fotos gezeigt. Aber eigentlich erschien ihm das egal, denn sie würde das Wahrzeichen Sellins ja sicher bald live und in Farbe selbst sehen. Ohnehin hatte er keine Lust, so weit zu laufen, denn ihm fehlte ja noch der wichtigste Punkt des Morgens: der Kaffee. Er pfiff. Horst machte kehrt. Und gleich darauf Halt. Der Hund schnupperte und scharrte im Sand. Sofort fühlte Schrödinger sich zurückversetzt nach Friedrichshafen. Damals hatte Horst ähnlich reagiert und dabei einen Leichnam ausgegraben, was ihm und seinem Vierbeiner gehörigen Stress eingebrockt hatte. Doch zu seiner Erleichterung ließ der Hund von der vermeintlichen Spur ab und kam hechelnd auf sein Herrchen zu. Nur, um nach einem kurzen Stopp erneut Gas zu geben. Schrödinger wandte sich um. Horst steuerte auf einen hageren Kerl zu, der ein T-Shirt mit der Aufschrift *NASA* trug, dessen Logo sich auf seinem blauen Basecap und den blauen Pantoletten aus Plastik wiederholte.

Angesichts des doch recht stämmigen Hundes erstarrte der Mann in der Bewegung.

»Der tut nix!«, rief Schrödinger und pfiff erneut. Tatsächlich tat Horst, was er nur selten machte: Er hielt an und setzte sich auf seine vier Buchstaben.

»Beißt der wirklich nicht?«, rief der Strandgänger mit ziemlich unmännlicher, weil kieksender Stimme.

Nö, der verschlingt im Ganzen, wollte Schrödinger scherzen, hielt sich dann aber zurück und leinte Horst, als er ihn erreicht hatte, vorschriftsmäßig an. Der Fremde schien sich zu entspannen. Schrödinger fühlte sich irgendwie zu einem Smalltalk verpflichtet. Mit dem Boxer an der kurzen Leine ging er auf den Mann zu.

»Grüß Gott!«, sagte er. Lang genug im Schwabenland für diese Floskel war er ja nun.

»Moin!«, entgegnete sein Gegenüber, an dem er bei näherem Hinsehen einen flusig wirkenden Ziegenbart am Kinn und eine randlose runde Brille erkennen konnte. Und einen quadratischen, schwarzen Kasten, aus dem mehrere Antennen ragten. Zu viele für ein Radio.

»Was haben Sie denn da?«, erkundigte Schrödinger sich nach dem metallenen Kasten, den der Mann wie einen Bauchladen an einem Gurt vor sich gehängt hatte. Neben den Radioantennen konnte Schrödinger nun auch Knöpfe erkennen, die ihn entfernt an das Grundig-Radiogerät seiner Großeltern erinnerten, welches diese sich in den frühen Fünfzigern mühsam erspart hatten.

»Pscht!« Der Fremde legte den Zeigefinger der rechten Hand auf den Mund und drehte an den Knöpfen. Es erklang ein Rauschen. Knacken. Piepsen. »Ich hab sie, ich hab die Frequenz!«

Hund und Herrchen schauten dem Mann gleichermaßen fasziniert wie erstaunt zu, als dieser sich um etwa dreißig Grad drehte und nun frontal der Ostsee zugewandt stand.

»Sie sind da!«

Die pure und reine Freude schien den untergewichtigen Kerl förmlich durchzuschütteln.

»Sie? Wer ist da? Empfangen Sie ein Piratensender? Gibt es so was überhaupt noch?«

»Hören Sie das nicht? Diese Zeichen?« Knacken. Rauschen. Piepen.

»Nö«, musste Schrödinger zugeben.

»Sie sind mein Zeuge«, wisperte der Kerl. »So wahr ich Hermann Schulz heiße.«

»Zeuge wobei?«

»Sie nehmen Kontakt auf.« Schulz konnte das Vibrieren in seiner Stimme kaum verbergen. Dann deutete er mit dem ausgestreckten rechten Arm in den Himmel. »Sie sind da.«

Allmählich dämmerten Schrödinger zwei Dinge. Erstens, dass der Kerl von Aliens sprach. Und zweitens, dass er offensichtlich nicht mehr alle Satelliten im Orbit hatte.

»Marsmännchen? Sie reden mit Marsmännchen?«

Der Mann wandte sich abrupt um. »So kann auch nur jemand reden, der nicht an die Wissenschaft glaubt!«

Schrödinger verkniff sich ein Grinsen. »Ja, und was sagen die … also … die …«

»Extraterrestrischen Intelligenzen.«

»Ja, genau die.«

Horst legte den Kopf schief. Obwohl ein Hund keinen Lachanfall unterdrücken kann und muss, für das Boxerherrchen sah es in diesem Moment genauso aus.

»Das, guter Mann, weiß ich nicht. Noch nicht. Aber wenn ich es weiß, werden Sie es bei Lanz, den *Tagesthemen* oder Maybritt Illner erfahren.«

Oder von deinem Psychiater, ergänzte Schrödinger im Stillen.

Schulz sah auf seine Uhr. »Okay, das Zeitfenster ist geschlossen.« Er wandte sich ab und strebte der Hauptpromenade zu. Seine *NASA*-Schlappen wirbelten den morgenfeuchten Sand auf.

»Welches Zeitfenster?«, hakte Schrödinger nach.

»Zum Frühstück!«

Schrödinger sah zu Horst. Horst zu seinem Herrchen. Und beide dem schrägen Vogel nach, der im selben Eingang verschwand, den auch sie beide nehmen mussten.

»Anscheinend ist hier nur nicht der geringelte Salamander um Mitternacht am Strand beliebt, sondern noch so manches anderes.« Schrödinger musste lachen, und sein bester Freund fiel mit einem lauten Bellen ein.

Als die beiden in den Speisesaal kamen, saß Marion am Fenstertisch. Von ihren Zimmernachbarn war keine Spur zu sehen. Entweder waren Heiner und Brigitte in einer Sportschleife gefangen oder, was viel wahrscheinlicher war, sie lagen noch im Bett.

»Guten Morgen, Frau Schrödinger!« Schrödinger drückte Marion einen Kuss auf die Stirn, ehe er sich setzte. Der Hund rollte sich unter dem Tisch zusammen.

»Hm.« Etwas einsilbig, diese Antwort.

»Wie hast du geschlafen?« Schrödinger goss sich Kaffee aus der bereitstehenden Thermoskanne ein.

»Geht so.« Unter ihren Augen lagen dunkle Schatten, und

sie sah ein wenig blasser aus als sonst. »Mir ist ein bisschen flau.«

»Kein Wunder nach dem Fusel gestern. Soll ich dir was vom Büffet mitbringen?«

»Vielleicht einen Tee. Und ein Wasserweckle.«

Inzwischen lebte Schrödinger lang genug im Schwabenländle, um zu wissen, dass damit ein ganz normales Brötchen gemeint war. Also machte er sich auf den Weg, um ihr eine solche Semmel zu besorgen. Auf halber Strecke sah er, wie seine jüngste Strandbekanntschaft allein an einem Zweiertisch saß, den Rücken dem Büffet zugewandt, und ins Nichts starrte. Schulzens Blick wirkte entrückt.

Eher verzückt wirkte die Dame, die mit dem Teller in der Hand das Angebot auf dem lang gezogenen Tisch musterte. Schrödinger selbst konnte keine rechte Begeisterung aufbringen. Von einem üppigen Hotelfrühstück mit Bacon, Rührei und Würstchen, das ihm vorgeschwebt war, gab es keine Spur. Nicht einmal von einem Fischbrötchen oder gar billigem Discounter-Räucherlachs.

Der Begeisterung der Urlauberin schien das keinen Abbruch zu tun. Schrödinger ahnte, weshalb: die Dame war barfuß unterwegs. Der Hornhaut an ihren Füßen nach zu urteilen war sie das meistens. Schrödinger schauderte und staunte über die Pluderhose, das Batikshirt und den kunterbunten Turban, unter dem Dreadlocks in Fahlblond hervorquollen. Zu den jugendtümelnden Hippieklamotten mochte das sonnengegerbte, von Falten durchzogene Gesicht mit den grün umrandeten Augen nicht recht passen. Schrödinger schätzte die Dame auf etwa das Alter seiner Schwiegermutter, und allein der Gedanke an Hillu ließ seinen Blutdruck nach oben schießen. Er sah auf seine Plastikuhr, Schweizer Fabrikat. Die weißen Zeiger auf schwarzem Grund sagten ihm, dass Max und Marlene längst in Kita und Grundschule waren und er bis zum Abend warten müsste, um die neuesten Nachrichten aus der schwäbischen Heimat zu bekommen. Hatte Marlene den Deutsch-Test bestanden? War Max im Sandkasten wieder einmal von Thorben-Domian gehauen worden?

Nun, das waren im Moment seine kleinsten Probleme. Der Kamillentee und das Brötchen für Marion hatten rasch auf dem Tablett ihren Platz gefunden. Während die Rastafrau ratzfatz ihr Tablett gefüllt hatte, schwankte Schrödinger zwischen Not und Elend. Sprich zwischen Haggis und trockenen Haferflocken. Zwischen Naturjoghurt und Dörrpflaumen, zwischen Karottensticks und Tomatenscheiben. Am Ende legte er zwei Scheiben Tofu, die ein wenig nach Schinken aussahen, auf den Teller und packte die Hoffnung dazu, dass Horst das Frühstück akzeptieren würde. Angesichts seiner eigenen Haferflocken in Sojamilch beneidete er den Hund um dessen Dosen-Backup im Hotelzimmer. Zum Trotz packte Schrödinger sich noch eine halbe Grapefruit und drei Dörrpflaumen auf den Teller.

Die Kräuterhexe saß drei Tische weiter und mampfte verzückt an ihrem veganen Menü. Marion war noch immer blass, doch je mehr Tee sie trank, desto mehr Lebensgeister schienen in sie zurückzukehren. Und trotz des ungeliebten Müslis: Auch Schrödingers Laune stieg. Die des Hundes nicht. Horst verweigerte den Tofu mit einem unmutigen Schnauben. Er musste wohl warten, bis sein Herrchen ihm im Zimmer eine der mitgebrachten Dosen öffnete.

Um Marion aufzumuntern, erzählte er ihr in allen Details

von seiner kuriosen Begegnung am Strand. Am Ende lachte sie das so von ihm geliebte glucksende Marionlachen. In dem Moment erschienen ein ziemlich zerknittert wirkender Heiner und eine ebenso zerknautschte Brigitte, die von Horst mit begeistertem Schnauzenstupsen begrüßt wurde.

»Na, ihr Flitterwöchner, bei eurer Laune muss die Nacht ja angenehm gewesen sein.« Heiner zwinkerte den beiden zu.

»Wir waren jedenfalls nicht beim Mitternachts-Yoga«, sagte Schrödinger und ließ den Rest offen.

»Das wissen wir doch.« Brigitte griff zur Thermoskanne und füllte Heiners und ihren Becher.

»Wie jetzt? Ihr wart dort?« Schrödinger war verblüfft. Sollten seine Camping-Kameraden auf einmal auf der Suche nach der inneren Mitte sein?

»Quatsch. Wofür hältst du uns?« Brigitte lachte das Zigarettengetönte Lachen. »Aber wir kennen dich, Schrödinger. Du hast im Bodensee nicht einmal gebadet.«

»Weil ich meine Badehose vergessen hatte«, rechtfertigte er sich.

»Is klar, ne.« Heiner nippte am Kaffee.

»Ja, und ich hab keine gefunden, die mir gepasst hat …«

»Erzähl das deiner Schwiegermutter.«

»Lieber der, als noch mal einen Einlauf von dem Rezeptionsheini zu kassieren«, sagte Heiner. »Der hat uns gerade gekonnt zusammengefaltet.«

»Aber wir sind doch hier nicht in der Reha!« Schrödinger konnte nur mit dem Kopf schütteln. »Hier kontrolliert keine Krankenkasse für die Abrechnungen.«

»Klar, aber die im Hotel nehmen das Gesundheitsgedöns ernster als ihr Schwaben die Kehrwoche.«

»Ich hab noch nie die Kehrwoche ...« Schrödinger unterbrach sich. Natürlich hatte er im Rhythmus zu Besen und Feudel gegriffen, wann immer irgendeine Hausordnung das vorgesehen hatte. Nicht nur in Tuttlingen, auch davor schon in Hannover. Solche unangenehmen Pflichten gehörten einfach dazu.

»Apropos: Wie geht's eigentlich Hillu und den Kindern?«, wandte Brigitte sich an Marion. Scheinbar hatte sich der Geist des italienischen Rotweins über ihre Erinnerungen gelegt, und so wiederholte Marion die Berichte des Vorabends. Marlene ging mittlerweile in die zweite Klasse und hatte eine menschliche Abneigung gegen Zahlen entwickelt. Max war ein stolzer Vorschüler. Und Hillu – war eben Hillu.

»Nu! Ei ferbibbsch!« Die vier fuhren herum. Maik tauchte auf und zog für eine langbeinige schwarzhaarige Schönheit mit üppigem Busen und prallen Lippen den Stuhl nach hinten.

»Gud'n Morgen, Freunde. Das ist Jessi, meene Frau!« Der Besitzerstolz in der Stimme des Sachsen war unüberhörbar. Und genauso unübersehbar war die Langeweile von Jessi. Sie nickte den Tischnachbarn zu und wandte den Kopf ab. Marion verdrehte die Augen, kaum dass Maik sich gesetzt hatte.

»Zicke«, wisperte sie.

»Tussi«, stimmte Brigitte ein.

Eine Granate, dachte Schrödinger unwillkürlich. Und schämte sich sofort. Er war frisch verheiratet, über beide Ohren verliebt und wollte keine andere als Marion in seinen Armen wissen. Heiner war da weniger dezent.

»Geile Schnecke«, flüsterte er und kassierte von Brigitte einen klatschenden Schlag in den Nacken. Und gleich darauf noch einen, als er einen leisen Pfiff von sich gab.

Das spindeldürre Mädel, das sich am Vorabend mit dem dürftigen Angebot des Büffets in Szene gesetzt hatte, betrat den Speisesaal und trug vermutlich mehr Make-up, als sie selbst wog. Ihr Blick war verschlafen, mürrisch. Dann aber positionierte sie sich mit dem Rücken zum Büffet, zückte das Smartphone und legte einen inneren Schalter um. Sie strahlte. Lachte in die Kamera. Drehte sich. Klickte. Wendete den Kopf. Klickte. Immer wieder. Schließlich scrollte sie durch die Aufnahmen, nickte zufrieden und ließ ihr Gesicht wieder einfrieren zum Ausdruck eines Teenagers, der nicht zu der angesagtesten Party der Stadt gehen darf. Lustlos knallte sie sich ein paar Obststücke auf den Teller und schlappte zu einem Tisch ganz hinten im Raum.

»Bekloppte Influenza.« Brigitte stach mit dem Löffel ins mittlerweile besorgte Müsli.

»Grippe?« Marion horchte auf. Als Mutter war sie auf jegliche Art von Krankheiten geeicht. Husten, Schnupfen, Kopfläuse oder Ringelröteln nebst dem unliebsamen Gast Norovirus hatte auch Schrödinger – zum größten Teil am eigenen Leib – schon mit erfahren.

»In-flu-en-zer-in!«, buchstabierte Heiner. »Die Olle lebt davon, dass Leute sie dafür bezahlen, ihre Produkte toll zu finden. Das Hotel hier garantiert auch. Die hat einen Kanal bei Instagram, da geifern die Leute, wenn sie Pflanzenerde inhaliert oder sich rektal ein Teelicht reinpfeift. Und für jeden Klick kassiert sie Kohle.«

Marion verschluckte sich vor Lachen am Tee. Schrödinger klopfte seiner Liebsten auf den Rücken, bis diese wieder Luft bekam.

»Moment mal, wie heißt die?« Schrödinger erinnerte sich,

dass er sich – vor Hillu und Marion verborgen – vor einigen Wochen einen Instagram-Zugang gelegt hatte, weil seine Ziehtochter mit dem sofortigen Ableben gedroht hatte, wenn sie nicht sofort und auf der Stelle eine gewisse … er erinnerte sich nicht an den Namen … ansehen durfte. Mit Schrödingers Ableben selbstredend. Er zückte sein Smartphone und öffnete die App.

Brigitte zuckte mit den Schultern. In den Kreuzworträtseln, die sie löste, kamen aktuelle Null-Kurzzeit-Promis offenbar nicht vor.

Heiner hob wie ein Pennäler in der ersten Klasse die Hand.

»Holly-Day Beauty Naked.«

»Bitte was?« Brigitte erstarrte. »Woher kennst du die denn?«

»Ich … äh … *Focus TV.* Reportage. Also, die haben da … nun ja, solche Ingfluängser… also Jungvolk …«

»Halt besser die Klappe.« Brigitte kippte ihren Kaffee auf Ex. Heiner sah bedröppelt drein, und Schrödinger nahm sich vor, seinem Kumpel dringend das Löschen den Browserverlaufs ans Herz zu legen.

Während Marion beruhigend nach Brigittes Hand griff, hackte Schrödinger den Namen ins Netz. Wenige Sekunden später landete er auf dem Profil jener jungen Frau, die sich gerade wenig grazil mit dem Shirt-Ärmel den vom Müsli versabberten Mund abwischte.

»Jessas!« Er hielt seinen Tischnachbarn das Handy entgegen. Die letzten Fotos auf dem Kanal zeigten Miss Naked ausnahmslos im Hotel, in dem sie sich selbst befanden. Weit über 20.000-mal waren hochgereckte Daumen gedrückt.

»Die Leute finden das gut?« Marion war völlig konsterniert, während Brigitte sich das Smartphone schnappte und ein Foto vom Wellness-Bereich heranzoomte.

»Hat die ein Rad ab?« Sie scrollte und scrollte und wurde dabei immer missmutiger. Marion sah ihr über die Schulter.

»Das sieht doch wunderschön aus!«, meinte die frisch gebackene Frau Schrödinger. »Also, schau mal. Das fast magische Licht hier in der Sauna!«

»Das ist bearbeitet. Ein ganz billiger Filter.«

»Wie?«

»Marion, Liebes, die Sauna in diesem *Etablissement*«, Brigitte stelzte Anführungszeichen mit den Fingern in die Luft, »die ist beleuchtet wie die Praxis meines Orthopäden.«

Während die Damen sich die Fotos ansahen, zwinkerte Heiner Schrödinger zu und bat ihn mit Gesten darum, ihm seine Tasse zu reichen. Es geschah im Bruchteil von Sekunden, dann hatte der Hundepapa einen Kaffee mit Schuss in seiner Tasse.

»Anders geht's hier nicht«, wisperte Heiner und stopfte den Flachmann zurück in seine Hosentasche. Die Frauen hatten nichts bemerkt. Schrödinger zuckte mit den Schultern und nahm einen Schluck Kaffee, der mit Hilfe eines Streichholzes sofort hätte flambiert werden können.

»Was soll's!«, dachte er.

Kaum hatte der veredelte Koffeindrink auf angenehm warme Weise seine Speiseröhre durchquert, knackte der direkt über ihrem Tisch angebrachte Lautsprecher.

»Guten Morgen, liebe Gäste!« Seyfarths Stimme hallte durch den Saal. Er hätte genauso gut »Good morning, Vietnam!« brüllen können. Alle Anwesenden verharrten in den Bewegungen, und man hätte meinen können, dass der Frühstücksraum gefilmt und just an dieser Stelle eingefroren worden wäre.

»O nein!«, stöhnte Brigitte. Momente später wusste Schrödinger, warum ihr das glutenfreie Marmeladentoast im Mund stecken blieb.

»Ich darf Sie alle an unsere Wassergymnastik erinnern, die in fünfzehn Minuten beginnt«, schnarrte der Rezeptionist durch die Lautsprecher. Kollektives Augenrollen war die Folge, gefolgt von allgemeinem Stühlerücken.

»Wassergymnastik?« Schrödinger sah bedröppelt drein.

»Ist gar nicht so schlimm«, versicherte Heiner ihm. Dann beugte sich sein alter Urlaubsbekannter vor und wisperte ihm ins Ohr: »Du musst ganz hinten im Becken stehen. Erstens massieren dann die Düsen deinen Allerwertesten, und zweitens hast du den besten Blick auf die Damenwelt. Wenn auch nur rückwärtig.«

Schrödinger schluckte seine Antwort herunter und wandte sich stattdessen Marion zu.

»Badehose! Habe ich eine Badehose?« Das Fiasko vom Bodensee tauchte vor seinem geistigen Auge auf; vierzehn Tage lang war er auf der Suche nach einer passenden Buxe um den See geeiert, um am Ende unverrichteter Schwimmdinge abzureisen. Klar, mit einem aufgeklärten Mord in der Tasche. Aber eben ohne Schwimmhose.

»Hast du. Sogar zwei, Schrödinger. Du bist verheiratet und hast nun quasi ein externes Gehirn an deiner Seite.«

Das *externe Gehirn* versorgte wenig später Horst mit ordentlich Futter, während Schrödinger im Badezimmer zwischen einem hautengen Exemplar in Neongelb und flatternder Shorts mit dem Aufdruck *Dog Daddy* haderte.

»Sorry, musste schnell gehen, war beides im Sonderangebot«, rief Marion durch die Tür, als könnte sie die Nöte ihres

Ehemannes sehen und verstehen. Schrödinger zählte ab, den alten Kinderreim. Ene, mene, muh. Raus bist du. Er seufzte, krallte sich den flauschig weichen Bademantel vom Haken und verbarg darunter die im Schritt kneifende Mini-Badehose. Irgendwie fühlte er sich wie ein wandelnder gelber Textmarker.

»Bin gleich fertig!«, jubelte Marion, als ihr Angetrauter mit langsamen, weil eingeschränkten Schritten ins Zimmer stakste. Sie verschwand im Bad. Der sattgefressene Horst ließ sich vor dem Sessel fallen, streckte alle Viere von sich und gähnte herzhaft. Zu gerne hätte sein Herrchen sich zu ihm gelegt, doch Marion riss ihn aus seinen Gedanken.

»Schrödi, nimmst du bitte dein Handy mit? Ich will den Kindern Fotos schicken. Und vielleicht mach ich auch Insta. Kann ja so schwer nicht sein, wenn die Schlafbacke das kann.«

»Mach ich.« Schrödinger warf das Mobiltelefon in den Sportbeutel und Horst ein Küsschen zu. Es war einer jener Momente, in denen er liebend gern mit seinem vierbeinigen Begleiter getauscht hätte.

Der Aquapark befand sich in einem separaten Gebäudekomplex und war über einen schlauchförmigen Tunnel im Untergeschoss zu erreichen. Anfangs war Schrödinger unsicher, ob er sich mit Marion tatsächlich in Gummilatschen und Bademantel auf den Hotelflur hinauswagen konnte. Doch als er sah, dass viele andere Gäste des Fitnesshotels in der gleichen Aufmachung unterwegs waren, ließen seine Bedenken schlagartig nach. Den Lemmingen gleich reihten Marion und er sich in die weiße Frotteekolonne ein und schlurften im Gleichschritt mit. Das gleiche Ziel hatten sie ohnehin alle.

Auf halber Strecke trafen sie Brigitte, ebenfalls ganz in Weiß gehüllt. Dank ihres massiven Vorbaus schaffte es der Bademantel allerdings kaum, alles darunter Befindliche zu verpacken. So sah Schrödinger, ob er wollte oder nicht, dass ihre Bochumer Urlaubsbekanntschaft einen pechschwarzen Bikini trug, der zumindest im oberen Bereich ebenfalls nur schwer alles in Zaum halten konnte. Er hoffte inständig, dass sich die Frau in den Sechzigern wenigstens für ein stoffreiches Bikini-Unterteil entschieden hatte. Wenn sie auch noch einen Stringtanga trug, könnte Schrödinger durchaus Gefahr laufen, zum Vegetarier zu mutieren. Zu viel Fleisch war nicht immer gut. Um sich abzulenken, schaute er sich nach Brigittes Göttergatten um – leider vergeblich.

»Nach Heiner brauchst du gar nicht Ausschau zu halten«, sagte Brigitte, der seine suchenden Blicke offenbar nicht entgangen waren. »Der hat angeblich einen fiesen Wadenkrampf und konnte deshalb nicht mitkommen.«

»Einen Wadenkrampf?«, fragte Marion skeptisch.

Brigitte zuckte mit den Schultern. »Am ersten und zweiten Tag ist er noch mitgekommen. Danach hatte er mal Magenprobleme oder sich was im Rücken gezerrt.«

»Schade«, fand Schrödinger und notierte sich die Ausreden im Geiste, um sie bei Gelegenheit ebenfalls einsetzen zu können. »Vorhin hatte er mir extra noch kluge Ratschläge für das Training gegeben.«

»Ich kann mir schon vorstellen, was das für Ratschläge waren.« Brigitte lachte scheppernd. »Aber ich werde ihm nachher sagen, dass du ihn beim Sport vermisst hast. Vielleicht motiviert ihn das ja fürs nächste Mal.«

Wenn es ein nächstes Mal gibt, fügte Schrödinger innerlich hinzu.

Der Tunnel bog in eine Kurve ein und mündete in ein gefliestes Areal mit vielen Palmen und kleinen Becken, in denen Goldfische und ähnliche Winzlinge herumschwammen. In der Mitte eines Beckens lag ein großer metallener Frosch auf einer metallenen Seerose und spritzte in regelmäßigen Abständen Wasserfontänen in die Luft.

»Schau mal, hier gibt es eine Salzgrotte«, rief Marion und zog ihn begeistert am Ärmel. »Da müssen wir unbedingt mal rein.«

»Dann empfehle ich euch einen Besuch am Abend«, stimmte Brigitte zu. »Dann ist dort nicht so viel los. Außerdem ist es dort schön dunkel, und die Wände sind voll mit beleuchteten Zeichen und so. Sieht echt toll aus. Und das Wasser hat so einen hohen Salzgehalt, dass man praktisch gar nicht untergehen kann. Na ja, für mich ist das eher nix. Ich geh lieber in die Sauna. Da kriegt man mehr fürs Geld, wenn ihr versteht, was ich meine.«

Sie piekte Schrödinger mit dem Ellbogen kichernd in die Seite. Leider Gottes verstand er nur zu gut, was sie meinte. Und hatte auch gleich die passenden Bilder von der saunierenden Brigitte dazu im Kopf.

Der Aquapark entpuppte sich als weitläufiges Areal mit Schwimmerbecken, Rutschen, mehreren Whirlpools und einem Außenbereich inklusive der sogenannten *Wilden Welle.* Was es mit Letzterem auf sich hatte, hätte Schrödinger durchaus interessiert, aber da seine Sicht vollständig von halbnackten Menschen, tropischen Pflanzen und Schwimmbadgerätschaften versperrt wurde, würde er dieses Rätsel wohl zu einem späteren Zeitpunkt lösen müssen. Im Moment zog ihn Marion im Herdentrieb ohnehin zu den Liegeplätzen, damit sie noch schnell ihre Bademäntel, Handtücher und den kleinen Stoffrucksack ablegen konnten, bevor die letzte freie Liege belegt war. So rasch und vor allem so energisch, wie sich auf einmal alle Badewilligen bewegten, schien es dabei um Leben und Tod zu gehen. Entsprechend flink waren sämtliche weißen Plastikliegen belegt. Schrödinger ergatterte gerade noch eine der letzten, indem er sich an einem schmerbäuchigen Mann mit dunkelgrünen Shorts vorbeischlängelte und hastig sein Handtuch auf die vor ihnen befindliche Liege pfefferte, bevor der Hintermann das Gleiche tun konnte. Ein aufgebrachtes Grunzen war die Folge. Zu mehr fehlten dem Shortsmann offenbar die Zeit und die Nerven, denn besser als Herummosern war es, sich noch schnell nach einem anderen freien Liegeplatz umzuschauen, bevor es auch dafür zu spät sein würde.

Erleichtert atmete Schrödinger auf und genoss es, wie ihm Marion anerkennend auf die Schulter klopfte.

»Gut reagiert«, bescheinigte sie ihm. Das kam einer königlichen Belobigung gleich und tröstete ihn fast komplett darüber hinweg, dass sich der Liegeplatz in einer absolut nicht einsehbaren Nische hinter zwei Palmen befand. Wenn sich jemand während ihres Fitnesstrainings an ihren Sachen zu schaffen machte, würden sie das vom Schwimmbecken aus nicht mitkriegen. Deshalb widerstrebte es Schrödinger auch, ihren Stoffrucksack mit dem Mobiltelefon und dem Zimmerschlüssel zurückzulassen. Um die Handtücher und die Bademäntel ging es ihm nicht einmal. Wenn die einer stibitzte, war das verschmerzbar. Bei Handy und Schlüssel hingegen …

Eine Sekunde lang ärgerte er sich, diese Sachen überhaupt mitgenommen zu haben. Wäre ihm vorher klar gewesen, dass

Heiner kneifen würde, hätte er das Zeug bei ihm deponieren können. Aber es brachte nichts, sich darüber aufzuregen. Jetzt zählten nur praktische Lösungsansätze. Wenn er schon einen möglichen Diebstahl nicht verhindern konnte, wollte er es dem Halunken wenigstens so schwer wie möglich machen. Dafür stopfte er das dafür eigentlich viel zu große Handtuch in den kleinen Rucksack. Damit war der bis zum Bersten gefüllt – mit Telefon und Schlüssel ganz am Boden. So würde es hoffentlich einige Zeit dauern, die Wertsachen freizulegen.

Nach getaner Arbeit war ihm heiß, und er ließ reflexartig den Bademantel auf die Liege fallen. Erst einen Atemzug später fiel ihm wieder ein, dass er darunter bloß das hautenge, neongelbe Ding trug, das ähnlich wie eine Radlerhose mehr offenbarte als verdeckte. Der Aufdruck *Dog Daddy* war da noch das geringste Übel.

Erneut brachte es nichts, sich darüber zu ärgern. Außerdem mussten sie los, ins Schwimmbecken, bevor auch hier die besten Plätze weg waren. Dazu zählten die von Heiner angepriesenen hinteren Reihen, die allesamt schon besetzt waren. Ganz vorne wollte Schrödinger jedenfalls nicht stehen, das hatte er schon zu Schulzeiten nicht gemocht. Also zwängte er sich mit Marion an einem weißhaarigen Rentnerehepaar vorbei in die Mitte der Menschensuppe. Dass das Wasser im Becken nicht halb so warm wie erhofft war, nahm er nur am Rande wahr. Wichtiger war, zumindest eine halbwegs guten Stehposition ergattert zu haben.

Einige Meter links von ihnen stand Brigitte und winkte ihnen freudig zu. Gott sei Dank trug sie keinen Stringtanga, sondern ein altes Oma-Schlüpfer-Relikt, das ihren Brauereipferdearsch wunderbar verdeckte. Damit hätte Schrödinger gut leben können, selbst wenn sie sich unmittelbar vor ihm gerekelt hätte. Nachdem dieses Problem nicht bestand, konnte er sich auf die beiden fast schon unangenehm durchtrainiert aussehenden Aerobic-Lehrer konzentrieren. Sowohl er als auch sie waren schätzungsweise Mitte zwanzig und schienen kein einziges unnötiges Gramm Fett am Leib zu tragen. Die Bauchmuskeln des braungebrannten blonden Hünen wirkten, als könnte man sich bei einem Schlag dagegen die Hand brechen. Die Trainerin hingegen bewegte sich so, als würde sie schon vor dem Frühstück ein zweistündiges Triathlon-Programm absolvieren. Da konnte Schrödinger nicht einmal ansatzweise mithalten.

Zum Glück ging das nicht nur ihm so. Der Großteil der Gäste hatte sichtlich Mühe, den Anweisungen und Bewegungen der Vorturner am Beckenrand zu folgen. Kaum einer hatte eine Chance, rechtzeitig das Bein oder die Arme zu heben. Auch Marion und Brigitte nicht. Anfangs versuchte Schrödinger noch mitzuhalten, doch binnen weniger Minuten sah er ein, wie vergeblich das war. Vor allem, wenn er nebenbei mit unangenehm basslastiger Wegwerfpopmusik beschallt wurde. Das war für ihn als alten Rockfan kaum erträglich. Zum Glück war es nichts von Abba.

Ein weiterer Wermutstropfen war der nur schlecht einsehbare Liegebereich zu seiner Rechten, wo sich sein Rucksack befand. Wann immer es die Gymnastikübungen zuließen, beugte er sich weit nach vorne, um so eventuell einen kurzen Blick auf ihre Plastikliege zu erhaschen. Unmöglich. Alles, was er sah, waren die anderen Liegen und die verdammten Palmen. Wenigstens bekam er mit, dass sich aktuell niemand in der Nähe ihrer Habseligkeiten herumtrieb. Offenbar hielten sich tatsächlich alle anderen Liegenbesetzer beim Aquafitness auf. Das war ein kleiner Trost.

Anfangs jedenfalls. Dann sah er, wie ein schlanker Mann mit dunklen Haaren in Richtung des Liegebereichs spazierte. Er war etwa Anfang bis Mitte dreißig und besaß die Art von Körper, wie Schrödinger ihn gerne gehabt hätte: Nicht hager und nicht fett, sondern mit ein paar Muskeln an den richtigen Stellen, damit es so aussah, als würde Mann sich fit halten, ohne dafür dreimal in der Woche in die Muckibude tigern zu müssen.

Das war es jedoch nicht, was Schrödinger auf ihn aufmerksam machte. Nicht auf seiner Hochzeitsreise und mit seiner Ehefrau keuchend neben sich. Vielmehr war es eine Art sechster Sinn, den er sich nach den Morduntersuchungen am Bodensee, in Mainfranken, in Schwaben und in den Alpen antrainiert hatte. Zumindest fand Schrödinger, dass er sich diese Fähigkeit durch all diese Ermittlungen erworben hatte. Vor Kurzem hatte er in einem Supermarkt schon im Voraus geahnt, dass ein Jugendlicher gleich zum Ladendieb werden würde, einfach weil der Bursche sich entsprechend auffällig verhielt. Bei den Krimis im Fernsehen und auf Netflix besaß er mittlerweile ebenfalls eine recht hohe Trefferquote, was die Vorab-Benennung des Mörders betraf. So etwas kam nicht von ungefähr. Nein, inzwischen war er ein Vollprofi, wie er im Buche stand. Wahrscheinlich würde es nicht mehr lange dauern, bis die Kripo ihn anrief und um Rat bat, wenn es mal wieder etwas Kniffliges zu ermitteln gab.

Genau dieser sechste Sinn war es, der ihn jetzt auf den Unbekannten aufmerksam machen. Der Mann bewegte sich so betont unauffällig, dass allein das schon auffällig wirkte: Er drehte sich nie direkt nach hinten um und schaute auch weder nach links und rechts. Nein, dies machte er kaum merklich aus den Augenwinkeln heraus. Einmal blieb er kurz an einer Liege stehen, tat so, als müsste er husten, und drehte sich für einen kurzen Moment so, dass er zurückblicken konnte. Was bezweckte er damit? Wollte er sicherstellen, dass er nicht verfolgt wurde? Oder wollte er sich vergewissern, dass niemand auf ihn achtete?

Bei Letzterem lag er eindeutig daneben, Schrödinger behielt ihn nämlich genau im Auge. Das Spiel mit dem unauffälligen Umschauen beherrschte er genauso gut wie der Verdächtige. Während er genau wie das weißhaarige Rentnerehepaar emsig dabei war, bei der Wassergymnastik auf und ab zu springen, wandte er immer wieder kurz den Blick nach rechts.

Gerade verschwand Mister X hinter einer der Palmen. Schön war das nicht, aber das hatte Schrödinger vorausgesehen. Noch befand sich alles im grünen Bereich. Dachte er.

In dem Moment bewegte sich der Rentner neben ihm derart ungelenkig, dass er beim Auftauchen Schrödinger einen großen Schwall Wasser ins Gesicht spritzte. Das kalte, gechlorte Nass klatschte ihm in die Augen, in die Nase und in den Mund. Es brannte und schmeckte eklig. Wer wusste schon, wie viele Leute sich während einer Gymnastikrunde regelmäßig im Wasser erleichterten, weil sie es entweder nicht mehr halten konnten oder es gar nicht halten wollten? Am besten dachte er gar nicht erst darüber nach.

Schrödinger rieb sich über das Gesicht und beschloss, dem Rentner seine Ungeschicktheit nicht krumm zu nehmen. Schließlich war er selbst ja ebenfalls ein enormer Tollpatsch. Überdies interessierte ihn der schusselige Opa nicht halb so sehr wie der Unbekannte, der längst an der Palme vorbeigelaufen sein musste. Zu sehen war trotzdem nicht. Wo steckte der Bursche auf einmal? War vielleicht schon im nicht einsehbaren Bereich verschwunden? Möglich wäre das definitiv.

Die Vorstellung brachte Schrödinger vollends aus dem Takt. Nun war er es, der alle Nebenleute vollspritzte. Unter anderem Marion und Brigitte.

»Hey, mein Lieber, nicht so stürmisch«, ermahnte ihn seine Frau. Es war nicht das erste Mal, dass er diese Worte von ihr hörte. Und genau wie bei den vorherigen Malen gab es ein kleinlautes »Sorry« von sich und sah zu, dass er wieder mehr in den richtigen Rhythmus kam.

Es klappte nicht. Die beiden Vortänzer am Beckenrand interessierten ihn derzeit nicht die Bohne. Wie auch, wenn wahrscheinlich gerade jemand dabei war, seine Habseligkeiten zu durchwühlen? Vor seinem geistigen Auge sah Schrödinger, wie der Dunkelhaarige das Handtuch aus dem Stoffrucksack riss und achtlos auf die Liege warf. Danach lägen Handy und Zimmerschlüssel ungeschützt vor ihm. Er könnte sie mitnehmen und in aller Seelenruhe ihr Zimmer durchwühlen, während sie diesen verdammten Sportkurs absolvieren mussten. Überhaupt: Wieso musste sich der Mistkerl nicht ebenfalls mit im Becken abstrampeln? Hatte der Rezeptionist nicht gesagt, das Programm wäre so etwas wie Pflicht? War der Unbekannte vielleicht ein Angestellter? Zumindest an seiner Badehose hatte er nichts getragen, was darauf hingewiesen hätte. Eventuell war es auch jemand von außerhalb, der sich in den Aquapark eingeschlichen hatte, um hier Beute zu machen. Das passte auch besser zu der Diebstahl-Theorie.

Ein weiterer Schwall Wasser traf Schrödinger im Gesicht.

Wieder von dem ungeschickten Weißkopfadler, wieder mitten in Augen, Nase und Mund. Verflucht! Langsam wurde er wütend. Konnte sich der Mann nicht vorsehen?

Genau das wollte er ihn eben fragen, da erblickte Schrödinger seinen Mister X wieder. Er lief wieder auf die Palme zu, nun allerdings aus der entgegengesetzten Richtung. Und er hielt die rechte Hand so an den Oberkörper gepresst, als würde er etwas unter den Fingern festhalten und verstecken. Schrödinger besaß eine ziemlich genaue Vorstellung davon, worum es sich handelte. Das war zu viel für ihn.

»Entschuldige mich kurz«, rief er Marion zu und drückte sich an dem wild rudernden Rentnerpaar vorbei zum Beckenrand. Dabei hüpfte er immer wieder auf und ab, um im Wasser schneller voranzukommen.

Der Unbekannte hatte es da einfacher. Er musste nur einigen etwas schief dastehenden Liegen ausweichen und hatte ansonsten freie Bahn. Deshalb hatte der Dunkelhaarige den Ruhebereich auch schon beinahe verlassen, als Schrödinger die Edelstahlleiter aus dem Becken hinauskletterte. Verloren war aber noch nichts. Auch nicht, als der Mann auf einmal in einen schmalen Gang zum Mitarbeiterbereich abbog und durch eine angelehnte Tür in diesen Bereich verschwand. Einen Herzschlag lang wollte Schrödinger hinterherrufen, der andere solle gefälligst stehen bleiben. Aber dank der grauseligen Sportmusik wäre das eine vergebliche Mühe gewesen. Nein, da sah er lieber zu, dass er schnell vorankam und den Langfinger einholte, bevor der vollends das Weite suchen konnte.

Er lief so schnell, wie es seine nackten Füße auf dem nassen, gefliesten Boden zuließen. Einmal rutschte er weg und musste sich an einem Abfalleimer festkrallen, um nicht das Gleichgewicht zu verlieren. Egal: Schrödinger jagte unablässig vorwärts und zögerte ebenfalls nicht, in den Angestelltenbereich vorzudringen. Wenn es um sein Hab und Gut ging, kannte keine Gnade.

Kaum war die Tür hinter ihm ins Schloss gefallen, erklang die Musik deutlich leiser und gedämpfter. Lediglich der Bass brachte in regelmäßigen Abstand das Holz der Tür zum Wackeln. Schrödinger spitzte Augen und Ohren, um sich in seiner neuen Umgebung zurechtzufinden. Ein leises, gleichmäßiges Dröhnen drang an sein Ohr. Es erinnerte ihn an eine elektrische Wasserpumpe, die er einmal bei einem Freund gesehen hatte, der auf seinem Grundstück Wasser aus einem alten Brunnen pumpen wollte. Das Prinzip an diesem Ort dürfte das gleiche sein. Im Halbdunkel erblickte Schrödinger mehrere verschlossene Aufbereitungstanks, zu denen massive Metallrohre führten. Dazu gab es allerlei komplizierte technische Gerätschaften und Apparaturen, vermutlich um Filteranlagen, Wasserreinheitsgehalt und Chloreinspeisungen zu regulieren. Den leicht beißenden, chemischen Geruch in der Luft hätte es gar nicht gebraucht, damit Schrödinger wusste, dass er sich im Technikraum des Schwimmbads befand.

Es interessierte ihn aber auch herzlich wenig. Technische Gerätschaften waren ohnehin noch nie seins gewesen. Er war stets heilfroh, wenn alle Apparate im Haushalt das taten, wofür er sie gekauft hatte, und er nicht versuchen musste, etwas daran zu reparieren. Meist hatte dies nämlich zur Folge, dass die Dinger danach überhaupt nicht mehr funktionierten und ein Fall für den Sperrmüll waren.

Wo sich Mister X aufhielt, wusste Schrödinger nicht. So

leise das Dröhnen der Pumpe war, es überdeckte trotzdem sämtliche Bewegungsgeräusche um ihn herum. Dass hier drinnen bloß die Notbeleuchtung brannte, behinderte ihn zusätzlich. Mit ausreichend Helligkeit hätte er den Unbekannten sicherlich im Handumdrehen ausgemacht. So konnte er nur mutmaßen, in welche Richtung der Mann geflüchtet war. Der Gang vor ihm führte zu einer Metalltreppe, die ihn zu einer zweiten Ebene brachte. Einem Impuls folgend, schlich er möglichst leise die Stufen hinauf. Mit etwas Glück hatte der Dieb ebenfalls diesen Weg genommen. Falls nicht, würde Schrödinger aus der Vogelperspektive hoffentlich einen besseren Überblick davon bekommen, wo sich der Fiesling aufhielt.

So weit die Theorie.

Oben erwarteten ihn gitterartige Metallplatten, die links zu weiteren Maschinen und rechts zu zwei Türen führten. Kurz musste Schrödinger daran denken, wie Horst sich meistens weigerte, auf solchen Gitterplatten zu laufen, vermutlich weil es dem Boxer unheimlich war, dass der Boden darunter so deutlich zu sehen war. In der Regel blieb der Hund wie angewurzelt vor den Gittern stehen und konnte nur bewegt werden, wenn Herrchen ihn auf dem Arm trug. So gesehen war es gut, den Vierbeiner diesmal nicht dabei zu haben.

Andererseits hätte ihm Horsts Schnüffelnase sicherlich längst verraten, wohin Mister X geflüchtet war. Weil diese Option wegfiel, musste sich Schrödinger auf seinen eigenen Instinkt verlassen. Nachdem linkerhand niemand zu sehen war, beschloss er, eine der Türen zu seiner Rechten zu nehmen. Um den Dieb nicht zu verlieren, öffnete er sie möglichst schnell und eilte in den Raum dahinter.

Das erwies sich als Fehler, denn drinnen war es stockfinster. Schrödinger stieß gegen etwas, das neben der Tür stand. Zuerst dachte er, es würde sich um Plastikfässer handeln, doch als er dagegen prallte, blieb das charakteristische Poltern aus, und es fühlte sich auch nicht ganz so hart an. Wahrscheinlich waren es irgendwelche Kartons oder Säcke, vielleicht mit Chlor gefüllt. Was auch immer es war, es fiel nach hinten und dann weiter mit einem dumpfen Geräusch ein Stockwerk tiefer auf den Boden.

Das genügte ihm. Er wollte gar nicht wissen, ob und wie teuer diese Sachen waren. Wie üblich, nachdem ihm ein Malheur unterlaufen war, wich er vorsichtig zurück. In diesem Zimmer gab es ohnehin nichts zu sehen. Zu hören war ebenfalls nichts.

Schrödinger kehrte auf den Flur zurück, und nachdem die zweite Tür abgesperrt war, ging er die Metalltreppe ins Erdgeschoss zurück. Erneut möglichst leise und mit den Ohren auf alle möglichen Fremdgeräusche gerichtet. Es gab keine, die er nicht selbst verursachte. Kein Halunke weit und breit. Wo zum Geier steckte der Typ bloß?

Vermutlich hatte der Kerl längst das Weite gesucht. Schrödinger begriff, dass er verloren hatte, und machte sich daran, den Technikraum zu verlassen. Inzwischen war ihm eiskalt, er wollte zurück in den beheizten Badebereich. Allerdings nicht direkt zum Aufwärmen ins Wasser. Zuvor musste er überprüfen, ob der Unbekannte tatsächlich seine Sachen stibitzt hatte.

Selbst darauf musste er fürs Erste verzichten. Er hatte noch nicht mal die Hälfte der Strecke zum Ausgang zurückgelegt, da hörte er trotz der Bassmusik, wie sich Stimmen dem Raum näherten. Als gleich darauf die Tür aufging, sah Schrödinger zu, dass er in den hinteren Bereich rannte. An der Pumpenanlage lief er nach links in der Hoffnung, damit irgendwie zu den Sanitäranlagen oder zu dem schlauchförmigen Gang zu gelangen. Vergeblich – stattdessen entdeckte er weiter hinten eine Tür, die nach draußen führte. In den Hinterhof der Hotelanlage, wie sich herausstellte.

Mehrere Müllcontainer standen hier, ebenso mehrere aufgestapelte Paletten. Daneben wuchsen einige Büsche. Ein kühler Wind blies ihm entgegen, sodass er am liebsten auf der Stelle umgedreht wäre. Doch um sich von den anderen nicht an einem unbefugten Ort erwischen zu lassen, was ihm womöglich Ärger einbrachte, trat er weiter auf den Hof hinaus. Hinter ihm fiel die Tür ins Schloss. Zu spät merkte er, dass es von der Außenseite keine Klinke, sondern bloß einen Knauf gab. Einen, der sich nicht bewegen ließ. Schrödinger hatte sich buchstäblich ausgesperrt.

Technisch gesehen war die Situation nicht besonders schlimm. Er stand im Hinterhof der Hotelanlage – na und? Das konnte jedem mal passieren. Problematisch wurde es dadurch, dass er lediglich eine klatschnasse Badehose trug und es Herbst war. Zwar schien heute die Sonne, aber für kurze Hosen und freien Oberkörper war es trotzdem entschieden zu kalt.

Wenn er seine Flitterwochen nicht mit einer fetten Erkältung im Bett verbringen wollte, musste er zusehen, dass er den Hinterhof verließ und zur Vorderseite des Hotels kam. Unterwegs heimste er zwar jede Menge fragende Blicke von Flaneuren ein, aber damit konnte er leben. Auch das Stirnrunzeln von Roger Seyfarth an der Rezeption ignorierte er.

Entscheidend war lediglich, möglichst schnell ins Warme zurückzukehren. Respektive in diesem Fall zurück in den Schwimmbad-Bereich, wo Marion und vor allem der weiche Frotteebademantel auf ihn warteten.

Kurioserweise bekam er beides, bevor er den Aquapark erreichte. Er erblickte Marion umgeben von Brigitte und zahllosen anderen Leuten in Bademänteln, die ihm auf halber Strecke entgegenkamen. Offenbar war der Gymnastikkurs zu Ende.

»Wo um alles in der Welt warst du?«, fragte seine Frau.

»Ich dachte, jemand hätte unsere Sachen geklaut«, versuchte er mit zittriger Stimme zu erklären.

Marion reichte ihm seinen Bademantel. »Welche Sachen? Es ist doch alles da!« Sie hielt ihm den Stoffrucksack hin, in dessen Inneren das Smartphone und der Zimmerschlüssel lagen.

»Das ist ja super!«

»Das ist ne faule Ausrede«, widersprach Brigitte. »Heiner hat wenigstens die komplette erste Gymnastikstunde durchgehalten. Das ist mehr, als manch anderer geschafft hat.«

Schrödinger schüttelte den Kopf. »Nein, das versteht ihr falsch, das ist keine Ausrede. Da war wirklich ein Dieb. Dachte ich jedenfalls.«

»Schon gut«, sagte Marion. »Jetzt zieh dir erst mal was an. Du hast schon ganz blaue Lippen.«

Er tat, wie ihm geheißen, und zog es vor, das Thema auf sich beruhen zu lassen. Letztendlich zählte nur, dass alle Sachen da waren und er sich aufwärmen konnte. Was wollte er mehr?

Fünf Minuten später befanden sie sich im Hotelzimmer. Horst begrüßte sie mit einem schläfrigen Blick. Er schien kurz zu überlegen, ob er sie mit der für Hunde typischen Euphorie begrüßen sollte, entschied sich dann jedoch dafür, auf seiner Kuscheldecke liegen zu bleiben und weiterzuschlafen. Jeder setzt eben seine eigenen Prioritäten.

Schrödingers Priorität bestand darin, sich erst einmal von seiner nassen Badehose zu befreien. Bademantel hin oder her, wirklich warm konnte ihm einfach nicht werden, solange er das feuchte Ding trug.

Seiner Frau kamen offenbar ähnliche Gedanken. Sie ließ ihren Bademantel auf das Bett fallen und begann sogleich damit, sich ihren nassen Tankini abzustreifen. Zuerst das Oberteil, anschließend das letzte Kleidungsstück, das sie noch trug.

Schrödinger konnte nicht anders, als ihren splitterfasernackten Körper anzuglotzen. Ihre kleinen festen Brüste, den flachen Bauch, dem man die zwei Kinder, die er hervorgebracht hatte, nicht ansah, und ihren knackigen Po. Er spürte, wie ihn allein der Anblick in Wallung brachte.

Mit einer Mischung aus Heißhunger und Vorfreude ging er auf Marion zu, zog sie an sich und wollte sie küssen. Sein Plan war es, sie mit sich aufs Bett zu ziehen und dann dafür zu sorgen, dass ihnen beiden sehr schnell sehr warm werden würde.

»Jetzt nicht«, lautete Marions knappe Antwort – allerdings mit einem finsteren Blick, der keinerlei Diskussionspotenzial zuließ. Er erstickte jedweden romantischen Plan im Keim. Schrödinger lag ein Aber auf der Zunge. Er verkniff sich selbst das und sah schweigend zu, wie seine Frau im Badezimmer verschwand und die Tür hinter sich zuwarf.

War sie sauer, weil er sie im Schwimmbad allein gelassen

hatte? Das hatte er ihr zwar erklärt, doch wirklich darauf eingegangen war sie nicht. Hatte er sie möglicherweise mit etwas anderem verstimmt? Eventuell hatte sie auch die Gymnastik oder das Herumgehopse der Vortänzer genervt. Viele Dinge kamen infrage. Nichts davon half ihm weiter.

Traurig schlüpfte er in seine Klamotten und freute sich über die Wärme, die sie spendeten. Wenig später verließ Marion das Bad, ebenfalls komplett angezogen. Ihr Blick war nicht mehr so finster, sondern vielmehr entschlossen. Doch das verhieß selten etwas Gutes.

»Lass uns mal runter zum Strand gehen. Vormittags ist dort hoffentlich noch nicht so viel los.«

Obwohl sie es als Vorschlag formuliert hatte, klang es nicht so, als bliebe Schrödinger eine Wahl. Er versuchte gar nicht erst zu widersprechen, sondern willigte ein, um keinen Streit vom Zaun zu brechen. Damit war zwar die holde Gattin zufrieden, dafür schaute ihn jetzt der Hund an, als hätte er einen schlechten Scherz gemacht. Egal wie, irgendeiner hatte immer was auszusetzen.

Horst

Das kann doch nicht deren Ernst sein! Erst lassen sie mich eine gefühlte Ewigkeit allein, ohne mir als Ausgleich was zum Futtern mitzubringen, und dann wollen die verrückten Zweibeiner tatsächlich spazieren gehen. Freiwillig. Im Urlaub.

Und ich naiver Hund dachte, wir sind zum Erholen und Entspannen hier.

Zum Glück haben sie darauf verzichtet, die blöden Wanderstöcke mitzunehmen, die ihnen dieser Rezeptions-Roger aufschwatzen wollte. Er hat versucht, es ihnen als Nordic Walking zu verkaufen, doch nur weil man einer Sache einen englischen Begriff gibt, wird sie nicht automatisch cooler. Außerdem bezweifele ich ernsthaft, dass man im Norden mit solchen komischen Stöcken vor die Tür geht.

Sind wir nicht sogar schon im Norden? Noch weiter nördlich geht es an der deutschen Ostseeküste doch gar nicht mehr. Und hier spaziert keiner mit Stöcken herum. Höchstens der eine mit den Krücken, den wir auf dem Parkplatz gesehen haben. Aber der zählt nicht.

Das Schöne am Strand ist, dass hier jede Menge Möwen rumfliegen. Denen hinterherjagen macht sogar mir als altem Bewegungsmuffel Spaß. Ich glaube zwar nicht ernsthaft, dass ich einen der Vögel erwischen könnte, doch allein die Vorstellung ist klasse. Ein Hund, der eine Möwe im Flug erwischt hat. Das wäre was. Der Stoff, aus dem Legenden sind.

Schade nur, dass ich nicht lange meinen gefiederten Freunden hinterherjagen durfte. Schon bald haben wir nämlich einen Bereich mit Kindern und Familien erreicht. Ich persönlich würde denen zwar nichts tun, aber nachdem so ein Helikopterelternpaar bei meinem Anblick gleich wieder Schnappatmung bekam, musste ich den Rest der Strecke an der Leine verbringen. Na, schönen Dank auch. Am liebsten hätte ich denen gleich mal einen ordentlichen Haufen auf ihre Stranddecke gelegt. Leider musste ich gerade nicht.

Dafür hoffe ich jetzt, nach dem Spaziergang auf ein ausgiebiges Mittagessen. In Richtung Hotel sind wir schon mal unterwegs. Jetzt muss ich meine zwei Menschen bloß noch zum Restaurantbereich lotsen. Wird ja hoffentlich nicht so schwer sein.

Schrödinger

»So energisch, wie Horst an seiner Leine zieht, hat er bestimmt Hunger«, sagte Schrödinger, als sie auf das Hotelgelände zurückkehrten. Allmählich nahm die herbstliche Brise zu, und er schmeckte Salz und Sand auf seinen Lippen.

»Bist du sicher? Ich glaube eher, der muss mal«, mutmaßte Marion.

»Nee, nee, da würde er anders gucken. Der spürt ein Vakuum in der Magengegend. Ganz eindeutig.«

»Hat er das nicht immer?«

Das stimmte zweifellos. Ebenso, dass die meisten Hunde keinerlei Sättigungsgefühl besaßen. Ihr Vierbeiner zählte eindeutig dazu. Wahrscheinlich würde der Boxer auch noch weiterfressen, wenn ihm das Essen bereits zu den Ohren wieder herauskam. Aber das sagte Schrödinger lieber nicht. Er selbst spürte durch die ganze Verfolgerei und Spaziererei ebenfalls ein latentes Hungergefühl. Zumal das Frühstück nicht besonders reichhaltig ausgefallen war.

Auf dem Weg zum Haupteingang überlegte er daher, ob sie sich nicht am besten gleich zum Speisesaal begeben sollten. Allerdings war Hunden dort aus hygienischen Gründen der Zutritt verboten, wie er erfahren hatte. Zum Glück hatte gestern Abend niemand den Beschwerdehammer gezückt und kein Angestellter den Hund unter dem Tisch bemerkt. Also erst zurück zum Hotelzimmer, obwohl das den Boxer wohl keinesfalls freuen würde.

Ein rhythmisches Flackern irgendwo links von ihm riss ihn

aus den Überlegungen. Marion fiel es im gleichen Moment auf.

»Schau mal, da drüben, da muss was passiert sein.«

Sie zeigte auf den Hinterhof, in dem Schrödinger noch vor wenigen Stunden bloß mit seiner Badehose bekleidet gestanden hatte. Jetzt war zwischen den Müllcontainern und Palettenstapeln deutlich mehr los. Schrödinger zählte zwei große Bulli-Streifenwagen und zwei neutrale Zivilfahrzeuge, alle mit grell leuchtendem Blaulicht. Mehrere uniformierte Polizisten standen vor den Fahrzeugen, dazu mehrere Leute in weißen Spurensicherungs-Anzügen, die alles bis auf einen kleinen Ausschnitt des Gesichts verdeckten. Mit dem Rücken zu ihm stand eine kleine Frau mit rotblonden, zu einem Pferdeschwanz zusammengebundenen Haaren. Sie hatte die Arme in die Hüften gestemmt. Von hinten erinnerte sie Schrödinger ein wenig an Jodie Foster in *Das Schweigen der Lämmer*. Als sich die Frau umdrehte, trafen sich für einen Sekundenbruchteil ihre Blicke.

Schrödinger hatte sofort das Gefühl, ihm würde Eiswasser durch die Adern pumpen. Nicht unbedingt wegen der Frau, bei der es sich vermutlich um eine Kriminalkommissarin handelte, sondern eher wegen des Anlasses, aus dem sie hergekommen war. Irgendwas war passiert.

Womöglich ein Mord.

Diesmal waren es keine Neugierde oder Euphorie über anstehende Ermittlungen, die er deswegen verspürte. Diesmal fühlte er sich gar nicht in seiner Hobby-Detektiv-Ehre angesprochen, sondern empfand etwas ganz anderes: Angst.

Angst, dass die Polizisten seinetwegen gekommen sein könnten.

Sein Mund wurde trocken, und sein Herz schlug schneller, als er an seine Verfolgungsjagd durch den Technikraum dachte. Wie er dort im Obergeschoss die Tür aufgerissen hatte und etwas heruntergestoßen hatte. Was, wenn das gar kein Etwas, sondern ein Jemand gewesen war?

Mit einem Mal war ihm speiübel, und er musste sich die Hand vor den Mund pressen, um sich nicht an Ort und Stelle zu übergeben.

»Alles okay?« Marion legte ihm besorgt die Hand auf die Schulter. »Du zitterst ja!«

»Ich … nein … alles okay.«

»Sicher?« Marion sah ihn zweifelnd an.

»Ganz sicher. Ich glaub, ich muss mich nur kurz hinlegen.«

»Vielleicht hast du dich verkühlt?«

Dankbar nahm er diese Steilvorlage an. »Kann schon sein. Am besten ziehe ich mir was Wärmeres an. Geh du ruhig schon mal essen«, schlug er vor und lotste seine Frau damit Richtung Eingang, weg von den Blaulichtern.

»Ich kann dir ja was mitbringen«, schlug sie vor. Auch das nahm er dankbar an und sah zu, so schnell wie möglich mit Horst ins Hotelzimmer zu gelangen, während Marion die andere Richtung einschlug.

Im Zimmer angekommen machte sich Horst erst einmal über den Wassernapf her. Dann stapfte der Hund mit tropfenden Lefzen zu seinem Kissen und ließ sich mit einem zufriedenen Schnauben nieder. Dabei hinterließ er eine Spur aus Wassertropfen.

Spur.

Polizei.

Etwas.

Jemand.

Schrödingers Gedanken überschlugen sich. In seinem Kopf surrte und brummte es wie in einem Bienenstock. Aber anders als die fleißigen Honigsammler hatte er keinen Plan. Und schon gar nicht wusste er, wohin mit sich. Er öffnete die Terrassentür. Trat hinaus. Setzte sich. Sprang wieder auf. Ging ins Bad. Wusch sich das Gesicht mit eiskaltem Wasser. Legte sich ins von den Hausmädchen sorgfältig gemachte Bett. Schloss die Augen, riss sie gleich wieder auf und sprang auf. Hastete zur Minibar und kippte zwei überteuerte Fläschchen Küstennebel in sich hinein.

Horst sah ihn vorwurfsvoll an.

»Schon gut, Dicker, ich weiß. Alkohol löst keine Probleme.«

Hatte er überhaupt ein Problem? Nüchtern betrachtet eigentlich nicht. Denn was hatte er schon getan? Er war brav zur Wassergymnastik angetreten. Er hatte einen vermeintlichen Dieb ausfindig gemacht. Nun gut, es war nichts abhanden gekommen, aber was hatte der Kerl denn sonst in der Nische hinter den Palmen zu suchen gehabt? Schrödingers Ermittlerinstinkt erwachte. Er würde nachsehen müssen, was es dort außer den Plastikliegen sonst noch geben mochte. Bis dahin würde er darüber nachdenken, was – oder wer – mit diesem dumpfen Aufprall von der Eisenbrücke geplumpst war.

Ein Was. Oder ein Wer. Und genau das war es, was er wissen musste. Es half nichts, er musste sich auf dem schnellsten Weg zu dem Hinterhof begeben. Auf dem Notizblock mit dem Logo des Hotels hinterließ er eine Nachricht für Marion: *Brauche frische Luft.* Darunter malte er drei ungelenke Herzchen.

Schrödinger hetzte den Flur entlang und an der unbesetzten Rezeption entlang. Kaum war er um die Ecke gebogen, sah er, dass sich vor dem mittlerweile gespannten Flatterband eine Traube von Schaulustigen gebildet hatte. Er drängte sich vorbei, erkannte den NASA-Mann und die Influencerin, die mit dem Rücken zum Geschehen stand und sich offenbar selbst filmte. Schließlich hatte er sich bis zur ersten Reihe vorgekämpft und kam neben der Barfuß-Frau zum Stehen.

»Was ist denn hier los?«, fragte er so unschuldig wie möglich.

Die Rastafrau sah ihn an. »Ach. Bist du nicht der, der gestern einen Hund in den Speisesaal geschmuggelt hat?«

Schrödinger wurde rot.

»Keine Sorge, ich verpfeif dich nicht. In einem meiner früheren Leben war ich eine Katze. Ich lebte in Italien, in Rom. Es war ein gutes Leben. Dein Hund ist eine alte Seele, das habe ich gespürt. Wir sind alle Teil des großen Ganzen.«

»Äh. Ja.« Schrödinger senkte den Blick und starrte in einer Mischung aus Faszination und Ekel auf die gewaltige, rissige Hornhaut seines Gegenübers. Musste das nicht entsetzlich schmerzen? Scheinbar nicht, denn die Frau sah ihn tiefenentspannt an.

»Eine leidende Seele ist angetreten, ein neues Leben zu beginnen. Ein Leben unter dunklen Vorzeichen«, sagte sie.

»Was?« Schrödinger verstand kein Wort. Da bemerkte er, dass der UFO-Jünger Hermann Schulz neben ihn getreten war.

»Sie haben eine Leiche gefunden. Ich sagte doch, *sie* sind da. Und *sie* werden uns holen. Alle. Ohne Ausnahme.«

Innerlich schüttete Schrödinger den Kopf. War die Menschheit schon immer so verquast gewesen? Sein rationaler Anteil hätte ihn lachen lassen, wäre er nicht so besorgt gewesen. Einen Moment lang überlegte er. Dann hob er unter den fragenden, teils entsetzen Blicken der Menge das rotweiße Absperrband, wand sich darunter hindurch und ging mit geradem Rücken und hoch erhobenem Kopf auf die Polizisten zu. Wie er erwartet hatte, brüllte ein Beamter ihn sofort an: »Sie können hier nicht durch!«

Die Menge hielt den Atem an. Und Schrödinger hielt stand. Das hieß, er ging mit festen Schritten weiter. Sein Herz klopfte so schnell, dass ihm schwummrig wurde.

Die Frau mit dem rotblonden Zopf fuhr herum und funkelte ihn aus grünen Augen wütend an. Von hinten hatte er sie für eine junge Frau gehalten, eine Berufsanfängerin vielleicht. Nun aber erkannte er, dass sie bereits viele Jahre im Dienst auf dem Buckel haben musste. Die starke Brille, die auf einer scharfkantigen Nase saß, vergrößerte ihre Augen auf beinahe groteske Weise. Die Lippen waren schmal und verkniffen. Das Gesicht war von tiefen Falten durchzogen.

»Was soll das?«, bellte sie Schrödinger mit einer erstaunlich tiefen Stimme an. »Das hier ist ein Tatort!«

»Ich weiß«, sagte Schrödinger betont ruhig, obwohl sein Puls an der Anschlagsgrenze war. Er hob beschwichtigend die Hände. »Ich bin ein Kollege. Quasi«, fügte er hinzu.

»Ich kenne Sie aber nicht«, bellte die Kommissarin zurück, nun aber ein bisschen weniger aggressiv.

»Mein Name ist Schrödinger. Ich komme aus Tuttlingen«, sagte er, was ja auch der Wahrheit entsprach.

»Imke Meesters. Aber ich verstehe nicht …«

»Kollegin, ich bin hier in Flitterwochen. Aber Sie wissen ja, wie das ist. Man hat nie Feierabend.«

Meesters rechter Nasenflügel zuckte. Sie schien zu überlegen, und dafür wollte Schrödinger ihr keine Zeit lassen. »Was haben wir denn?«, fragte er.

Imke Meesters zögerte einen Moment. Dann aber gab sie Auskunft, sorgfältig darauf bedacht, dass keiner der Schaulustigen ein Wort mitbekam.

»Männlicher Toter. Etwa Mitte dreißig. Offenbar ein Sturz von der Stahltreppe im Technikraum.«

Schrödinger bekam wackelige Knie. Aber das durfte er sich auf keinen Fall anmerken lassen und so steckte er seine zitternden Hände in die Hosentaschen.

»Todesursache?«, erkundigte er sich knapp und, wie er hoffte, möglichst professionell.

»Noch unklar.«

Just in diesem Moment wurde die Tür, die vor kurzer Zeit vor Schrödingers Nase zugefallen war, geöffnet. Zwei Männer in schwarzen Anzügen bugsierten einen stählernen Sarg heraus. Ein Raunen ging durch die Menge. Die Bestatter schenkten dem keine Aufmerksamkeit, sondern rollten ihre Fracht mit versteinerter Miene zum Leichenwagen. Momente später schlossen sie die Tür. Der schwarze Wagen rollte im ersten Gang davon.

»Weiß man, wer der Mann ist?«

»Ermitteln Sie hier oder ich?« Imke Meesters wandte sich abrupt ab, ehe sie im Inneren des Technikanbaus verschwand. Schrödinger blieb ratlos zurück und beschloss, die Seiten zu wechseln. Er tauchte unter dem Flatterband durch. Die Menge der Schaulustigen begann sich zu lichten. Gemeinsam mit NASA-Mann Schulz und der Barfuß-Frau ging Schrödinger zurück zum Haupteingang. Keiner von ihnen sprach ein

Wort, bis sie die Lobby erreicht hatten. Die beiden anderen wandten sich in Richtung Speisesaal. Er selbst war unschlüssig, doch als die Kommissarin in Begleitung zweier Streifenbeamten aus Richtung Schwimmbad auftauchte, war klar, was er tun musste. Er verschanzte sich hinter einem Ständer voller Prospekte, die für die Seebrücke, verschiedene Restaurants, Galerien und Museen der Insel warben. Meesters klatschte mit einer energischen Geste auf die Klingel. Sofort musste Schrödinger an Max und Marlene denken, die den größten Spaß hatten, wenn sie beim *Halli Galli* – Spiel so richtig Lärm machen durften. Er hätte sie gern angerufen, doch zum Hochzeitsgeschenk seiner Schwiegermutter hatte auch gehört, dass Hillu dem Ehepaar strikt verboten hatte, sich täglich nach dem Befinden der Kinder zu erkundigen. Hillu hatte das damit begründet, dass die beiden sich ganz auf sich konzentrieren sollten. Insgeheim ahnte Schrödinger, dass die Oma vorhatte, die Kids nach Strich und Faden zu verwöhnen und zu verziehen, damit die Kleinen bei der Rückkehr der Eheleute quasi auf Werkseinstellungen zurückgesetzt waren.

Der Rezeptions-Roger erschien. Seine Miene verriet nichts außer Professionalität. Doch Schrödinger entging das Flackern in Seyfarths Augen nicht.

»Wie kann ich Ihnen helfen?«

»Ich brauche die Namen aller Gäste und Mitarbeiter. Sämtliche Personen.«

Bei dem Tonfall der Kommissarin hätte es Schrödinger nicht gewundert, wenn Seyfarth die Hacken zusammengeschlagen und salutiert hätte. Stattdessen sagte der Rezeptionist nur: »Selbstverständlich.« Nach kurzem Zögern schob er nach: »Ich bitte Sie, die Ermittlungen so dezent wie möglich zu gestalten, unsere Gäste sollen sich erholen.«

»Wie hier was gestaltet wird, ist immer noch Sache der Polizei«, stellte Meesters klar.

»Natürlich.«

»Wo wir schon mal dabei sind, wo waren Sie heute so zwischen zehn und elf Uhr?«

»In meinem Büro.«

»Zeugen?«

»Nein. Ich war allein und habe Buchungsanfragen beantwortet. Das heißt, bis Enno hereingeplatzt ist mit der entsetzlichen Nachricht.«

»Enno Behrendt, nehme ich an.«

»Ja, unser Haustechniker. Ich bin sofort mit ihm zum Pumpenraum gegangen. Dann habe ich den Notruf gewählt.«

Schrödinger schluckte trocken. Der Techniker also hatte den Toten gefunden. Ob der Mann auch bemerkt hatte, dass Schrödinger sich ohne Befugnis hinter den Kulissen herumgetrieben hatte?

»Gibt es im Hotel eine Videoüberwachung?«

Schrödinger wurde flau. Und schließlich ganz übel, als Seyfarth die Frage der Kommissarin bejahte.

»Allerdings nicht in allen Bereichen. Kameras sind installiert vor dem Haupteingang, beim Parkplatz, beim Lieferanteneingang und beim hinteren Zugang zum Aquapark.«

Genau dort also, wo sich der frierende Schrödinger selbst ausgesperrt hatte. Er ahnte die Ansage der Kommissarin, ehe Imke Meesters sie machte.

»Ich brauche die Aufzeichnungen. So schnell wie möglich.«

»Kein Problem.«

»Petersen, Sie begleiten Herrn Seyfarth. Ich will die Daten in einer Stunde in meinem Büro haben. Hansen, Sie kommen mit mir.« Mit diesen Worten rauschte die Ermittlerin mit einem der Beamten im Schlepptau an Schrödinger vorbei und verließ das Hotel. Der Rezeptionist verschwand mit dem anderen Polizisten in seinem Büro. Schrödinger verharrte noch einen Moment, dann trat er hinter dem Prospektständer hervor.

»Schatz, was machst du denn hier?« Marion sah ihn erstaunt an. In der Hand hielt sie einen flachen Teller, der mit einem umgedrehten Suppenteller bedeckt war.

»Du, ich bin im Zimmer nicht zur Ruhe gekommen, und da dachte, ich schau mal, was wir so unternehmen können.« Wahllos zog er eine Broschüre heraus. »Schau mal, wäre das nichts?«

»Kitesurfen? Du? Ernsthaft?«

»Na ja … ich dachte …« Er stopfte den Prospekt zurück in den Ständer.

»Bist du sicher, dass es dir gut geht? Du hast ja eine total verschwitzte Stirn.« Erst jetzt bemerkte er, dass ihm vor Anspannung wohl der Schweiß ausgebrochen war.

»Ja, ja, alles gut. Was hast du mir denn Leckeres mitgebracht?«

»Lass dich überraschen«, grinste Marion. Und es war tatsächlich eine Überraschung, die er im Zimmer entdeckte, als er den oberen Teller abnahm.

Horst

Herrchen braucht mich jetzt. Das spür ich mit meinem Hundeherzen ganz deutlich. Es geht ihm nicht gut. So nervös habe ich Schrödinger selten erlebt. Sonst ist er ja eher einer von der ruhigen Sorte.

Und nun ja, was soll ich sagen, nicht mal der sauer eingelegte Hering, den Marion ihm mitgebracht hat, hat ihm geschmeckt. Er hat nur ein bisschen von den Bratkartoffeln gegessen. Ich hätte den Rest ja gerne übernommen, aber als Marion sich mit einem Roman auf die Terrasse gesetzt hat, hat er flugs das ganze Essen im Klo entsorgt.

Jetzt sitzt er auch draußen. Ebenfalls mit einem Buch in der Hand. Ist mir ja schleierhaft, wie Menschen Stunden lang auf Papierseiten starren können. Das Einzige, was sie tun, ist, in regelmäßigen Abständen umzublättern. Als ob die anderen Seiten anders riechen würden!

Nicht mal schmecken tut so ein Buch. Ich habe das als Welpe mal getestet. Papier schmeckt eigentlich nach nichts und klebt in der Schnauze. Wenn ich Ihnen einen guten Rat geben darf, liebe Leserinnen und Leser: Essen Sie keine Bücher, und nutzen sie die Zeit sinnvoller als meine beiden Menschen im Moment. Mit einem Mittagsschläfchen, zum Beispiel. Oder damit, Ihr Haustier zu streicheln, sollten Sie eines vorrätig haben.

Doch ich schweife ab.

Ich muss mich um Schrödinger kümmern. Noch weiß ich nicht, was los ist, aber das finde ich schon noch raus. Ich stupse ihn gleich mal an und setze meinen Ich-muss-kacken-Blick auf. Vielleicht legt er dann das sinnlose Teil aus der Hand und läuft ein paar Schritte mit mir. Mir jedenfalls tut so ein Spaziergang immer gut.

Schrödinger

»Ich glaube, Horst muss schon wieder.«

»Hm«, machte Marion, ohne von ihrem Buch aufzublicken. Schrödinger stand auf. Nebenan wurde die Terrassentür geöffnet. Sekunden später wehte Zigarillorauch herüber.

»Möchtest du mit?«

Marion schüttelte stumm den Kopf. Offenbar war der Schmöker höchst fesselnd, auch wenn Schrödinger das bei dem Cover, welches einen Gartenzwerg am Strand zeigte, nicht verstehen konnte.

Er lugte um die Ecke. Heiner paffte genüsslich in den Wind.

»Moin!«, sagte er, als er seinen Kumpel entdeckte. Offenbar hatte er sich sprachlich schon an die Region angepasst.

»Hey!« Schrödinger wurde von Horst angestupst. »Ich wollte gerade eine kleine Runde drehen. Magst du mit?«

Der Rentner zuckte mit den Schultern. »Klar. Brigitte ist bei der Massage. Hot Stone oder so ein Murks. War zum Glück im Gewinn enthalten, die haben hier ja Preise, dass einem die Ohren wegbrechen. Lass bloß Marion nichts davon hören. Sonst blutet dir die Brieftasche.«

Das Trio machte sich auf den Weg. Unterwegs kannte Heiner kein anderes Thema als den Toten, von dem Brigitte ihm berichtet hatte. Denn genau so, wie er die Wassergymnastik verpennt hatte, so hatte er auch das Mittagessen verschlafen.

»Aber ich hab ja meine Ravioli!«

Obwohl es eigentlich nicht sein konnte, hatte Schrödinger den Eindruck, dass der Hund ihn zu einer kleinen Strandbar lotste. Jetzt, am Ende der Saison, waren nur wenige Menschen am Strand. Die meisten waren Rentner oder Familien mit kleinen Kindern, die noch nicht der Schulpflicht unterlagen. Keine Fraktion schien aktuell Durst oder Lust auf einen Snack zu haben, und so waren Heiner und Schrödinger die beiden einzigen Gäste. Heiner besorgte bei dem Verkäufer im Matrosenhemd zwei eiskalte Bierchen.

»Prost!«

Schrödinger trank dankbar das halbe Glas. Was er auch umgehend zu spüren bekam, da der Alkohol quasi keine Versickerungsgrundlage hatte in seinem ziemlich leeren Magen.

»Ich hätte schwänzen sollen«, sinnierte Schrödinger und sah aufs Meer hinaus.

»So frisch verheiratet wäre mir mit Brigitte auch was Besseres eingefallen, statt als Hupfdohle im Wasser rumzukaspern.« Heiner zwinkerte Schrödinger zu. Dann schwiegen beide. Schrödinger ging im Geiste zum wiederholten Mal den Vormittag durch. Führte sich die Bilder vor Augen. Sah sich im Bad um.

»Da schau an!«, dachte er und wurde ein wenig nervös. Er hatte einen Fehler gemacht. Einen wie ein blutiger Anfänger in Sachen Ermittlungsarbeit: Er hatte nicht auf die anderen Sportler geachtet; zu sehr hatte er den dunkelhaarigen Typen im Fokus gehabt. Und nun konnte er nicht mal sagen, ob UFO-Hermann, die Influencerin, Maik samt Gemahlin oder die Frau ohne Schuhe teilgenommen hatten. Ganz zu schweigen von den anderen Gästen, die für ihn bislang nur gesichtslose Menschen waren. Sollte also einer der Gäste den Toten –

von dem er weder wusste, wie er hieß, noch wer er war – auf dem Gewissen haben, dann kam jeder infrage. Jeder von den Gästen, jeder vom Personal. Es sei denn … er selbst, Schrödinger, hatte den Mann auf dem Gewissen.

Schrödinger leerte das restliche Bier in einem Zug, aber auf Heiners Frage, ob er Nachschub benötigte, schüttelte er verneinend den Kopf. Klar, er hätte sich gerne abgeschossen. Aber in seiner derzeitigen Lage brauchte er einen klaren Kopf. Heiner hingegen steuerte erneut auf die Bar zu und kam zurück mit einem Herrengedeck für sich selbst und einer Cola für seinen Kumpel.

Ob er Heiner in den Kreis der von ihm verdächtigten Personen aufnehmen sollte? Schrödinger haderte mit sich. Er mochte den Kerl. Hatte ihn seit der ersten Begegnung am Bodensee gemocht, als der Camper den Diebstahl seiner Latschen und seines Grills moniert hatte. Andererseits kannte er den Mann kaum. Was – außer ein paar Zechgelagen – verband sie schon?

Schrödinger sah einem Paar dabei zu, wie es seinen windeltragenden Sohn davon abhalten wollte, den kompletten Sand aus den Förmchen zu essen. Er sinnierte und fasste einen Entschluss. »Heiner, ganz ehrlich, hast du heute Morgen wirklich gepennt?«

»Quatsch!« Das klang so wunderbar ehrlich, dass Schrödinger innerlich aufatmete. »Die haben Sky im Hotel. Ich habe mir ein Special zur Champions League angeguckt.«

Schrödinger glaubte ihm. Und beschloss, Heiner in sein Dilemma einzuweihen. Im Flüsterton berichtete er seinem Kumpel die Geschehnisse des Vormittags.

Als er geendet hatte, schwieg Heiner einen Moment. Dann

stand er auf, kam mit einem neuen Bier und eiskaltem Küstennebel zurück und tat seine Meinung kund: »Du steckst knietief in der Scheiße.«

Dem war nichts hinzuzufügen. Über kurz oder lang würde Kommissarin Meesters herausfinden, dass er, Schrödinger, angetan mit der wohl peinlichsten Badehose in der Geschichte der Menschheit, aus der Tür des Hinterhofes gestürzt war.

»Darf ich?«, fragte Schrödinger und kippte, ohne Heiners Antwort abzuwarten, den Kurzen in sich hinein. Unter dem Tisch gab Horst ein Grunzen von sich.

Heiner sah auf seine Armbanduhr. Aus der Ferne betrachtet, mochte sie wie ein goldenes Exemplar eines Schweizer Luxusweckers wirken. Doch erstens sah Schrödinger, dass der Lack an vielen Stellen bereits abplatzte. Und zweitens hatte Heiner ihm verraten, dass er die *Rolex* für nicht mal fünfzig Euro beim Camping in Tschechien geschossen hatte. Dass das Ding nach all der Zeit noch immer funktionierte, war ein echtes Wunder.

»Ich muss dann mal. Brigitte ist gleich fertig geknetet.« Beide Männer erhoben sich. Horst gähnte ausgiebig, schloss sich ihnen dann aber an. Einen kurzen Moment lang schien der Hund zu überlegen, ob es sich lohnen würde, eine Möwe zu jagen. Dann aber trottete er brav hinter seinem Herrchen drein.

Die ersten Meter hinter der Strandbar legten sie in einträchtigem Schweigen zurück. Gerne hätte Schrödinger das Gespräch noch einmal auf sein Todesfall-Dilemma zurückgelenkt, doch Heiners ratlose Miene erstickte jedwede Hoffnung auf eine Lösung im Keim. Als sie sich vor dem Hotelgelände verabschiedeten, legte ihm der Bochumer mitfühlend die Hand auf die Schulter. »Halt die Ohren steif.«

Er trottete davon und ließ den Freund mit seinen Problemen zurück. Horst rieb sich mitfühlend an Herrchens Bein und überredete ihn zu einem weiteren Spaziergang. Der Hund hatte er ja recht. Er sollte seine Freiheit so lange genießen, wie er noch konnte. Lang würde er sie wahrscheinlich nicht mehr haben. Vermutlich blieben ihm zwei, maximal drei Stunden, bis die Kommissarin das Videomaterial ausgewertet hatte und Schrödinger zur Fahndung ausschrieb. So arbeitseifrig, wie sie vorhin gewirkt hatte, könnte es unter Umständen sogar noch früher der Fall sein.

Einen Moment lang überlegte er ernsthaft, zum Hotel zurückzueilen, sich Marion zu schnappen und mit ihr abzuhauen, solange die Gelegenheit dafür noch gegeben war. Heim nach Tuttlingen konnten sie zwar nicht, aber vielleicht könnten sie sich in einer Neuauflage von Bonnie und Clyde versuchen. Einfach vor der Polizei flüchten und schauen, wohin sie ihr Weg führte. Sie könnten sich nach Osteuropa absetzen. Oder sie nutzten den Fakt, dass sie sich an der Küste aufhielten, und schmuggelten sich auf das nächste Frachtschiff, ganz gleich, wohin es fahren würde. Im Idealfall zu irgendeinem Land in Übersee, das Delinquenten nicht an Deutschland auslieferte.

Die Vorstellung besaß durchaus ihren Reiz. Aber waren nicht alle derartigen Fluchtgeschichten am Ende übel ausgegangen? Nicht nur die von Bonnie und Clyde. Ebenso die von Thelma und Louise oder die von Butch Cassidy und Sundance Kid. Die wenigen Flüchtigen, die sich tatsächlich ins Ausland hatten absetzen können, führten danach ein Leben in ständiger Angst, selbst dieser Posträuber, wie hieß er noch mal? Wollte er das für Marion und sich? Wollte er seine

Liebste wirklich von ihrer Familie trennen? Noch dazu für etwas, wofür Marion gar keine Schuld trug. Der einzige Fehler, den sie begangen hatte, bestand darin, sich auf jemanden wie ihn einzulassen.

Schrödinger war nach Heulen zumute. Gab es nichts, was er tun konnte, um sein drohendes Schicksal abzuwenden? Zählte es denn gar nicht, dass er in den vergangenen fünfzehn Monaten vier spektakuläre Mordfälle praktisch in Eigenregie aufgeklärt hatte?

Das Problem war nur, dass der Fall diesmal komplett anders lag. Obwohl er keine Ahnung hatte, um wen es sich bei dem Toten handelte, bestand durchaus die Möglichkeit, dass er für den Todesfall verantwortlich war. Wenn das zutraf, gab es nichts zu ermitteln und aufzudecken. Höchstens, wieso zum Geier jemand in der Dunkelheit im Maschinenraum gewartet hatte. Tat so was jemand, der bei klarem Verstand war? Wenn derjenige tatsächlich meschugge war, könnte es mit viel Glück auf einen Unfalltod hinauslaufen. Aber mal Hand aufs Herz: Wie oft hatte Schrödinger in seinem Leben ernsthaft Glück gehabt? Als er Marion getroffen und als er Horst bekommen hatte. Davon abgesehen gab es nicht viel. Er war eher der Typ Mensch, auf den ein anderes Sprichwort zutraf: *Erst hat man kein Glück, und dann kommt auch noch Pech dazu*.

Allein die jetzige Situation war ein überdeutliches Beispiel dafür. Schon oft war Schrödinger in irgendwelche Schlamassel geraten. So schlimm wie diesmal hatte es jedoch noch nie ausgesehen.

Trotzdem war das kein Grund zum Aufgeben. War es nie gewesen und würde es auch diesmal nicht sein. Deshalb schied der Weg zum Hotel aus. In mehrfacher Hinsicht sogar. Nicht nur, dass er nicht mit Marion flüchten wollte, er wollte obendrein nicht Gefahr laufen, dort irgendeinem Polizisten zu begegnen. Aus dem gleichen Grund konnte er auch nicht zum Hinterhof gehen. Vor allem dort dürfte es von Uniformierten nur so wimmeln. Abgesehen davon war dort ohnehin alles abgesperrt.

Nein, besser war es, sich möglichst weit vom Tatort zu entfernen. Eventuell würde er ja bei einem Spaziergang durch Sellin den Kopf frei kriegen. Oder ihm würde etwas einfallen, wie er dieses Schlamassel aufklären konnte. Der Gedanke gefiel ihm und machte ihm Mut. Entschlossen machte er sich mit Horst auf den Weg.

Sie kamen vorbei am länglichen Gebäude der Kurverwaltung und folgten dem kleinen Hügel hinab zur Flaniermeile, wo ihn viele der weißgetünchten Gebäude an die Häuser der amerikanischen Südstaaten erinnerten. Bei all den breiten Balkons mit Rundbögen und all den geschwungenen Dächern kam er sich fast wie in einer Geschichte von John Grisham oder Mark Twain vor. Für Letzteren sprachen auch die gepflasterte Straße und der Fakt, dass darauf gerade keinerlei Autos in Sicht waren.

Sie spazierten weiter stadteinwärts, an unzähligen Touristenläden mit Souvenirs vorbei. Im Moment stand Schrödinger allerdings der Sinn nicht nach Ansichtskarten, Sonnenbrillen oder Schneekugeln mit Leuchtturmmotiven. Er war froh, dass sich die meisten Fußgänger ausschließlich für ihre eigenen Belange interessierten. Wann immer ihn jemand länger als zwei Sekunden ansah, hatte er das Gefühl, dass sie wussten, womit er sich gerade herumschlug.

Das war natürlich Quatsch. Ganz so rasch dürfte die Kommissarin ihn noch nicht zum meistgesuchten Mann der Insel ausgeschrieben haben.

Oder etwa doch?

Möglicherweise hatte er sich mit seiner Behauptung, ein Kollege aus Tuttlingen zu sein, nur noch mehr in ihren Fokus gerückt. Und als sie ihn dann beim Vorspulen der Überwachungsvideos im Hinterhof entdeckt hatte, hatte sie Eins und Eins zusammengezählt. Schließlich hieß es nicht grundlos, dass Mörder gerne an die Orte ihrer Verbrechen zurückkehren.

Genau das hatte er getan. Schlimmer noch: Er war sogar so dummdreist gewesen, die leitende Ermittlerin direkt mit der Nase auf sich zu stoßen. Im Nachhinein betrachtet, war das eine selten dämliche Aktion gewesen. Zumal sie eh nicht viel gebracht hatte. Nach wie vor wusste er nicht mehr, als dass der Tote männlich und um die dreißig war. Weiter half ihm das nicht. Und hätte es auch nicht getan, wenn es eine neunzigjährige Oma oder ein Drei-Zentner-Koloss gewesen wäre.

Ein lautes Kläffen riss ihn aus den Gedanken und er sah, wie ihnen einige Meter entfernt eine Familie mit einem kleinen blonden Mädchen und einem schwarzen Terrier entgegenkam. Der Hund starrte Horst grimmig an und schien aufs Äußerste bereit, um seine Familie zu verteidigen. Horst quittierte das Gehabe des Schoßhundes mit einem stoischen Blick. Er war es längst gewöhnt, dass kleine Hunde sich für Dobermänner hielten. Und er war sich auch bewusst, dass er die Fußhupen, wie er solche Winzlinge despektierlich nannte, mit einem Happs über die Regenbogenbrücke befördern konnte. Allein seine Trägheit ließ ihn auch dieses Mal davon absehen, aus dem kläffenden bisschen Hund eine Erinnerung für dessen Zweibeiner zu machen.

Ohne groß darüber nachzudenken, wechselte Schrödinger mit seinem Vierbeiner auf die andere Straßenseite. Für Diskussionen mit fremden Tierbesitzern besaß er nicht die Nerven. Nicht jetzt und sonst ohnehin auch nie. Zumal deren Bello ohnehin zu der weniger umgänglichen Sorte zu zählen schien. Das war mit Sicherheit keiner, an dessen Hinterteil Horst schnüffeln oder mit dem er zusammen Quatsch machen wollen würde. Geschweige denn, dass die dreiköpfige Familie das überhaupt zulassen würde.

Sie kamen am Zugang zu einer Pension und einem Restaurant vorbei. Auch dies war nichts, was Schrödinger beschäftigte. Am Bernstein-Museum bog er nach links in die Granitzer Straße ab und war froh, erst mal ganz für sich allein zu sein. Kurz spielte er mit dem Gedanken, Horst von der Leine zu lassen, verwarf die Idee jedoch rasch wieder. Bestimmt würde es nicht lange dauern, bis die nächsten Zweibeiner ihren Weg kreuzten. Von Autos auf der Straße ganz zu schweigen.

Und wirklich: Sie hatten noch keine zwanzig Meter zurückgelegt, da fielen ihm die ersten Passanten auf. Zuerst ein Pärchen mit einem Kinderwagen, das offenbar zu der Apotheke auf der anderen Straßenseite unterwegs war. Hinter den Bäumen, einige Meter die Straße hinauf, standen zwei weitere Personen und waren in ein Gespräch vertieft. Schrödinger überlegte schon, in eine der Seitengassen abzubiegen, als ihm etwas auffiel. Das Gesicht des Mannes bei den Bäumen kam ihm bekannt vor. War das nicht Maik, der Typ mit dem fiesen ostdeutschen Akzent? Ja, genau, das war er! Und die Frau, mit der er sich unterhielt, war Jessi, seine kurvenreiche Freundin.

Nein, Korrektur: seine Ehefrau. Die beiden schienen allerdings derart mit sich selbst beschäftigt zu sein, dass sie ihn gar nicht bemerkten. Einen Atemzug lang wirkte es so, als würden sie sich streiten. Doch das war es nicht. Vielmehr schienen sie wegen irgendetwas beunruhigt zu sein. Jessi lief immerzu hin und her und spielte nervös mit ihren Haaren.

Das weckte Schrödingers Interesse, und er ging näher auf sie zu. Zuerst noch ganz normal. Dann übernahm sein kriminalistisches Gespür das Kommando, und er pirschte sich im Sichtschatten einiger Sträucher und am Straßenrand geparkter Fahrzeuge näher heran. Irgendetwas hatte seinen sechsten Sinn aktiviert, obwohl er noch nicht genau sagen konnte, weshalb. Dennoch vertraute er voll und ganz darauf. Eventuell war es ja wichtig und betraf seinen Fall.

Bedauerlicherweise sprachen Maik und Jessi so leise, dass kaum etwas zu verstehen war. Selbst als sich Schrödinger nur noch einen Steinwurf entfernt befand, schnappte er kaum mehr als ein paar Worte und Satzfetzen auf. Einmal hatte er Glück und verstand zwei von Jessis Sätzen am Stück: »Einverstanden. Ich schalte einen Gang runter, solange die Polente da ist.«

Sie sprach die Worte mit einer Mischung aus Spott und Verzweiflung aus, die Schrödinger gleich noch hellhöriger machte. Wobei wollte sie einen Gang runterschalten? Und wieso war das besser, solange die Polizei in der Nähe war? Zweifellos sprachen sie über den jüngsten Tatort. Unter Umständen sogar über den Todesfall selbst. Hatten die zwei etwas mit der Sache zu tun? Kannten sie den Toten? Hatten sie ihn auf dem Gewissen und Schrödinger war nur mal wieder zur falschen Zeit am falschen Ort gewesen?

Er hatte keine Ahnung. Vielleicht war es eine Wunschvorstellung, vielleicht auch eine erste Spur. Bei dem bloßen Gedanken daran schlug Schrödingers Herz schneller. Aufgeregt leckte er sich über die Lippen.

Der nächste Satz von Maik gab ihm den Rest: »Wir sollten jetzt höllisch aufpassen!« Der Sachse fügte noch etwas hinzu, doch ausgerechnet da musste ein Auto an ihnen vorbeifahren, sodass der Rest seiner Aussage im Dröhnen des Motors unterging.

Schrödinger hielt es nicht aus. Er musste näher heran, um mehr herauszufinden. Er musste unbedingt wissen, worum sich das Gespräch drehte.

Er wollte viel – und bekam gar nichts.

Der vorbeifahrende Wagen hatte nicht nur Schrödinger, sondern auch seine zwei Verdächtigen gestört. Irritiert drehten sie sich um und blickten genau in Schrödingers Richtung.

Scheiße.

Schrödingers erster Impuls war ein beherzter Sprung hinter die Büsche. Doch bevor sein Gehirn den Befehl an seine Muskeln übermitteln konnte, schoben die Synapsen eine zweite Information hinterher: *Vergiss es. Dafür ist es zu spät.*

Leider hatten sie recht. Das sächsische Pärchen hatte ihn längst entdeckt, und Schrödinger blieb keine andere Wahl, als so zu tun, als käme er gerade zufällig hier entlanggelaufen. Maik trat vor seine Frau, sodass Schrödinger nicht genau sehen konnte, was sie hinter ihm tat. Es hatte den Anschein, als würde sie etwas hastig in ihre Tasche stopfen. Vielleicht sah es auch bloß danach aus.

»Na guck mol eener on«, rief Maik. »Was sucht'n ihr hier?«

»Frische Luft. Und ihr?«

»Genauso. Im Hotel wimmelt es ja von Blaumeisen. Das war uns'n bissel zu viel Trubel.«

»Habt ihr ne Ahnung, was da los ist?«

Das Ehepaar schüttelte synchron den Kopf. Es wirkte wie einstudiert – obwohl Jessi noch immer einen Meter hinter ihrem Gatten stand.

»Wo hast'n eigentlüsch deine Frau gelossen?«

»Auf der Terrasse. Sie wollte lesen, und der Hund musste raus. Sie hat gewonnen und ich verloren.«

Maik nickte grinsend. »Is bei uns och nich anders. Hauptsache's Frauchen is zufried'n, oderrr?« Er drehte sich kurz zu seiner Gemahlin um, so als wollte er sie für den Spruch um Verzeihung bitten. Als er wieder zu Schrödinger schaute, hatte er eine Frage auf den Lippen: »Apropos: Was macht'n ihr heut Abend? Am Strand ist doch dieses Lampionfest, zu dem wir hinwoll'n. Kommt ihr och?«

»Ich weiß noch nicht«, sagte Schrödinger. Wahrscheinlich sitze ich bis dahin schon in U-Haft, fügte er in Gedanken hinzu.

»Überlegt's euch mal«, schlug Jessi vor. »Das wird bestimmt saucool.«

Sie bedachte ihm mit einem Blick, der Polkappen zum Schmelzen brachte. Da kamen selbst frischgebackene Ehemänner ins Zögern. »Ich … äh … kann es ja nachher mal ansprechen.«

»Mach das mal«, stimmte Maik zu. »Würd uns escht freu'n.«

Er klopfte Schrödinger kameradschaftlich auf die Schulter und ging mit seiner Frau davon. Schrödinger konnte nicht anders, als ihnen hinterherzuschauen. Und auch einen kurzen Blick auf Jessis knackigen Hintern konnte er sich nicht verkneifen. Sie schwenkte ihn, als wüsste sie ganz genau, dass er sie beobachtete.

Nachdem sie hinter der nächsten Kurve verschwunden waren, ging Schrödinger ebenfalls weiter. Horst drängte es weiter die Ostbahnstraße hinauf, wo es mehr grün und weniger Häuser gab. Auch der Verkehr hielt sich stark in Grenzen. Auf der Straße waren lediglich zwei Fahrradfahrer unterwegs, und auf den Fußwegen blieb die Zahl der Passanten überschaubar. Ans Durchatmen war trotzdem nicht zu denken. Als er auf eine imposante Stadtvilla mit dem klangvollen Namen *Sommerfrische* zusteuerte, erkannte er am Straßenrand ein weiteres bekanntes Gesicht. Es gehörte zu einer zierlichen Gestalt, die mit dem Rücken zu dem gewaltigen Gebäude stand und ein Smartphone auf Kopfhöhe hochhielt. Mit übertriebener Grimasse sprach sie etwas mit leiser Stimme in die Kamera ihres Telefons, hielt jedoch sofort inne, als sich Hund und Herrchen ihr näherten. Schlimmer noch: Sowie sie Schrödinger und Horst entdeckt hatte, winkte sie ihnen freudig zu.

Auch hier blieb keine Chance, rechtzeitig das Weite zu suchen. Also mussten sie in den sauren Apfel beißen und die Influencerin mindestens begrüßen. Schrödinger versuchte es mit Winken, doch so billig ließ ihn die Frau nicht davonkommen.

»Sind Sie gerade auf Erkundungstour?«, rief sie schon aus einiger Entfernung.

»So was in der Art.«

»Und was haben Sie schon alles gesehen?«

»Nicht so viel. Den Strand, die Seebrücke, das Hotel. Solche Sachen.«

Sie nickte wissend. »Sehr viel weiter bin ich auch noch nicht. Schade, ich hatte gehofft, dass Sie vielleicht ein paar Tipps für mich hätten.«

»Für deinen Instagram-Kanal?«

Die Influencerin begann zu strahlen. »Ja, genau. Woher wissen Sie das?«

»Ich bin noch nicht so alt, wie du vielleicht denkst. Du kannst auch gerne Du zu mir sagen.«

»Okay, du, das werde ich machen. Wie ist dein Name?«

»Ich bin Schrödinger. Einfach nur Schrödinger. Nicht mehr, aber auch nicht weniger.«

»Kein Vorname?«

Er schüttelte den Kopf. »Meine Eltern waren so arm, die konnten sich so was nicht leisten. Jedenfalls keinen richtigen Namen.«

»Hihi. Na, wie du meinst. Ich bin übrigens die Zoe. Zoe Hollmann.« Sie hielt ihm die obere Handseite so hin, als würde sie einen Handkuss darauf erwarten. Aber aus der Epoche, als das mal angesagt war, stammte er definitiv nicht. Also ergriff er ungeschickt ihre Hand und schüttelte sie.

»Der Kollege hier ist übrigens Horst. Bei ihm hat es nicht für einen Nachnamen gereicht.«

»Dann passt ihr ja gut zusammen. Horst Schrödinger. Wäre auch ein cooler Name. Für einen alten Sack.«

Mit einem Zwinkern ging sie in die Knie und streckte vorsichtig die Hand nach dem Vierbeiner aus. Horst schnüffelte kurz an ihrer Hand und ließ sie dann gewähren. Bei Gratis-Kraulen sagte er nie Nein.

»Hast du eigentlich mitbekommen, was gerade im Hotel los ist?«, fragte Zoe aus der Hocke heraus. »Da ist vorhin ein ganzes Polizeiaufgebot vorgefahren. Ist was passiert?«

»Ich glaube, im Hinterhof gab es einen Toten.«

»Einen Toten? Krass! Ist jemand ermordet worden?«

Dass die Leute immer gleich das Schlimmste annehmen mussten! »Vielleicht war es ein Unfall.«

»Wer ist es?«

»Keine Ahnung.«

»Ist es ein Mann oder eine Frau? Das dürfte schon feststehen, oder?«

»Ich glaube, ein Mann.«

»Und wie ist er umgekommen?« Zoe ließ von Horst ab und richtete sich auf.

»Du willst es aber genau wissen.«

»Ja, ich bin von Natur aus neugierig. Das haben meine Eltern schon immer gesagt. Und meine Lehrer auch.« Sie grinste verschmitzt. »Also, was kannst du mir über die Sache erzählen?«

Langsam wurde es Schrödinger etwas unangenehm. »Nichts. Ich war ja nicht dabei.«

»Schon klar. Hätte ja sein können, dass du was mitgekriegt hast.«

Er schüttelte den Kopf.

Zoe seufzte. »Ist wahrscheinlich zu früh für mehr Details. Aber echt heftig, dass jemand ausgerechnet da umkommt, wo wir Urlaub machen. Wobei: Bei mir ist es bloß so halb Urlaub. Die andere Hälfte ist Arbeit.« Sie stoppte zunächst und sprach dann weiter, als sie Schrödingers irritierte Miene sah. »Na ja, ich hab da so einen Deal mit dem Hotel. Ich darf hier umsonst ein paar Tage übernachten, wenn ich in auf meinen Accounts davon berichte. Da hab ich natürlich nicht Nein gesagt. Ein paar Reels und Storys mach ich ja ständig. Warum dann nicht auf Rügen?«

»Die vom Hotel haben dich eingeladen? Ich bin beeindruckt.«

»Ja, das ist so üblich. Also bei den Top-Influencern. Ist ne klassische Win-Win-Situation. Ich krieg ordentlich Klicks und die haben mehr Gäste. Was will man mehr? Am meisten haben natürlich die Hotels davon. Kostet die ja eh nicht viel in der Nebensaison. Da sind die Zimmer sowieso nicht alle ausgebucht.«

»Und denen ist vollkommen egal, was du berichtest?«

Zoe machte mit der Hand eine Wackelbewegung. »Na ja, so halb. Die wollen schon, dass man am besten bloß das Positive berichtet. So ein Mord …«

»… oder Unfall«, warf Schrödinger ein.

»Oder Unfall, von mir aus. Jedenfalls passt das nicht so ganz ins Konzept. Ist ja auch voll *cringe*, so was. Mal schauen. Vielleicht dreh ich trotzdem was darüber. Mal schauen, was es darüber zu sagen gibt. Kann ja auch ein Kompliment fürs Hotel sein, wenn die selbst mit so was professionell umgehen. Oder – und das wäre noch krasser – wir stehen am Anfang einer Mordserie, und es wird bald als Mörderhotel bekannt. Und wir mittendrin. Das wär was, oder?«

»Ach, weißt du, ich brauche nicht unbedingt eine Mordserie. So was dürfte für die meisten Beteiligten eher unerfreulich sein, wenn du verstehst, was ich meine.«

Sie feixte amüsiert. »Ja, schon klar.«

»Und diese Hotelreportagen machst du hauptberuflich?«, fragte Schrödinger, um von dem unangenehmen Thema wegzukommen.

»Nicht direkt die Hotelbesuche. Mein Account auf Insta heißt ja *Holly-Day Beauty Naked*. Holly mit Doppel-L, weil mein Nachname Hollmann ist. Ein kleines Wortspiel, weißt du.«

Er nickte zustimmend. Soweit kam er noch mit.

»Das *Beauty Naked* ist bewusst zweideutig. Wenn die Leute *Naked* lesen, sind sie schon mal neugierig. Außerdem will ich ja die nackte Schönheit zeigen. Die von der Natur, von Häusern, manchmal sogar vom Essen. So eine Art Lifestyle-Beobachterin. Ich führ die Leute zu allen Sachen, die sie gesehen haben sollten. Das mache ich full-time.«

»Und wer genau schaut sich das an?«

»O Mann, du bist echt von gestern, oder? Social Media ist die Zukunft. Die alten Leute sind bei Facebook und die Jugend bei Insta, Snapchat und Tiktok. So sind alle untereinander vernetzt. Jeder will alles von jedem wissen.«

»Also, ich will das nicht. Wo bleibt denn da die Privatsphäre?«

Das brachte Zoe ein weiteres Mal zum Schmunzeln. »So was ist doch voll Neunziger. Das gibt's heutzutage nicht mehr.«

»Aber das ist doch schlecht!«

»Ist es auch. Aber seit dich Google und Siri ausspionieren und dein Kühlschrank meldet, wenn dir die Milch ausgeht, ist es mit Privatsphäre eh vorbei. Da geht es nicht mehr um das Ob, sondern bloß noch ums Wie. Und das können wir mitgestalten. Wieso nicht aus der Not eine Tugend machen, wie meine Oldies immer sagen. Wenn ich eh pausenlos überwacht werde, kann ich auch gleich mitarbeiten und es zu meinen Bedingungen tun.«

Schrödinger erschreckte, wie abgeklärt sie mit dem Thema umging. Als wenn es für sie etwas ganz Natürliches wäre. Er fragte sich, ob Zoe das alles zu locker sah oder ob er noch zu sehr im Gestern verwurzelt war, um die neue Weltordnung zu akzeptieren.

»George Orwell wäre stolz auf dich«, bescheinigte er ihr. »Aus deinem Mund klingt das alles ziemlich logisch. Ich glaube, darüber muss ich mal nachdenken.«

»Tu das. Wenn du noch was wissen willst, komm auf mich zu. Und sag mir Bescheid, wenn du was über den Mord ... äh ... ich meine, den Eventuell-Unfall hörst. Vielleicht ist das was für meinen Lifestyle-Blog. So was gehört ja auch dazu. Irgendwie.«

»Du bist ganz schön *cringe*«, gab er ihr ihren eigenen Ausdruck zurück. Schrödinger hatte keine Ahnung, ob er in dem Zusammenhang passte. Er wusste nicht mal genau, was dieser komische Begriff überhaupt bedeutete. Und musste es wahrscheinlich auch nicht. Für die Jugendsprache war er eh viel zu alt.

Er winkte Zoe kurz zur Verabschiedung und trottete mit Horst weiter. Nach so viel neumodischem Geplapper über Virtuelles verspürte er große Lust auf etwas Wahrhaftiges und Echtes. Irgendwas, was mehr in der wirklichen Welt verankert war. So was wie ein Matjesbrötchen oder eine Currywurst. Bei dem Gedanken, dass dies wahrscheinlich nichts war, worüber Zoe bei Instagram berichten würde oder es das Fitnesshotel anbieten würde, weil es zu viele Kohlenhydrate oder zu viel was auch immer besaß, musste er schmunzeln. Manchmal kam er sich wie ein Relikt aus einer längst vergangenen Zeit vor – und es fühlte sich oft gut an. Jedenfalls oft genug.

Horst schien bereits die Fährte der nächsten Imbissbude aufgenommen zu haben und führte Herrchen zielgerichtet über eine Nebenstraße in Richtung Zentrum zurück. Oder vielmehr: Er versuchte es.

Plötzlich kam neben ihnen ein schwarzer Volvo zum Stehen. Die Scheibe auf der Beifahrerseite wurde heruntergelassen und Schrödinger traute seinen Augen nicht. Am Steuer des Autos saß Imke Meesters. Scheiße.

»Herr Schrödinger, na das ist ja ein Zufall! Ich war gerade auf dem Weg zu Ihnen.«

Sie klang beinahe amüsiert. Ihm hingegen verknotete sich auf einen Schlag der Magen.

»So ... worum geht es denn?«

»Ich glaube, das wissen Sie ganz genau. Was halten Sie davon, wenn Sie zu mir ins Auto steigen und wir uns an anderer Stelle weiter unterhalten?«

»Das geht nicht. Ich ... äh ... bin gerade mit dem Hund unterwegs.«

Die Kommissarin winkte ab. »Kein Problem. Der Wuffi ist bestimmt stubenrein. Nehmen Sie ihn einfach mit. Keine Sorge, ich will nur reden.« Sie murmelte noch etwas, das wie »Fürs Erste« klang. Obwohl Schrödinger es nicht genau verstand, machte es ihm eine Heidenangst.

Erneut kochte der Fluchtimpuls in seinem Inneren hoch, doch sein Verstand erinnerte ihn daran, wie sinnlos das wäre und dass er damit alles nur schlimmer machen würde.

Schweren Herzens stiegen Hund und Herrchen in den Dienstwagen der Polizistin.

Horst

Das war ja mal nix. Erst diese komische Internet-Tussi, dann die Kommissarin. Mann, Schrödi, wieso müssen wir immer so ein Dusel haben? Noch schlimmer ist bloß, dass mein Dosenöffner einfach so in das Polizeiauto gestiegen ist. Mit mir!

Und das nicht nur, weil es da drinnen so übertrieben nach Pfefferminz riecht.

Ich dachte immer, Schrödinger hätte genug Krimis konsumiert, um zu wissen, wie dumm so eine Vorgehensweise ist. Niemand steigt einfach so in ein Polizeiauto, wenn die Bullen keinen Haftbefehl haben. Von wegen, dass die Tussi bloß mit ihm reden will!

Wir wissen alle, wie so was abläuft. Erst sperrt sie ihn in ein Verhörzimmer und bietet ihm scheinheilig einen Kaffee an. Um ihn einzulullen, bevor sie buchstäblich die Fakten auf den Tisch knallt und die Handschellen zückt.

Es ist ja nicht so, als würde sie in einem Todesfall ermitteln und Schrödinger wäre ihr Hauptverdächtiger! Mann, wie blöd kann dieser Mensch sein?

Bevor wir uns versehen, atmet Schrödinger gesiebte Luft hinter schwedischen Gardinen. Und was wird dann aus mir armem Boxerhund? Mit in die Zelle darf ich nicht. Will ich ehrlich gesagt auch nicht. Mal Hand aufs Herz, wer möchte schon freiwillig in den Knast?

Na ja, jetzt hoffen wir mal, dass Herrchen wenigstens so clever ist, mit dem ihm zustehenden Anruf Marion zu verständigen. Damit sie mich abholen und … tja, was macht man in so einem Fall noch? Ich hab echt keine Ahnung!

Mir schwant wirklich Übles.

Und aus irgendeinem Grund muss ich an Hillu denken. Das ist in etwa das Letzte, was ich gerade will.

Schrödinger

Das Polizeihauptrevier Bergen befand sich rund 20 Kilometer vom Ostseebad Sellin entfernt und entpuppte sich als vierstöckiger Quader, relativ neu aussehend und mit dem subtilen Schriftzug *Polizei* in Großbuchstaben an der rechten Hausseite. Mehrere blausilberne Volvo-Kombis mit getönten Heckscheiben parkten in unmittelbarer Nähe und machten für Schrödinger die Polizeipräsenz sehr deutlich spürbar.

So als wären sie alte Kumpel, die mal wieder zusammen schnacken wollten, führte die Kommissarin sie in ein karges Befragungszimmer, das abgesehen von einem länglichen Tisch und Stühlen auf beiden Seiten nicht viel zu bieten hatte. Mit dem Angebot, Kaffee für sie und ein Schälchen Wasser für den Hund zu holen, verabschiedete sie sich und ward die nächsten zwanzig Minuten nicht gesehen. Offenbar musste sie die Kaffeebohnen erst noch mahlen, nachdem sie ihn am Rostocker Hafen abgeholt und persönlich durch die Verzollung geführt hatte. Als Schrödinger schon fast nicht mehr darauf zu hoffen wagte, öffnete sich die Tür, und Imke Meesters kam ganz ökobewusst mit zwei dampfenden Keramiktassen zu ihm in den Raum. Die Wasserschüssel für den Hund schien sie vergessen zu haben.

»Entschuldigen Sie, ich musste noch kurz mit meiner Kollegin Romy Beccare wegen eines anderen Falls sprechen. Das hat länger gedauert als gedacht. Dafür habe ich jetzt frisch aufgebrühten Kaffee dabei. Sozusagen als Versöhnungsangebot, werter *Kollege.*« Das letzte Wort sprach sie auf eine Weise aus, die ihm gar nicht gefiel. Selbst Horst brummte am Boden skeptisch. Da half auch nicht, dass sie eine der Tassen kameradschaftlich zu Schrödinger herüberschob.

»Ich habe vorhin übrigens mal in Tuttlingen angerufen.«

O nein, auch das noch! Schrödingers Muskeln verkrampften sich. Er ahnte, was gleich folgen würde.

»Es hat ein bisschen gedauert, bis ich jemand gefunden habe, der Sie tatsächlich kennt. Schließlich hat mich eine gewisse Verena Hälble von der Kripo über alles aufgeklärt. Dass Sie technisch gesehen gar kein richtiger Kollege sind, ihr aber bei einer verzwickten Mordermittlung im Kleintierzüchtermilieu geholfen haben. Offenbar waren Sie für sie sogar undercover unterwegs und haben maßgeblich zur Aufklärung des Falls beigetragen.«

»Ich habe nie behauptet, ein Kommissar zu sein«, beteuerte Schrödinger. »Ich meinte nur, dass ich *quasi* ein Kollege bin. Nichts davon ist gelogen.«

Meesters nippte an ihrem Kaffee. »Frau Hälble meinte auch, dass Sie ein bisschen schusselig sind und das untrügliche Talent besitzen, sich in irgendwelche Schwierigkeiten zu bringen.«

»Bin ich denn in irgendwelchen Schwierigkeiten?«

»Technisch gesehen: ja. Wir haben uns nämlich die Bänder der Überwachungskamera angeschaut. Dreimal dürften Sie raten, wen wir da auf dem Hinterhof entdeckt haben. Ich verstehe nur nicht so ganz, wieso Sie da in einer kurzen Hose rumgelaufen. Mit nacktem Oberkörper. Sie müssen echt viel innere Hitze haben, wenn Sie das im Oktober noch machen.«

»Hab ich nicht. Das war so nicht geplant. Die kurze Hose war nämlich eine Badehose.«

»Und Sie haben sich auf dem Weg zum Schwimmbecken verlaufen?«

»Technisch gesehen: ja«, wiederholte er ihre Worte mit einem kleinen Lächeln. Dann schilderte er ihr, wie er mit seiner Frau zur Wassergymnastik gegangen und vom Becken aus einen vermeintlichen Dieb beobachtet hatte. Bei der Verfolgung hatte er sich aus Versehen ausgesperrt. Den Teil mit den Metalltreppen und dem heruntergefallenen Was-auch-immer ließ er vorsichtshalber aus.

Die Kommissarin lauschte schweigend und machte sich auf einem linierten Block Notizen. Neben ihnen hatte sich Horst derweil ausgestreckt und schnarchte so laut, als würde er in seinen Träumen den gesamten Rügener Baumbestand abholzen. »Wie sah der vermeintliche Dieb aus?«

Schrödinger beschrieb ihr das, was er vom Becken aus beobachtet hatte. Zumindest das Wenige, bevor ihm der Rentner den Schwall Chlorwasser in die Augen gespritzt hatte. Auch das notierte sich die Polizistin auf ihrem Block.

»Kennen Sie einen Björn Elvers?«

»Nein. Diesen Namen habe ich definitiv noch nie gehört. Heißt so der Tote?«

Sie nickte kaum merklich. »Wann sind Sie auf Rügen angekommen?«

»Gestern. Außer dem Strand und dem Hotel haben wir noch nicht viel gesehen. Im Aquapark waren wir heute zum ersten Mal. Den Dieb habe ich vorher auch noch nie gesehen.«

»Zwei Tage erst? Da hatten Sie nicht viel Zeit, sich Feinde zu machen.«

»Erstens das, und zweitens habe ich keine Feinde. Ich bin ein äußerst umgänglicher Zeitgenosse. Da können Sie jeden fragen.«

Einen Moment lang herrschte Schweigen. Imke Meesters Blick wanderte zwischen ihrem Gegenüber und den Aufzeichnungen hin und her. Sie wirkte unschlüssig.

In Schrödinger keimte eine leise Hoffnung. »Bin ich jetzt verhaftet?«, fragte er ganz direkt.

Erneutes Schweigen. Es machte ihn ganz kirre.

»Wie kommen Sie darauf? Wenn Ihre Geschichte stimmt, gibt es keinen Grund, das anzunehmen. Dann waren Sie bloß zur falschen Zeit am falschen Ort. Mal wieder. Das würde sich mit der Aussage meiner Tuttlinger Kollegin decken. Trotzdem würde ich vorschlagen, dass Sie die nächsten Tage in der Gegend bleiben. Falls ich weitere Fragen haben sollte.«

»Selbstverständlich, kein Problem. Ich hatte nicht vor, schon wieder abzureisen. Meine Frau würde mich umbringen. Wir sind hier in unseren Flitterwochen.«

»Flitterwochen?« Die Kommissarin hob überrascht die Brauen. »Dann mal dat Allerbest für Sie, wie man bei uns so schön sagt. Da fängt Ihr Urlaub ja gut an.«

Das brachte Schrödinger zum Schmunzeln. »Es kann nur besser werden. Aber das sag ich mir immer.«

Sie erhoben sich, und die Kommissarin begleitete ihn nach draußen. Offenbar kam er diesmal tatsächlich mit einem blauen Auge davon. Er konnte sein Glück kaum fassen.

Nach dem recht ernsten Unterton ihrer Unterhaltung ging Schrödinger nicht davon aus, dass Meesters ihn zurück zum Ostseebad Sellin fahren würde. Doch als er sie nach der Telefonnummer eines hiesigen Taxiunternehmens fragte, schüttelte sie entschieden den Kopf. »Auf keinen Fall. Sie genießen den kompletten Hol- und Bringservice. Sie wissen doch: die Polizei – dein Freund und Helfer.«

Er überlegte, ob hinter den freundlichen Worten eine Finte stecken könnte. Möglicherweise würde sie ihm während der zwanzigminütigen Fahrt ja nebenbei ein bisschen auf den Zahn fühlen wollen. Dies war bei der Kripo schließlich nicht unüblich: den Verdächtigen in Sicherheit wiegen und ihm suggerieren, man würde nur ein bisschen miteinander plaudern.

Und tatsächlich verwickelte ihn die Kommissarin sofort in ein Gespräch, kaum dass sie mit dem Volvo in Richtung Küste unterwegs waren. Sie befragte ihn, was für Ausflugsziele Schrödinger für sich und seine Frau geplant hatte, und schlug eine Rundreise mit dem Schiff vor. »Die starten direkt an der Seebrücke. Da kriegen Sie die Kreidefelsen, den Hafen und alles andere zu sehen. Lohnt sich auf jeden Fall.«

»Ich weiß nicht, ob das was für meinen nervösen Magen ist. Wenn ich die ganze Fahrt über mit dem Kopf über der Reling hänge, bringt das keinem was.«

»Sie alte Bangbüx, für so was gibt es doch Reisetabletten«, ermunterte sie ihn. »Wenn das nix für Sie ist, sind da auch noch der Baumwipfelpfad und der Adlerhorst. Ich weiß aber nicht, ob Hunde dort erlaubt sind.«

»Vermutlich nicht«, sagte Schrödinger kurz angebunden. Vermutlich würde er keinen der Vorschläge nutzen. Schon allein, weil die Polizistin ihm das vorgeschlagen hatte. Wer weiß, eventuell kannte sie auf dem Schiff oder am Baumwipfelpfad ja Leute, die ihn im Auge behalten konnten.

Meesters fuhr ihn direkt bis zur Hoteleinfahrt und wünschte ihm einen schönen Abend. Auch dahinter konnte eine Doppeldeutigkeit stecken, aber nachdem er ihr nicht verraten hatte, was er den Rest des Tages vorhatte, konnte es genauso eine nett gemeinte Verabschiedungsfloskel sein.

Er schaute hinterher, wie sie in ihrem Dienstwagen davonfuhr, und betrat anschließend das Hotel. Als er die Zimmertür aufsperrte, eilte Marion sofort auf ihn zu. In der Hand hielt sie das Gartenzwergbuch, in dem sie vorhin geschmökert hatte. Inzwischen steckte das Lesezeichen fast in der Hälfte des Buches.

»Da seid ihr ja endlich! Wo wart ihr denn so lange? Ich stand kurz davor, die Polizei einzuschalten.«

»Das wäre nicht nötig gewesen«, beruhigte er sie. »Technisch gesehen habe ich mich einfach ein bisschen verquasselt.«

»Technisch gesehen?« Marion sah ihn fragend an.

»Na ja, erst war ich mit Heiner am Strand. Danach habe ich Maik und Jessi getroffen, und dann hat mir die Influencerin ein Ohr abgekaut. Sie heißt übrigens Zoe.«

»Aha.«

»Übrigens haben mich unsere Freunde aus Sachsen gefragt, ob wir nicht heute Abend zum Strand kommen wollen. Dort findet nämlich ein Lampionfest statt.« Schrödinger hielt es für besser, gleich in die Offensive zu gehen. Den Teil mit der Kommissarin behielt er lieber für sich.

»Ein Lampionfest? Was ist denn das?«

»Keine Ahnung. Wahrscheinlich was mit vielen Lichtern. Klingt auf jeden Fall interessant.«

»Damit könntest du recht haben. Darf Horst dorthin auch mit?«

Schrödinger zuckte mit den Schultern. »Es ist der Strand. Warum nicht?«

Horst

Ja, ich mag Schrödinger. Was bleibt mir auch anderes übrig? Er sorgt für mein Fressen, obwohl er nicht immer die richtigen Dosen erwischt. Ich fahre ja voll auf Rind ab, aber er kauft viel zu oft geschmacklose Ente. Als Trockenfutter. Ich bitte Sie! Und ja, wenn mein Schlafkissen durch ist, weil es plötzlich explodiert ist – NEIN! Ich würde niemals den Stoff aufbeißen und die Füllung herauspulen! –, bekomme ich umgehend Ersatz. Ich besitze ausreichend schicke und bequeme Halsbänder. Sogar eines mit leuchtenden LEDs für die dunkle Jahreszeit. Im Napf ist stets frisches Wasser. Ja, ja.

Aber. Sie kennen dieses Aber.

Erstens hätte ich dem kläffenden Minihund heute gerne mit einem schnellen Biss die Meinung gegeigt. Zweitens: Wie kann Herrchen so saudoof sein und in den Wagen von dieser Meesters einsteigen? Die verspricht, mir Wasser zu bringen, und hält das Versprechen dann nicht? Von so einer Frau ist nichts zu erwarten.

Tja, und nun warte ich hier im Doppelbett. Entgegen meiner Hoffnung sind Marion und Schrödinger nämlich erst mal allein zum Abendessen gegangen. Na ja, sollen sich die beiden doch gerne Tofu reinziehen, ich hatte eben einen randvollen Napf mit Trockenfutter. Mal wieder Geflügel, bäh, aber immerhin ist mein Magen voll. Den Durst habe ich mit Wasser runtergeschlabbert, das ein wenig nach Salz und Chlor schmeckte. Zu Hause im Schwabenland ist das definitiv leckerer.

Jetzt liege ich hier auf dem Rücken, meinen prall gefüllten Bauch Richtung Decke gestreckt. Es wäre der perfekte Moment, um mich von Schrödinger oder Marion ins Verdauungskoma massieren zu lassen. Aber so wie ich gehört habe, wollen die beiden nachher noch mal raus. Mit mir.

Herr der Hunde da oben in den Wolken: Mach, dass ich pennen darf!

War ich undeutlich? Die Tür geht auf. Marion schnappt sich ihre rote Fleecejacke, und Schrödinger nimmt die Leine vom Garderobenhaken neben der Tür. Jetzt? Ernsthaft? Leute, wenn ich kacken muss, dann geht das auch hinter dem Sessel. Aber doch nicht draußen! Mitten in der Nacht. Wo es stockdunkel ist. Können Sie mir bitte helfen?

Schrödinger

Horst taperte an der straffgezogenen Leine hinter seinem Herrchen drein, als würde er auf der Stelle zur Schlachtbank geschleppt. Schrödinger musste immerzu zerren und ziehen, um seinen Hund in Richtung des Strandabschnittes zu bugsieren, der den Hotelgästen vorbehalten war.

»Vielleicht ist er beleidigt?«, mutmaßte Marion amüsiert.

»Wieso das denn?« Schrödinger zerrte an der Leine, die sich um einen Mülleimer gewickelt hatte.

»Glasklar«, lachte Marion. »Wir hatten Heiners berühmte Dosenravioli! Horst aber nur sein Trockenfutter. Ente, glaube ich. Kann es sein, dass er das nicht so gerne mag?«

Die Ravioli lagen Schrödinger schwer im Magen, zumal Brigitte die insgesamt vier Dosen mit ebenso vielen Paketen Streukäse überschüttet hatte. Er pupste. Leise, aber ausgiebig. Ente oder nicht, seinem Gedärm war das egal.

Auch Marion schien der Edamer zu beschäftigen. Sie hielt kurz an, tat so, als würde sie über das nachtschwarze Meer schauen und wackelte mit den Hüften. Den eindeutigen Geruch ignorierte ihr frisch gebackener Ehemann, ein heimliches Grinsen konnte er sich aber nicht verkneifen.

Er zwinkerte Horst zu. Der schien zurückzugrüßen und wässerte den Ständer eines zusammengeklappten Sonnenschirms. Danach sah er sein Herrchen mit einem braunäugigen Blick an, der besagte: Das ist auf immer und ewig *meine* Stahlstange.

»Hach ja!« Marion wirkte erleichtert und breitete in der kruden Mischung aus Salzwasser und Flatulenz die Arme aus.

»Hach ja!«, sagte auch Schrödinger, kniff die Riechsensoren zusammen und nahm seine Herzdame fest in die Arme. Beide schwiegen und gaben sich dem gleichmäßigen Rauschen der Ostseewellen hin. Mehr und mehr Gäste des Hotels gingen an ihnen vorbei und steuerten den Strand an. Dort lockten bunte Lampions in allen Regenbogenfarben.

»Wollen wir?«, fragte Schrödinger und wollte Marion eben einen zärtlichen Kuss geben, als eine Pranke ihm auf die Schulter schlug.

»Na, ihr Schnullis? Lust auf Party?« Schrödinger fuhr herum und sah in das grinsende Konterfei von Heiner, der mit einer bereits entkorkten Flasche Rotwein vor seiner Nase herumwedelte.

Innerlich seufzte er, aber als Marion sich bei Brigitte unterhakte, folgte er den Dreien. Horst trottete schicksalsergeben an seiner Leine hinter ihm her. Dem Boxer war deutlich anzusehen, dass er sich lieber im Hotelbett räkeln würde.

Kaum hatte das Quintett das Epizentrum des Geschehens erreicht, knackte es aus unsichtbaren Lautsprechern, und nur Sekunden später dudelte Helene Fischer über den Strand, dass sie nachts ziemlich atemlos war.

»Ach du Scheiße!«, murrte Schrödinger. Horst ließ sich fallen, wo er gerade war, Marion verdrehte die Augen. Doch Heiner, Brigitte und ein Großteil der Hotelgäste ließen sich von der Silbereisen-Ex aus der Konserve mitreißen und grölten mehr schief als richtig mit. Schrödinger überlegte, eine saftige Beschwerde zu schreiben. Sie waren hier nicht am Ballermann, sondern an der Ostsee. Da durfte man doch wohl etwas Filigraneres erwarten!

Gemeinsam mit seiner Frau und seinen Zimmernachbarn

bahnte Schrödinger sich einen Weg durch die Feiernden. Dass nur wenige Stunden zuvor ein Toter auf dem Hotelgelände gefunden worden war, schienen die meisten nicht zu wissen. Oder wenn, dann war es ihnen schlichtweg egal. Urlaub war nur einmal im Jahr.

So schienen das auch Maik und seine Gattin zu sehen. Sie war zum Lampionfest in einem ultrakurzen schulterfreien Etwas in Pink angetreten und feierte frenetisch die Hymne aller Schlagerfans. Sie riss die Arme in die Luft, drehte sich im Kreis und schien ihren Gatten, der lediglich wie ein seniler Senior mit den Hüften wackelte, komplett zu ignorieren.

»Stoff?«, fragte Schrödinger seine Bande. Alle nickten. Er drückte Marion die Leine des in Trance verfallen zu scheinenden Hundes in die Hand und bahnte sich einen Weg durch die Ballermänner. Am von Lampions erhellten Büffet orderte er acht Küstennebel und ebenso viele herbe Küstenbiere. Der Kellner sah ihn irritiert an.

»Bin mit ganz arg vielen Freunden hier«, sagte Schrödinger und nahm das gut gefüllte Tablett in Empfang. Es kostete ihn einige Mühe, es unfallfrei über den Sand zu seiner Clique zu transportieren. Die hatte mittlerweile eine Rattan-Sitzgruppe in Beschlag genommen. Heilfroh, nichts von dem kostbaren und offensichtlich kostenlosen Nass verschüttet zu haben, stellte er das Tablett auf dem niedrigen Tischchen ab.

»Ist doch ein Anfang!«, freute sich Heiner und gönnte sich zwei Küstennebel hintereinander, die er mit einem Pils neutralisierte.

»Gibt's keinen Sekt?«, fragte Brigitte.

»Hab ich nicht gefragt«, gestand Schrödinger und kam um weitere Erläuterungen herum, als Micky Krause ein rotes

Pferd samt Fliege in den Ostseehimmel wummerte. Die Umstehenden feierten, als wären sie Duracell-Häschen auf Speed. Schrödinger widmete sich einem Küstennebel. Als er es Heiner nachtun und zum zweiten greifen wollte, sah Marion ihn mit hochgezogenen Augenbrauen an. Diesen Blick kannte er, den hatte sie von ihrer Mutter übernommen. Auch bei Hillu galt es in solch einem Moment, auf der Hut zu sein. Also entschied er sich für ein Bier. Brigitte übernahm seinen Schnaps und griff auch beim Gerstensaft beherzt zu, während Marion nur kurz an der Schaumkrone nippte und das Glas dann wieder abstellte.

»Falsch, alles falsch, falsch!« Schrödinger zuckte vor Schreck zusammen, als sich von hinten eine Hand auf seine Schulter legte. Er fuhr herum und blickte in das sorgenvolle Gesicht von NASA-Hermann.

»Was ist falsch?«, fragte er.

»Alles! Wissen Sie das nicht? Sie waren mein Zeuge. Sie sind eingeweiht. Sie sind ein Geweihter!«

Aus dem Augenwinkel sah Schrödinger, wie Heiner sich an die Stirn tippte.

»Bierchen?«, fragte Brigitte. Ohne eine Antwort zu geben, setzte sich Schulz zwischen Marion und Heiner und kippte ein Glas in einem Zug.

»Ich geh mal Nachschub holen«, sagte Heiner mit genervtem Unterton.

»Bring Sekt mit!«, gab seine Frau ihm mit auf den Weg.

»Ich bin also geweiht«, sagte Schrödinger ironisch. Die Ironie schien dem Mystery-Fan zu entgehen. Marion grinste amüsiert, Brigitte zündete sich abwartend einen Zigarillo an und blies den scharfen Rauch in die salzige Nachtluft. Unter dem Tisch drehte sich der Boxer auf die andere Seite. Die Machenschaften der Zweibeiner schienen dem Hund komplett egal zu sein, und Schrödinger hatte Lust, es seinem Zweibeiner gleichzutun. Aber da er noch ein eheliches Vergnügen erwartete, blieb er brav sitzen und hörte sich die Schwurbeleien des Mannes an.

Dieser beugte sich nun ganz nah zu ihm, und er konnte dem Atem des UFO-Jägers entnehmen, dass dieser am Büffet den mit Knoblauch gewürzten panierten Champignons zugesprochen hatte.

»*Sie* wissen alles!«, sagte Hermann Schulz todernst und zeigte in den Nachthimmel. Vermutlich waren dort jede Menge Sterne zu sehen, doch die vielen Lampions und auch ein paar hastig getriebene Schönwetterwolken verdeckten den Blick auf das Weltall. »Und *sie* wollen kommen.«

»Wer will kommen?« Marion klinkte sich ein.

»*Sie*. Die Herrscher des Weltalls.«

»Alles klar.« Schrödingers Frau unterdrückte ein Kichern.

»Dieser Krach, das viele Licht … ach, ach …« Schulz raufte sich die spärlichen Haare. »Das wird sie verschrecken und abhalten. Dabei waren *sie* so nah. Ihr vertreibt *sie*.«

»Ich vertreib niemanden! Bei mir sind alle willkommen. Ist besser, als wenn jemand gehen muss.« Heiner balancierte ein Tablett mit flüssigem Nachschub. Brigitte stürzte ein Glas Puffbrause hinunter, noch ehe ihr Gatte das Tablett auf dem Tisch abgestellt hatte. Marion zögerte, griff dann aber nicht zu. Schrödinger sah sie an, und als sie zustimmend nickte, nahm er sich ein Bierglas, von dem Kondenswasser abperlte.

»Gehen muss, wie dieser Elvers«, raunte Schulz geheimnisvoll. Er kippte zwei Küstennebel hintereinander in sich hinein.

Nach einem kurzen Hustenanfall sah er jeden in der Runde ernst an. »So hieß der Tote nämlich: Elvers.«

»Ja und?« Brigitte ringelte einen perfekten Nikotinkringel in den Nachthimmel.

»Elvers!«

»Da kenne ich nur eine ehemalige Schönheitskönigin, die sich mal völlig breit im Fernsehen interviewen ließ.« Marion nippte an ihrem Bier und schauderte.

»ELVERS!« Schulz ließ die nackten Zehen in seinen NASA-Schlappen nervös auf und ab wippen. Schrödinger fragte sich, woher der Mann den Namen des Toten wusste.

»Den kannte jeder, der hier mehr als einmal Ferien gemacht hat. Vor zwei Jahren hat er ein Interview mit mir gemacht für den *Rügenboten.* War angestellt bei der Inselverwaltung und zuständig für Gästewerbung.«

»… und hatte deshalb Zugang zum Hotel«, ergänzte Schrödinger, allerdings nur in Gedanken.

»Ist ja auch egal«, wischte Schulz das mit einer ausladenden Geste beiseite. »Er war einer von *ihnen*.«

»Von wem bitte?« Heiners Stimme klang schon ein wenig verwaschen.

Als Antwort deutete der UFO-Mann erneut in den Nachthimmel. Die beiden Frauen tauschten Blicke aus und begannen zu kichern. Schulz ließ sich davon nicht beirren. »Wollt ihr meine Theorie hören?«, fragte er. Das wollte eigentlich keiner der vier. Aber Schulz legte bereits los und zerdröselte den Namen des toten Mannes, der seiner Meinung nach bloß ein Akronym gewesen war. Ihm zufolge stand Elvers für *Elon Landing Versus Every Rational Science.*

Einen Moment lang, vielleicht auch zwei, waren alle sprachlos. Dann brach Heiner in schallendes Gelächter aus, und selbst Schrödinger konnte nicht mehr an sich halten. Welches Interesse hätte Elon Musk wohl an diesem merkwürdigen Hotel an der Ostsee? Wollte er hier eine geheime Space-X-Basis errichten oder sollten die neuen Teslas mit Meerwasser fahren? Und selbst wenn, wieso sollte der medienaffine Musk das geheim halten oder deswegen sogar jemanden umbringen lassen?

»Das ist doch kompletter Unsinn«, erwiderte er, nachdem er seine Lachmuskeln wieder unter Kontrolle hatte. »Statt *Rational Science* könnten die Buchstaben des Namens genauso für *Elon Listens Vast Extent Radiohead Songs* oder … äh … *Everybody Loves Very Exciting Rice Snacks* heißen. Und wenn der Nachname schon eine geheime Abkürzung ist, wofür steht dann der Vorname *Björn*?«

»Vielleicht für *Bipolare Jugend Öffnet Rechte Netzwerke*?«, schlug Marion vor. Es fiel ihr sichtlich schwer, nicht schon während des Sprechens loszuprusten. Kaum war die letzte Silbe über ihre Lippen gekommen, gab es für sie kein Halten mehr. Auch das Bochumer Ehepaar stimmte lautstark mit ein.

Hermann Schulz schüttelte enttäuscht den Kopf. »Ja, jetzt lacht ihr noch! Aber ihr werdet schon sehen, wer am Ende Recht behält. Denkt an meine Worte!« Er stand auf und stapfte wütend durch die Menge der Tanzenden davon. Einmal noch wandte er sich um und zeigte mit ausgestrecktem Zeigefinger auf Schrödinger. Obwohl dieser nichts verstehen konnte, erkannte er die Worte: »Du weißt, was ich meine!«

»Was war das denn?« Heiner schüttelte den Kopf.

»Was für ein Psycho.« Brigitte stand auf, Marion ebenfalls. »Ich brauch jetzt einen Cocktail.«

Kaum waren die beiden Frauen Richtung Cocktailbar verschwunden, schob Heiner seinem Kumpel den letzten verbliebenen Küstennebel zu. Der stürzte das Getränk hinunter. Keinen Moment zu spät, denn was nun geschah, war selbst für einen Schrödinger zu krude, um es stocknüchtern glauben zu können.

»Juhuuuuuu!« Mit einem wilden Jubeln tanzte sich die Frau ohne Schuhe durch das Partyvolk und schien jeden einzelnen der unzähligen Lampions persönlich zu begrüßen. Sie umarmte einen Hotelgast, der in Hawaiihemd und kurzer Hose tanzend den Sand aufwirbelte. Knutschte eine andere Urlauberin wild schmatzend auf die Wangen und schnappte sich in einer, wie Schrödinger fand, fast tänzerischen Bewegung ein Glas mit tiefrotem Inhalt vom Tablett, das ein Kellner durch die Menge balancierte. Sie trank einen Schluck, warf die Rastalocken in den Nacken und steuerte dann direkt die Sitzgruppe an.

»Ich glaub, heute Nacht ist Vollmond.« Heiner runzelte die Stirn. »Da kommen die ganzen Verrückten aus ihren Löchern.«

Schrödinger hob den Kopf, um die Behauptung zu überprüfen. Leider befanden sich zu viele Wolken am Himmel, um zu sehen, ob sein Freund richtig lag. Als er den Kopf wieder senkte, sah er gerade noch, wie Heiner leicht torkelnd in der Menge untertauchte.

»Hey, wo willst du hin?«, wollte Schrödinger ihm hinterherrufen.

Er bekam keine Gelegenheit dazu.

Die Dame ohne Schuhe tänzelte, Sand aufwirbelnd, auf ihn zu und ließ sich mit einem tiefen Seufzer neben ihn in die Kissen fallen.

»Ishiernochfrei?«, fragte sie mit schwerer Zunge. Ohne die Antwort abzuwarten, legte sie ihre hornhäutigen Treter auf den Platz, an dem vor wenigen Sekunden noch Heiner gesessen hatte. In einer Mischung aus Ekel, Respekt und jeder Menge Fragen starrte Schrödinger den Parmigiano Reggiano menschlicher Art an. Er schauderte. Unter dem Tisch robbte Horst irritiert von dem ungebetenen Besuch weg. Die Frau schien das gar nicht zu bemerken. So wie vieles andere wahrscheinlich ebenso. Dem harzigen Geruch, den sie ausströmte, nach zu urteilen, schwebte sie längst und vermutlich nicht zum ersten Mal in THC-berauschten Gefilden.

»Du wurdest also verhaftet.« Sie piekte Schrödinger den rechten Zeigefinger in die Brust.

»Bitte was?«

»Ach, komm!« Die Frau schnappte sich Heiners halbes Bierglas, leerte es in sich hinein und rülpste. Ausgiebig und laut.

»Ich bin die Senta. Nicht die Berger. Ich heiße Abt, wie der Papst. Ich weiß genau so viel und so wenig wie der Kerl im weißen Kleid, der immer mal wieder am Petersplatz mit den Händen fuchtelt, offiziell keine Kinder hat und Haustiere doof findet.« Sie kicherte.

»Amen«, sagte Schrödinger, weil ihm nichts anderes einfiel. Senta Abt drückte ihm ein Küsschen auf die Wange und nahm zu seiner Wohltat die verunstalteten Quanten herunter. Sie wühlte mit den Zehen im Sand.

»Du bist gestern angekommen.« Wie selbstverständlich duzte Senta ihn. Schrödinger widersprach nicht, sondern nickte nur. Vielleicht lag es auch daran, dass der DJ nun Modern Talking über den Strand trällern ließ. Aus der Konserve zwar, aber schmerzhaft für Ohren und Gemüt eines alten Rock-Fans.

»Mit deiner Frau.«

Wieder nickte Schrödinger und fragte sich, wie lange, verdammt noch mal, Marion und Brigitte für die Bestellung ein paar popliger Cocktails benötigten. Er reckte den Hals und scannte den mit aberhunderten Lampions erleuchteten Strandabschnitt des Hotels ab. Von seiner Liebsten war keine Spur. Weder an der Cocktailbar, noch an den mit künstlich behangenen Palmenzweigen dekorierten Dixi-Klos.

Zu Schrödingers Schaudern streckte Senta die blanken Füße aus und legte die Hornhaut-Treter auf dem Rattantisch ab. Schrödinger wandte den Blick ab und staunte über seinen Hund. Der Boxer schien aus seiner Starre erwacht zu sein und schnupperte in die Luft. Zwar nicht gerade frenetisch, aber dennoch leicht euphorisch. So als hätte er etwas zum Fressen gewittert.

In diesem Moment bahnte sich Heiner seinen Weg zurück durch die Menge. Dass er sich den Gürtel seiner Hose richtete und sich mit den Fingern noch einmal vergewisserte, dass sein Reißverschluss komplett geschlossen war, beantwortete die Frage, wohin er verschwunden war.

»Sorry, war mal kurz pieseln«, erklärte er dennoch, als er sich neben Senta auf die Sitzgarnitur pflanzte. Erst dann schien er seine neue Sitznachbarin wahrzunehmen und nickte ihr grüßend zu.

Senta grüßte ebenso kopfnickend zurück, bevor sie in der offensichtlich selbst gehäkelten Tasche herumzukramen begann. Sie fischte eine ziemlich dicke Kippe heraus, zündete sie sich völlig ungeniert an und blies harzigen Rauch in die

Meeresluft. Schrödinger war drauf und dran, Frau Abt einen, zwei oder drei Züge des Cannabis abzuluchsen, um den Irrsinn um ihn herum leichter zu ertragen, ließ es jedoch bleiben. Aus seiner Jugend wusste er noch, dass THC zuverlässig jede noch so starke Libido im Keim erstickte. Was er gar nicht wollte, denn schließlich hatte Marion ihm ja signalisiert, dass das frisch gebackene Ehepaar demnächst seinen quasi vertraglich geschlossenen Pflichten nachkommen würde. Grinsend lehnte er sich zurück. Und schreckte gleich darauf hoch, als Senta Abt ihn mit einem Blick fixierte, für den sie vor einigen hundert Jahren vermutlich als Hexe auf einem Scheiterhaufen gelandet wäre.

»Ich hab dich gesehen.«

Drei Worte, die Schrödingers Blut gefrieren ließen.

»Gesehen?«, fragte er mit dünner Stimme. Heiner beugte sich interessiert vor.

»Im Schwimmbad. Du bist aus dem Wasser geschossen, als Elvers am Becken langging.«

»Ja. Ja. Schon. Ich dachte, der klaut mein Handy.«

Senta Abt lachte. Fies, scheppernd, wie eine gackernde Gans.

»Was hätte der denn mit deinem Handy wollen?« Sie gluckerte noch immer.

»Was weiß denn ich«, sagte Schrödinger wahrheitsgemäß.

»Der war beim Touristikbüro angestellt. Den kenne ich, seit ich hier Urlaub mache. Der interviewt Gäste und macht Fotos fürs Internet. Und woohoo, der sah auch echt gut aus … nicht nur angezogen. Vor einigen Jahren durfte ich das testen.« Lüstern packte sich Senta an den Büstenhalter-gestützten Busen. Schrödinger wurde unerwartet knallrot. Heiner hustete.

»Das … äh … konnte ich ja nicht wissen! Also, dass der nur Fotos machen will«, verteidigte sich Schrödinger.

»Sag mal, recherchierst du eigentlich nicht, bevor du irgendwo Urlaub machst?« Senta schüttelte den Kopf, und Schrödinger hätte Heiner am liebsten am Schlafittchen gepackt, als dieser es der ungebetenen Gästin nachtat.

»Wie denn? Wann denn?« Schrödinger begutachtete die Gläser auf dem Tisch. Ein einziger Küstennebel war noch da. Er schnappte sich das mittlerweile nicht mehr ganz eisgekühlte Getränk und versenkte es in seiner Kehle. Heiner sah ihm ein bisschen neidisch dabei zu.

»Meine Schwiegermutter hat uns die Reise geschenkt.« Er hoffte, dass das für Senta Abt als Ausrede und Erklärung gelten würde.

»Hillu?« Sie hob die Augenbrauen.

»Woher wissen Sie…«

»Ich spreche eben mit meinen Mitmenschen.« Frau Abt legte die Füße andersrum über Kreuz. Den Blick auf die rissige Hornhaut machte das nicht unbedingt besser. Der Küstennebel kratzte an seinem Zwerchfell. Er schluckte trocken und war froh, als Marion und Brigitte sich aus der Menge schälten und ein Tablett zur Rattangruppe balancierten.

»Cohohoooktails!«, trillerte Brigitte und stellte das Tablett ab. Ehe Schrödinger es sich versehen konnte, hatte seine Marion nach einem blau-gelb-durchmischten Glas gegriffen und süffelte am Strohhalm.

»Alkoholfrei«, kommentierte Brigitte und überließ den Anwesenden die Auswahl. Schrödinger entschied sich für seine Lieblingsfarbe – grün – und beschloss nach einem Schluck aus dem klimakonformen Strohhalm, rot wäre vielleicht doch die bessere Wahl gewesen: Sein Drink schmeckte wie Mundspülung. Unter dem Tisch furzte Horst. Leise, aber vernehmlich riechbar. Einige Momente lang schwiegen alle fünf. Dann wechselte der DJ die Mucke. Statt Dieter Bohlen wurden nun Roy Black vom Stapel gelassen. Jedes Mal, wenn man dachte, es ginge nicht noch schlimmer, wurde einem das Gegenteil bewiesen.

Jedenfalls aus Schrödingers Sicht. Für den Rest der Gruppe – Senta inklusive – gab es kein Halten mehr. Sie tanzten unter dem Lampion-beschienenen Himmel, als würde es weder Schwerkraft, noch ein Morgen geben.

Schrödinger war hin und her gerissen zwischen Abscheu wegen der Ohrenfolter und Begeisterung für die rhythmischen Bewegungen seiner Frau. Es faszinierte ihn, mit welcher Leichtigkeit sie sich bewegte. Er selbst war ja auf dem Tanzparkett eher das Modell Holzklotz. Seine Liebste dagegen wiegte sich im Takt, setzte grazile Schritte und schien genau zu wissen, was sie mit den Armen tun musste. Als Roy Black geendet hatte und eine kurze Pause der Stille entstand, ehe Abba die *Dancing Queen* zum Besten gaben, wurde Schrödinger von einer weiblichen Stimme erschreckt. Er fuhr herum.

»Tanzen Sie nicht?« Kommissarin Imke Meesters sah auf ihn herab.

»Nein. Das ist nun wirklich nicht mein Talent.« Schrödinger erinnerte sich an seine gute Kinderstube, stand auf und bot der Beamtin einen Platz an. So wie es aussah, würden die anderen noch eine ganze Weile ihre Gliedmaßen schütteln.

»Danke.« Meesters setzte sich ihm gegenüber. Schrödinger fand den Abstand gar nicht schlimm, über die Tischbreite hinweg würde die Polizistin hoffentlich nicht riechen, dass er etliche Schnäpse intus hatte. Irgendwie wäre ihm das peinlich gewesen.

»Bevor Sie fragen, Herr Schrödinger, ich bin privat hier. Diese Lampion-Abende des Hotels alle vierzehn Tage mag ich.«

»Mögen Sie auch ein Getränk? Ich lade Sie ein.« Dass für Hotelgäste sowieso alles inklusive war, schien die Kommissarin zu wissen. Sie grinste und ließ den Blick über den mit Gläsern übersäten Tisch schweifen.

»So lange Sie mir keinen *Küstennebel* und keinen *Knallfrosch* bringen, gerne.« Meesters deutete auf Schrödingers Mundwasser. Nun wusste er also, dass im hohen Norden offensichtlich Minze in Fröschen steckte. Grün war ja beides. Und eklig sowieso.

»Versprochen.« Mit diesen Worten stand er auf. Auf dem Weg zur Bar legte er noch einen Schlenker zu Marion hin. Die hatte mittlerweile die Sandalen abgestreift und tanzte barfuß. Auch die rote Fleecejacke war verschwunden. Sie strahlte ihn an, nahm ihn in die Arme und küsste ihn.

»So, so, mein werter Gatte hat also schon wieder Damenbesuch«, frotzelte sie und deutete mit dem Kinn zur Sitzgruppe.

Schrödinger versuchte cool zu reagieren: »Wenn Madame sich hier amüsiert, dann muss Monsieur sich eben anderweitig unterhalten.«

Marion lachte schallend, dann tauchte sie in der Menge der Tänzer unter.

Als Schrödinger zurück zu seinem Platz kam, schien ein Kellner seine Arbeit verrichtet zu haben. Die benutzten Gläser waren verschwunden. Dafür standen kleine Schälchen mit

Erdnüssen und anderem Knabberkram auf dem Tisch. Imke Meesters mümmelte ein paar Wasabi-Bällchen. Trotz deren Schärfe verzog sie keine Miene.

Fast schon stolz stellte Schrödinger zwei eisgekühlte Flaschen Klosterbräu-Bier auf den Tisch. Von den Flaschen perlte das Kondenswasser ab.

»Ich wusste gar nicht, dass man hier auf der Insel Bier aus dem Ländle bekommt«, freute er sich über den Gerstensaft aus Tuttlingen.

»Klar, hier gibt's alles!« Meesters griff nach einer Flasche, setzte an, trank ausgiebig und machte dann »Aaaaah!«, ehe sie sich zurücklehnte und ihr Gegenüber fixierte. Schrödinger fühlte sich augenblicklich unwohl.

»Sorry, jetzt werde ich doch kurz dienstlich.«

Der frisch gebackene Ehemann schluckte trocken. Wollte sie ihn festnehmen? Er hoffte, dass sie ihm seine Nervosität nicht anmerkte.

»Wie Sie wissen, sind Sie auf den Videos der Überwachungskameras glasklar zu erkennen.«

»Ja.« Das klang kleinlaut.

»Aber. Die Kameras haben nicht nur Sie im Innenhof eingefangen.«

»Nein?«

»Nein. Da waren noch zwei Menschen. Allerdings ist der eine nur von hinten zu sehen, und der andere läuft so gebückt, dass das Gesicht nicht zu erkennen ist.«

»Und was heißt das?«

»Erst mal nichts. Haben Sie jemanden gesehen? Die beiden waren eine Minute vor und zwei Minuten nach Ihnen auf den Aufnahmen.«

Schrödinger schloss die Augen. Versetzte sich zurück. Sah Bilder vor seinem inneren Auge vorbeiziehen. Erinnerte sich an die Stimmen, die sich der Tür zum Pumpenraum genähert hatten. Mehr jedoch nicht. So sehr er sich auch fokussierte, da war nichts. Er war geflüchtet, bevor die anderen den Raum betreten hatten.

»Tut mir leid. Mir war einfach nur kalt.«

Meesters grinste. Es war Schrödinger ein bisschen peinlich, dass sie genau wusste, woran sie dachte. An ihn. An die klatschnasse Badehose und seinen kleinen Schmerbauch. Marion titulierte die Röllchen an seiner Taille als *Liebesringe.* Dass diese Fettpölsterchen nun auf ewig und drei Tage im Polizeiarchiv zu sehen wären, fand er nicht lustig. Trotzdem war das gerade sein kleinstes Problem.

»Wie groß waren die *Gestalten*? Waren es Männer, Frauen?«

»Herr Schrödinger, wenn ich das wüsste, dann …«

Sie konnte den Satz nicht zu Ende bringen, denn Roger Seyfarth stolzierte wie ein Gockel auf Speed durch die Feiernden, offensichtlich auf der Suche nach jemandem oder etwas. Eine Sekunde lang streiften sich ihre Blicke, und Schrödinger erstarrte. War der Rezeptionist auf der Suche nach ihm? So ad hoc fiel ihm keine einzige logische Erklärung dafür ein. Aber was hieß das schon?

Der Hotelmann steuerte auch tatsächlich einige Schritte auf ihn zu, ehe er abrupt nach links abbog und auf den Getränkestand zusteuerte. Noch immer irritiert, verfolgte Schrödinger mit den Blicken seinen Weg und sah, dass Seyfarth offenbar nicht des Dursts wegen so in Eile war. Vielmehr zog es ihn zu einer hageren jungen Frau, die etwas abseits der Menge stand und mal wieder mit ihrem Smartphone beschäftigt war.

Zoe, die Influencerin.

Was der Rezeptionist zu ihr sagte, verstand Schrödinger nicht. Erstens befanden sich die beiden zu weit von ihm entfernt. Zweitens hatte ihm Seyfarth den Rücken zugekehrt und verdeckte das zierliche Mädchen trotz seiner schmalen Schultern beinahe komplett. Ihre Körpersprache allerdings war das Gegenteil von harmonisch.

»Da gibt's wohl Ärger im Paradies«, mutmaßte die Kommissarin, deren Blick offenbar dem von Schrödinger gefolgt war.

»Ärger? Paradies? Wollen Sie andeuten, dass die zwei ein Paar sind? Er ist doch deutlich älter als sie.«

»Herr Schrödinger, ich deute überhaupt nichts an, sondern orientierte mich an Fakten. Und die sagen mir, dass die zwei sich gerade uneinig sind. Worüber, wissen wir nicht. Vielleicht müssen wir das auch nicht. Nicht jedes Puzzleteil gehört zum selben Bild. Davon abgesehen, ist Liebe keine Frage des Alters. Vor allem nicht hier im Urlaubsgebiet. Da sieht man öfters mal große Altersunterschiede zwischen Paaren. Manchmal sind das nicht bloß Jahre, sondern Jahrzehnte. Sie und Ihre Frau sind doch auch nicht ganz gleichalt, oder?«

»Nicht exakt, aber schon so ziemlich. Ich brauche keinen jungen Hüpfer. Das wäre mir viel zu anstrengend.«

Sie lächelte amüsiert, auf eine Art, die Schrödinger gar nicht gefiel. Deshalb schob er schnell etwas hinterher, um sie auf andere Gedanken zu bringen: »Meiner Meinung nach gibt es für große Altersunterschiede immer einen triftigen Grund. Geld macht sexy, wie es so schön heißt. Macht und Einfluss können auch eine gehörige Motivation sein.«

Meesters Lächeln wurde noch breiter. »Da spricht ein wahrer Romantiker. Mit der Einstellung sollten Sie anfangen, Liebesromane zu schreiben. Als Rosamunde Schrödinger hätten Sie bestimmt einen Bombenerfolg.«

»Ich sage nur die Wahrheit. Wenn zum Beispiel ein junges Mädel mit einem steinreichen Tattergreis zusammen ist, kann mir keiner erzählen, dass das Liebe auf den ersten Blick ist. Eher Liebe auf den ersten Geldschein. Als Millionär würde ich den Hotelmann allerdings nicht einschätzen.«

»Da sind wir schon zwei.«

Inzwischen hatten Abba abgedankt, und Vanessa Mai war an der Reihe. Es waren eben weiterhin Steigerungen möglich. Wenn auch ins Negative. Dem Rest der Gruppe schien der Liedwechsel ebenfalls nicht zu gefallen; sie kehrten zur Rattangarnitur zurück.

Für die Kommissarin schien es das Signal zum Aufbruch zu sein. Im Aufstehen schnappte sie sich noch zwei Wasabi-Bällchen und verabschiedete sich. Die anderen schauten ihr irritiert hinterher.

»War das nicht ne Polizistin?«, überlegte Brigitte, während sie ungeniert die Träger ihres BHs unter dem Kleid an die richtigen Stellen zurückschob. Beim Tanzen schien einiges verrutscht zu sein. »Was wollte die denn?«, fragte sie dann mit noch skeptischerer Miene.

»Ich glaube, sie wollte sich bloß etwas unters Volk mischen«, sagte Schrödinger betont lässig. »Hier und da mal reinhören, ob jemand in der letzten Zeit was Ungewöhnliches gesehen hat.«

»Und damit kommt sie ausgerechnet zu dir? Wir sind doch erst anderthalb Tage hier!«

Er zuckte mit den Schultern. »Vielleicht hat sie von meinem wachsamen Auge gehört. Ist ja schließlich nicht das erste Mal, dass jemand in meiner Nähe zu Tode kommt. Da kann ein Gespräch von Profi zu Profi nicht schaden.«

»Och nö … sag nicht, dass du schon wieder mit der Polizei zusammenarbeitest.«

»Nein, ich arbeite *nicht* mit der Polizei zusammen«, bestätigte er wahrheitsgemäß. Ich versuche bloß, meine Unschuld zu beweisen, fügte er in Gedanken hinzu. Dies schien Marion als Erklärung nicht zu genügen. »Es war ganz harmlos«, beteuerte er daher. »Wir haben uns vorwiegend über Zoe, also die Influencerin, und den Typen von der Rezeption unterhalten. Er zeigte zu der Stelle, an der die beiden vor wenigen Sekunden noch gestanden hatten. Jetzt war dort niemand mehr.

Aus dem Grund suchte er schnell weiter nach der Kommissarin und entdeckte sie im Gespräch mit der Barfußfrau. »Da, sie redet mit vielen Leuten. Nicht nur mit mir.«

Es klang ein bisschen verzweifelt und stimmte seine Gattin nur geringfügig milder. Selbst als er ihr seine noch immer eisgekühlte Flasche Klosterbräu anbot, blieb sie verstimmt. Frustriert genehmigte er sich einen weiteren tiefen Schluck.

Horst

Tja, Schrödinger, auch das war mal wieder nix. Ist aber typisch für ihn. Zuerst alles richtig machen (zumindest so weit das für seine Verhältnisse möglich ist) und es dann kurz vor der Ziellinie wieder verkacken.

Auf jeden Fall blieb Herrchen in dieser Nacht mal wieder der Schnabel trocken. Beziehungsweise nicht der Schnabel, sondern … ach, Sie wissen schon, was ich meine.

Mir können diese ganzen merkwürdigen Balz- und Paarungsrituale der Menschen eh Wurscht sein. Wir Hunde machen das nicht so kompliziert. Wenn mir als Rüde ein läufiges Weibchen zusagt, wird kurz geschnuppert und herumgetollt, und ab geht die Post. Ramba-Zamba, einfach so. Da braucht es weder einen Ehering, noch ein dickes Scheckbuch oder sonst was.

Aber genug davon. Mit dem anderen Geschlecht hat sich Schrödinger eh schon immer schwergetan. Und wenn er dann mal eine abkriegt, kann er sie meist nicht lange halten. Hat man ja an seiner Exfrau gemerkt.

Wie auch immer, nach der nicht ganz so nach Plan gelaufenen Nacht liegt Herrchen längere Zeit wach. Ist schließlich nicht einfach, mit einer geladenen Flinte einzuschlafen. Dafür war er heute Morgen erstaunlich früh wieder auf den Beinen. Sogar noch vor Marion.

Hab ich selbstverständlich gleich mal ausgenutzt, um anzudeuten, dass ich bereit fürs Gassigehen wäre. Anfangs wollte er ja nicht, doch kaum hatte ich angefangen, an seinen Turnschuhen herumzunagen, war er für einen Spaziergang bereit. Bis runter zum Strand. Da will man mal nicht meckern!

Schrödinger

Die Ostseebrise war kühl, leicht feucht und schmeckte salzig. Was in Summe eine recht merkwürdige Kombination ergab. Binnen kürzester Zeit spürte Schrödinger einen dünnen Salzfilm auf den Lippen und der Gesichtshaut, der irgendwie alles auszutrocknen schien. Um dem entgegenzuwirken, befeuchtete er die Lippen mit der Zungenspitze und erreichte dabei das komplette Gegenteil des gewünschten Effekts. Schon bald fühlten sie sich wie von Salz verkrustet an. Er resignierte und beobachtete, wie Horst skeptisch an einer Düne schnüffelte, bevor er entschlossen das Beinchen daran hob.

Von links näherte sich ihnen eine Karawane schnaufender Jogger, die Schrödinger einen Augenblick lang schadenfroh beobachtete. Sind ja selbst schuld, überlegte er. Dann fiel ihm ein, dass für heute Vormittag bei ihm ebenfalls wieder debile Fitnessübungen auf dem Programm standen. Die ja angeblich Pflicht waren. Sein Grinsen gefror, und er wandte sich hastig ab, bevor ihn noch jemand aus dem Hotel erkannte und womöglich zum Mitmachen überreden wollte. Einige Minuten lang stapfte er weiter voran und versuchte, den Kopf freizukriegen. Zu viele Dinge auf einmal belasteten ihn, sodass er das Gefühl hatte, von seinem Leben regelrecht erdrückt zu werden. Es gab scheinbar absolut nichts, was einfach seinen normalen – und vor allem positiven – Verlauf nehmen wollte. Dabei waren das hier seine Flitterwochen! Die angeblich beste Zeit nach der Hochzeit. Gemerkt hatte er davon bisher nicht viel. In keinerlei Hinsicht.

Fast kam es ihm wie ein Albtraum vor, doch das wäre eine zu krasse Bezeichnung für das, was er momentan durchlebte. Es war gut möglich, dass sich alles noch zum Besten wenden würde. Eventuell sogar von ganz alleine, ohne jedwedes Zutun. Manchmal musste man den Dingen einfach Zeit geben. Bloß: Konnte er das?

Konnte er einfach die Hände in den Schoß legen und abwarten?

Schrödinger war unschlüssig. Er wusste nicht einmal, ob Abwarten oder Handeln die bessere Vorgehensweise wäre.

»Was würdest du an meiner Stelle tun?«, fragte er den Boxer. Doch der schien seine Sorgen nicht verstehen zu können (oder wollen) und zog lieber heftig an der Leine, als sie an ein paar am Strand herumpickenden Möwen vorbeikamen. Er spielte mit dem Gedanken, dem Vierbeiner seinen Spaß zu lassen. Sehr weit würde der faule Hund vermutlich ohnehin nicht rennen. Horsts Jagdtrieb reichte immer bloß so weit, wie die nächste leckere Mahlzeit entfernt lag.

Apropos … Schrödinger fühlte eine leichte Leere um Magen und beschloss, dass es an der Zeit war, zum Hotel zurückzukehren. Ausreichend Sand in den Schuhen hatte er längst gesammelt, und der Hund dürfte ebenfalls genug Auslauf bekommen haben.

Bei der nächstbesten Gelegenheit kletterten sie einen Trampelpfad hinauf und hielten nach den Hinweisschildern vom Hotel Ausschau. Die fanden sie zwar nicht, entdeckten dafür aber keine 50 Meter entfernt ein bekanntes Gesicht. Es gehörte der internetaffinen Zoe, die – wie sollte es anders sein – mal wieder mit ihrem Mobiltelefon beschäftigt war. Den Bildschirm des kleinen Hightechgeräts hielt sie dabei möglichst weit weg vom Körper, so als wäre sie kurzsichtig und könnte die Dinge direkt vor ihrer Nase nicht erkennen. Unter Umständen stimmte das sogar. Zumindest sprach sie irgendetwas, was Schrödinger nicht genau verstand, und was sich wie ein Fluch anhörte. Beim Näherkommen war er nicht mehr sicher, in welcher Sprache sie überhaupt redete. Stellenweise war es deutsch, jedoch mit dermaßen vielen falsch angebrachten Anglizismen, dass selbst Lothar Matthäus neidisch geworden wäre. Eventuell war es auch Holländisch, etwas Skandinavisches oder plattdeutsche Mundart.

»Guten Morgen«, rief er ihr aus einiger Entfernung zu.

Irritiert drehte sie sich um. Dann stampfte sie zornig mit dem Fuß auf und ließ das Handy sinken. »Echt jetzt?! Du hast mich mitten in meiner Aufnahme gestört!«

»Was? Wie? Ich wusste nicht, dass du gerade … sorry.«

»Ach, schon gut. Die Session war eh scheiße. Ich hätte weiter runter an den Strand gehen sollen, damit ich mehr vom Meer mit drauf hab.«

»Mehr vom Meer?« Schrödinger musste grinsen. »Klingt gut. Ich kann dir gerne die Kamera halten. Beziehungsweise das Telefon.«

»Nee, lass mal. Ich mach das später noch mal, wenn das Licht besser ist. Die Sonne steht noch nicht hoch genug.«

Spontan drehte er den Kopf, um die Behauptung zu überprüfen. Gleichzeitig wurde ihm bewusst, dass er keinen blassen Schimmer hatte, wie hoch die Sonne stehen musste, um sich für Zoes Bedürfnisse hoch genug zu befinden. Seiner Einschätzung nach befand sich die Sonne auf genau dem Stand, an dem sie sich an jedem Herbstvormittag befand, und war demnach nichts, was man nicht im Vorfeld hätte entsprechend einschätzen können. Aber vielleicht meinte das Mädel etwas völlig anderes als er. Schrödinger beschloss, das Thema zu wechseln, bevor es peinlich wurde: »Wie fandest du das Lampionfest gestern Abend?«

»Die Musik war ziemlich *cringe*. Der Rest hat schon gepasst.«

Wieder dieser komische Jugendslang, von dem er keine Ahnung hatte. Vermutlich bedeutete es etwas in der Art wie *gruslig* oder *schlecht*. Zumindest war dies das erste, was ihm zu der gestrigen Musik einfiel. »Ja, die Mucke war schon etwas daneben. Genauso wie der Typ von der Rezeption, der nach dir gesucht hat.«

»Ach, du meinst den Roger? Der ist eigentlich ganz okay.«

»Und wieso ist *der Roger* dann in so einem Affenzahn auf dich zugestürmt? Der schien echt sauer zu sein.«

»Ja, ein bisschen vielleicht. Ihm hat mein letztes Posting nicht gefallen. Nur, weil ich was von ein paar …« Sie malte mit den Fingern Gänsefüßchen in die Luft. »… merkwürdigen Sachen im Hotel gesagt habe. Dabei waren das bloß Andeutungen. Ich hatte mich extra zurückgehalten. So was lernt man als Blogger ziemlich schnell: Nichts behaupten, was man nicht belegen kann.«

»Was denn für Andeutungen?«

»Na, das mit dem Toten. Und dass die Polente rumschnüffelt. Ist ja nicht so, als würde das nicht auch in der Zeitung und im Web stehen. Ich versteh ihn schon. Keiner will schlechte Presse haben. Wenn wegen so was die Gäste ausbleiben, kann der Laden dichtmachen. Dann verliert er seinen Job, und das findet er wohl nicht so toll.«

»Was du nicht sagst …«

»Ja, oder? Jedenfalls hat er mich eindringlich gebeten, dass mit den Andeutungen in Zukunft zu lassen. Im Gegenzug hat er mir Zimmer-Upgrade angeboten. Ich könnte die *Krabbenkutter-Suite* haben. Exzellenter Meerblick, eigene Dachterrasse und Whirlpool.«

»Wow. Die hätte ich auch gerne. Was hast du ihm gesagt?«

»Dass ich darüber nachdenken werde. Aber den Mund verbieten lasse ich mir nicht. Meine Fans wissen ganz genau, wie ich bin. Die merken das, wenn ich lüge. So was gibt es bei *Holly-Day Beauty Naked* nicht. Sonst kann ich nämlich einpacken und mir einen anderen Job suchen.«

Einen anderen Job suchen, wiederholte Schrödinger in Gedanken und konnte sich nur schwer eine freche Bemerkung verkneifen. In seinen Augen war Influencerin alles andere als ein richtiger Job. Jeden Tag sein Gesicht kurz vor die Kamera halten und etwas sagen, das konnte doch jeder. Dazu brauchte es weder einen Schulabschluss noch eine Ausbildung. Trotzdem verdiente das Mädel wahrscheinlich mehr als er, der sowohl das eine als auch das andere absolviert hatte.

Horst zog an der Leine, und sie gingen einige Schritte die Straße hinab. Keine 100 Meter von ihnen entfernt befanden sich parallel zu ihnen der Sandstrand und die Ostsee. Ein leises Rauschen der Wellen war zu hören, und noch immer schmeckte Schrödinger einen dünnen Salzfilm auf den Lippen.

»Was wollte eigentlich die Kommissarin von dir?«, fragte Zoe. »Ich habe euch beim Fest zusammensitzen gesehen.«

»Ich glaube, die wollte sich bloß etwas unters Volk mischen und wissen, ob jemandem zur Tatzeit was aufgefallen ist«, antwortete Schrödinger das Gleiche, was er Marion gestern gesagt hatte. Gelogen war es nicht, die ganze Wahrheit jedoch ebenfalls nicht. »Ich war nur einer von vielen, mit denen sie gesprochen hat.«

»Und?«

»Und was?«

»Und ist dir was aufgefallen?«

»Nicht wirklich. Ich war zur Tatzeit mit meiner Frau im Aquapark. Bei der Wassergymnastik.«

»Aquapark?« Zoe runzelte die Stirn. »Da war ich bis jetzt nur einmal kurz. Hmmh … Ich glaube, da mache ich meine nächste Insta-Story. Ein Lifestyle-Feature aus dem Schwimmbad – das bringt bestimmt viele Likes.«

Sie wirkte, als wäre ihr gerade eine gute Idee gekommen. Ihre Augen strahlten, und Zoe ging gleich einen Schritt schneller. Schrödinger hingegen konnte sich weitaus Prickelnderes vorstellen, als noch einmal in den Aquapark zu gehen. Durch die blöde Fitnessstunde und dem Vorfall im Maschinenraum war ihm die Lust darauf gründlich vergangen. Aber vor allem von Letzterem wusste Zoe nichts, und das sollte bitte auch so bleiben.

»Was hast du eigentlich gestern Vormittag gemacht?«, wechselte er das Thema.

»Ich war den ganzen Tag in der Stadt unterwegs. Hab Probeaufnahmen geschossen und nach guten Locations gesucht.«

»Locations?«

»O Mann, dir muss man echt alles erklären. Ich kann meine Reels doch nicht immer spontan und von überall machen. Das will alles gut vorbereitet sein. Sowohl Zeit als auch Ort müssen stimmen. Manchmal finde ich gleich mehrere guten Motive auf einmal und nehme mehrere Clips auf. Damit ich was im Speicher hab, wenn ich mal wieder längere Zeit nichts

Akkurates gefunden habe. Außerdem muss ich viele Videos erst noch schneiden oder passende Effekte raussuchen. Das ist alles viel Arbeit.«

»Scheint fast so.«

Die Straße bog um eine Kurve, und dahinter entdeckte Schrödinger ein Hinweisschild aufs Hotel. Laut der schmalen Tafel lag es gerade mal zweihundert Meter rechts von ihnen. Zoe schien das entweder bereits zu wissen oder hatte das Schild vor ihm entdeckt. So oder so folgte sie dem Weg eine kleine Anhöhe hinauf nach rechts, während Schrödinger sich noch zu orientieren versuchte.

Offenbar befanden sie sich nicht weit von der Wilhelmstraße entfernt, der Flaniermeile mit den weißgetünchten Gebäuden, die er gestern entlanggeschlendert war. Die Seebrücke Sellin lag ebenfalls bloß einen Katzensprung entfernt. Nur noch weiter vorne die Treppen hinunter und über den Strand, schon läge das große helle Gebäude vor ihm. Das opulente Restaurantgebäude war wirklich ein sehr markanter Punkt, der die Blicke förmlich anzog.

Und die Neugierigen ebenso. Etliche Fußgänger waren in Richtung der Treppen unterwegs. Die meisten waren Rentner und Paare mit Kindern. Umso mehr fiel die eine junge Frau mit den langen Beinen und den hellblauen Shorts auf, die ganz allein unterwegs war.

Die hat keine schlechte Figur, fand Schrödinger, nur um einen Atemzug später festzustellen, dass er die Frau kannte. War das nicht Jessi, die Frau von Maik Zieschang? Wo war denn ihr Mann abgeblieben? Hatten die zwei sich gestritten? Zumindest deuteten Jessis abgehackte Laufbewegungen an, dass ihr Leben aktuell nicht so locker und relaxt ablief.

Willkommen im Club, dachte Schrödinger und ließ sich von Horst weiter in Richtung Hotel lotsen. Nebenbei lauschte er Zoe, die sich über das schwere Leben eines Social-Media-Stars und den ständigen harten Konkurrenzkampf beklagte. Das alles unterschied sich dermaßen von seinem eigenen Alltag, dass es ihm beinahe wie das Leben auf einem anderen Planeten vorkam. Dinge, die für ihn wichtig waren, spielten für sie keine Rolle. Gleichzeitig sorgte sie sich um Details, die ihm vollkommen schnuppe waren.

»Ständig muss man neue und vor allem originelle Contents bringen«, jammerte sie gerade. »Auf keinen Fall das, was alle machen! Und vor allem sollte es immer ein bisschen witzig sein. Die Fans wollen schließlich unterhalten werden. Weißt du, was verrückt ist: Selbst wenn du das alles berücksichtigst, kannst du die meisten Follower nicht ewig an dich binden. Den meisten reicht es nach einem oder spätestens anderthalb Jahren. Dann ziehen sie weiter zum nächsten Account. Wieder für ein Jahr oder so.«

In Schrödingers Augen war das kein Problem. »So gehen nicht bloß Leute, sondern du kriegst auch ständig neue. Die, die von der Konkurrenz die Nase voll haben. Ist quasi bloß ein Austausch alt gegen neu.«

»Ja, schon …« Plötzlich blieb Zoe wie festgenagelt stehen. Ihre Gesichtszüge versteinerten für eine Sekunde. Ein hinter ihr laufender, korpulenter Teenager in einem grauen Techanzug wäre um ein Haar gegen sie gekracht.

»Junge, Alter!«, stöhnte er, bevor er weiter auf den vor ihnen befinden Hoteleingang zusteuerte. »Pass doch auf!« Durch seine Verärgerung ging er so hastig, dass er beinahe mit einem Mann mit schwarzer Baseballkappe kollidiert wäre.

»Ach, Mist, mir fällt gerade ein, dass ich mir noch einen neuen Selfie-Stick holen wollte«, sagte Zoe. »Meiner ist mir kaputtgegangen. Die Dinger halten einfach nicht lange.«

Du kannst den von meiner Frau haben, sie nutzt ihn eh kaum, lag es Schrödinger auf der Zunge, doch er kam nicht dazu, es laut zu sagen. Die Influencerin winkte ihm noch einmal kurz zu, machte danach auf dem Absatz kehrt und verschwand in der Menge der Gäste, die gerade das Hotel verlassen hatten.

»Die Jugend von heute«, sagte Schrödinger kopfschüttelnd und setzt seinen Weg mit Horst alleine fort. Der Hund schien den Abschied wenig bis gar nicht zu bekümmern. Ihn zog es weiter unbeirrt zur Eingangstür.

Im Foyer folgten sie dem weinroten Teppich an den Sitzgelegenheiten mit den schneeweißen Sesseln vorbei. Ein Ehepaar in den Dreißigern erklärte seinem enttäuschten Nachwuchs gerade, dass es heute keinen weiteren Tag am Strand geben würde. »Ein bisschen Kultur gehört auch dazu«, sagte der Vater gerade zu seinen zwei weißblonden Söhnen.

Das brachte Schrödinger unweigerlich zum Grinsen. Genauso erging es ihm bei Ausflügen mit Marions Kindern immer. Die ja nun auch irgendwie seine Kinder waren. Marlene und Max hatten nie Lust auf die Besichtigung irgendwelcher Sehenswürdigkeiten. Museen waren ihnen der größte Graus überhaupt. Ein Schicksal, das sie vermutlich mit allen Kindern der westlichen Welt teilten. Weshalb sollte man auch verstaubte Relikte aus der Vergangenheit besuchen, wenn zeitgleich draußen die ganze Action stattfand?

Sie gingen weiter, bis ihnen nur weniger Meter abseits des Rezeptionstresens ein Mann mit dunkelblonden Haaren und den ersten Anzeichen von Geheimratsecken auffiel: Maik Zieschang. Hier steckte er also. Zudem lieferte ihnen der sympathische Sachse sogleich einen möglichen Grund, wieso er sich nicht an der Seite seiner besseren Hälfte befand: Maik war in ein Gespräch mit seinem Handy vertieft. Deshalb hob er auch lediglich flüchtig die Hand zum Gruß, bevor er sich weiter seinem Telefonat widmete. Möglicherweise war es sogar seine Angetraute, die er gerade ausfragte, wo sie steckte.

Schrödinger überlegte, ob er Maik erzählen sollte, wo er Jessi gesehen hatte, entschied sich jedoch dagegen. Wer wusste schon, was zwischen den beiden aktuell lief? Oder eben nicht lief. Außerdem war es ja nicht so, als hätte er nicht genug vor seiner eigenen Haustür kehren können. Ob Marion inzwischen wach war? Falls nicht, könnte er noch mal losgehen und eine Kleinigkeit besorgen. Eine Blume oder eine Praline zum Beispiel. Irgend etwas, was ihre Laune gleich von Anfang an heben würde. Mit etwas Glück würde sie sich gleich danach im Bett bei ihm dafür revanchieren.

Gedankenversunken schlenderte er durch die Lobby. Horst hielt er dabei an der sprichwörtlichen kurzen Leine, damit der Boxer keinem anderen Gast in die Quere kam. Auf halber Strecke öffneten sich auf einmal die Aufzugstüren vor ihnen. Ein Grund zum Beeilen war das nicht. Eher das Gegenteil. Aus der Kabine stieg nämlich keine Geringere als die Barfußfrau Senta Abt.

Mist, die hatte ihm gerade noch gefehlt!

Ähnlich wie Zoe draußen, machte er auf dem Absatz kehrt und sah zu, dass er Land gewann, bevor Horst und er bemerkt wurden. Bei ihm war es nicht ein defekter Selfie-Stick, sondern die komplette Unlust, der verrückten Tussi direkt in die

Arme zu laufen. Auf nüchternen Magen vertrug er so viel Stress einfach noch nicht.

In Ermangelung anderer Versteckmöglichkeiten huschte Schrödinger hinter ein breites Metallregal mit Ausflugsbroschüren, Flyern und sonstigen Infozetteln. Irgendwie schien dieser Platz zu seinem Stammplatz zu werden. Die Werbung für eine hiesige Pizzeria stach ihm ins Auge, ebenso wie die Lübecker Marzipan-Speicher und das Angebot, mit einer Fähre aus von Rügen bis rauf nach Schweden zu reisen. Er schnappte sich wahllos einige der bedruckten Blätter und hielt sie sich vors Gesicht. Gleichzeitig vergewisserte er sich, dass sich Horst nah genug bei ihm befand, um ebenfalls von der Regalwand verborgen zu werden.

Das Tapsen von Sentas nackten Füßen war zu hören. Es kam näher und näher … und schien sich dann wieder zu entfernen. Dennoch ging Schrödinger auf Nummer sicher und geduldete sich eine geschlagene Minute. Um nicht aufzufallen, griff er sich weitere Flyer. Diesmal von Ausflugszielen, die sich wirklich interessant anhörten.

Als er sich umschaute, ob die Luft rein war, fiel sein Blick auf einen Ständer mit aktuellen Tageszeitungen. Bei allen Blättern prangte auf der Titelseite das gleiche Thema. Einmal lautete die Schlagzeile *Todesfall im Urlaubsparadies*, ein anderes Mal hieß es *Beliebter Inselbewohner tot im Hinterhof aufgefunden*. Eine Zeitung deutete sogar einen *Mord mit Ostseebrise* an, obwohl technisch gesehen noch gar niemand bestätigt hatte, dass es sich überhaupt um einen Mord handelte. So oder so dürfte es keine große Werbung für das Hotel sein – außer, man ging nach dem Grundsatz, dass nur keine Werbung eine schlechte Werbung war. Etwas Neues erfuhr

Schrödinger beim Überfliegen der Artikel nicht, weshalb er auch darauf verzichtete, eine der Gazetten mitzunehmen. Es hätte Marion ohnehin bloß unnötig auf das heikle Thema hingewiesen.

Mit mehreren Flyern ausgestattet, begab er sich erneut in Richtung Aufzüge und des dahinter befindlichen Hotelflurs. Diesmal mit Erfolg, zumindest, was ungebetene Gäste aus dem Fahrstuhl betraf. Dafür mussten er und Horst sich auf dem Korridor an einem ziemlich bizarren Pärchen vorbeischlängeln: Er trug einen Männerdutt und ein purpurnes Halstuch, sie eine dicke Daunenjacke, als stünde der nächste Frost unmittelbar bevor. Beide rochen sie, als hätten sie zuvor eine Douglas-Filiale ausgeraubt. Da half nur Geduld beweisen und Luft anhalten.

Erst etliche Meter weiter war wieder freies Atmen möglich. Gierig schnappte Schrödinger nach Luft und ließ sich unterwegs zur Zimmertür absichtlich Zeit, um beim Eintreten nicht wie ein Triebtäter zu klingen.

Das war auch besser so, denn Marion war inzwischen nicht nur erwacht, sondern bereits geduscht und angezogen. Als der werte Gatte ankam, spazierte sie gerade mit der Zahnbürste im Mund aus dem Bad heraus. »Ah, da seid ihr ja. Pünktlich auf die Minute. Heiner und Brigitte müssten gleich da sein.«

»Wohin gehen wir denn?«

»Na, zum Frühstück. Wohin denn sonst?«

Wie auf Stichwort klopfte es an der Tür, und die erwähnten Nachbarn standen vor der Tür. Schrödinger war nicht mal enttäuscht. Frühstücken klang wirklich nach einer guten Idee.

Horst

Frühstück klingt wirklich nach einer guten Idee. Jedenfalls wenn man ein *richtiges* Frühstück kriegt. Und nicht wie ich schon wieder verdorrte Geflügelstücke und eine halbvolle Wasserschüssel, in der noch einige Bröckchen von was auch immer rumschwimmen. Aber ich will mich nicht beschweren, in manchen Fällen ist so ein kleiner Futterzusatz nicht mal zu verachten. Außerdem hat mir Marion noch ein getrocknetes Lammohr zugesteckt.

»Damit hast du eine Weile zu tun«, behauptete sie.

Hat die ne Ahnung! Egal, wie zäh diese Dinger manchmal sind, mein Rekord zum Verputzen liegt bei unter fünf Minuten. Herausforderung angenommen.

Ich kann nur hoffen, dass Herrchen und Frauchen beim Schnabulieren nicht wieder irgendeinen Humbug aushecken. So ein gemütlicher Tag am Strand wäre heute nämlich genau das Richtige. Mir die Sonne auf den Pelz scheinen zu lassen, mach ich eh viel zu selten.

Wäre allemal besser, als sich mit den komischen Mordermittlungen zu befassen. Selbst ich bin mir nicht so ganz sicher, ob da was abgelaufen ist. Und wenn ja, was. Vielleicht sollte man diesmal die Arbeit einfach dem Auge des Gesetzes überlassen. Diese Kommissarin Meesters macht einen recht kompetenten Eindruck. Auf jeden Fall mehr als ihre Kollegen im Allgäu und am Bodensee.

Na ja, ich werde mich dann mal wieder meinem getrockneten Lammohr widmen. Ich habe das Gefühl, es winkt mir förmlich zu.

Schrödinger

Schon aus einiger Entfernung hörten sie, dass der Speisesaal gut besucht war. Das Gemurmel und Geraune schwoll mit jedem Meter weiter an, sodass sich Schrödinger wie im Eingangsbereich eines Rockkonzerts vorkam. Oder wie zur Stoßzeit am Hauptbahnhof, wie es ihm beim Anblick der flirrenden Neonlichter gleich wieder in den Sinn kam.

»Ganz schön viel los um diese Zeit«, beschwerte sich Heiner und machte einen langen Hals, um sich nach einer freien Sitzmöglichkeit umzusehen. Die anderen taten es ihm gleich, und Schrödinger erspähte im Mittelgang einen Vierertisch, der vom Personal gerade abgeräumt wurde.

»Schau mal, da drüben am Fenster sitzt dieser drollige Sachse«, rief Brigitte unterwegs. »Wie hieß der noch gleich?«

»Maik«, antwortete Marion mit keinesfalls gedämpfter Stimme. Sie musste fast brüllen, um sich bei dem Lärm verständlich zu machen. Für Schrödingers Empfinden war ihre Antwort dermaßen laut, dass sie der Genannte eigentlich gehört haben müsste. Doch zu seiner Überraschung schaute Maik nicht einmal auf. Selbst als die Damen ihm zuwinkten, reagierte er nicht.

»Anscheinend ist er heute etwas maulfaul«, konstatierte Heiner und setzte sich an den Tisch. »Mir soll's recht sein. Ich versteh von seinem Kauderwelsch eh bloß die Hälfte.«

»Wenn du in deinem Ruhrpottslang loslegst, ist es aber auch nicht viel besser.« Schrödinger nahm grinsend gegenüber seinem Freund Platz.

»Ha noi. Mir Schwoba könned do ganz guad midhalda!, fügte Marion hinzu.

Schrödinger nickte. »Es klingt eben in jeder Ecke von Deutschland ein bisschen anders. Hier im Norden sprechen die gerne mal ein Plattdeutsch, das sich gewaschen hat.« Er zog sein Smartphone hervor, um sogleich eine Kostprobe zu liefern. »Zum Beispiel fragt man gerne *Hest du good slopen*? oder *Smeckt di dat Eten?* Schön ist auch ihre Standardantwort: *Dor nich für*. Oder Worte wie *Plüschmors*. Manches davon versteht man, bei anderen Sachen gucken wir alle in die Röhre.«

Während des Essens herrschte einige Minuten größtenteils Schweigen. Besonders die beiden Männer schienen eine stumme Meisterschaft darum zu führen, wer innerhalb kürzester Zeit möglichst viel vertilgen konnte. Aktuell lag Bochum ganz knapp vor Tuttlingen.

Dann fiel Schrödinger auf, dass die Frauen immerzu auf ihre Uhren schauten und parallel dazu schneller kauten. Er ahnte, was die Ursache dafür war. Sofort verlor der kleine Essenswettkampf seine Bedeutsamkeit, und andere Dinge traten in den Vordergrund.

»Was haltet ihr davon, wenn wir heute die Gymnastik sausen zu lassen und lieber einen Ausflug machen?«

»Was'n für'n Ausflug?«, fragte Heiner mit vollem Mund. Ein Stück Rührei fiel hinab und verfehlte nur um Haaresbreite seine Kaffeetasse.

»Wartet, ich habe da schon mal eine kleine Vorauswahl getroffen.« Mit stolzem Lächeln breitete Schrödinger die mitgenommenen Flyer auf dem Tisch aus. Die anderen beugten sich in einer nahezu perfekt synchronen Bewegung über die Papiere.

»Kap Arkona«, las Marion laut vor. »Dort gibt es Peil- und Leuchttürme.«

»Wie wäre es mit einer Fahrt im Rasenden Roland?«, fragte Heiner. »Ich wollte schon immer mal mit einer Kleinbahn fahren.«

»Wir könnten zu den Störtebeker-Festspielen gehen«, schlug Brigitte vor. »Ach nee, die waren schon im September. Schade. Wie wäre es dann mit dem Erdbeerhof?«

»Wir werden schon was Passendes finden«, versprach Schrödinger. Es freute ihn, dass sein Ausflugsvorschlag auf so viel Interesse stieß. Ihm war alles lieber, als sich ein weiteres Mal bei der Gymnastik im Aquapark von anderen Leuten Wasser ins Gesicht spritzen zu lassen.

»Schaut mal, hier kann man im Herbst Kraniche beobachten.« Brigitte zeigte einen pinkfarben Flyer, auf dem gefühlt eine Million Vögel auf einer Wiese standen.

»Die Zeit würde ja passen, aber für und mit Horst wäre das nix«, sagte Marion. »Der dreht dann selbst an der Leine völlig durch. Und wir haben anschließend einen Tennisarm.«

Letzten Endes schwankten sie zwischen dem sechs Hektar großen Privatpark Losentitz, der angeblich voller dendrologischer Besonderheiten war (was auch immer das bedeutete), den Feuersteinfeldern und einem Ausflug zum Nationalpark Jasmund, in dem es die berühmten Kreidefelsen zu entdecken gab. Letzteres bedeutete allerdings eine ausgiebige Wanderung und war damit die von Schrödinger am wenigsten favorisierte Möglichkeit. Kurz ärgerte er sich sogar, diesen Flyer überhaupt mitgenommen zu haben.

Er versuchte noch, die Wahl in Richtung Feuersteinfelder beeinflussen, scheiterte jedoch. Als sie mit dem Essen fertig waren, hatte auch Maik den Speisesaal längst verlassen. Auch sonst war niemand Bekanntes in Sicht.

Vom Ostseebad Sellin zur Nordost-Halbinsel Jasmund war es eine Strecke von rund 30 Kilometern. Zum Laufen entschieden zu weit. Zum Glück empfanden das nicht bloß Schrödinger und Horst so, sondern der Rest der Mannschaft ebenso. Weshalb nur noch die Frage zu klären war, ob sie den moosgrünen Bochumer Mercedes oder den silbergrauen Tuttlinger Familienvan nehmen sollten. Schwaben gewann, weil der durch zwei Kinder samt klobiger Kindersitze sowie einer Schwiegermutter erprobte Mehr-Platz ein unschlagbares Argument darstellte. Außerdem besaß Horst seinen angestammten Platz im Kofferraum, inklusive Kuscheldecken und Kauspielzeuge.

Nach der gestrigen Schlagerfolter war es für Schrödinger ein besonderes Vergnügen, seine Passagiere mit laut aufgedrehter Rockmusik zu erfreuen. Zuerst Queen, anschließend die Foo Fighters. Da kam Freude auf. Jedenfalls bei ihm.

Ehe das Quartett durchstarten konnte, bestand Heiner darauf, einen kurzen Zwischenstopp im Touristikbüro einzulegen. Der Vorschlag erinnerte Schrödinger sofort wieder an den Toten; Elvers hatte ja genau für diese Institution gearbeitet. Aber Heiner brachte seinen Wunsch, unbedingt eine echte Landkarte der Insel zu haben, anstatt nur immer auf Google Maps zu vertrauen, so vehement vor, dass der frischgebackene Ehemann nicht ernsthaft widersprechen konnte.

Das Büro war in einem rechteckigen Flachdach an der Promenade untergebracht. Während die Damen samt Hund im Wagen warteten, betraten die beiden Herren den großzügig verglasten Bau. Hinter einem Tresen standen sich vier Tische in Zweiergruppen gegenüber. An einem saß eine Mittfünfzigerin und stopfte Prospekte in einen Umschlag. Ein junges Mädchen bestückte die Prospekthalter an den Wänden neu. Die Druckfarbe verströmte einen penetranten Geruch. Eine Mitarbeiterin stand auf, als Schrödinger und sein Kumpel den Raum betraten. Der Schreibtisch ihr gegenüber war verwaist. Außer dem Bildschirm und der Tastatur war er leer. Nun ja, nicht ganz. In der Mitte stand ein Bilderrahmen mit einer schwarzen Schleife.

Elvers.

Schrödinger schluckte trocken.

»Moin! Was kann ich für Sie tun?«, fragte die kleine brünette Frau in den Vierzigern, die laut Namensschild Frauke Hinrich hieß. Heiner brachte sein Anliegen vor.

»Oh, das tut mir leid. Die Hauptsaison ist vorbei, wir hatten schon Anfang September keine Pläne mehr. Die gingen in diesem Jahr weg wie Fischbrötchen.«

»Ach. Schade.« Heiner war offensichtlich enttäuscht.

»Wie lange sind Sie denn noch hier?«, erkundigte sich Frau Hinrich und begann nach der Antwort zu strahlen. »Wunderbar! Kommen Sie übermorgen noch mal vorbei. Dann sind die neuen Pläne aus der Druckerei da.« Heiner grinste wie ein kleines Kind, und Schrödinger hoffte für ihn, dass sein Herzenswunsch nicht ebenso beißend riechen würde wie die neuen Prospekte. Aber außer ihm schien das niemanden zu stören. Vermutlich waren die drei Damen längst nasal abgehärtet.

»In welchem Hotel sind Sie denn Gäste?«

Nach Schrödingers Antwort fiel Frauke Hinrich buchstäblich das Lächeln aus dem Gesicht. Sie wurde ernst und senkte den Kopf.

»Schlimme Sache. Besonders für Annika«, murmelte sie und blinzelte ein paar Tränen weg.

»Annika?«

»Björns Frau. Sie tut mir so leid.«

Heiner wandte sich zum Gehen, Schrödinger aber wurde hellhörig und ließ seinen Freund ziehen. Ohne ihn und den Autoschlüssel, der in seiner linken Hosentasche steckte, würden die anderen nicht aufbrechen.

»Annika?«, forderte er sein Gegenüber fragend auf.

»Ach, wissen Sie, hier auf der Insel kennt man sich.« Frauke Hinrich zog die Nase hoch.

»Das kann ich mir vorstellen«, warf Schrödinger ein und imitierte die Frau mimisch. Mit Erfolg. Es sprudelte nur so aus ihr heraus.

Laut Frauke Hinrichs Schilderungen waren Björn Elvers und seine Annika ein Paar, seit die zwei sich in der achten Klasse der Realschule kennengelernt hatten. Auf einer Klassenfahrt nach Hamburg hatte es dann endgültig gefunkt, und für die ganze Insel war gesetzt, dass dies das neue Traumpaar des Eilands war. Annika, die Zierliche mit den strohblonden Haaren. Und Björn, der schwarzhaarige Hüne. Ein Stoff, aus dem auf Rügen Märchen wuchsen und der die Insulaner heftiger beschäftigte als Hochzeiten in europäischen Adelshäusern.

»Sie wollten endlich bauen«, schniefte Frauke Hinrich.

»Bauen?«

»Die Annika hat ein Grundstück geerbt. In Putbus. Ein Sahnestück. Hat ihrem Vater gehört.«

Schrödinger notierte im Geiste mit.

»Daraus wird nun wohl nichts?«, hakte er nach.

»Kaum. Der Björn hat das Geld verdient.« Hinrich schielte zum verwaisten Schreibtisch. »Die Annika hat ja immer nur während der Saison gekellnert.«

»Haben … ich meine … hatten die beiden Kinder?«

»Sie nicht.«

»Will heißen?« Neugierig beugte Schrödinger sich über den Tresen.

»Also, ich weiß ja nicht, was Sie als Gast das angeht.«

»Ich bin kein einfacher Gast.« Schrödinger spielte eine nicht existierende Karte aus und zwinkerte subversiv mit den Augen. Was auch immer Frau Hinrich verstanden haben mochte, sie überlegte einen Moment.

»Können Sie mir dazu mehr …« Weiter kam er nicht. Eine ziemlich angefressene Marion platzte herein, schnappte ihn am Arm und zog ihn vor die Tür.

»Wird das heute noch was mit unserem Ausflug?«, motzte sie ihn an. Ihre Augen funkelten. Schrödinger wusste: Schweigen war nun Gold und in den Wagen zu steigen mehr wert als der Tresor von Dagobert Duck.

Obwohl sie entlang der Küste fuhren und tolle Ausblicke auf das Meer bekamen, kippte die Stimmung massiv, als Horst einen seiner berüchtigten Fürze abgab. Binnen kürzester Zeit herrschte auf der Rückbank akute Atemnot, die bloß durch hastiges Öffnen der Fenster behoben werden konnte. Trotzdem röchelten die Ruhrpottrentner noch Minuten später und waren zu keinem ersthaften Gespräch mehr fähig. Heiner rief ständig aufs Neue: »Das ist doch nicht normal! Ihr müsst den Hund untersuchen lassen. Vielleicht hat er ne Krankheit. Rektalen Exodus oder so. Mindestens eine Allergie.« So kreideweiß hatte Schrödinger Brigitte noch nie gesehen.

Sie hielten auf dem Parkplatz *Kreidefelsen* am Ortsrand von Sassnitz. Heiner hatte zwar kurz angemerkt, dass er gerne auch ins U-Boot-Museum gehen würde, doch die weibliche

Besatzung des Fahrzeugs hatte dem vehement widersprochen. Die Damen wollten erstens spazieren gehen und zweitens die blasse Haut in die Herbstsonne halten. Passend dazu hatte Marion aus dem Reiseführer zitiert: »Hiddensees größter Zauber – die großartige und uferlose Ereignislosigkeit – das schöne Gleichmaß der Tage.«

Schrödinger hatte sich ereignislose Flitterwochen gewünscht. Doch auch jetzt auf dem Parkplatz schien das Zitat von einem gewissen Max Kruse weit weg zu sein. Und das nicht nur, weil ihm dieser wie viele andere Schriftsteller suspekt war. Er hatte es meistens nicht ganz so mit Lesen. Horst dafür umso mehr mit seinem gelegentlich aufbrausenden Temperament. Kaum hatte Schrödinger den Kofferraum geöffnet, sprang der Boxer heraus. Sein Herrchen hatte keine Chance, die Leine zu schnappen, schon stob der Hund davon. Allerdings nicht allzu weit. Das erste Ziel der Plattnase war ein kleines Gebüsch, das er hektisch beschnüffelte. Dann setzte Horst zuerst eine Marke und dann einen für seine spartanische Ernährung erstaunlich großen Haufen.

»Ich muss aufs Klo«, flüsterte Marion ihrem Ehemann ins Ohr.

»Äh. Ja. Also.« Er sah sich um. Weit und breit war keine Erleichterungsstation in Sicht.

»Busch?«, schlug er unbeholfen vor. Marion knurrte. Dann hockte sie sich hinter den Wagen. Das erleichterte Plätschern animierte die anderen drei, es ihr gleich zu tun. Heiner und Schrödinger hatten es so leicht wie der Hund, Brigitte verschwand zwischen einem Cabriolet und einem tiefer gelegten Daimler.

Erleichtert traten die fünf wenig später ihre Wanderung an.

»Ohne Karte komme ich hier nicht klar«, moserte Heiner.

»Weg. Schild. Folgen. Ganz einfach«, konterte Brigitte, schnappte sich Horsts Leine und zuckelte los. Die anderen folgten ihr etwas lustlos. Aber sie folgten ihr. Denn was wäre die Alternative gewesen? Sich im Schwimmbad zu verausgaben, mit Langlaufstöcken die Uferpromenade entlangzuwieseln oder sich einen Vortrag über vegane Ernährung anzuhören. Schrödinger fand, die eindeutig bessere Alternative gewählt zu haben.

Brigitte und der Hund bildeten die Vorhut. Beide schienen beste Laune zu haben. Der kartenlose Heiner stapfte als brummelndes Schlusslicht hinterher. Gut zehn Meter vor ihm hielt Schrödinger seine Marion an der rechten Hand. Links von ihm war ein erstaunlich dichter Wald, in dem sich die ersten Blätter herbstlich zu färben begannen. Rechts von ihm trieben ihm erstens seine Ehefrau und zweitens das unter dem Herbsthimmel stahlblau leuchtende Meer ein paar Tränen der Rührung in die Augen, die er aber gut und gerne auf den trotz der Sonne strammen Wind schieben konnte.

Nach wenigen Gehminuten hatte das Quintett das Ziel des Ausflugs erreicht. Die strahlend weißen Kreidefelsen hatten auf den Postkarten nicht zu viel versprochen. Alle, bis auf Schrödinger und Horst, zückten ihre Smartphones und lichteten das Wahrzeichen der Insel mal im Quer-, mal im Hochformat ab.

»Das muss ich Max und Marlene zeigen!«, jubelte Marion und übertrat eine von Hillu gesetzte Grenze, indem sie das Bild per WhatsApp einmal diagonal durch die Republik schickte. Ihr Ehemann beschloss, nichts dazu zu sagen. Stattdessen nahm er auf einem von Wind und Wetter blank polierten Baumstamm Platz und ließ Horst in den Kieselsteinen buddeln.

»Schon schön hier«, bemerkte Marion, als sie sich neben ihn setzte. Er schenkte ihr einen verliebten Blick, für den er mit einem ausgiebigen Kuss belohnt wurde, der ihm stante pede Lust auf mehr machte. Aber erstens war es recht frisch hier am Ufer, und zweitens ließen sich Brigitte und Heiner auf einem gegenüberliegenden Baumstamm nieder. Trotz der Windverhältnisse gelang es den erfahrenen Rentner-Campern, ihre Zigarillos am Sturmfeuerzeug anzuzünden. Zufrieden hauchten beide die harzigen Wolken in den salzgetränkten Himmel.

Fünfzehn, vielleicht zwanzig Minuten lang genossen alle die Stille, die nur gelegentlich von ein paar kreischenden Möwen unterbrochen wurde. Horst hatte es sich auf dem grauen Kies bequem gemacht und träumte einen Hundetraum. Die Ruhrpottler starrten in entgegengesetzter Richtung in die Landschaft und rauchten beinahe meditativ. Marion hatte sich an Schrödingers Schulter gelehnt. Er hatte seinen Arm um sie gelegt und streichelte versonnen ihre Schulter. Wäre es nach ihm gegangen, so hätte er ewig hier in diesem Postkartenmotiv verharren können.

Zu seiner und wohl auch der anderen Enttäuschung hasteten plötzlich zwei Personen den Strand entlang. Sie ignorierten die Touristen und blieben wenige Meter neben dem Quintett stehen. Horst hob den Kopf und schnupperte, während er die beiden Leute nicht aus den Kulleraugen ließ.

Das leise, aber bestimmte Murren seines Hundes ließ Schrödinger aufhorchen. Er tauschte einen kurzen Blick mit Marion. Mit einem Verdrehen der Augen signalisierte sie ihm: Von mir aus. Also löste er den Arm von ihr, schnalzte mit der Zunge, schnappte sich die Leine und schlenderte mit Horst in Richtung der Gestalten. Als sie auf Hör-Höhe waren, aber noch weit genug entfernt, um nicht als ungebetene Lauscher identifiziert zu werden, griff er in seine Tasche und verstreute kleine getrocknete Fetzen von Rinderherzen auf dem Kies. Horst tat, was er tun musste, er schnupperte und sabberte ausgiebig. Wer könnte etwas gegen einen Touristen mit neugierigem Hund haben?

Die beiden jedenfalls nicht. Bei näherem Herangehen entpuppten sie sich als ein Mann und eine Frau. Letztere trug eine übergroße schwarze Sonnenbrille, einen schwarzen Daunenmantel und eine ebenso dunkle Jeans. Einzig der knallrote Lippenstift stach aus ihrem Gesicht heraus, das von streng nach hinten zu einem Dutt gekämmten Haaren umrahmt war. Ihr Begleiter war ein hagerer Kerl in einer beigefarbenen Allwetterjacke, von der Schrödinger annahm, dass beim Kauf eines solchen Exemplars gleich die passende Partnerin mit derselben Jacke mitgeliefert wurde.

Er gestikulierte mit abgehackten Gesten, während die Frau auf das Meer starrte. Der Wind trug einzelne Wortfetzen zu Schrödinger: »… hat ihn erwischt … habe ich gleich gesagt … sollte aufpassen … hat sich wohl mit dem Falschen angelegt …« Spätestens als die sechs Buchstaben *Elvers* bei ihm ankamen, war Schrödingers Ermittlersinn geweckt. Und auch Horst spitzte die Schlappohren.

»Schrödi …« Marion verdrehte die Augen.

»Ich weiß«, sagte er und setzte sich über das unausgesprochene Verbot hinweg. Schrödinger stand auf, schnappte sich die Hundeleine und schlenderte möglichst unauffällig näher an die beiden heran.

»Es hätte nie so kommen müssen«, verstand er, als er nur noch gute fünf Meter entfernt war. Er drehte den beiden bewusst den Rücken zu und tat so, als sei er ebenso interessiert an den Kieselsteinen wie sein vierbeiniger Begleiter. Wieder einmal freute er sich, einen Hund zu haben. So eine Fellnase brachte ihn bei Spaziergängen mit den Menschen ins Gespräch, war in diesem Fall eine perfekte Tarnung und wärmte ihm an kalten Wintertagen auf dem Sofa die Füße.

»Aber was soll ich jetzt tun?« Trotz des gedämpften Tonfalls fauchte die Frau ihren Begleiter förmlich an.

»Beruhige dich erst mal.« Der Mann schnappte sie am Arm und führte sie einige Schritte näher ans Ufer. Mist, nun waren sie außer Hörweite. Schrödinger erblickte ein Stöckchen im Kies, ein von der Brandung blank und glatt gewaschenes Stück Treibholz. Er hob es auf und hoffte, dass Horst wenigstens dieses eine Mal wie ein Hund ticken und dem Stock nachhetzen würde.

»Hol!«, rief er und schleuderte im selben Moment das Holz von sich. Der Hund tat – genau nichts.

»Fass!«, rief Schrödinger und wurde von Horst aus fragenden Kulleraugen angestarrt.

»Leck mich.« Schrödingers Neugier überwog, und so zerrte er seinen Boxer an der Leine so weit zu dem Paar, dass es gerade noch aussehen konnte wie eine lustige Jagd nach einem verrotteten Stück Holz. Die Mühe hätte er sich sparen können, denn die beiden waren in ihr Gespräch vertieft und schienen weder das Meer, noch die anderen Menschen am Strand wahrzunehmen. Zudem sprachen sie so leise, dass er schon hätte Lippen lesen müssen, um etwas zu verstehen.

»Schrödinger, auf geht's!« Heiners Bassstimme riss ihn aus seinen gedanklichen Ermittlungen. Deren Fazit war: Sie hatten über jemanden namens Elvers gesprochen. Aber ob es *der* Elvers war? Er wog ab. Der Mann hatte was von *mit dem Fal-*

schen angelegt gesagt. Das konnte sich mit Schrödingers Beobachtungen im Schwimmbad decken. Es konnte sich aber genauso gut um einen völlig anderer Elvers handeln, vermutlich gab es Dutzende Namensvettern im hohen Norden. Und um den, also den Norden, zu erkunden, waren sie schließlich hier.

Im Gänsemarsch marschierten sie los. Heiner bildete die Spitze, gefolgt von Brigitte. Marion ging an dritter Stelle, und Horst samt Herrchen bildete das Schlusslicht.

Schon bald hatten sie einen von tausenden Schuhen ausgetretenen Weg erreicht, der sie mitten hinein in den Buchenwald des Nationalparks Jasmund führte. Schrödinger konnte sich gut vorstellen, wie in der Hauptsaison zahllose Wanderer hier entlangpilgerten und Abkühlung unter dem dichten Blätterdach suchten. Nun blitzten hier und da schon einige gelbe Blätter durch.

»Direkt an der Küste darf man nicht laufen«, sagte Heiner, zu dem seine Frau mittlerweile aufgeschlossen hatte. »Ein falscher Schritt, und *kawumm* bricht was vom Felsen ab und du fliegst zum letzten Mal im Leben.« Marion ging langsamer. Als Schrödinger sie erreicht hatte, nahm er ihre Hand. Horst hatte es mittlerweile aufgegeben, überall schnuppern und seine Marke setzen zu wollen, und trottete brav und mit heraushängender Zunge neben dem Ehepaar her.

Heiner dozierte weiter, was er aus dem Reiseführer wusste. »Ihr geht hier gerade in einem Weltnaturerbe spazieren.«

»Das ist mir völlig schnuppe«, flüsterte Marion ihrem Gatten zu und klang ungehalten.

Schrödinger musterte sie aus dem Augenwinkel. Täuschte er sich oder war sie schon wieder etwas blass um die Nase? Nachhaken wollte er nicht, und ohnehin plapperte Heiner ohne Unterlass. Sie erfuhren im Schnelldurchlauf, dass sie wohl demnächst auch die Feuersteinstrände besuchen würden, dass das Schutzgebiet den größten Buchenwald an der deutschen Ostseeküste beheimatete und dass selbst Seeadler und Wanderfalken regelmäßig auf der Insel brüteten.

»Ich wusste gar nicht, dass du Biologe bist«, scherzte Schrödinger. Marion grinste schief.

»Und Geologe«, brummelte Brigitte.

»Können wir umkehren? Hier sind doch bloß Bäume. Nicht mal der Hund hat noch Lust, hier rumzulaufen«, moserte Marion und blieb stehen.

»Was? Du willst aufgeben?« Heiner drehte sich empört um. »Aber wir wollten doch zu den Kreidefelsen!«

»Die stehen morgen auch noch. Und außerdem fährt dorthin ein Bus.«

»Aber …«

Marion schnitt ihm das Wort ab. »Und ich bin müde. Ich will ein bisschen schlafen.« Das letzte Wort betonte sie dermaßen, dass Schrödingers kurze Hoffnung auf ein wenig Kuscheln zunichte gemacht wurde.

»Ja, also von mir aus drehen wir um.« Schrödinger wollte auf keinen Fall, dass Marion schlechte Laune bekam.

»Weichei!«, rief Heiner. Brigitte zupfte ihn am Ärmel.

»Komm schon, im Hotel gibt's bald Kuchen.«

»Den gibt's bei den Kreidefelsen bestimmt genauso.«

»Ja, aber nicht umsonst.« Das pekuniäre Argument überzeugte den selbst ernannten Reiseleiter. Seufzend schloss er sich den anderen an, sprach aber kein Wort mehr, bis sie beim Hotel angekommen waren.

Horst

Stöckchen holen? Ich? Sie kennen mich mittlerweile. Ich bin kein Typ für solche albernen Spielchen. Ja, okay, ich spiele mit den Kindern. Wenn Max und Marlene mit einem Quietschtier werfen, dann hole ich das natürlich zurück. Man soll jungen Menschen ja eine Freude machen. Montessori-Pädagogik, Jesper Juul und was weiß ich, welche Bücher Marion im Regal stehen hat. Außerdem lachen die beiden so schön, wenn ich das tue. Und ja, die beim Apportieren eingesetzten Leckerlis tragen ebenfalls zu meinem Tatendrang bei.

Nun gut, es sei Schrödinger verziehen. Ich weiß, dass er näher an die beiden am Strand ranwollte. Doch ganz ehrlich: Ich nicht. Von denen gingen ganz schlechte Vibes aus. Ich kann so was riechen. Das waren keine angenehmen Zweibeiner, und von denen möchte ich mein Herrchen lieber fernhalten. Wir haben schon genug Ärger an der Backe.

Nun ja. Im Moment nur mein Dosenöffner.

Wollen Sie wissen, warum?

Machen Sie es sich gemütlich. So wie ich. Ein netter Herr versorgt mich im Minutentakt mit getrockneten Hühnerteilchen.

Na ja, nicht ganz. Ziemlich unerwartet muss ich diese unerwartete Komfortzone verlassen. Aber lesen Sie selbst …

»Ja, aber …« Schrödinger merkte selber, dass er klang wie ein Pennäler, der beim Rauchen auf der Schultoilette erwischt worden und zum Rektor zitiert worden war.

»Herr Schrödinger, noch einmal, der Aufenthalt in unserem Haus setzt die Teilnahme an unseren Gesundheitsangeboten voraus.« Roger Seyfarth, einen guten Kopf größer als sein Gast, sah diesen missbilligend an. »Ihre Schwiegermutter hat bei der Buchung ausdrücklich Wert daraufgelegt, dass Sie und Ihre werte Gattin sich um Ihr körperliches Wohl kümmern.«

Ja, das körperliche Wohl. Für Schrödinger wäre das ein Schäferstündchen mit Marion gewesen. Doch kaum hatte sie das Hotelzimmer betreten und die Schuhe von den Füßen gekickt, war sie samt Klamotten aufs Bett geplumpst und wenige Sekunden später eingeschlafen. Was er von ihr sonst gar nicht kannte. In Tuttlingen wälzte sie sich oft Stunden lang hin und her oder stand mitten in der Nacht noch einmal auf, um einen Baldriantee zu trinken. Erstaunlich, dachte er, was die Ostseebrise so alles vermag.

»Meine Frau muss sich erholen«, sagte er und merkte selbst, wie schwach er klang. »Und da wollte ich den Hund ausführen.«

Seyfarth setzte ein gekünsteltes Lächeln auf. »Sie können den Hund gerne bei mir lassen. Ihr Gymnastiktermin ist gesetzt, gebucht und beginnt in fünf Minuten.« Der Rezeptionist kramte hinter dem Tresen herum. Dann hielt er Horst ein

Leckerli hin. Und was tat der treulose Hund? Wedelte mit dem Schwanz und verschlang das Teil in einem Happs.

»Sehen Sie, wir verstehen uns.« Seyfarth kam hinter dem Tresen hervor, schnappte sich die Leine und zog wie im Triumphmarsch wieder ab. »Sie wissen ja, wo Sie langmüssen«, sagte er noch.

»Ja«, seufzte Schrödinger und machte sich auf zum Sportbereich. Immerhin: Seine bequeme Jeans und die Sneakers würden ihn nicht am Turnen hindern. Also beeilte er sich, den langen Gang zu den Liften entlangzuhasten, die ins Untergeschoss führten. Mit Schweißperlen auf der Stirn drückte er den Rufknopf und kam sich dabei vor wie ein Siebtklässler, der zu spät zum Unterricht erscheint. Nach einer gähnend langen Ewigkeit plingte es, und die Tür zur Kabine öffnete sich. Schrödinger stürmte hinein und stieß gegen einen Körper. Als die Türen sich schlossen, sagte er baff: »Was machst du denn hier?«

»Äh. Ja. Also«, stammelte Heiner. »Ich …«

»Du wolltest dich drücken.«

»Nicht so direkt, aber im Inselcafé ist gleich Happy Hour. Bier für die Hälfte und so.«

»So. So.« Schrödinger verschränkte die Arme vor der Brust und drückte auf -2. Der Lift rauschte nach unten, Richtung Sportbereich.

»Und Brigitte?«

»Nun ja, die ... äh … also … pennt.«

»Marion auch.« Wider Willen musste Schrödinger lachen. »Also erst turnen, und dann ein Bier?«

Heiner nickte. »Hoffentlich geht das so schnell vorbei, dass die Happy Hour noch gilt.«

»Ach, komm.« Schrödinger schlug seinem Kumpan und Leidensgenossen jovial auf die Schulter. »Selbst wenn nicht, ich lade dich ein.«

Das Blitzen in Heiners Augen erstarb, als die beiden den Gymnastiksaal betraten.

Acht Frauen.

Eine Trainerin.

Und sie. Heiner. Schrödinger.

»Herzlich willkommen zum Beckenbodentraining!«, jubelte die Trainerin, die von Kopf bis Fuß in eine orangefarbene Wurstpelle aus recyceltem Stoff gewickelt war. »Ja, auch Männer haben einen Beckenboden, den es zu stärken gilt. Der Beckenboden ist quasi jene Kraft, die alles zusammenhält. Und …« Sie zwinkerte in die Runde. »… nicht nur uns Damen den Kauf von Inkontinenzeinlagen erspart.« Die Frauen kicherten. Schrödinger hatte den Impuls, Hillu nach seiner Rückkehr mit Damenbinden zu steinigen.

Sechsmal schlug den beiden Männern »Hi!« entgegen; Schrödinger fragte sich, ob er als gestandener Kerl überhaupt über einen Beckenboden verfügte. Seinem Kompagnon schien es ähnlich zu gehen, doch die Trainerin, die sich als Dörte vorstellte, schien den beiden Herren die Entscheidung abzunehmen. Sie deutete mit einer ausladenden Geste auf zwei prall gefüllte Gymnastikbälle. Schrödinger seufzte und schnappte sich den blauen. Für Heiner blieb nur die gelbe Version übrig. Seinem Augendrehen nach zu urteilen war dies nicht seine Lieblingsfarbe.

»Sucht euch einen Platz!«, forderte Dörte die beiden Männer auf. In Ermangelung von Alternativen rollte Schrödinger seinen Ball neben eine akkurat geschminkte Dame – und zu seinem Bedauern neben Barfußfrau Senta Abt. Heiner schob sein Sportgerät zwischen eine schwangere (jedenfalls sehr dicke) Blondine und die Trainerin.

Eine Sekunde, nachdem alle ihren Platz eingenommen hatten, klatschte die Trainerin in die Hände. »Wippen! Nun wippen wir!« Sie machte es vor, zählte an, die Damen hoppelten auf den Bällen. Schrödinger und Horst tauschten einen sehnsuchtsvollen Blick, den deutlich das Wort *Bier!* anzusehen war. Doch beide hielten durch. Womöglich hatten sie die gestrenge Gattin – Brigitte – respektive die die noch strengere Schwiegermutter im Sinn. Sie hopsten, rollten mit dem Bauch über den Ball, atmeten laut ein, noch lauter aus, hopsten erneut, warfen den übergroßen Ball durch den Raum und kamen nach fünfundvierzig Minuten komplett verschwitzt und außer Atem nebeneinander in der Herren-Umkleide um Sitzen.

»Boah!«, hechelte Schrödinger.

»Kannste laut sagen«, hyperventilierte Heiner hinterher. »Bier?«

»Unbedingt.«

Heiner sah auf seine Uhr. »Sieben Minuten noch bis zur Happy Hour.«

»Schaffen wir!« Schrödinger rappelte sich hoch, überlegte kurz, ob er duschen sollte und entschied sich dann gegen das Wasser und für den Gerstensaft. So wie er seine Marion einschätzte, würde es heute ohnehin nicht mehr zu ehelichen Kontakten kommen. Und nun ja, Heiner, viel länger mit seiner Brigitte verbandelt, wischte sich mit einem Handtuch, das er danach achtlos in die Ecke pfefferte, lediglich die Stirn ab. Vielleicht war das Leben als Ehegespons einfach so. Man war ein Paar, konnte sich gehenlassen, schwitzen, voreinander pupsen und ungewaschen in ein Doppelbett gehen, in dem ohnehin nichts passierte. Einen kurzen Moment lang fragte sich Schrödinger, ob er das wollte. Zum Nachdenken allerdings kam er nicht wirklich, da Heiner ihn förmlich mit sich zog.

Der Lift brauchte eine gefühlte Ewigkeit und schien im Schneckentempo Richtung Lobby zu gleiten. Aber endlich war auch das geschafft, und Schrödinger hetzte zur Rezeption, um seinen Hund abzuholen.

»Das gibt's doch nicht!« Die Rezeption war unbesetzt. Von Roger Seyfarth und Horst fehlte jede Spur.

»Schrödinger, auf geht's!« Heiner stand schon an der Eingangstür.

»Nicht ohne meinen Hund!«

»Vielleicht sind die kurz Gassi?«, mutmaßte Heiner. »Ich geh mal nachsehen.« Sprach's und verschwand nach draußen. Schrödinger hastete zum Büro und klopfte laut und vernehmlich. Als sich nichts tat, drückte er die Klinke. Abgeschlossen.

»Also, ich sehe niemanden«, gab Heiner bekannt, als er mit dem nervösen Schrödinger vor dem Hoteleingang zusammentraf. »Und die sieben Minuten sind auch um.«

»Herrje! Ich hab dir doch gesagt, dass ich dir das Bier zahle! Horst ist verschwunden.«

»Ich glaube kaum, dass der feine Herr Rezeptionist einen Boxer kidnappt.«

»Hallo? Das ist ein Rassehund! Der ist was wert! Und außerdem sind hier schon genug komische Sachen passiert.« Schrödinger spürte, wie er langsam panisch wurde. Wie hatte er sich nur wegen eines blöden Rumhüpfens auf Bällen darauf einlassen können, seinen besten Freund einem eigentlich vollkommen Fremden anzuvertrauen? Er hätte sicher noch genug Zeit gehabt, Horst zurück ins Hotelzimmer zu bringen. Oder er hätte genug Eier in der Jeans haben müssen, um Seyfarth und damit Hillu die Stirn zu bieten. Vermutlich litt er unter einem Honeymoon-Syndrom oder wie auch immer das heißen mochte.

»Beruhige dich«, sagte Heiner und legte seinem Urlaubskumpel den muskulösen Arm um die Schulter. »Der taucht schon wieder auf.«

»Und wenn nicht?« Schrödingers Stimme zitterte. Wie sollte er das Marion erklären und den Kindern, die den Hund heiß und innig liebten? Wie sollte er selbst mit einem solchen Verlust klarkommen? Er spürte, dass ihm die Tränen in die Augen traten, und zu seinem eigenen ganz großen Glück sagte Heiner nicht den einen blöden Satz, den allzu viele Menschen sagten, wenn ein Mensch seinen Fellfreund über die Regenbogenbrücke hatte gehen lassen müssen: *Ist doch nur ein Hund.* Stattdessen schwieg er und senkte den Blick.

Schrödinger schloss die Augen und schrak zusammen, als eine weibliche Stimme fröhlich rief: »Ah, Herr Schrödinger, ist Ihr Beckenboden ausreichend gestählt?«

Er fuhr herum. Kommissarin Inke Meesters kam auf ihn und Heiner zu.

»Mein Hund wurde entführt«, sagte er knapp.

»Entführt? Aber nein. Ich habe ihn mir lediglich, nun ja, sagen wir mal, ausgeliehen.«

»Wie bitte?«

»Ich hatte da so eine Idee …« sagte Meesters.

Weiter kam sie nicht. Schrödinger fuhr sie an: »Wo ist

Horst?« Von Tierheim bis zur finalen Spritze beim Tierarzt schossen ihm sämtliche Horrorszenarien durch den Kopf.

»Der Hund geht mit Herrn Seyfarth noch ein bisschen spazieren. Die beiden müssten gleich zurück sein.«

»Ich verstehe nicht …«, sagte Heiner und löste seinen Arm von Schrödinger.

»Wo. Ist. Horst?!«, Schrödingers Stimme überschlug sich.

»Bitte, immer mit der Ruhe. Ich sagte Ihnen schon, dass Ihr Boxer mit Herrn Seyfarth eine kurze Runde dreht.« Sie wies die beiden Männer mit einer Armbewegung an, zurück in die Lobby zu gehen. Und mit einer ebensolchen dirigierte sie Heiner und Schrödinger zu einer kleinen Sitzgruppe. Vier niedrige Ledersessel, auf denen jeweils ein dekoratives Lammfell lag, waren um einen kleinen Tisch drapiert. Horsts Herrchen und sein Kumpel nahmen wortlos Platz.

»Nun, Herr Schrödinger, ich war gekommen, um mir noch einmal in Ruhe den Technikraum anzuschauen. Und ich sage bewusst nicht: den Tatort.«

Schrödinger nickte mechanisch. Von Heiner kam keine Reaktion.

»Ich bin nicht ganz dienstlich hier«, sagte die Kommissarin. »Also einerseits schon, andererseits eben nicht.«

»Muss ich das verstehen?« Schrödinger juckte es im Hintern, nur zu gern wäre er hinausgerannt und hätte sich auf die Suche nach Horst gemacht.

Immerhin kam die Kommissarin langsam auf den Punkt. Sie habe sich, wie schon erwähnt, noch mal den Technikraum des Schwimmbades ansehen wollen. An der Rezeption habe sie Seyfarth nach dem Schlüssel fragen wollen und dabei Horst entdeckt.

»Und da hatte ich diese Idee«, sagte sie lächelnd. Sie habe sich also Horst *ausgeliehen* und sei mit dem Hund zunächst ins Schwimmbad gegangen.

»Dort konnte er aber keine Spur von Ihnen, Herr Schrödinger, ausmachen.«

»Ich verstehe nicht …«

»Nun, dort wird mehrmals täglich mit starken Reinigungsmitteln geputzt.«

»Aha.«

»Das hoffe ich doch«, klinkte Heiner sich ein. Meesters schenkte ihm keine Beachtung.

»Natürlich war die Spurensicherung schon überall. Im Technikraum dann sah es anders aus. Ihr Hund, den ich übrigens sehr niedlich finde, hat sich einmal quer hindurch, die Stahltreppen hinauf und zum Ausgang geschnuppert.«

»Aha.«

»Jedenfalls gehe ich davon aus, dass ich nun den Weg kenne, den Sie genommen haben. Fingerabdrücke allein verraten so was ja nicht.«

»Und was soll das beweisen?« Schrödinger wurde mehr und mehr ungehalten.

»Zunächst einmal gar nichts. Es *beweist*«, die Kommissarin malte Gänsefüßchen in die Luft, »zunächst einmal nur, dass sie am Ort des Geschehens waren und welchen Weg Sie mutmaßlich genommen haben. Und wieder sage ich ausdrücklich nicht *am Tatort*.«

»Aber das wussten Sie doch schon von den Videos der Überwachungskamera?«

»Natürlich. Und wie ich schon sagte, das alles ist nicht relevant für die Ermittlungen. Das war quasi rein für mich.«

»Ich verstehe nur Bahnhof«, sagte Heiner.

»Dann kann ich Sie zu Gleis zweiundvierzig bringen und zur Antwort auf die Frage aller Fragen.« Meesters grinste. Schrödinger konnte förmlich das Fragezeichen sehen, das in Heiners Kopf aufploppte. Vermutlich hatte der Camper *Per Anhalter durch die Galaxis* nie gelesen und wusste nicht, dass in diesem Epos von Douglas Adams auf die Frage an den allwissenden Computer nach dem Sinn des Lebens die Zahl 42 als Antwort ausgespuckt wurde.

»Die Kollegen wissen nun, wo sie gegebenenfalls erneut nach Spuren suchen müssen, und es bleibt ihnen erspart, den kompletten, doch recht großen Technikbereich zu scannen.«

»Na, da bin ich ja beruhigt.« Schrödinger legte so viel Ironie wie möglich in seine Antwort. »Könnte ich dann bitte meinen Rassehund wiederhaben?«

»Natürlich. Wenn man vom Teufel, Verzeihung, vom Vierbeiner spricht …«

Horst und der Rezeptionist betraten die Lobby. Kaum hatte der Hund sein Herrchen gesehen, riss er sich los, galoppierte auf ihn zu und leckte ihm frenetisch über das Gesicht.

»Und das Bier?«, fragte Heiner, als die Kommissarin sich verabschiedet und Seyfarth seinen Platz hinter der Rezeption wieder eingenommen hatte.

»Geht aufs Haus«, rief Schrödinger und umarmte Horst. Kurze Zeit später saßen die beiden Männer in der Inselbar, vor sich jeweils ein eisgekühltes Glas Gerstensaft. Horst hatte sich unter dem Tisch zusammengerollt und schnarchte ausgiebig. Sein Herrchen gönnte ihm das. Sehr.

Horst

Wo waren Sie denn, als ich von der komischen Polizeifrau entführt wurde? Mit Schrödinger beim Beckenbodentraining? Ich kenne Sie ja nur flüchtig und weiß so gut wie nichts über Ihre inneren Organe. Aber wenn Sie meine Erzählung lesen, dann erwarte ich schon etwas mehr Empathie.

Und Sie von mir als gestähltem Quasi-Polizeihund etwas mehr Courage. Ich hätte stur und steif bei dem Herrn Seyfarth liegen bleiben sollen und dessen zugegebenermaßen echt gute Leckerlis genießen können. Aber dann hat mich die Frau Meesters an genau der Stelle hinter den Ohren gekrault. Also DER Stelle. Und da werde ich nun mal schwach.

Also hab ich mich von ihr mitnehmen lassen. Einmal quer durch das Schwimmbad, in dem nur eine Frau stoisch ihre Bahnen zog. Ihre Rastazöpfe haben ziemlich lustig auf dem Wasser getrieben und ich hatte für einen kurzen Moment den Impuls, zu ihr ins Becken zu springen.

Dazu kam ich aber nicht, weil die Kommissarin dem Rezeptionisten folgte, der ihr und damit mir die Tür zum Technikraum aufschloss.

Ja, nun gut, es war warm, recht dunkel, es gab viele Ecken und Treppen.

»Such mal das Herrchen!«, sagte die Polizeifrau.

Hier? Jetzt? Ernsthaft? Ich wusste doch, dass der bei irgendeinem Sportkurs war. Aber da ich erstens kein Spielverderber-Hund bin und sie zweitens woher auch immer ziemlich schmackhafte Butterkekse anbot, bin ich zum Schein auf das

Angebot eingestiegen und habe hier geschnüffelt, dort ein Treppengeländer abgeleckt und dann und wann mit der Schnauze gegen eine Stufe oder einen Kessel gestupst.

Ja, Ihnen kann ich es verraten. Klar habe ich meinen Schrödi gewittert. Und ja, auch das kann ich Ihnen verraten: das habe ich in keinem Fall angezeigt. Ich verrate doch nicht den Zweibeiner, der mir seit so vielen Jahren die Hundefutterdosen öffnet. Und ganz ehrlich ist es mir auch egal, was Schrödinger da gemacht hat.

Ich kenne ihn. Länger, als Sie. Und sehr viel besser.

Nein, mein Herrchen würde nie im Leben, und sei es auch in Hundejahren berechnet, irgendetwas Kriminelles tun.

Wobei.

Oha.

Nun habe ich gelogen.

Kleinigkeiten zählen ja bekanntermaßen nicht.

Wie da bei dem Parkticket am Tuttlinger Donauufer, das er kurz vor unserer Abreise mächtig überzogen hat. Das war teuer, wie ich seinem Wutanfall entnehmen konnte. Aber es war an dem Tag, als er Marion geheiratet hat. Und da kann man erstens schon mal die Zeit und zweitens das Bezahlen von drei Flaschen Crémant d'Alsace vergessen, wenn man nur eine aufs Kassenband gelegt hat. Die Kassiererin hat es nicht gemerkt, und ich frage mich bis jetzt, ob Schrödinger das verdrängt hat oder sich noch immer über den unfassbar günstigen Einkauf freut.

Schrödinger

Mit seinem endlich wieder gefundenen Hund an der Leine, Heiner an seiner Seite und zwei angenehm kreiselnden Bieren intus machte Schrödinger sich eine gute Stunde später auf den Weg zurück ins Hotel. Der Bochumer Kumpel schwankte leicht, denn er hatte Schrödinger um zwei Bier und vier Küstennebel überholt.

Im Gegensatz zu Heiner gelang es Schrödinger auf Anhieb, den Schlüssel ins Schloss der Hotelzimmertür zu stecken. Er leinte Horst ab. Der Hund sauste direkt zu seinem Trinknapf, schlabberte ausgiebig und ließ sich dann seufzend auf sein Kissen sinken.

»Hallo, Schatz!« Marion saß aufrecht im Bett und hielt einen neuen Roman in der Hand, dem Cover nach ein Krimi, in dem es um einen Kommissar und seinen Hovawart-Rüden ging. Auf dem Nachttisch stand eine Tasse mit einem Teebeutel. *Kamille*, entzifferte Schrödinger.

»Wie war der *Sport*?«

Er überhörte den Spott in der Stimme seiner Ehefrau geflissentlich und ließ sich, nachdem er die Schuhe von sich gekickt hatte, der Länge nach auf das Boxspringbett fallen.

»Ich habe einen Beckenboden«, sagte er trocken. Marion lachte schallend und legte das Buch weg. Und dann ging alles ganz schnell. Sie streifte sich das Shirt ab. Öffnete den BH. Schlüpfte aus Jeans und Unterhose, und während er noch versuchte, sich von überflüssigen Kleidungsstücken zu befreien, geschah das, was Juristen als *Vollzug der Ehe* bezeichneten.

Und, o ja, in diesen Minuten liebte Schrödinger die Paragrafenreiter. Seinen Beckenboden. Und die Brüste seiner Frau, die sich in ihrer Größe quasi verdoppelt zu haben schienen. Ob das an der Seeluft liegen konnte?

Als sie wenig später schwer atmend und schwitzend Arm in Arm unter den dicken Daunendecken lagen und Schrödinger kurz davor war, in einen verdienten Schlaf zu gleiten, rüttelte Marion ihn am Arm.

»Schrödi, ich muss dir was zeigen.«

»Hm«, brummelte er schlaftrunken.

Seine Frau piekste ihn so lange gegen die Schulter, bis er die Augen öffnete.

Es dauerte einen langen Moment, ehe er klar sehen konnte und das längliche weiße Objekt scharf wurde. Es war aus Plastik. Hatte ein Fenster. Und in dem waren zwei hellblaue Striche zu sehen.

Auf den ersten Moment wirkte das Teil für ihn wie ein Fieberthermometer.

Auf den zweiten Blick wurde ihm heiß.

Sehr heiß.

»Ist … ist … ist das …«, er schluckte trocken.

»Ja. Das ist ein Schwangerschaftstest.«

Erschrocken – oder erfreut? Er wusste es nicht so ganz genau – setzte er sich auf, rieb sich die Augen und starrte die beiden Striche an.

»Heißt das …«

»Erst mal heißt das gar nichts.« Marion legte das Plastikteil auf den Nachttisch. »Bei Marlene waren drei Tests negativ. Max war im Ultraschall bis zum vierten Monat nicht zu erkennen. Und im siebten galt er als Mädchen.«

»Ich bin verwirrt«, gestand er.

»Ich auch. Denn immerhin nehme ich ja die Pille.«

»Das tust du wohl. Aber vor zwei Monaten, als … als wir alle, alle außer Horst, dieses Norovirus hatten …«

»Lass es mich kurz machen.« Marion drückte ihm einen Kuss auf die schweißnasse Stirn. »Ich mache morgen noch einen Test.«

»Klar. Ja. Logisch.« Schrödinger sank entkräftet zurück in die Kissen und schlief sofort ein, als hätte ihm jemand mit einem Hammer auf den Kopf geschlagen.

Seebad Sellin, Tag vier

Schrödinger

Da er das Abendessen verpennt hatte, wachte Schrödinger am nächsten Morgen vom Grummeln seines leeren Magens auf. Marion schlief noch. Einen Moment lang betrachtete er sie, wie sie auf dem Rücken lag, die Augen geschlossen, den Mund leicht geöffnet. Zärtlichkeit. Das war es, was er in diesem Moment empfand. So leise er konnte, stand er auf und schlich ins Bad. Nach einer Katzenwäsche verließ er auf Zehenspitzen mit Horst das Zimmer.

So früh am Morgen waren nur eine Handvoll Gäste im Speisesaal, und niemand mokierte sich über den Hund an seiner Seite. Schrödinger hatte so großen Kohldampf, dass er gleich zwei Schalen Müsli verdrückte. Als die Getreideflocken seinen Magen füllten und der Kaffee seine Arbeit in seinen Blutbahnen tat, traf es ihn wie ein Schlag.

Ich werde Vater.

Oder auch nicht.

Werde ich Vater?

Ihm wurde erst heiß, dann kalt, dann bekam er Gänsehaut. Schlagartig schnürte sich sein Magen zu, und er schob die leere Müslischale von sich.

Sie hatten nie über das Thema *gemeinsames Kind* gesprochen. Sie hatten doch Max und Marlene, und insgeheim war Schrödinger heilfroh, dass die beiden schon stubenrein waren und er keine Ohnmachtsanfälle beim Wickeln riskieren musste – er hatte auf YouTube mal ein Video gesehen, in dem etliche seiner Geschlechtsgenossen direkt nach dem Öffnen einer vollen Windel in den Mülleimer gekotzt hatten. Marions

Kinder schliefen meistens durch, mussten so gut wie nie herumgetragen werden und konnten ihre Bedürfnisse längst verbal äußern. All diese Vorteile bot ein Säugling nicht, das wusste Schrödinger.

Einerseits.

Andererseits – wäre es nicht entzückend, eine Mini-Version seiner selbst zu haben?

Er war so durcheinander, dass er beinahe Horst vergessen hätte, der unter dem Tisch lag. Zum Glück trottete der Hund hinter ihm her und hatte ihn auf Höhe des Büffets eingeholt.

»O je. O je.« Schrödinger beugte sich hinunter und kraulte Horst ausgiebig. »Entschuldigung!«

Die kühle Luft, die vom Meer her strömte, weckte die Lebensgeister von Hund und Herrchen gleichermaßen. Horst genoss den morgendlichen Auslauf sichtlich. Nach einem Blick auf die Uhr nahm Schrödinger an, dass er noch gut eine halbe Stunde warten musste, ehe die Apotheke öffnete. Also schlenderte er gemütlich und freute sich für Horst, dessen vierbeinige Kollegen dem intensiven Schnüffeln nach jede Menge wichtiger Botschaften an Ecken, Pfosten und Pflanzkübeln hinterlassen hatten.

Sie passierten den Touristikservice, wo Heiner mit Glück morgen seine heiß ersehnte Landkarte bekommen würde. Eventuell würde Schrödinger ihn begleiten. Mit etwas Glück würde die redselige Mitarbeiterin ihm dazu noch ein paar spannende und im besten Fall relevante Dinge verraten. Daran konnte er im Moment aber keinen Gedanken verschwenden. Je näher er seinem Ziel kam, desto schneller ging sein Atem.

Der Weg ging vorbei am Stadthafen und dem Fischereimuseum. Dann wandten sie sich von der Ostsee ab. Nach wenigen

Minuten erspähte Schrödinger unweit des Kurhotels sein Ziel, das mit dem typischen roten A auf sich aufmerksam machte. Der Inhaber hatte mitgedacht: Vor der Tür waren drei Haken in die Wand geschlagen worden. An einem davon machte er Horst fest, entschuldigte sich erneut und betrat schließlich mit einem mulmigen Gefühl im Bauch die Apotheke. Klar hatte er schon vielfach Kopfschmerztabletten oder Hustensaft geholt und das eine oder andere Rezept eingelöst. Aber dies hier war ein ganz anderes Kaliber, als mal eben Nasenspray zu besorgen.

Erleichtert stellte er fest, dass er zu so früher Stunde der einzige Kunde war. Der Apotheker begrüßte ihn mit einem ausgeschlafenen »Moin.« Auf seiner breiten Brust, die den weißen Kittel schier zu sprengen schien, prangte ein Namensschild. Schrödinger kniff die Augen zusammen und entzifferte »M. Dietrich.«

»Guten Morgen«, sagte Schrödinger. Sein Mund war trocken. Er räusperte sich.

»Was kann ich für Sie tun?«

»Nun. Ich. Also. Ich bräuchte …«

Herr Dietrich beuge sich zu ihm vor und nickte ihm aufmunternd zu. Schrödinger konnte das etwas süßliche Aftershave des Pharmazeuten riechen.

»Meine Frau und ich machen gerade Flitterwochen.«

»Herzlichen Glückwunsch.«

»Dankeschön. Nun ist es allerdings so, dass es ein … nun ja … ein … möglicherweise ein Problem gibt.«

»Hm«, machte der Apotheker.

So belämmert hatte Schrödinger sich zuletzt in einer Apotheke gefühlt, als er vor der Klassenfahrt nach Krefeld als Neuntklässler mit hochrotem Kopf Kondome gekauft hatte. Gebraucht hatte er sie freilich nicht.

»Meine Frau ist … also, ich denke … ich müsste …«

»Haben Sie ein Rezept?«

»Dafür braucht man ein Rezept?« Schrödinger sah den Apotheker aus kugelrunden Augen an.

»Präparate mit dem Wirkstoff Sildafenil sind verschreibungspflichtig.«

»Woher soll ich wissen, was in den Dingern drin ist?«

»Wenn Sie hier im Urlaub sind, wird es vermutlich schwer, auf die Schnelle einen Termin beim Urologen zu bekommen.«

»Jetzt verstehe ich gar nichts mehr.«

»Ich kann Ihnen da leider auch nicht helfen.«

»Ich brauche einen Schwangerschaftstest!«

Apotheker Dietrich zuckte zurück. Nun war es an ihm, einen roten Kopf zu bekommen.

»Verzeihung. Ich dachte, Sie bräuchten Viagra.«

»Bitte?«, fragte Schrödinger perplex.

»Na ja, in dem Fall wohl nicht«, murmelte Herr Dietrich und verschwand hinter der Wand aus Apothekenschränken. Kurz darauf kam er wieder und legte sieben Schachteln vor Schrödinger hin.

»Dieser Test wird am meisten gekauft, ist aber etwas teurer«, sagte Dietrich und hielt die erste Packung hoch. »Wohingegen jener …«

Schrödinger unterbrach ihn. »Ich nehme alle.«

»Alle?«

»Alle!« Sicher war sicher, und er war sich nicht sicher, welchen Test seine Liebste bevorzugte. Während der Apotheker die sieben Schachteln nebst einer Packung Papiertaschentüchern, einem Probebeutel Kräutertee und einer winzigen Cremetube in einer Tüte verstaute, wickelte Schrödinger die

Kartenzahlung ab. Irgendwo hatte er mal gelesen, dass es eine halbe Million Euro kosten würde, in Deutschland ein Kind großzuziehen. Angesichts der horrenden Summe, die sich hier schon vor der Geburt oder gar möglicherweise Zeugung ansammelte, schien ihm diese Zahl eher untertrieben.

Vor der Tür musste er dann erst mal verschnaufen. Er beugte sich zu Horst, um ihn loszumachen. Aus dem Augenwinkel sah er, dass eine Frau im schwarzen Mantel die Apotheke betrat. Ehe sich die Tür schloss, hörte er Herrn Dietrich sagen: »Moin, Annika.«

Schrödinger wirbelte herum. Den Namen hatte er schon einmal gehört. War das etwa jene welche Annika, von der gestern die Frau im Touristikbüro gesprochen hatte? Aufgeregt leckt er sich mit der Zungenspitze über die Lippen. Sein Interesse war definitiv geweckt. Deshalb konnte er gar nicht anders, als den halb geöffneten Verschluss der Hundeleine wieder zu schließen. Horsts verdatterten Blick ignorierte er und betrat erneut den Laden. Der Apotheker warf ihm stirnrunzelnd einen fragenden Blick zu, war jedoch zu sehr mit seiner neuen Kundin beschäftigt, um etwas zu sagen. Schrödinger trat vor ein Regal mit Präparaten für Durchfall und Magenbeschwerden und tat so, als würde er das Angebot studieren. Aus den Augenwinkeln heraus linste er immer wieder unauffällig zu der Frau am Tresen und spitzte gleichzeitig die Ohren.

Offenbar ging es um pflanzliche Medikamente gegen Schlaflosigkeit.

Bier ist rein pflanzlich, lag es ihm auf der Zunge. Er verkniff sich die Bemerkung. Eine Sekunde darauf machte sich ohnehin ein anderer Gedanke in seinem Hirn breit: Die Frau, mit der sich der Apotheker unterhielt, besaß erstaunliche

Ähnlichkeit mit der, die er gestern beim Ausflug zu den Kreidefelsen gesehen hatte. Zwar trug sie heute weder eine übergroße schwarze Sonnenbrille noch einen schwarzen Daunenmantel, aber die Duttfrisur, die vollen Lippen … und auch sonst war alles ziemlich ähnlich. Um nicht zu sagen: gleich.

Konnte es sein, dass er gestern schon ahnungslos auf die Elvers-Witwe gestoßen war, oder wäre das ein zu krasser Zufall? Je länger er darüber nachdachte, desto mehr kam es Schrödinger so vor, als wäre er der Held einer besonders rätselhaften Geschichte, in der das Schicksal der Hauptperson allein von der Laune der Autoren und deren Verlegern abhängt. Es wäre auf jeden Fall eine gute Erklärung dafür, wieso ausgerechnet er ständig über Leichen stolperte oder in irgendwelchen anderen Schlamassel geriet. Wie viele Leute kannte er noch, die eigentlich nur zu einer Hasenausstellung gehen wollten und wenig später undercover in einem Kleintierzüchterverein ermittelten? Oder die aus Versehen Benzin statt Diesel tankten und dann an Leute geriet, die wichtige Informationen über einen toten Biobauern besaßen? Ein bisschen merkwürdig war das schon …

Andererseits passierten jeden Tag kuriose Dinge auf dieser Welt, und er sollte froh sein, dass er alle bisherigen Schwierigkeiten mehr oder minder souverän gemeistert hatte. Auch hier, bei diesem fünften mysteriösen Todesfall innerhalb eines Jahres, würde es so sein. Ob er nun tatsächlich in die ganze Sache verwickelt war oder nicht, er würde dafür sorgen, dass alle Klarheit erhielten. Beziehungsweise zumindest er, damit er wusste, ob er schuldig oder unschuldig war. Wie er die Angelegenheit dann später mit Meesters klären sollte, war ein anderes Thema. Darum würde er sich kümmern, wenn er selbst Bescheid wusste.

Das Coole daran, der Held einer eigenen Romanserie zu sein, wäre, dass er einfach bis zum Ende vorblättern und schauen könnte, wie die Sache ausging und was er am besten unternehmen sollte, um möglichst unbeschadet dorthin zu kommen. Weil das leider nicht möglich war, musste er sich auf herkömmlichem Wege weiterhelfen. In diesem Fall bedeutete dass, sich an die ominöse Frau dranzuhängen und selbst herausfinden, ob es sich um *seine* Annika handelte.

Schrödinger entschied, dass es besser war, dafür draußen in Position zu gehen, und verließ die Apotheke. Horst wirkte noch etwas verschnupft darüber, dass Herrchen ihn gleich zweimal im Stich gelassen hatte. Nachdem er seinem Seelenkumpel jedoch geduldig hinter den Ohren kraulte, bis die Dutt-Frau den Laden verließ, schien die Welt wieder in Ordnung zu sein.

Sie warteten ab, bis Annika Werauchimmer 20 Meter weit gegangen war, und hefteten sich dann an ihre Fersen. Wäre doch gelacht, wenn sie nicht von sich aus herausbekämen, wie die Frau mit Nachnamen hieß und was sie zu verbergen hatte.

Zunächst ging es zurück, die Straße hinauf zu einem Eckhaus mit blauer Fassade, bei dem es sich laut den goldenen Lettern über der weißen Eingangstür um eine Bäckerei handelte. Dank der zwei Schüsseln Müsli vorhin war Schrödingers Hunger nach wie vor gestillt, aber Horst hätte wohl kein Problem damit gehabt, der Verdächtigen die Treppenstufen hinauf bis in den Verkaufsraum zu folgen.

Schrödinger zog es vor, auf einem lauschigen Parkplatz auf der anderen Straßenseite zu warten, bis Annika das Geschäft wenig später mit einem Coffee To Go wieder verließ.

So als wüsste sie, dass jemand ihr folgte, den sie in die Irre führen könnte, schlenderte die Frau im schwarzen Mantel in die gleiche Richtung zurück, aus der sie gekommen waren. Schrödinger war überzeugt davon, dass sie aufgeflogen waren und sich die Unbekannte einen Spaß mit ihnen erlaubte.

Wenn wir zur Apotheke gehen, gebe ich auf, schwor er sich. Nur um sich gleichzeitig zu fragen, was für plausible Gründe es geben könnte, nach zwanzig Minuten erneut zu einem Arzneiladen zu gehen. Entweder hatte der Apotheker zwischenzeitlich eine Lieferung erhalten oder die Frau war ziemlich vergesslich.

Die Antwort auf die Frage lautete: Weder noch.

Annika Werauchimmer wollte kein weiteres Mal dorthin, sondern bog schon wenig später nach links in Richtung der Einkaufsstraße ab. Sie schlenderte über den Bürgersteig, als hätte sie alle Zeit der Welt. Oder als wüsste sie nicht, was sie sonst tun sollte.

Schrödinger kannte diesen Zug von früher. Damals, als er mit Horst allein in Hannover gewohnt hatte und manchmal mehr freie Zeit als verfügbares Geld besessen hatte. Seit seinem Umzug nach Baden-Württemberg war er fest in den Familienalltag integriert und kannte Langeweile nur noch vom Hörensagen. Entweder standen Termine bei den Kindern (wie Marlenes Ballettstunden oder Max' Besuch bei Kindergartenfreunden) oder bei den Erwachsenen an (wie Hillus Rommé-Abende, zu denen sie aus gutem, hochprozentigem Grund stets gefahren werden wollte). Irgendwas war immer, und meist war es nichts, was direkt mit Schrödinger oder Horst zu tun hatte. Zum Glück war Haushase Knülle nicht mehr bei ihnen. Ansonsten hätten sie wahrscheinlich selbst für den noch Besorgungen erledigen müssen.

Sollte sich das mit Marions Schwangerschaft bewahrheiten, würde das mit der freien Zeit in noch weitere Ferne rücken.

Schätzungsweise achtzehn Jahre in die Zukunft, möglicherweise weiter. Trotzdem war das seltsamerweise kein Argument, das tatsächlich gegen ein Baby sprach. Wenn er ehrlich war, freute sich ein kleiner Teil von ihm bereits jetzt darauf, obwohl noch nicht einmal feststand, dass es tatsächlich dazu kommen würde.

Frau Unbekannt blieb plötzlich auf dem Fußweg stehen. Das riss Schrödinger unvermittelt aus seinen Gedanken. Er zog Horst mit sich hinter ein geparktes Auto am Straßenrand und lugte von dort aus vorsichtig zum Bürgersteig zurück.

Annika hatte sich nur wenige Zentimeter bewegt. Nicht das Geschehen hinter ihr schien sie zu interessieren, sondern die Auslage in einer kleinen Boutique zu ihrer Rechten.

Falscher Alarm.

Schrödinger atmete auf und geduldete sich, bis es weiterging. Als er selbst an dem Geschäft vorbeikam, sah er, dass es dort Handtaschen im Schlussverkauf gab. Das konnte natürlich keine einzige Frau auf der ganzen Welt unbeachtet lassen. Getoppt wurde es wahrscheinlich nur noch von Schuhläden.

Wenig später blieben sie erneut stehen. Schrödinger vermutete eine neue Shopping-Attraktion – und das, obwohl so früh am Vormittag noch nicht mal alle Geldloswerdadressen offen hatten – und ging wohlweislich hinter einem geparkten Citroën Kombi in Deckung.

Als er durch die Heckscheibe einen Blick zum Laden warf, hatte sich die Frauenanzahl vor den Schaufenstern verdoppelt. Neben Frau Unbekannt stand eine spindeldürre Geschlechtsgenossin mit rotbraunen Haaren und dunkelblauer Jeansjacke. Die jedenfalls war Schrödinger sehr wohl bekannt.

Was suchst du denn hier?, sendete er Zoe auf telepathischem Wege.

Die Influencerin schien die Nachricht nicht nur nicht zu empfangen zu haben, Schrödingers und Horsts Anwesenheit war ihr offenbar überhaupt noch nicht aufgefallen.

»Frau Elvers, das ist ja ein Zufall, dass wir uns hier treffen«, rief sie.

Das klärte zumindest die drängendste seiner Fragen: Ja, es handelte sich um die Witwe von Björn Elvers.

»Kennen wir uns?«, fragte Annika Elvers das, was auch Schrödinger auf der Zunge lag. Die Frau wirkte irritiert mit einer Spur von genervt bis verärgert.

Das komplette Gegenteil davon war Zoe. »Noch nicht, aber das kann man ja ändern.« Sie sprach mit kraftvoller Stimme, nur um im Anschluss den Ton mitfühlend zu senken: »Zunächst einmal mein aufrichtiges Beileid zum Tod Ihres Mannes. Es ist ein schrecklicher Verlust – für uns alle.« Danach beugte sie sich vor und murmelte etwas, was Schrödinger nicht verstand.

Was immer es war, die Witwe wich irritiert zurück. Sie machte Anstalten, sich umzudrehen, doch so leicht ließ sich die Influencerin nicht abwimmeln. Zoe griff nach ihrem Arm und flüsterte weitere Worte, diesmal länger und energischer. Leider weiterhin unverständlich, obwohl Schrödinger sich so weit wie möglich vorbeugte. Noch weiter, und er hätte riskiert aufzufliegen.

Annika riss ihren Arm los und funkelte die jüngere Frau wütend an. Eine Sekunde lang schien sie auf sie losgehen zu wollen. Dann begnügte sie sich damit, drohend den Zeigefinger zu heben. »Lassen Sie mich in Frieden!«

Sie drehte sich um und stapfte davon.

»An Ihrer Stelle würde ich mir das noch mal überlegen«,

rief Zoe hinterher. »Eine solche Gelegenheit kommt vielleicht nicht wieder.«

Die Witwe ging unbeirrt weiter.

Nun ergab sich ein Problem. Ein großes sogar. Wem sollte Schrödinger folgen? Der Ehefrau des verstorbenen Björn Elvers oder der Influencerin, die offenbar erheblich mehr wusste, als sie zugeben wollte?

Unschlüssig trat er von einem Fuß auf den anderen und entschied sich letztendlich dafür, der Witwe zu folgen. Zoe hatte er in den vergangenen Tagen mehrmals getroffen und wusste überdies, in welchem Hotel sie wohnte. Bei Annika Elvers hingegen war das Säckchen mit vorhandenen Informationen nicht besonders dick. Und wenn er diesen Wirrwarr um den Tod ihres Mannes entwirren wollte, benötigte er so viele Einzelheiten wie möglich.

Also flitzte er in gebeugter Haltung auf die andere Straßenseite und folgte ihr von dort im Sichtschatten der geparkten Autos. Was um diese frühe Stunde leider nicht halb so viele waren, wie er es gerne gehabt hätte. Obendrein war der Boxer an seiner Seite nicht unbedingt für seine Geschwindigkeit bekannt. Gelinde ausgedrückt.

Einmal musste sich Schrödinger regelrecht nach vorn auf den Boden hinter einem roten Mazda werfen, um von Annika nicht entdeckt zu werden. Nach gut 20 Metern wurde die Frau im schwarzen Mantel nämlich neugierig und schaute sich nach allen Seiten um.

Vermutlich wollte sie bloß überprüfen, ob ihr die Influencerin folgte. Ob sie das tat, konnte Schrödinger von seinem Notversteck aus nicht sehen. Damit es für ihn nicht noch peinlicher wurde, rappelte er sich aus seiner liegenden Position auf und tat so, als müsste er sich die Schuhe neu binden. Blöd nur, dass er schnürlose Slipper trug.

Ein vorbeikommender Mann mit einer gefalteten Bild-Zeitung unter dem Arm runzelte die Stirn und schüttelte den Kopf. Schrödinger wagte nicht, ihn anzuschauen, sondern ging lieber von der Hocke aus in die Höhe, um sich durch die Autoscheiben hindurch nach den beiden Frauen umzuschauen.

Wohin Zoe sich verdrückt war, wusste er nicht. War sie in der Boutique oder einem anderen Geschäft verschwunden? Genauso gut könnte sie in eine Seitengasse abgebogen sein. Auf jeden Fall war von ihr nichts mehr zu sehen. Zum Glück war Annika Elvers nach wie vor auf der anderen Straßenseite unterwegs.

Das hieß: *Noch* war sie auf der anderen Straßenseite unterwegs. Eine Minute später zog die Frau eine kleine Fernbedienung aus der schwarzen Manteltasche und sperrte damit einen schätzungsweise fünf Jahre alten Audi in Silbergrau auf. Sie brauste los, bevor Schrödinger auch nur das Nummernschild lesen konnte.

Verdutzt schaute er den Hecklichtern hinterher, bis der Wagen hinter der nächsten Straßenecke verschwunden waren. Mist. Das war so nicht geplant gewesen. Vor allem, da Zoe ebenfalls längst über alle Berge war. Damit stand er mal wieder mit nichts in der Hand da. Nichts außer der Hundeleine und der Tüte aus der Apotheke. Auf weiteres Beschnuppern von Bodenplatten oder Markierungen zu setzen, verspürte Herrchen im Moment keinerlei Lust. Also zog er den Boxer frustriert hinter sich den Fußweg entlang.

Horst

Kennen Sie das Sprichwort: *Lieber der Spatz in der Hand als die Taube auf dem Dach*? In Schrödingers Fall müsste es heißen: Lieber kein Risiko mit der dürren Influencerin als den fetteren Fang mit der Witwe. Das wäre in dem Fall passend gewesen.

Wobei … ich habe mir ja sagen lassen, dass Frauen auf das Wort *fett* irgendwie allergisch reagieren. Einen besser passenden Begriff, der das Gegenteil von dürr beschreibt, fällt mir aber in dem Zusammenhang auf die Schnelle nicht ein. Außerdem: Ein Hungerhaken war die Witwe jetzt eh nicht unbedingt. Aber lassen wir das Thema, bevor ich mich um Kopf und Halsband rede …

Ist irgendjemandem aufgefallen, dass Zoe seltsam gerochen hat? Schrödinger hat natürlich mal wieder nix gecheckt. Okay, er hat auch keine empfindliche Hundehase. Dennoch hätte er bloß mal die Nase in den Wind halten müssen, um den Duft zu erschnuppern. Soll das ein neues Parfüm namens *Eau de Müffel* gewesen sein oder ist die dünne Frau einfach noch nicht zum Duschen gekommen? Wie auch immer, es nützt nichts, wenn man auf den ohnehin schon riechenden Körper auch noch billige Chemie draufklatscht. Dann doch lieber mal flink ins Badezimmer. Wobei wir Vierbeiner das ebenfalls nicht unbedingt mögen. Aber zumindest sind manche meiner Art gelenkig genug, um sich selbst sauber zu halten. Zugegeben, ich gehöre nicht dazu, aber ich mache ja für gewöhnlich auch nichts, das mich ins Schwitzen bringt.

Durch ihren Geruch wäre es mir ein Leichtes gewesen, die Influencerin-Fährte aufzunehmen. Wäre absolut kein Problem gewesen. Aber nein, Herrchen hatte mal wieder vergessen, dass er Inspektor Spürnase an seiner Seite hat. Dann eben nicht.

Hoffentlich gibt es da, wo wir hingehen, endlich was zu essen. Das vorhin im Speisesaal war ja schon mal nix.

Schrödinger

Als Schrödinger das Hotel betrat, schaute er sich nach bekannten Gesichtern um. Im Idealfall nach dem von Zoe Hollmann, dem er gerne ein paar pikante Fragen gestellt hätte. Bedauerlicherweise glänzte die Internet-Bloggerin genauso mit Abwesenheit wie alle Personen aus seinem Familien- und Freundeskreis. Einzig Roger Seyfarth stand wie üblich an seinem Platz hinter der Rezeption. Bei Schrödingers Anblick schaute er demonstrativ auf die Uhr und glich die Zeit mit einer vor ihm liegenden Liste ab.

Wahrscheinlich bin ich schon wieder zu spät zu irgendeinem verkackten Sportkurs, befürchtete Schrödinger und tat so, als hätte er den Angestellten mit dem dünnen Oberlippenbart nicht bemerkt. Um sich gar nicht erst in ein Gespräch verwickeln zu lassen, ging er bewusst einen Schritt schneller und passierte den Anmeldebereich mit möglichst großem Bogen. Ihm war so, als würde ihm Seyfarth etwas hinterherrufen, doch das konnte in dem Geräuschpegel in der Eingangshalle auch pure Einbildung sein. Es war definitiv *kein* Grund, sich umzudrehen oder gar umzukehren.

Im Hotelzimmer empfing ihn Marion mit einem fröhlichen Lächeln, das in Gelächter überging, als er ihr die breite Auswahl an Schwangerschaftstests präsentierte. »Meine Güte, gleich sieben Stück! Du willst es aber echt wissen.«

»Na ja, ich war mir unschlüssig, welcher am besten ist. Da dachte ich mir, wir gehen besser auf Nummer sicher. Außerdem habe ich Taschentücher und ein Päckchen Kräutertee dabei, je nachdem, was wir danach brauchen.« Er lächelte, um zu unterstreichen, dass der letzte Satz als Scherz gemeint war.

Es verfehlte seinen Zweck. Marion blieb skeptisch. »Und was ist mit der Cremetube?«

»Ich habe keine Ahnung, wofür die ist. Magst du vielleicht gleich mal einen der Tests ausprobieren?«

»Würde ich ja gerne, mein Schatz, aber ich war erst vor fünf Minuten pinkeln.«

»Kein Problem, dann warten wir eben. Magst du was trinken?«

Marions Augen verengten sich zu Schlitzen.

»Ich ziehe die Frage zurück«, zitierte er das, was er neulich in einem Gerichtsfilm gehört hatte, in dem der Anwalt bei der Verhandlung kräftig eins auf die Mütze bekommen hatte.

Die Luft im Raum schien mit einem Mal viel dünner geworden zu sein. Um das zu ändern, öffnete er die Terrassentür und trat nach draußen. Von den Bochumern war natürlich keiner zur Stelle, gerade jetzt, wo er ein bisschen Ablenkung hätte gebrauchen können. Dafür sah er, wie Maik und Jessi weiter vorne einen Weg entlangliefen. Er lief mehrere Meter hinter ihr. Offenbar herrschte bei den Zweien ebenfalls dicke Luft. Da wollte er sich lieber nicht einmischen.

Zurück im Hotelzimmer überlegte er, Marion nach einem gemeinsamen Frühstück zu fragen. Hunger verspürte er zwar immer noch keinen, aber ein Besuch im Speisesaal könnte dennoch amüsant werden und die Stimmung heben.

Es genügte ein Blick auf Marions Miene, dass er die Frage vergaß, ohne sie gestellt zu haben. Besser war es, sie erst mal in Frieden zu lassen. Als sie sich ihren Hovawart-Krimi zum Lesen nahm, beschloss er, es ihr gleich zu tun. Obwohl er kein so großer Schmökerfan war, hatte er sich dennoch für alle Fälle das neueste Robert-Krauss-Buch mitgenommen.

Er versuchte, sich auf die Geschichte zu konzentrieren. Unmöglich. Die Handlung konnte noch so spannend sein, wenn möglicherweise gravierende private Änderungen anstanden, wurde sie dennoch zur Nebensache. Er konnte nicht anders, als immer wieder verstohlen zu seiner Liebsten zu blicken. Sowie sie aufstand, ließ er seine Lektüre sinken und schaute erwartungsvoll.

Marion stöhnte genervt. »Ich mag es nicht, wenn du mich so unter Druck setzt. Ich muss jetzt nicht aufs Klo.«

»Ich tu doch gar nichts!«, protestierte er.

»Tust du wohl. Willst du nicht noch mal mit dem Hund rausgehen oder das tun, was du eh schon die ganze Zeit hinter meinem Rücken treibst?«

»Ich … äh … keine Ahnung, was du meinst.«

»Ja ja«, sagte sie mit einem Lächeln, das Schrödinger an ein gefährliches Raubtier erinnerte, das seine Beute bereits im Visier hatte.

»Aber vielleicht muss Horst ja noch mal. Horst, wie sieht es aus?«

Der Boxer glotzte ihn ausdruckslos an.

»Na komm, wir drehen mal eine Runde.«

»Lasst euch ruhig Zeit. Wird bestimmt ne Weile dauern, bis ich mit den *sieben* Tests durch bin. Das heißt: Wenn ich überhaupt mal aufs Klo muss. Im Moment ist mir nicht danach …«

»Lass dir auch ruhig Zeit«, bescheinigte Schrödinger und verließ mit seinem vierbeinigen Gefährten das Zimmer.

Auf dem Flur schien es mindestens fünf Grad wärmer zu sein. Nicht unbedingt heiß, aber durchaus angenehm. Ganz anderes als zuvor. Er war nicht sicher, ob die kühle Atmosphäre in ihrem Zimmer tatsächlich mit der offenstehenden Terrassentür zusammenhing. Seit sich Marion in eventuell anderen Umständen befand, schien generell nie viel zu fehlen, damit die Raumtemperatur in ihrer Gegenwart in den Keller abstürzte. Lag dies an der Situation an sich oder war es ein erster Vorgeschmack, was ihm möglicherweise die nächsten neuen Monate blühen würde? Letzteres jagte ihm sofort einen eisigen Schauer über den Rücken. So, wie es momentan lief, war es kaum auszuhalten. Vom Flitterwochen-Feeling war kaum was zu spüren.

Um im Foyer keinesfalls dem Rezeptionisten in die Arme zu laufen, wählte Schrödinger einen Seitenausgang zum Hotel hinaus. Inzwischen stand die Sonne hoch am strahlend blauen Himmel. Kein einziges Wölkchen war in Sicht.

Es wären ideale Voraussetzungen für einen Ausflug zum Strand. Mit der frisch angetrauten Ehefrau. Die Möglichkeit war so einfach wie naheliegend und gleichzeitig vollkommen abwegig. Zumindest im Moment. Der Gedanke stimmte ihn traurig.

»Dann eben nur wir zwei«, flüsterte Schrödinger seinem Hund zu, während sie über das Hotelgelände spazierten. Eine kleine Gruppe Sportjunkies in neonfarbener Kleidung joggte schnaufend an ihnen vorbei. Kaum hatte er die passiert, erspähte er nicht weit entfernt eine weißhaarige Rentnerin mit zwei Zwergpudeln, die in seine Richtung steuerte. Darauf verspürte er noch weniger Lust und nahm zwangsweise den Abzweig zu seiner Linken, der ihn in Richtung Tennisplatz und

Minigolfanlage führte. Bestimmt würde es dort vor Ertüchtigungswilligen nur so wimmeln. Nicht ganz seine Kragenweite, aber zumindest wären die Leute wohl alle genug mit sich selbst beschäftigt und würden nicht groß auf ihn achten.

Er hatte diesen Gedanken noch nicht richtig zu Ende gedacht, da entdeckte er kurz vor dem Zugang zu den Tennisplätzen eine gewisse spindeldürre Influencerin. Sie lehnte im Schatten der Bäume gegen dem Maschendrahtzaun und war – wie sollte es anders sein – in ihr Smartphone vertieft.

Gleich nicht mehr, dachte Schrödinger und ging auf sie zu. Beziehungsweise er versuchte es. Denn plötzlich spürte er, wie ihm von hinten jemand die Hand auf die Schulter legte. Weder Hund noch Herrchen hatten damit gerechnet und zuckten beide erschrocken zusammen. Während Schrödinger die Worte fehlten, bellte Horst seine Entrüstung lautstark heraus.

Hermann Schulz, der noch immer oder schon wieder ein NASA-Shirt trug, ignorierte es mit beeindruckender Vehemenz. »Ach, da bist du ja. Ich habe schon überall nach dir gesucht.«

»Nach mir?«

»Genau. Du musst mit mir kommen.«

»Wohin denn?« Schrödinger machte eine kurze Handbewegung durch die Luft, die Horst zum Verstummen brachte. Das machte es leichter, sich auf dieses Gespräch zu konzentrieren.

»Zum Kap Arkona. Ist nicht weit von hier. Ich muss dir dort unbedingt was zeigen. Du wirst Augen machen, das verspreche ich dir.«

»Ach, weißt du, ich will gar keine Augen machen. Hab ja schon welche. Außerdem wollte ich gerade mit dem Hund raus …«

»Dann nimm ihn mit. Kein Problem. Das betrifft ihn genauso.«

Schrödinger kam sich vor wie im falschen Film. »Bitte was?«

Der hagere Mann mit dem blauen Basecap wischte den Einwand mit einer Handbewegung beiseite. »Du wirst schon sehen. Und verstehen. Jetzt komm, wir haben nicht ewig Zeit.«

Mit diesen Worten schleifte er Hund und Herrchen mit sich. Widerstand war zwecklos.

Hermann Schulz führte sie zu einem in die Jahre gekommenen schwarzen Astra auf dem Parkplatz vor dem Hotel. Wie selbstverständlich öffnete er auf der Beifahrerseite die Hintertür, damit Horst einsteigen konnte. Nicht mal im Traum schien der NASA-Mann davon auszugehen, dass jemand ablehnen könnte.

Die Rückbank sah genauso aus, wie Schrödinger sie sich vorgestellt hatte. Auf dem Polster lagen mehrere Prospekte und Landkarten von der Insel (bestimmt war eine darunter, über die sich Heiner sehr gefreut hätte) sowie einige Fastfood-Verpackungen. Letztere verschob Hermann mit einem schwungvollen Wischen einfach in den Fußraum.

Schrödingers Blick wechselte skeptisch zwischen dem Opel und dem Hotelgebäude hin und her. Er ahnte, dass es ein Fehler sein würde, in diesen Wagen zu steigen. Gleichzeitig klang der Ausflug zu Kap Arkona nach exakt der Ablenkung, die er derzeit gebrauchen konnte. Es war allemal besser, als sich im Zimmer von Marion den nächsten Anschiss abzuholen.

Horst hegte anscheinend überhaupt keine Bedenken und kletterte ohne zu zögern auf die Rückbank.

Wie er dem an die Frontscheibe gehefteten Navi entnehmen konnte, befand sich das Ziel ihrer Reise knapp 60 Kilometer entfernt und praktisch am nördlichsten Punkt der Insel. Laut Anzeige betrug die Fahrtzeit dorthin eine knappe Stunde. Reichlich Zeit für … tja, wofür eigentlich?

An Gespräche war zunächst nicht zu denken. Hermann schien seine gesamte Aufmerksamkeit dafür aufzuwenden, den Navi-Anweisungen zu lauschen und den Opel aus dem Selliner Stadtverkehr hinauszulenken. Dass dies viel Konzentration benötigte, konnte Schrödinger gut nachvollziehen. Um es zusätzlich zu erschweren, drangen aus dem Autoradio die ganze Zeit über undefinierbare Geräusche, teils mit Instrumenten, teils mit allerlei anderen Gegenständen gespielt. Es als Free Jazz zu bezeichnen, wäre eine Beleidigung für jeden Jazz-Liebhaber gewesen. Es waren Laut- und Klangmalereien, die keiner direkten Tonlage oder Melodie folgten. Eine auf den Schwanz getretene Katze oder Walgesänge klangen harmonischer.

Einmal mehr kamen Schrödinger Bedenken, und er rückte auf dem Beifahrersitz weitestmöglich zur Tür. Was wusste er denn schon über den dünnen Mann mit dem Ziegenbart und der randlosen Brille? Wie selbstverständlich war er davon ausgegangen, dass Schulz nur ein harmloser Spinner war. Genauso gut konnte es sich um einen wahnsinnigen Serienmörder handeln, der mit ihm zu einem abgelegenen Waldstück fahren wollte. Und ich Idiot bin einfach so zu ihm in den Wagen gestiegen, tadelte Schrödinger sich selbst.

Konnte er es wagen, während der Fahrt aus dem Auto zu springen? Dummerweise hatten sie Sellin bereits verlassen, und außerorts preschte Schulz mit fast 90 km/h voran. Bei der Geschwindigkeit die Tür aufzureißen, würde nicht nur mühsam, sondern lebensgefährlich sein. Höchstens, er wartete ab, bis sie an einer Wanderbaustelle halten mussten oder sie ein anderer Verkehrsteilnehmer zum Abbremsen zwang. Bloß: Wo waren heute die Traktoren, Wohnanhänger und Lastwagen, die sonst immer die Straßen blockierten? Aktuell war natürlich keiner von ihnen in Sicht. Weiter vorn war zwar ein dunkler Pkw zu sehen, schien jedoch ebenfalls mit ziemlichem Tempo unterwegs zu sein.

Abgesehen davon: Was würde aus Horst werden, wenn Schrödinger einfach so die Kurve kratzte? Bestimmt würde der Wahnsinnige seine Enttäuschung und Wut dann an dem armen Boxer auslassen. Nein, das konnte er nicht riskieren. Dann lieber abwarten und ihn später überwältigen. Zum Beispiel mit der Schaufel, wenn er sich sein eigenes Grab ausheben sollte, oder so …

Sie folgten der Bundesstraße 196 bis rechts der Abzweig zum Jagdschloss Granitz auftauchte. Abgesehen von Feldern, Wiesen und Bäumen gab es hier nicht viel zu sehen. Landschaftlich war die Gegend sicherlich sehr reizvoll, das interessierte Schrödinger im Moment jedoch nicht die Bohne. Schweiß perlte auf seiner Stirn.

»Wie findest du die Musik?«, fragte Hermann, der sich außerhalb der Ortschaft offenbar besser konzentrieren konnte.

»Welche Musik? Ich hör keine.«

Der Fahrer mit dem NASA-Basecap lachte auf. »Zugegeben, es ist etwas gewöhnungsbedürftig. Ich weiß selbst nicht genau, was es überhaupt ist. Mein Freund Nico Gasper aus Fürth hat es mir empfohlen. Er kennt sich mit so was aus.«

»Mit so was?«

»Das sind spezielle Klangalgorithmen. Viel zu komplex für menschliche Ohren. Aber unsere extraterrestrischen Freunde stehen darauf.«

»Extraterrestrische Freunde?«

»Unsere grauen und grünen Kumpels aus dem All. Diese speziellen Töne locken sie an beziehungsweise teilen ihnen mit, dass jemand für die Kontaktaufnahme bereit ist. Steht alles im Internet. Musst du mal suchen. Da gibt es zig Erfahrungsberichte, wo es auf diese Weise geklappt hat. Ein, zwei Leute behaupten sogar, dass sie diese Lautgebilde zusammen mit den Außerirdischen komponiert haben, dass es sozusagen Quellenmaterial aus erster Hand ist. Ja, das klingt ziemlich vermessen, oder? Ich weiß auch nicht recht, ob ich das glauben kann. Doch allein die Möglichkeit, dass Menschen und Außerirdische etwas zusammen erschaffen haben, ist äußerst faszinierend. Findest du nicht?«

»Durchaus«, rang sich Schrödinger zu einer Antwort durch. »Ich frage mich nur, wieso die extraterrestrischen Freunde ausgerechnet nach Rügen kommen sollten. Liegt das nicht viel zu weit ab vom Schuss?«

»Im Gegenteil. Das ist vielmehr ein äußerst entscheidender Grund. Wenn sie einfach so in Berlin oder Washington landen würden, würde das ablaufen wie in den schlechten Hollywood-Filmen. Irgendwer würde eine Gefahr wittern und erst mal losballern. Dabei ist es recht wahrscheinlich, dass die Außerirdischen friedliche Absichten hegen. Deshalb wählen sie lieber einen abgelegenen Ort aus, um so die Menschheit möglichst sanft auf ihre Ankunft vorzubereiten. Abgesehen davon ist Rügen von jeher eine besondere Adresse, wenn es um mystische und übernatürliche Dinge geht.«

Schrödinger atmete tief durch. »Ich weiß, ich werde es bereuen, aber: *Warum* ist Rügen eine besondere Adresse für solche Sachen?«

Die Frage schien Schulz zu amüsieren. »Du hast dich noch nicht wirklich viel mit dem Thema oder mit der Geschichte der Insel beschäftigt, oder?«

»Nein«, gestand Schrödinger ohne die geringste Scham. Er fand, solange der UFO-Fan redete, war alles gut. Gefährlich wurde es erst, wenn er schwieg. Und das musste er um jeden Preis verhindert. Außerdem musste man sich nicht wochenlang intensiv mit einem Ort beschäftigen, bevor man seinen Urlaub dort verbrachte. Dass ihm das ständig jemand vorwarf, nervte langsam.

Inzwischen hatten sie auch das Seebad Binz hinter sich gelassen und fuhren parallel zur Küste gen Norden. Wenn es die Landschaft zuließ, blitzte rechterhand immer wieder die große blaue Ostsee auf. Ihr Anblick war nach wie vor beeindruckend.

»Hast du schon mal vom Großsteingrab bei Nobbin gehört?«, fuhr Hermann fort. »Das ist die größte jungsteinzeitliche Grabanlage in der näheren Umgebung und über fünftausend Jahre alt. Oder der mystische Schwarze See in der Granitz. Oder der Hexenwald im Park Semper. Hier gibt es so einiges, von dem nicht jeder weiß. Das kriegt man nur mit, wenn man genau hinschaut respektive danach sucht.«

»Es gibt eben deutlich mehr, als man auf den ersten Blick erkennt.«

»Genau. Man muss empfänglich und für alles offen sein. Wenn man gewisse Sachen von vornherein kategorisch ausschließt, ist es klar, dass einem die fantastischsten Dinge verborgen bleiben. Buchstäblich.«

Schrödinger warf einen Blick über die Schulter. Sein Boxerfreund hatte es sich auf der Rückbank bequem gemacht und schnarchte leise vor sich hin. Bei so viel Entspannung würde es vermutlich nicht mehr lange dauern, bis die ersten Methanwolken entfleuchten. Wohlweislich öffnete Herrchen schon mal einen Spaltbreit das Fenster. »So interessant das alles auch klingt, was hat es mit mir und meinem Hund zu tun?«

»Wenn die Außerirdischen landen, sind wir alle betroffen. Jeder Mensch, jedes Tier.«

»Noch steht der erste Kontakt ja nicht bevor.«

»Der erste Kontakt.« Hermann kicherte leise. »Den gab es doch längst. Schon vor vielen Jahren, um nicht zu sagen: Jahrzehnten. Die Frage ist auch gar nicht, wann unsere Freunde Kontakt aufnehmen, sondern wann sie es *wieder* tun. Ich denke, der Zeitpunkt steht kurz bevor. Vielleicht ist es schon heute oder morgen so weit. Ich besuche alle dafür infrage kommenden Plätze und tue von meiner Seite aus alles, damit dem Besuch nichts im Wege steht.«

Beim letzten Satz – insbesondere beim Wörtchen *alles* – stellten sich Schrödingers Nackenhaare auf. Hatte ihm der NASA-Fan gerade den Mord angedeutet oder ein neues mögliches Mordmotiv geliefert? Gerne hätte er Schulze ganz direkt nach Björn Elvers gefragt, doch dies wäre zu offensichtlich gewesen. Also blieb er lieber weiterhin auf dem Nebengleis. »Und wie passe ich da ins Bild?«

»Ich brauche einen unabhängigen Beobachter. Wenn ich finde, wonach ich suche, glaubt mir vielleicht niemand. Unter uns gesprochen: Manche Menschen denken, dass bei mir eine Schraube locker ist.«

»Ich weiß nicht, wie die Leute darauf kommen.«

»Eben. Es ist nicht jeder so aufgeschlossen wie du. Bei dir spüre ich deutlich, dass ich mich auf dich verlassen kann. Wir wissen beide, dass die Wahrheit irgendwo da draußen ist.«

»The truth is out there«, zitierte Schrödinger eine beliebte Sci-Fi-Serie aus den Neunzigern. Dass Hermann so viel Vertrauen in ihn setzte, ehrte ihn. Andersherum war es leider nicht ganz so. Nach wie vor war er nicht komplett davon überzeugt, dass es sich bei dem NASA-Fan um einen harmlosen Spinner handelte. Doch zumindest unmittelbar schien keine Gefahr zu drohen. Das allein genügte, damit Schrödinger sich ein wenig entspannte.

Nach dem Fährhafen und einem verlassen wirkenden Helikopterladeplatz bogen sie auf die B96 ein. Von der Bundesstraße hatte Schrödinger tatsächlich bereits gelesen. Sie führte von Nordrügen bis zum südlichsten Zipfel von Sachsen – also quasi einmal quer durch den gesamten Ostteil der Bundesrepublik. Ob er Hermann davon erzählen sollte, um ebenfalls mal mit Fachwissen zu glänzen? Vermutlich eher nicht.

Von der B96 ging es über eine Landstraße am Dinosaurierland und einem Campingplatz entlang. Als sie das Großsteingrab Nobbin passierten, zeigte Hermann auf das Hinweisschild am Straßenrand, behielt die Geschwindigkeit jedoch unverändert bei.

Bald darauf erreichten sie die Gemeinde Putgarten und den großen Parkplatz, auf dem sämtliche Autos und Busse abgestellt werden mussten. Den letzten Teil ihrer Reise, immerhin knapp zwei Kilometer, mussten sie zu Fuß zurücklegen. Für Schrödinger ging das in Ordnung. Außer ihnen waren Dutzende andere Schaulustige unterwegs, die alle von den Leuchttürmen, dem Marinepeilturm und der Jaromarsburg angezogen wurden. Je mehr Leute, desto besser, fand Schrödinger.

Touristisch war dies hier ohne Frage ebenfalls ein höchst beeindruckendes Gebiet, vor allem im Frühling und Sommer, wenn die Raps- und Getreidefelder blühten und einen herrlichen Kontrast zu den saftigen grünen Wiesen und dem blauen Himmel boten. Leider war Oktober, und Schrödinger war nicht zum Urlaubmachen hergekommen. Jedenfalls im Moment nicht.

»Lass mich raten, wir müssen auf einen der Türme rauf«, orakelte er, während sie der Touristenkarawane folgten.

Hermann lief vor ihm und scrollte auf seinem Mobiltelefon herum. »Nicht direkt. Die sind zwar ein gewaltiger Blickfang, aber unser Ziel ist noch viel spektakulärer.«

»Jetzt bin ich gespannt.«

»Nicht weit entfernt gibt es einen alten Marinebunker, von dem normalerweise niemand wissen sollte. Ich sage bewusst *normalerweise*, weil das Geheimnis schon zu DDR-Zeiten aufgeflogen ist. In den Achtzigern hat jemand Luftaufnahmen von dem Bunker in einen Bildband zu Ehren der Volksarmee geschmuggelt. Gemerkt hat man das erst, als das Buch schon drei Tage auf dem Markt war. Natürlich wurde die ganze Auflage konfisziert. Jedenfalls der Teil, der noch aufzutreiben war. Aber ein paar Bände davon existieren immer noch. Und das streng gehütete Geheimnis war danach natürlich passé.«

»Und du denkst, dass dieser Bunker eine prima Anlaufstelle für die nächste Kontaktaufnahme wäre?«

»Korrektamundo. Ich möchte auch nicht ausschließen, dass es abseits der Bunkeranlage noch versteckte Räume gibt, in denen altes NVA-Equipment gelagert wird. Wer weiß, vielleicht sogar etwas, was mit Außerirdischen zu tun hat. Ich glaube nämlich nicht, dass es Zufall ist, dass diese geheime Militärbasis genau an diesem so empfänglichen Ort errichtet wurde. Wenn man genau darüber nachdenkt, liegen die Tatsachen förmlich auf der Hand. Ein Wunder, dass nicht schon früher jemand draufgekommen ist.«

Horst gab schnaubende Geräusche von sich, die halb wie ein Niesen, halb wie ein Grunzen klangen. Möglicherweise war es seine Art, Hermanns haarsträubende Theorie zu kommentieren.

»Das ist in der Tat komisch«, sagte Schrödinger, um das Geräusch zu überspielen.

»Ist sicherlich kein Zufall, dass es in Peenemünde und Moritzhagen früher Raketenbasen gab. Das ist alles nicht besonders weit von hier. Man wollte für den Ernstfall gerüstet sein. Im wahrsten Sinne des Wortes.«

Darauf wusste Schrödinger nichts zu erwidern, und er beschränkte sich während der nächsten Gehminuten darauf, die Türme zuerst aus der Ferne und schließlich von ganz nah zu bewundern. Denn mehr war in Hermanns Gesellschaft nicht drin. Selbst Schrödingers Argument, dass man vom Leuchtturm aus bestimmt einen prima Ausblick hätte und das orientierungstechnisch äußerst hilfreich war, zog da nicht.

Das Mobiltelefon kündigte mit einem *Pling* eine Nachricht an. Schrödinger blieb stehen, holte das Handy aus seiner Hosentasche und las Marions Nachricht: *Wo steckst du denn?*

Mist. Er hatte vergessen, seiner Frau Bescheid zu geben. Aber hätte er ahnen können, wie lang dieser unfreiwillige Ausflug dauern würde?

Ich wurde von einem Außerirdischen entführt, tippte er ungelenk und sendete die Antwort.

Quatschkopp!, textete Marion zurück.

Der NASA-Mann will mir was zeigen.

Dann viel Spaß. Ans Ende ihrer Nachricht hängte Marion einen kotzenden Smiley. Schrödinger grinste.

Schulz blieb stehen und drehte sich nach seinem Begleiter um. Schrödinger ließ das Handy wieder in seiner Hose verschwinden.

»Kommst du jetzt endlich?« Schulz wirkte etwas ungehalten. Sein Begleiter setzte sich in Bewegung.

Der NASA-Fan folgte seiner ganz eigenen Koordination, die er in ein GPS-Programm auf seinem Smartphone eingegeben hatte. Deshalb ließen sie die Türme buchstäblich links liegen und stapften an den offensichtlichen Touristenmagneten vorbei. Das Problem war bloß, dass die Touristen trotzdem nicht weniger wurden.

Es wurde noch schlimmer: Die ehemalige geheime Militärbasis war mittlerweile nicht nur das komplette Gegenteil von geheim, sondern beherbergte ein ganzes Bunkermuseum inklusive regelmäßiger Führungen durch die alten NVA-Anlagen.

Doch so leicht wollte Hermann Schulz nicht aufgeben. Obwohl sich seine Laune nahezu minütlich verschlechterte, ließ er nicht locker, mit Hund und Herrchen das gesamte umliegende Gebiet abzusuchen. Hinter jedem Strauch und jeder kleinen Anhöhe schaute er nach, ob sich dort nicht noch weitere Räume verborgen haben könnten.

Doch trotz seiner fieberhaften Bemühungen war die Suche leider nicht von Erfolg gekrönt. Mittlerweile tat Schrödinger der Mann richtiggehend leid. Es war nie schön, mit anzusehen, wie jemandes Träume und Hoffnungen zerstört wurden. Deshalb schlug er zur Aufmunterung vor, dass sie ja eine dieser Bunkerführungen buchen könnten. Möglicherweise gab es darin irgendeinen Gang oder Abzweig, der bisher allen anderen verborgen geblieben war.

Doch davon wollte Hermann nichts wissen. Mit einem todtraurigen Gesicht, das aussah, als würde sein Besitzer gleich in Tränen ausbrechen, schüttelte er den Kopf. »Lass uns zum Auto zurückkehren«, sagte er mit kaum hörbarer Stimme. »Ich habe genug gesehen.«

Schrödinger war nicht ganz klar, wie dem UFO-Anhänger trotz seiner sicherlich intensiven Recherchen entgangen sein konnte, dass das Kap-Arkona-Gebiet touristisch komplett erschlossen war, er sprach diesen heiklen Punkt jedoch lieber nicht an. Eventuell war Hermann ja schlichtweg davon ausgegangen, dass er vor Ort etwas finden würde, was andere nicht fanden. Oder dass seine Freunde aus dem All die Gelegenheit für ein kleines Stelldichein nutzen würden.

Während der Rückfahrt liefen keine kontaktbegünstigenden Klangmalereien mehr. Diese experimentellen Geräusche abzuschalten, war das Allererste gewesen, was Hermann nach ihrer Ankunft beim Opel getan hatte. Statt Knarz, Boing und Peng liefen nun andächtige Lieder von Nick Cave and the Bad Seeds. Rein musikalisch war dies eine kolossale Verbesserung zu vorhin. Dennoch konnte Schrödinger nicht einfach stumm bleiben und den Songs aus dem Autoradio lauschen. Bis Altenkirchen probierte er es, danach hielt er das Schweigen nicht mehr aus.

»Es gibt bestimmt noch mehr Orte auf Rügen, die infrage kommen.«

»Die gibt es sicherlich. Ich habe eine ganze Karte voll mit entsprechenden Markierungen.« Hermann wies auf den Stapel an Karten und Prospekten auf der Rückbank, neben denen es sich Horst wieder bequem gemacht hatte. »Aber Kap Arkona war ein todsicherer Tipp.«

»Du klingst wie ein enttäuschter Zocker auf der Pferderennbahn.«

»Nicht mal ansatzweise. Ich mag kein Glücksspiel. Außerdem ist das hier fast schon eine wissenschaftliche Untersuchung. Das basiert alles auf geprüften Fakten. Ich zieh da nicht einfach so los. Nein, ich habe da meine Quellen, wie es so schön heißt.«

»Was denn für Quellen? Das Internet? Das ist voll von Spinnern und Wichtigtuern.«

»Nein, nicht das Web. Es war ein Einheimischer. Jemand aus dem Touristikbüro.«

Schrödinger spürte, wie ihm der Mund trocken wurde. »Der hieß nicht zufällig Björn Elvers?«

»Ach, du kennst ihn auch?«

»Ich habe ihn einmal getroffen.« Wahrscheinlich mit der Tür direkt ins Kreuz, fügte er in Gedanken hinzu. Er brauchte einen Augenblick, um die neue Information zu verdauen. »Woher hast du ihn gekannt?«

Hermann zuckte mit den Schultern. »Hat sich so ergeben.«

»Hat sich so ergeben? Also, mir gibt niemand solche Infos.«

»Da haben wir es wieder: weil du nicht die richtigen Fragen stellst. Ich bin einfach in die Touristikzentrale gegangen und habe nach Material über besondere Plätze auf Rügen gefragt. Erst wusste er nicht recht, was für Plätze ich meine. Also habe ich ihm erzählt, worum es mir geht. Da sind wir ins Gespräch gekommen, und Björn hat mir gesteckt, dass er ebenfalls ein großer Mystery-Fan ist. Er hat mir jede Menge Tipps und Ratschläge gegeben. Wohin man unbedingt gehen und was man alles machen soll. Und was noch viel cooler war, er kannte sogar ein paar Leute in der Region, die die richtigen Dinge besorgen können.«

Vor ihnen tauchte ein SUV mit Wohnanhänger auf der Straße auf. Nach einem kurzen Blick nach links scherte Hermann aus und gab Gas. In gut 100 Metern Entfernung kam ihnen ein knallgelbes Auto entgegen, das man eigentlich nicht übersehen konnte. Schulz möglicherweise schon.

Schrödinger hätte an der Stelle kein Überholmanöver gewagt. Sein Kumpel hingegen schien auch in der Hinsicht komplett schmerzfrei zu sein. Der andere Wagen kam näher und näher. Schrödinger versuchte von seiner Seite aus mitzubremsen und krallte die Finger in den Sitz.

Weitere Schrecksekunden verstrichen, bevor es endlich vorüber war.

Es wurde zwar nicht wirklich knapp, aber Schrödinger hielt trotzdem die Luft an, bis sie wieder auf der rechten Spur eingeschert waren.

»Was denn für Dinge?«, stieß er danach förmlich aus.

Sein Herz raste und brauchte ein bisschen Zeit, um sich zu beruhigen.

»Dinge, die die Kontaktaufnahme erleichtern. Talismane, die einem an empfänglichen Orten helfen können. Solche Sachen. Das meiste davon war auch gar nicht sooo teuer. Bloß bei dem Tierkreisstein für fünfhundert Euro musste ich klein beigeben. So viel gibt meine Urlaubskasse nach den vorherigen Käufen nicht mehr her. Aber es sind alles gute Investitionen gewesen. Wenn die Extraterrestrischen kommen, bin ich vorbereitet.«

Schrödinger wusste nicht, ob es sich dabei um eine Drohung oder ein Versprechen handelte, und überging den Punkt lieber. »Bist du mit Björn auch mal losgezogen? Er als Rügener Ureinwohner wäre doch der ideale Führer gewesen.«

»Dazu kam es leider nicht.« Schulz setzte eine betrübte Miene auf. »Er hatte ja viel zu tun in der Touristikzentrale. Da konnte er nicht immer pünktlich Feierabend machen. Er war ja kein Beamter oder so. Und jetzt ist das ja eh nicht mehr relevant.«

»Das stimmt. Hat er gesagt, was er bei seinem Job so viel zu tun hatte?«

»Nein, das war nicht unser Thema. Bei uns ging es meist bloß um den die Kontaktaufnahme. Damit haben wir echt auf einer Wellenlänge gelegen.«

»Wann hast du ihn das letzte Mal gesehen?«

»Keine Ahnung. Vor ein paar Tagen oder so? Eigentlich wollte ich ihn ja einladen, mit mir zu den Bunkeranlagen zu fahren. Aber dann kam mir was dazwischen und jetzt … na ja, du weißt ja.«

Das wusste er. Jeder wusste es. »Wie war er bei eurem letzten Treffen drauf?«

Hermann drehte sich irritiert zu ihm. »Sag mal, wieso fragst du das denn alles?«

Sein Blick wanderte nicht zurück zur Straße vor ihm. Eine Sekunde verstrich. Dann noch eine. Schrödinger wurde nervös. Schon wieder. Er hasste es schon, wenn die Leute in den Filmen beim Autofahren nicht auf die Fahrbahn achteten. Aber das hier war eine echte Autofahrt! Mit ihm und Horst an

Bord! »Ich … äh … wollte mich bloß unterhalten. Dich ablenken von dem Rückschlag vorhin.«

»Danke, das ist echt nett von dir.« Endlich richtete Hermann sein Gesicht wieder nach vorn. Die Frage hingegen schien er vergessen zu haben.

»Wie war Björn so als Mensch?«, startete Schrödinger einen neuen Anlauf.

»Ich finde, er war ein kleiner Spitzbube. Er hatte immer so was Verschmitztes an sich. Da war so was Leichtfüßiges in seiner Art, wie er mit den Leuten umgegangen ist. Stets charmant und zuvorkommend, aber man hatte immer das Gefühl, dass er mehr weiß, als er zugibt.«

»Hast du gewusst, dass er verheiratet war?«

»Echt? Hat er nicht erwähnt. Woher weißt du das?«

Gute Frage. »Ähem … ich glaube, das hat irgendjemand erwähnt. Oder stand es in der Zeitung? Wie auch immer, er war auch jeden Fall noch viel zu jung zum Sterben.«

»Dafür gibt es keinen idealen Zeitpunkt. Selbst die meisten Männer und Frauen über achtzig würden gerne noch eine Extrarunde dranhängen. Aber das ist nicht der große Plan. Irgendwann erwischt es uns alle. Die einen früher, die anderen später.«

Das Ortsschild des Seebads Sellin kam in Sicht. Kaum hatten sie es passiert, konzentrierte sich Hermann wieder voll und ganz auf den zunehmenden Stadtverkehr. Gespräche waren nun nicht mehr möglich. Vermutlich hätte der NASA-Mann bis zum Hotelparkplatz keinen einzigen Ton mehr von sich gegeben, wenn Horst auf der Rückbank nicht wieder vollkommen tiefenentspannt gewesen wäre.

Diesmal merkte Schrödinger es nicht rechtzeitig, und der

drohende Vergiftungstod tastete sich schleichend zu seiner Nase vor. Hermann merkte es im selben Augenblick. Zuerst schnupperte er irritiert, danach schaute er mit schuldzuweisendem Blick zum Beifahrersitz. Schrödinger wollte protestieren und den wahren Verantwortlichen nennen. Doch da fing Hermann schon an zu würgen und zu röcheln. Die Laute, die dabei aus seinem Hals und seinem Mund drangen, klangen befremdlicher als jeder Klangalgorithmus auf der Hinfahrt.

Hastig versuchte Schrödinger, das Beifahrerfenster zu öffnen, doch der elektronische Fensterheber reagierte zu langsam. Erst nach einer gefühlten Ewigkeit drang Fahrtwind zu ihnen in die Kabine. Zu diesem Zeitpunkt war Hermanns Gesicht bereits grün angelaufen.

Horst

Ich weiß gar nicht, was der komische Typ mit der Brille für ein Problem hat. Erst fährt er wie Vin Diesel in dieser Proll-Auto-Serie, dann schleppt er uns zu irgendwelchen Leuchttürmen, die wir uns nicht mal anschauen. Das so was ziemlich anstrengt, liegt auf der Hand.

Dagegen halfen auch die paar Pommes nicht, die auf der Rückbank zwischen die Ritzen gerutscht waren. Zwei davon hatte grüne und weiße Punkte und haben ein bisschen würziger geschmeckt, waren ansonsten aber nicht verkehrt. Danach wollte ich ein kleines Verdauungsschläfchen halten.

Na, Sie wissen, ja, wie das ist. Man streckt sich aus und macht sich locker … und dadurch entfleucht auch mal der eine oder andere Wind. Dabei habe ich mich extra sehr zurückgehalten. Irgendwas hat da nämlich in meinem Magen angefangen zu brodeln und zu gären, das kann ich Ihnen verraten. Hätte ich diese Granate gezündet, wäre der alte Opel wahrscheinlich explodiert. So viel Druckluft von innen nach außen ist einfach nicht auszuhalten.

Was ich über diesen Hermann denken soll, da bin ich mir noch unschlüssig. So ganz alle Latten am Zaun hat er nicht. Er tut ständig so, als wäre er Prinz Valium nach einem zu kurzen Winterschlaf, doch ich glaube, der kann auch ganz anders. Merkt man ja schon an diesem seltsamen Zeug, das er zuerst in seinem Autoradio abgespielt hat. Gruselig ist gar kein Ausdruck dafür. Mein sensibles Hundegehör hat ja schon mit Schrödingers zu lautem Gitarrengedudel zu kämpfen. Im

Vergleich zu dem Zeug aus Hermanns Radio ist das der pure Hochgenuss. Eigentlich hätte der Kerl allein dafür eine deutliche olfaktorische Zurechtweisung verdient gehabt. Aber ich bin ja eher der Freund der subtilen Vorgehensweise. Deshalb behalte ich den Kerl erst mal weiter im Auge. Genau wie einige andere höchst sonderbare Zweibeiner, die Herrchen in den vergangenen Tagen kennengelernt hat. Dieser Fall ist um einiges rätselhafter als die vorherigen.

Schrödinger

Sie verabschiedeten sich noch auf dem Parkplatz. Hermann gab an, noch ein bisschen frische Luft schnappen zu wollen, doch als sich sein Beifahrer nach einigen Metern Fußmarsch zu ihm umdrehte, hielt sich der NASA-Fan nach wie vor in halb gebeugter Haltung am Auto fest.

Schrödinger ging weiter zum Hotelgebäude. Aus einem Impuls heraus vermied er auch diesmal den Vordereingang und nahm lieber einen kleinen Umweg in Kauf, um an der Rezeption nicht Roger Seyfarth in die Arme zu laufen. Auf Diskussionen mit ihm verspürte er keinerlei Lust.

Mit wem er hingegen gerne gesprochen hätte, war Zoe Hollmann. Er entdeckte sie an der Kreuzung zum Tennisplatz und dem Minigolfplatz. Sehr weit war sie seit vorhin offenbar nicht gekommen. An ihrem Smartphone lag es nicht, jedenfalls nicht im Augenblick. Die Influencerin stand mit dem Rücken zu ihm und schwatzte angeregt mit Senta Abt. Die Kräuterhexe war wie üblich ohne Schuhwerk unterwegs und entdeckte ihn auf der Stelle.

Schrödinger tat so, als hätte er sie nicht bemerkt, und zog Horst mit sich zum Seiteneingang des Haupthauses. Er spürte deutlich, wie der Blick der Barfußfrau auf ihm brannte. Es fühlte sich äußerst unangenehm an.

Dafür herrschte auf dem Hotelflur angenehm wenig Verkehr. Gerade mal drei Gäste kamen ihm entgegen, alle drei deutlich jünger als er und dermaßen in ihr eigenes Gespräch vertieft, dass sie ihn nicht mal wahrnahmen. Schrödinger war auch das sehr recht.

Mit einem leichten Zögern öffnete er die Tür zu seinem Quartier und trat ein. Drinnen war alles ruhig. War Marion ausgegangen? Schlief oder las sie?

Sie war anwesend und lag auf dem Bett. Wach.

Schrödinger wusste nicht, ob das gut oder schlecht war.

Als sie ihn auf sich zukommen sah, legte sie den Hovawart-Roman beiseite und stand auf. Ihre Miene war ernst und schwer zu deuten.

Das sieht nicht gut aus, schoss es Schrödinger durch den Kopf. Auf einmal verspürte er große Angst, ohne recht zu wissen, warum oder wovor.

Er machte den Mund auf, um etwas zu sagen, doch Marion hob unterbrechend die Hand.

»Warte, lass mich zuerst.«

Jetzt war ihm richtig flau im Magen. Horst verzog sich auf seine Decke und ahnte vermutlich ebenfalls Schlimmes.

Sie setzten sich nebeneinander auf die Bettkante. Sein Herz pochte mit jedem Schlag nervöser.

»Zunächst einmal«, begann Marion mit leiser Stimme. »Entschuldige bitte, dass ich die letzte Zeit so unausstehlich bin. Ich erkenne mich selbst kaum wieder. Was der Grund dafür ist, liegt auf der Hand: die aktuelle Situation. Weißt du, eigentlich hatte ich gedacht, das Thema Schwangerschaft wäre für mich längst abgeschlossen. Mit Marlene und Max ist es schließlich anstrengend genug. Kennst du ja selbst. Eigentlich habe ich überhaupt keine Lust, mit der ganzen Kindererziehung noch mal ganz von vorne zu beginnen. Nachts aufstehen, um Windeln zu wechseln. Das Stillen, die Schlaflosigkeit. Nie Ruhe oder Zeit für sich zu haben. Nicht mal auf dem Klo. Das ist alles Wahnsinn, und man muss verrückt sein, sich darauf einzulassen. Vor allem, wenn man bereits weiß, was auf einen zukommt.« Sie machte eine bedeutungsschwangere Pause, um die Worte sacken zu lassen. »Aber gleichzeitig kann ich mir niemand anderen vorstellen, mit dem zusammen ich das alles noch einmal durchmachen möchte, als mit meinem frischgebackenen Ehemann. Dem besten auf der ganzen Welt.«

Schrödinger schaute sie an, unfähig, etwas zu sagen. Er spürte, wie ihm Tränen in die Augen schossen und ihm gleichzeitig eine Gänsehaut die Schultern hinabkroch. In dieser Sekunde war er mit der Situation komplett überfordert.

Tilt auf ganzer Linie.

Marion blickte auffordernd zu ihm. »Nun sag doch auch mal was!«

Das hätte er gern getan. Aber er konnte es nicht. Außerdem wusste er etwas viel Besseres. Er beugte sich zu seiner Ehefrau und gab ihr einen langen, innigen Kuss. Vielleicht den längsten, den er ihr je gegeben hatte. Die beiden unterbrachen ihn auch nicht wirklich, als sie sich langsam aus den Klamotten schälten und sich ausgiebig streichelten. Küssend sanken sie in die weichen Daunen, und dann gab es für lange Minuten nur noch Schrödinger und Marion und ihre sich begehrenden Körper auf diesem Planeten. Ach was! Im ganzen Universum!

»Ich liebe dich, Frau Schrödinger«, sagte Schrödinger, als sie erschöpft, erfüllt und sich bedingungslos liebend eng umschlungen nackt unter der fluffigen Decke lagen.

»Ich liebe dich auch, Herr Schrödinger.«

Er spürte diesen Worten nach und war auf einmal ganz ruhig. Auf alles gefasst. Er war der Herrscher der Welt, denn er war mit der tollsten und schönsten Frau der Galaxie verheiratet. In seinem Kopf spielte ein Symphonieorchester die Melodie zu *Star Wars*. Möge die Macht mit dir sein. Ja, hier und jetzt, in diesem Zimmer, in diesem Bett, in diesem Augenblick, war sie es tatsächlich.

Zumindest, bis seine nackte Ehefrau sich aus seinen Armen wand und aus dem Bett schlüpfte. Marion ging zum kleinen Schreibtisch und kam mit den Tests in der Hand zurück.

»Ich habe sie gemacht. Alle sieben. Ich hatte ja Zeit.«

Die Musik des galaktischen Epos brach abrupt ab und machte dem Rauschen seines eigenen Blutes Platz. Auch ganz ohne Messgerät wusste Schrödinger, dass sein Blutdruck jenseits von Gut und Böse in die Höhe geschnellt war. Er setzte sich auf.

»Und?« Es war nur ein Hauch, der aus seinem Mund kam.

Marion sagte kein Wort, sondern legte die Tests einen nach dem anderen auf die schneeweiße Bettdecke.

Wie in Zeitlupe griff er nach dem nächstbesten. Starrte ihn an, begriff nichts. Nahm den nächsten, dann noch einen.

Zwei blaue Linien. Auf jedem einzelnen.

Er sah vom Plastikteil zu Marion zurück zum Plastikteil.

»Bekommen wir Zwillinge? Jungs?«, haspelte er schließlich.

»Was?«

»Na ja. Blau. Jungs. Und zwei Striche.«

»Ach, Schrödi.« Marion nahm ihm den Test ab und schlüpfte zurück unter die Decke. »Du wirst Vater. Ob Mädchen, Junge, eins, zwei oder sieben, was weiß denn ich …«

Es dauerte. Lange. Dann hallten fünf Buchstaben in seinem Inneren nach.

V.A.T.E.R.

»Und …« Er musste sich räuspern. Dennoch klang seine

Stimme, als hätte er Schleifpapier im Rachen. »Ich meine … wann ist es so weit?«

»Juni. Vielleicht Juli.«

»So bald schon?« Er rechnete. Es war Oktober. »Ich meine … wir brauchen ein Bettchen. Und Autositze. Also einen. Und Fläschchen.«

Marion legte ihm die Hand über den Mund. »Stopp!«

Dann atmeten beide tief durch.

»Das ist nicht mein erstes Mal. Also … Gas weg. Der Speicher gibt einiges her, erstens. Zweitens gehe ich erst mal zum Gynäkologen und drittens … bevor der dritte Monat nicht geschafft ist …«

Schrödinger sprang auf. »Ja, aber …«

Horst hob den Kopf und sah sein splitterfasernacktes Herrchen fragend an. Wie wohl der Boxer mit dem Familienzuwachs klarkommen würde?

»Wie soll denn das Baby heißen?«, platzte es aus ihm heraus. Marion lachte schallend.

»Schrödinger, ich liebe dich. Aber erst mal ist in meinem Bauch nichts weiter als ein Zellklumpen. Und der muss es über die magische Grenze schaffen. Und dann im Ultraschall einen Schniedel zeigen oder eben nicht.«

Schrödinger sank kraftlos auf den gepolsterten Stuhl vor dem Schreibtisch. Und sprang sofort wieder auf, als heftig gegen die Tür des Hotelzimmers geklopft wurde. Marion zuckte zusammen und zog die Decke um sich.

»Zieh wenigstens die Unterhose an«, zischte sie ihm zu. Das tat er auf dem Weg zur Tür.

»Herr Schrödinger, Sie und Ihre Gattin werden erwartet!« Roger Seyfarth hatte sich wie ein Schrank im Türrahmen aufgebaut. »Warum ist denn das Zimmertelefon belegt?«

Ratlos sah Schrödinger zum Nachttisch, wo der Fernmelder stand. Im Eifer des Gefechts hatten sie wohl den Hörer heruntergestoßen.

»Wer erwartet uns denn wo?«

»Sie sollten seit zehn Minuten beim Dünen-Yoga sein.«

»Ich wusste gar nicht, dass Sand Sport machen kann«, versuchte Schrödinger einen Scherz. Der nicht so richtig ankam, wie er dem gestrengen Blick des Rezeptionisten entnehmen konnte.

»Sie sind gebucht für das Yoga am Strand!«

»Ich kann nicht«, rief Marion aus dem Bett. »Ich bin schwanger.«

»Genau. Wir sind schwanger.« Schrödinger verschränkte die Arme vor der nackten Brust.

»Aber …«

»Nichts aber. Wir müssen uns für das Baby sorgen tun.« Mit diesen grammatikalisch nicht ganz korrekten, weil verwirrt gewählten Worten knallte Schrödinger die Tür zu. Er hörte, wie Seyfarth schnaubte und sich schließlich entfernte.

»Dein erster Auftritt als Vater«, grinste Marion ihn an. »Ich glaube, das wird ganz gut.«

»Das hoffe ich doch«, sagte Schrödinger und schlüpfte zurück ins Bett. Arm in Arm lag das Paar da, die Augen geschlossen, bereit für einen Dämmerschlaf. Dazu waren die Flitterwochen schließlich da, oder?

Hätte man meinen und hoffen können, doch es verging keine Viertelstunde, bis es an der Terrassentür klopfte.

»Huhu, ihr Turteltauben!«, rief Heiner. Marion und Schrödinger stöhnten unisono, aber lautlos. Horst bellte und sprang auf.

»Jahaaaaa!« Widerwillig schälte Schrödinger sich aus dem

Bett. Er zog den Vorhang zur Seite und öffnete die Schiebetür. »Was gibt's denn?«

Heiner ließ seinen Blick über den fast nackten Kumpel streifen. »O lala!«, sagte er und zwinkerte anzüglich.

»Ja. Lala, blabla. Was ist los?«

»Ruhig, Brauner.« Heiner stupste ihm versöhnlich mit der Faust gegen die rechte Schulter. »Brigitte wollte Marion fragen, ob sie bei der schönen Nachmittagssonne Lust auf einen Bummel hat.«

»Habe ich!«, ließ Marion verlauten. »Ich brauche sowieso noch Mitbringsel für die Kinder.«

Das Wort *Kinder* ließ Schrödinger erschaudern. Noch mussten sie nur zwei Schneekugeln oder sonstigen Kram kaufen. Demnächst aber drei. Vielleicht mehr. Würden sie das Finanzielle gestemmt bekommen? Wie hoch war eigentlich aktuell das Kindergeld? Würde er einen Nebenjob annehmen müssen? Im Bruchteil von Sekunden sausten all diese Gedanken durch Schrödingers Schädel, weswegen er nur allzu gerne das Angebot von Heiner annahm, die Annehmlichkeiten der Happy Hour in der Strandbar zu genießen. Die Herren würden also sparen, während die Damen pekuniäre Spuren auf der Insel hinterließen.

Vor dem günstigen Küstennebel lagen allerdings noch die Bedürfnisse von Horst. Nach dem langen Ausharren im Hotelzimmer brauchte der Hund seinen Auslauf, und den wollte sein Herrchen ihm gerne gönnen. Ebenso gerne wäre er seinem Kumpel Heiner um den Hals gefallen, um ihm die freudige Botschaft seines baldigen Vaterseins kundzutun. Aber Marion hatte ihm noch einmal eindringlich eingeschärft, kein einziges Wort darüber zu verlieren. »Es bringt Unglück, vor dem dritten Monat anderen davon zu erzählen«, hatte sie gesagt und ihn dabei sehr, sehr streng angesehen. Weder wollte er dem Fötus schaden, noch Ärger mit seiner Frau riskieren. Und deswegen sagte er auf dem Weg zur Strandbar genau … gar nichts.

Heiner schien das recht zu sein. Er ging schweigend neben seinem Zimmernachbarn und kickte nur dann und wann einen Stein zur Seite. Obwohl es nicht kalt war und die Sonne ganz gut stand, waren sie quasi allein unterwegs. Das hieß: nicht ganz. In ein paar hundert Metern Entfernung entdeckte Schrödinger zwei Gestalten. Beim Näherkommen entpuppten die beiden sich als Maik und Jessi. Weder sie noch ihr Gemahl schienen gute Laune zu haben.

»Sieht nach Zoff aus«, kommentierte Heiner mit einem Kopfnicken in Richtung der beiden.

»Und das im Urlaub …«

»Vielleicht schwänzen sie nur das Yoga mit oder in den Dünen.«

»Das was?«

»Dünenyoga. Irgend so ein Wellness-Scheiß, für den meine Schwiegermutter uns angemeldet hat.«

»Geht ja noch. Brigitte und ich müssten jetzt in der finnischen Sauna hocken.«

»Auch nicht besser …«

Horst drehte sich mehrfach an Ort und Stelle im Kreis. Schrödinger wusste, was das bedeuten würde, und zog vorsorglich schon mal eine Kacktüte aus der Hosentasche. Zu Recht. Der Hund setzte einen für seine Verhältnisse kümmerlichen Haufen auf den Sand, den sein Herrchen geübt in der Tüte verschwinden ließ.

»Also, für mich wär das nix«, sagte Heiner und schüttelte sich. »Dann lieber ne Katze. Die macht ins Klo.«

»Oder in den Sandkasten auf dem Spielplatz.« Schrödinger knotete die Tüte zu, während sein Hund ungerührt weiterlief, bis das Ende der Leine erreicht war.

»Das ist ja egal.«

»Eben nicht!« Schrödinger war entrüstet. Wie oft schon hatte er die Sandkästen am Donauufer von Katzenkot befreien müssen, ehe Max und Marlene ihre Förmchen darin füllen konnten? Geschweige denn von anderem Unrat: Zigarettenkippen, labbrige Kondomen und einmal sogar eine leeren Raviolidose. Er wollte Heiner einen Vortrag aus Vatersicht halten, doch Jessis Brüllen, das die gemütliche Brandung durchschnitt, ließ ihn, ebenso wie Horst und Heiner, innehalten.

»Du bist das größte Rindvieh, das rumläuft!«, brüllte sie Maik im feinsten sächsischen Dialekt an. »Und verklemmt bist du auch, du hast doch einen Stock im Arsch!« Dann holte sie aus und schlug ihm mit der rechten Hand ins Gesicht. Obwohl sie zu weit entfernt waren, meinte Schrödinger, das Klatschen zu hören. Im selben Moment machte Jessi kehrt und stürmte Richtung Stadtzentrum über den Strand davon.

»Bleedes Miststück!«, rief Maik ihr hinterher. Im Davonlaufen zeigte Jessi ihm den Mittelfinger.

»Oha«, sagten Heiner und Schrödinger gleichzeitig. Sie tauschten einen Blick, nickten sich zu und gingen auf Maik zu, der sich die linke Wange rieb und auf die Ostsee starrte. Horst erreichte den Geschlagenen als Erster und stupste ihn gegen die Wade. Maik zuckte zusammen, beugte sich herunter, sah den Hund und tätschelte ihm den Nacken.

»Wir sind auf dem Weg zur Happy Hour!«, gab Schrödinger bekannt. Maik ließ seine Wange los. Unter seinen Bartstoppeln war kein Handabdruck zu erkennen, allzu viel Kraft schien Jessi also nicht zu haben.

Maik straffte die Schultern. »Bestor Plon des Toges!«

Die drei Männer und der Hund machten sich auf dem Weg und saßen wenige Minuten später vor eiskaltem Bier, das von drei noch kälteren Küstennebeln begleitet wurde. Für Horst hatte Schrödinger eine Käsestulle bestellt, die der Boxer inhalierte, kaum dass sein Herrchen sie ihm unter dem Tisch gereicht hatte.

Außer einem absurd jungen Paar, das vermutlich ebenso die Yogastunde schwänzte und zu zweit an einer Limo nuckelte, waren sie die einzigen Gäste. Und weil sie Männer waren, hinderte sie das Testosteron vehement daran, sich in Smalltalk zu üben. Stattdessen schwiegen oder schnarchten sie, wie Horst unter dem Tisch. Nach dem zweiten Bier, bei dem Schrödinger als Einziger auf den begleitenden Schnaps verzichtete, brach dann aber doch sein Ermittlersinn durch. Rasch überlegte er sich eine Art Strategie.

»Eigentlich sollten wir jetzt Sport machen«, begann er. »Aber unsere Frauen machen lieber einen Marathon mit unseren Kreditkarten.« Er verdrehte theatralisch die Augen.

»Ja, Scheiße.« Heiner stürzte seinen Küstennebel hinunter und zündete schmatzend eine seiner berüchtigten Zigarren an. Ob es dem Baby schaden würde, wenn der werdende Vater Nikotin inhalierte? Quatsch, nein. Das Kind war ja längst gezeugt worden. Schrödinger schüttelte über sich selbst den Kopf.

»Jo. Weiber.« Maik knarzte in sich hinein. Dann starrte er schweigend die Tischplatte an.

»Wo ist Jessi denn hingegangen?« Schrödinger gab sich arglos. »Muss sie noch was besorgen?«

»Eher jemandem was besorgen«, zischte Maik und kippte seinen Küstennebel hinunter.

»Ich verstehe nicht«, sagte Schrödinger, was den Tatsachen entsprach.

»Scheiß druff!« Per Handzeichen orderte Maik eine neue Runde. Noch ehe diese an den Tisch geliefert wurde, platzte es aus ihm heraus.

Jessi hatte vor wenigen Monaten eine Reportage bei einem Privatsender gesehen. Dort wurden keine Frauen getauscht und auch keine Kochrezepte, sondern Partner. Seit der Ausstrahlung habe sie mindestens ein Dutzend Mal am Tag das Wort *polyamor* benutzt. »Die liebt und vögelt alles und jeden, der zwee Beene hat, und ich soll bei dem Mist och noch mitmach'n.«

Heiner sog die Luft ein. »Deine Frau liebt alle und jeden?«

»So ziemlich.«

»Heftig.« Schrödinger konnte und wollte sich nicht vorstellen, seine Marion mit jemand anderem zu teilen. An manchen Tagen war es ihm sogar zu viel, wenn Max oder Marlene bei ihnen im Schlafzimmer nächtigen wollten. Wie sollte es dort erst mit dem Baby werden? Aber Stopp. Falscher Ort, falscher Gedanke.

»Man könnt meenen, geiler Quatsch, jetzt konnich och jede tackern, die isch will. Aber so isses nich.« Maik stützt den Kopf in die Hände und raufte sich die Haare. Heiner und Schrödinger tauschten einen stummen Blick.

»Warum erzähl ich euch das überhaupt? Ich kenne euch doch kaum«, murmelte Maik.

»Vielleicht genau deswegen.« Schrödinger beugte sich vor. »Manchmal tut es ganz gut, jemandem, den man nicht kennt, den ganzen Kram zu erzählen. Da ergeben sich oft ganz neue Perspektiven.«

»Jo, so ist das«, stimmte Heiner ihm zu.

Und in der Tat eröffnete Maik mit seiner Erzählung eine ganz andere Perspektive auf das Paar. Kennengelernt hatten sie sich, als er im letzten Jahr seiner Ausbildung zum Schreiner gewesen war und sie gerade ihre Azubi-Zeit bei einer Versicherung gestartet hatte. Sie waren zusammengezogen, und rund elf Jahre lang war alles gut gewesen. Bis Jessi ihren Job bei der Versicherung verloren hatte und seit dem bestimmten Privatsender auch ihr Denken.

»Das war wie ne Gehirnwäsche«, sagte Maik resigniert.

»Kann ich mir vorstellen«, stimmte Schrödinger ihm zu. Dann und wann war er selbst schon beim Zappen bei Sendungen hängen geblieben, die ihn einfach nur sprachlos gemacht hatten. Und die ihm beschämt hatten – beschämt über die Dummheit der Menschen dies- und jenseits der Mattscheibe und beschämt über die reine Geldgier der Redaktionen, mit der diese sowohl die Protagonisten als auch die Zuschauer vorführten.

Maik erzählte weiter. Als seine Frau ihm eines Abends beim gemeinsamen Schnittchenfuttern vor dem Fernseher offenbart hatte, dass sie das Modell der offenen Ehe leben wolle, hatte er das für einen Scherz gehalten. Seit Jessi nicht mehr arbeitete, schien sie auch ihre Libido beim Jobcenter abgegeben zu haben. Nichts lief mehr im Ehebett. Aber Jessi hatte es nicht nur ernst gemeint, sondern längst Nägel mit Köpfen gemacht und sich bei einer entsprechenden App registriert.

»Sie hat mir sogar das Foto von dem Typen gezeigt, mit dem se sich noch am selben Abend getroff'n hat!«

»Warum hast du sie denn nicht aufgehalten?«, hakte Heiner nach.

»Ja, wie denn? Isch war so pärplex. Und dann isse einfach abgehau'n und erst am nächsten Tach wiedergekommen. Ich musste mich an dem Tach krankmelden, und als se endlich ankam, total zerzaust, hab ich se angeschrien.«

»Verständlich«, sagte Schrödinger.

»Sie hat nur gelacht. Dann isse hoch ins Bett. Vorher hat'se noch gesogt, ich solle och Spaß ham, es gäb ja genüchend dolle Frau'n und vielleischt würd uns ja mol dieselbe gefallen und man könnt in größ'rer Gesellschaft Spaß ham.«

Maik knirschte mit den Zähnen.

»Heftig.« Schrödinger klopfte ihm jovial auf die Schulter.

»Was es alles gibt«, brummte Heiner und gönnte diesen Worten einen perfekten Rauchkringel, der allerdings sofort von der Ostseebrise fortgetragen wurde.

»Hast du denn … ich meine … auch mal …?«

»Ob isch och fremd gegangen bin? Niemals. Nich mal mit Dschessis Erlobnis würd'sch das tun. Das tut man nich. Ich bin keen Christ, aber das steht in dor Bibel.« Er schwieg einen Moment, ehe er fortfuhr. Bei seinen nächsten Worten mussten sich Schrödinger und Heiner über den Tisch beugen, so leise sprach er. »Ich hob dann schon an mir als Mann gezweifelt. Als Jessi mal wieder unterwegs war, bin ich in'n Puff.«

Heiners Augen wurden kugelrund. »Und?«

»Nix und. Ich hab für hundert Mücken keenen hochgekriegt. Scheiße, isch lieb se doch, das hob'sch schon immer.« Maiks Stimme zitterte. In Heiners Augen konnte da nur ein weiteres Herrengedeck Abhilfe schaffen, welches er mit einem Winken bestellte.

Der Schnaps tat seine Wirkung. Schrödinger und Heiner erfuhren, dass Maik mit dem Urlaub auf der Insel endlich wieder Nähe zu seiner Ehefrau herstellen wollte. Gemeinsam Zeit verbringen, den Anblick des Meeres genießen, zu zweit sein. Sie hatte lange gezögert, dann aber zugesagt. »Weil se in der Drecks-App ausreichend Männlein und Weiblein mit denselben Neigungen auf Rügen gefunden hat.«

»Hier?« Heiner horchte auf. Für Schrödinger einen Tick zu interessiert, weshalb er ihm unter dem Tisch einen Tritt gegen das Schienbein verpasste. »Aua! Wieso trittst du mich?«

Schrödinger sah ihn aus zusammengekniffenen Augen an. »Sorry. War ein Versehen. Musste nur gerade an Brigitte denken.«

Heiner verstand und wurde knallrot.

Maik ließ seine Fingerknöchel knacken. »Tja, und einen solchen Kerl hat sie nun praktischer Weise direkt hier im Hotel gefunden.« Wieder knirschte er mit den Zähnen. Schrödingers Bauchgefühl meldete sich. Seinen Schnaps schob er Heiner zu, der ihn dankbar in sich hineinkippte. Jetzt galt es, einen möglichst klaren Kopf zu bewahren.

»Hier im Hotel? Einen Gast?«

»Nee.«

»Ja, wer denn dann …?«

»Tut mer leed, Kumpels. Das musst ich der Dschessi versprech'n. Dass ich zwar nich einverstanden sein muss, aber dass ich och keene Namen nenn'. Da sind die in der Szene ziemlich empfindlich.«

»Ach.« Schrödinger hoffte, seine Enttäuschung ausreichend

verbergen zu können. Er hätte noch viel fragen können und wollen, doch die Kellnerin kam an ihren Tisch, um abzukassieren. Die Happy Hour war zu Ende.

»Isch übernehm das«, sagte Maik generös.

»Danke.«

»Keen Dema. Irschendwie geht's mir jetzt voll besser«, sagte Maik, drückte der Kellnerin einen braunen Schein in die Hand und ging leicht schwankend Richtung Hotel zurück.

Horst

Bei allen Welpen! Was machen die Zweibeiner für einen Aufwasch! Marion wirft demnächst. Ja und? Soll vorkommen.

Herrchen ist komplett von der Rolle. Dabei sollte er sich doch freuen, dass er sich paaren durfte. Also, ich wäre glücklich. Aber erstens bin ich ja durch meine Leine quasi kastriert, und zweitens habe ich hier noch keine einzige Spur einer läufigen Hündin erschnuppert.

Hach, was waren das Zeiten am Bodensee, als Pudeldame Priscilla und ich uns näherkamen! Sie roch so gut … so gut! Vielleicht gibt es ja in Friedrichshafen ein paar Hunde, die weiße Locken und eine Boxerschnauze haben? Wenn Sie was mitbekommen, dann melden Sie sich bitte bei mir. Ich bin mir sicher, dass das die schönsten Hunde der Welt sind. Außerdem würde ich ihnen als deren Vater ein paar Weisheiten eines geläuterten Hundes von Welt mit auf den weiteren Gassi-Weg geben.

Eine davon wäre definitiv, ab und zu die Ohren zu verschließen, wenn die Menschen miteinander reden. Ich kann nur den Kopf darüber schütteln, wie Maik sich verhält. Ich habe seine unbändige Wut gespürt und ja, auch gerochen. Warum bloß? Wieso machen die Zweibeiner so eine große Sache aus der Treue?

Das käme mir und meinen Artgenossen nie in den Sinn. Es geht um Spaß, Trieb, Instinkt und um den Erhalt der Art. Das war's. Ja, okay, als Rüde bin ich da fein raus. Mit dem Säugen der Welpen hab ich nichts zu tun.

Dafür hält mich ja mein Herrchen ausreichend auf Trab. Jetzt zum Beispiel. Er schwankt ein bisschen und findet ohne mich den Weg zum Hotel wohl nicht. Oder vielleicht will er den Eingang auch gar nicht finden, weil da diese Zoe eben um die Hausecke verschwunden ist. Wie meistens hat sie diesen Kommunikationsknochen in der Hand, und Schrödinger hat es auf einmal ganz eilig, um ihr zu folgen. O Mann, als wären wir heute nicht längst genug gelaufen!

Schrödinger

Unter dem Vorwand, dass der Boxer noch ein bisschen an die Luft müsste, verabschiedete sich Schrödinger auf halber Strecke von Heiner und ließ sich absichtlich zurückfallen. Dabei hatte die Sache mit seinem Hundekumpel rein gar nichts zu tun. Doch er konnte dem Ruhrpottler ja schlecht sagen, dass er einer gewissen jungen Frau hinterhergehen wollte. Die Gefahr, dass der Bochumer Recke das falsch verstand und dann bei Brigitte oder – schlimmer noch! – Marion petzte, war schlichtweg zu hoch. Schrödinger wollte nichts riskieren, was die neugewonnene Harmonie zwischen ihm und seiner Frau stören konnte.

Andererseits wäre eine lebenslange Haftstrafe ebenfalls ein nicht zu unterschätzendes Risiko. Wenn Meesters Beweise dafür fand, dass er diesen Kulturheini auf dem Gewissen hatte, würde er für längere Zeit ins Kittchen wandern. Selbst wenn es bloß ein Unfall gewesen war.

Ob Marion ihm über die Jahre hinweg die Treue halten würde, war fraglich. Klar wäre es eine romantische Vorstellung, aber mal ehrlich: Wer wollte und konnte von seiner Ehefrau erwarten, dass sie über so lange Zeit keinem einzigen Mann nachsah? Dass sie sich keinen Ersatzvater für das Baby suchte? Man musste das auch von der logistischen Seite betrachten: Alleinige Kinderziehung war ein Knochenjob, insbesondere, wenn es drei Kinder an der Zahl waren. Da war eine anstrengende Mutter, die ebenfalls mit im Haus lebte, nicht zwangsweise eine Hilfe. Schon deshalb musste Schrödinger sich ins Zeug legen.

Er wartete ab, bis Zoe etwa 20 Meter Vorsprung hatte, bevor er sich an ihre Fersen heftete. Beeilen musste er sich dabei nicht. Es war kurz vor sechs an diesem Oktobertag, und der Strom der Urlauber stellte eher ein Strömchen dar. Gerademal vier Personen waren außer ihnen unterwegs – von denen zwei Hand in Hand auf der anderen Straßenseite schlenderten.

Anfangs vermutete Schrödinger, die Influencerin könnte es in Richtung Strand ziehen. Vielleicht um den Sonnenuntergang zu fotografieren oder dort ein neues Video zu drehen. Doch in diese Richtung zog es sie ebenso wenig wie zu seiner zweiten Vermutung, der Einkaufsmeile. Wohin wollte sie dann? Was für Orte kannte sie hier, die ihm möglicherweise bislang verborgen geblieben waren? Er hatte keine Ahnung, und allein das machte ihn neugierig.

Wie schon bei der Verfolgung am Morgen bewegte sich Schrödinger mit Horst nah an den geparkten Wagen, stets darauf gefasst, sofort dahinter in Deckung zu gehen. Wenn keine Autos in der Nähe waren, orientierte er sich an Hauseingängen, Einfahrten und Sträuchern. Notfalls hätte er sich so schlank gemacht, dass er hinter einen Baumstamm gepasst hätte. Also in der Theorie.

So bewegten sie sich zwei Querstraßen entlang vorwärts, ehe es die junge Frau zurück zur Promenade zog. Zoe drehte sich kein einziges Mal um, sondern schien genug damit zu tun zu haben, abwechselnd auf das Smartphone in der Hand und den Weg vor ihr zu achten. Schrödinger war das nur recht, solche Observierungen waren ihm am liebsten. Besser wäre nur gewesen, sie bequem vom Sitz eines Fahrzeuges aus zu verfolgen. Horst hätte sicherlich auch nichts dagegen gehabt.

Als vor ihnen ein Gebäude mit rechteckigem Flachdach

auftauchte, dämmerte Schrödinger plötzlich, wohin sie unterwegs waren. Das da vorne war die Touristikinformation. Bloß: Was suchte Zoe hier? Sich auf den letzten Drücker ein paar Flyer und Prospekte holen, ehe der Laden gleich schloss?

Wobei: Streng genommen war es selbst für *auf den letzten Drücker* zu spät. Schrödingers Armbanduhr zeigte zwei Minuten nach sechs. Wenn es die Leute hier mit dem Feierabend ähnlich genau nahmen wie ihre Pendants im Schwabenland, würde die Influencerin gleich eine gewaltige Abfuhr erfahren. Außer natürlich, Zoe war absichtlich so spät angekommen, weil ein Interview mit einer der Mitarbeiterinnen anstand.

Wie auf Stichwort verließ eine kleine Frau mit braunen Haaren das Gebäude. Schrödinger kramte kurz in seinem mentalen Hinterstübchen und glaubte sich zu erinnern, dass sie Frauke Hinrich hieß. Auf jeden Fall war sie diejenige, die Heiner und er gestern wegen der Landkarte gefragt hatten und die sie deswegen auf morgen vertröstet hatte, wenn neue Lieferungen eintreffen sollten.

Wegen Infomaterial schien Zoe aber nicht gekommen zu sein. Und auch nicht wegen eines Interviews. Während Frauke Hinrich nämlich die Tür zur Touristikinformation abschloss, kniete sich die Influencerin neben einem weißen Mini Cooper nieder und tat so, als würde sie sich die Schnürsenkel binden.

»Hey, das ist meine Tarnung!«, hätte Schrödinger am liebsten gerufen. Stattdessen blieb er mit Horst im Sichtschatten einiger Bäume stehen und wartete gespannt ab, was als Nächstes passieren würde.

Einen Augenblick lang sah es so aus, als würde Frau Hinrich in den Mini Cooper steigen wollen. Zoe jedenfalls schien genau das zu befürchten und wich im Entengang ein Stück zurück.

Die Wahrheit war weitaus profaner: Ganz der Umwelt zuliebe war die Touristikfrau nämlich gar nicht mit einem Verbrennungsmotor, sondern mit Muskelkraft unterwegs. Direkt vor dem weißen Auto stand ein silberrotes Fahrrad, das vorher fast komplett verdeckt gewesen war und das Schrödinger erst erkannte, als Frau Hinrich damit davonradelte.

Diesen Zug schien Zoe ebenfalls nicht erwartet zu haben. Sie murmelte etwas, was nicht zu verstehen war (und sicher nicht besonders ladylike war), und wetzte der anderen Frau mit zügigen Schritten hinterher. Da Frauke Hinrich nicht besonders kräftig in die Pedale trat, war das nicht schwierig.

Erneut warteten Schrödinger und Horst ab, bis genügend Sicherheitsabstand zwischen ihnen und der spindeldürren Bloggerin lag, und nahmen dann wieder die Verfolgung auf. Das hieß: So lautete zumindest der Plan.

Durch das Wohngebiet mit den unzähligen Seitenstraßen kamen sie ihnen noch mühelos hinterher. Dann steuerte die Touristikfrau auf ein hell erleuchtetes Gebäude an der Granitzer Straße zu, bei dem es sich laut Hinweisschild um das Bernstein-Museum handelte. Daran war er neulich schon mal vorbeigekommen.

Was Frauke Hinrich und Zoe Hollmann dort wollten, wusste und verstand Schrödinger nicht. Dafür verstand er recht gut, dass es besser war, in Deckung zu gehen, als plötzlich ein schwarzer Volvo die Straße hinaufgefahren kam. Ein schwarzer Volvo, wie ihn die Kommissarin Imke Meesters fuhr. Ob sie es tatsächlich war, wollte Schrödinger lieber gar nicht erst herausfinden. Die meisten Gespräche, die er bisher mit der Polizistin geführt hatte, hatten sich nicht besonders vorteilhaft für ihn entwickelt. Auf eine Neuauflage verspürte er keine Lust.

Da zog er lieber Horst mit sich hinter die nächste Hauswand.

Die Vorsicht kam keine Sekunde zu früh. Am Steuer saß tatsächlich die Kommissarin und auf dem Beifahrersitz neben ihr ein uniformierter Kollege. Kamen sie, um einen gewissen Mordverdächtigen mit Boxerhund zu verhaften? Doch woher sollten sie wissen, dass er sich ausgerechnet hier aufhielt? Außer natürlich, sie hatten eine Funkzellenortung seines Mobiltelefons vorgenommen. Das allerdings würde bedeuten, dass er mittlerweile zum Hauptverdächtigen aufgestiegen war und dass eindeutige Beweise für seine Schuld vorlagen.

Schrödinger wagte kaum zu atmen. Geschweige denn, sich zu rühren. Eine gefühlte Ewigkeit war er gefasst darauf, dass der Volvo anhalten und die Polizisten mit einem Ortungsgerät direkt auf ihn zukommen würden.

Doch das passierte nicht.

Der schwarze Dienstwagen tuckerte – wenn auch nicht mit besonders hoher Geschwindigkeit – an ihm vorbei und weiter die Straße entlang.

War das ein raffiniertes Täuschungsmanöver, um ihn in trügerischer Sicherheit zu wiegen? Unschlüssig trat Schrödinger an die Straße und schaute dem Fahrzeug hinterher, bis es aus seinem Sichtfeld verschwunden war. Die Kommissarin hatte zwischendurch nicht mal abgebremst.

Damit war diese Gefahr gebannt. Zumindest für den Moment. Bedauerlicherweise zog seine Vorsichtsmaßnahme andere Konsequenzen nach sich, denn sowohl die Influencerin als auch die Touristikfrau waren verschwunden. Schrödinger hoffte, dass beide eventuell in das Bernstein-Museum gegangen waren, wo laut Aushang heute Abend ein Goldschmiedekurs stattfinden sollte, doch von keiner der Frauen war dort etwas zu sehen. Selbst Horst wirkte unschlüssig, was die weitere Vorgehensweise betraf.

Also sahen sie ihre erneute Niederlage ein und machten sich auf den Rückweg. Diesmal nicht nach einer Influencerin, sondern einer Kommissarin Ausschau haltend. Sie wurden nicht fündig.

Bei ihrer Ankunft waren Marion und Brigitte längst von ihrer Shoppingtour zurück und hatten – sehr zu Schrödingers und Heiners Erleichterung – die Kreditkarten *nicht* zum Glühen gebracht. Dafür hatten die Damen ein kleines uriges Lokal aufgespürt, das sie ihren Gatten unbedingt präsentieren wollten. Dass es dort heute Abend ein Meeresfrüchtebuffet gab, hatte selbstverständlich rein gar nichts damit zu tun.

Der Einzige, der das Nachsehen hatte, war Horst, denn in diesem Restaurant hatten Hunde keinen Zutritt. Schrödinger ließ sich nicht lumpen und bestellte als Wiedergutmachung für seinen vierbeinigen Freund ein Dorschgericht zum Mitnehmen, das er dem Boxer bei ihrer Rückkehr freudestrahlend präsentierte. Dass der Vierbeiner in der Zwischenzeit Herrchens relativ neue Sneakers angenagt hatte, übersah er dabei gekonnt. Er befand sich ohnehin in wohliger Hoffnung, heute Abend vielleicht noch eine Fortsetzung dessen zu bekommen, was sie am Nachmittag nach seiner Rückkehr vom Kap Arkona angestellt hatten.

Leider blieb es bei der Wunschvorstellung. Marion entschuldigte sich damit, dass sie nach den vier Runden am Büffet viel zu vollgefressen für Aktivitäten jedweder Art wäre. Keine fünf Minuten später schnarchte sie leise, an Schrödingers Brust geschmiegt.

Seebad Sellin, Tag fünf

Horst

Es war ein feiner Zug von Herrchen, mir was aus dem Lokal mitzubringen, wenn ich schon allein im Hotelzimmer zurückbleiben musste. Und der Dorsch war durchaus ein Schmackofatz. Zartes Fleisch, dezent salzig und wenig Fett. Da kann man es sich als Hund von Welt schon gutgehen lassen. Einziger Nachteil an dem Fischgericht: Danach hat man Durst wie eine rumänische Bergziege. In der Nacht war ich deshalb echt drauf und dran, das Wasser aus der Kloschüssel zu trinken.

Ja, Sie lachen jetzt. Aber versuchen Sie mal, ohne Finger einen Wasserhahn aufzudrehen!

Zum Glück musste Frauchen in der Nacht eh mal aufs Klo und hat meinen Trinknapf wieder aufgefüllt. Ich habe sie auch kaum dafür anstupsen müssen. Beim vorherigen Schlafen, meine ich.

Am Morgen war dann Schrödinger ebenfalls wieder einsatzfähig und erklärte sich bereit, mit mir eine Gassirunde zu drehen. Vor dem Hotel sind wir gleich auf Hermann getroffen, den alten UFO-Gläubigen. Aus irgendeinem Grund war der ziemlich kleinlaut und hat mir immer so komische Blicke zugeworfen. So als hätte ich ihm was getan oder könnte ihm gleich was antun. Dabei bin ich doch die Friedfertigkeit in Person. Außer, wenn mir jemand das Essen klauen will. Dann gibt es kein Pardon.

Der Hermann hat sich ziemlich bald wieder verdrückt. Sagte, er hätte noch einen dringenden Termin. Dass das bloß ne faule Ausrede war, liegt ja auf der Pfote. Trotzdem ist er ziemlich schnell abgehauen und hat mir noch mehr komische Blicke zugeworfen. Keine Ahnung, was da los war.

Entspannt bleibt es auch für uns nicht. Schuld daran ist diese hungerhakige Internettussi, die Herrchen gerade erspäht hat. Was er ständig von der will! Langsam nervt das. Vor allem, weil ich jedes Mal mitmuss. Und das meist an Orte, zu denen ich gar nicht will …

Schrödinger

Eigentlich wollte er nur kurz zum Strand, damit der Hund Auslauf bekam und sein Geschäft erledigen konnte. Gegen etwas Gesellschaft hätte er dabei nichts einzuwenden gehabt, aber zumindest auf Hermann Schulz brauchte er dabei nicht zu hoffen. Der NASA-Fan hatte kaum ein Wort herausgebracht und sich ziemlich schnell verabschiedet.

Bestimmt ist er noch müde, überlegte Schrödinger. Vor dem ersten Kaffee respektive einem gut durchgezogenen Ostseebrise-Tee liefen viele Gehirne nur mit halber Kraft. Ob Hermanns graue Zellen ebenfalls dazu zählten oder er tatsächlich irgendwohin musste, würde vermutlich auf ewig sein Geheimnis bleiben.

Schrödinger beschloss, nicht weiter darüber nachzudenken und sich stattdessen lieber wieder seinem vorherigen Plan zu widmen: dem Strandspaziergang. Möwen jagen konnte Horst auch ohne dass sein Herrchen sich mit jemandem unterhielt. Wahrscheinlich war es sogar besser, wenn er sich ganz auf den Vierbeiner konzentrierte. Nicht, dass der Boxer überraschenderweise doch einen der Seevögel zu fassen bekam. Sicherlich, die Chance war nicht besonders hoch, aber ganz ausschließen konnte er es nicht.

Ein herzhaftes Lachen riss ihn aus seinen Gedanken. Er drehte sich danach um und erblickte Zoe, die an der Uferpromenade stand und mit Jessi Zieschang plauderte. Ihren ersten Kaffee schien zumindest Maiks Ehefrau bereits intus zu haben, so gut gelaunt wie sie wirkte. Neben ihr sah die Influencerin ziemlich abgekämpft aus. So, als läge eine anstrengende Nacht hinter hier.

Worüber die zwei sprachen, hätte Schrödinger gerne gewusst. Vielleicht über das Thema *außergewöhnlicher Lifestyle*? Da hätten sie sich gewiss so einiges zu erzählen. Um den Mord schien es jedenfalls nicht zu gehen. Oder eventuell doch? Schrödinger war ja von Natur aus neugierig und bei der Influencerin ganz besonders. Irgendetwas verbarg die spindeldürre Frau, da war er sich sicher. Aus diesem Grund beschloss er, rein zufällig an den Frauen vorbeizuschlendern. Auf dem Weg zum Strand befand er sich ja sowieso. Wer konnte da ahnen, dass er dabei ausgerechnet auf sie traf?

»Was für ein herrlicher Morgen«, sagte in dem Moment jemand zu ihm. Ein Schatten kam näher und entpuppte sich als der von Barfußfrau Senta Abt.

O nein, auch das noch!

»Ja, wird bestimmt ein herrlicher Tag.« Schrödinger zwang sich zu einem Lächeln, obwohl ihm überhaupt nicht danach zumute war. »Deshalb wollte ich kurz runter zum Strand und dann …«

»Gute Idee. Gehen wir ein Stück am Meer entlang. Das bringt die Seele in Einklang.«

So war das eigentlich nicht gemeint, dachte Schrödinger und überlegte, mit welcher Ausrede er die Frau in der Pluderhose und dem viel zu luftigen Batikshirt abwimmeln könnte. Als er nicht gleich losging, hob Senta fragend die linke Augenbraue. »Oder hab ich dich gerade beim Beobachten gestört?«

»Beim Beobachten? Ich …«

»Ach, komm, ich hab doch gesehen, wie du die Mädels angeschaut hast. Auf welche bist du scharf. Auf die dralle Tittenmaus aus Sachsen oder den knochigen Internetprofi?«

»Ich bin auf niemanden scharf! Ich bin verheiratet.«

Senta lachte scheppernd. »Das sollte man nicht so eng sehen. Die Ehe ist ein rein gesellschaftstheoretisches Konstrukt. Ich stamme aus einer Generation, wo wir uns von derlei befreit haben, wo es um das Ausprobieren per se und die Erweiterung des Bewusstseins geht. Hast du noch nie von freier Liebe gehört?«

»Gehört schon. Aber das ist nicht so meins. Außerdem muss ich jetzt los.«

»Stimmt, wir wollten ja zum Strand.«

Mit den Worten setzte sie sich in Bewegung und ließ ihm keine Wahl, als ihr zu folgen. Alles andere hätte nur zu noch mehr Irritationen geführt. Streng genommen konnte er schon froh sein, die Diskussion über das Thema *freie Liebe* abgewürgt zu haben. Darüber hatte er gestern von Maik bereits genug gehört und mehrmals für sich entschieden, dass zu viel Freiheit nicht zwangsweise gut sein musste. Erstens wollte er gar nicht ständig mit anderen Frauen in die Kiste steigen. Das klang nach einer Menge Anstrengung und Stress. Zweitens graute es ihm allein bei der Vorstellung, dass Marion ebenfalls in haufenweise unterschiedlichen Betten liegen könnte. Gleiches Recht für alle bedeutete in dieser Hinsicht ein doppeltes Horrorszenario. Außerdem: Wenn Senta Abt unbedingt über so etwas reden wollte, konnte sie sich gerne mit Jessi unterhalten. Die stand ja auf so was, wie er gestern erfahren hatte.

Sowie sie den Strand erreicht hatten, begann die Barfußfrau zu tanzen. Das war beinahe noch unangenehmer als der Dialog zuvor. Ihre Bewegungen wechselten zwischen unrhythmisch und lasziv und verrieten Schrödinger Dinge, die er gar nicht hatte wissen wollen. Dass ihr Batikstoff an den Ärmeln vieeel zu große Ausschnitte hatte, zum Beispiel. Oder dass Senta Abt an diesem Morgen keinen BH trug. Oder dass die Schwerkraft vielen Frauen im Alter keinen Gefallen tat.

Er wusste gar nicht, wohin er schauen sollte, weil Senta um ihn herumwirbelte und scheinbar an mehreren Orten gleichzeitig war. Vor ihm, hinter ihm. Links von ihm, rechts von ihm. Sie war praktisch überall. Wie sich die Dreadlocks dabei weiterhin unter ihrem Turban halten konnten, war ihm ein Rätsel.

Um den Tänzen aus dem Weg zu gehen, wich Horst in Richtung der Ostsee aus. Jedenfalls einige Sekunden lang. Als sich einige Wellen zu weit an den Strand wagten, sprang der Hund mit einem bemerkenswerten Satz weiter ins Landesinnere zurück. So viel Elan hatte Schrödinger ihm gar nicht zugetraut.

»Ich habe gesehen, dass Sie sich gestern mit Zoe unterhalten haben«, probierte er, Senta durch ein neues Gesprächsthema zu beruhigen.

»Also doch die Internettussi! Ich wusste, dass du ein Auge auf sie geworfen hast.«

»Hab ich gar nicht. Mir ist nur aufgefallen, dass sie vielen Leuten Fragen stellt.«

Endlich hielt sie mit ihren Tänzen inne. »Eifersüchtig?«

»Quatsch. Ich versuche bloß, schlau aus ihr zu werden. Sie hat da diesen Lifestyle-Blog.«

»Ja, von dem hat sie mir erzählt. Und du hast recht: Sie ist ziemlich neugierig. Sie will alles wissen, was mit dem Hotel zu tun hat. Sogar das mit dem Toten interessiert sie.«

Schrödinger spitzte die Ohren. »Wieso? Was will sie denn darüber wissen?«

»Ob ich was gesehen habe. Wo ich an dem Tag gewesen bin, als der Typ gestorben ist. Solche Sachen.«

»Und, haben Sie was gesehen?«

»Jetzt hör mal mit diesem ständigen Sie auf, das nervt! Ich bin die Senta.«

»Und ich Schrödinger.«

Wieder hob sie irritiert ihre Augenbraue, und er beeilte sich, davon abzulenken: »Also, *Senta*, hast du was gesehen?«

»Habe ich nicht, *Schrödinger.*« Sie betonte seinen Namen genauso wie er zuvor ihren. »Nicht mehr als du, als du aus dem Wasser geschossen bist, weil Elvers am Becken entlangging.«

»Das habe ich dir doch erklärt!«

Sie machte eine drehende Handbewegung. »Geschenkt. Verrate mir lieber, wie dein Ausflug mit Hermann war.«

»Woher heißt du das denn schon wieder?«

»Tja, mein Lieber, ich habe meine Augen und Ohren überall.« Senta machte Anstalten, erneut um ihn herumzutanzen. Das musste um jeden Preis verhindert werden!

»Was ich dich schon länger fragen wollte: Woher weißt du eigentlich von meiner Schwiegermutter?«

»Von Hillu? Hat sie mich nicht mal erwähnt? Wir zwei sind alte Bekannte. Was glaubst du, woher sie den Tipp mit dem Ostsee-Hotel hat? Das hab ich ihr vorgeschlagen, weil ich schon zigmal hier war.«

»Von dir?«, fragte er überrascht. »Und ich dachte, Hillu hätte es ausgesucht, weil es günstig war oder sie uns mit dem Fitnessprogramm quälen wollte. Vielleicht beides.«

Senta nickte amüsiert. »Mit Worten wie *preiswert* und *Schnäppchen* kann man sie immer locken. Das und interessante Antiquitäten. Aber davon gibt es hier nicht viele.«

»Dafür gibt es viel Natur.«

Sie stoppten kurz, weil Horst eine halb im Sand vergrabene Muschel beschnupperte und anschließend seine Markierung darüber setzte. Die gehört jetzt mir, wollte er damit wohl ausdrücken.

»Für Naturfreunde ist Rügen ideal. Ihr solltet mal nach Breege-Juliusruh fahren, dort kann man auch FKK machen. Oder nehmt den Strand von Mukran, der eher etwas abgelegener liegt. Da ist nicht so viel los.«

Schrödinger wurde rot. »So war das mit der Natur eigentlich nicht gemeint.«

»Wieso? Haste Angst, dich nackig zu machen? Dass dir und deinem kleinen Schrödinger jemand was wegguckt?« Sie schien das besonders ulkig zu finden und lachte scheppernd wie eine rostige Dachrinne.

»Natürlich habe ich *keine* Angst davor. Ich bin bloß nicht so der Sonnenanbeter. Ich werde schon krebsrot, wenn ich mich bloß kurz mal im Sand ausstrecke.«

»Man kann dort auch schwimmen oder sich in den Schatten legen. Aber ich verstehe schon. FKK ist eben nicht für jeden.«

Eine Gruppe Jogger kam ihnen entgegen, und Schrödinger war froh, das leidige Thema abwürgen zu können. Nachdem der Boxer wenig später in den Büschen sein Geschäft erledigt hatte, nahm Herrchen das als willkommenen Anlass, sich zu verabschieden. Er freute sich darauf, mit Marion frühstücken zu gehen. Spätestens jetzt brauchte er wirklich einen Kaffee. Am besten gleich einen doppelten Espresso.

Senta winkte ihnen nach und begann wieder zu tanzen, kaum dass Schrödinger und Horst aufgebrochen waren. Einen Moment lang war ihm sogar, als würde sie dabei singen. Er drehte sich nicht um, um es zu überprüfen.

»Du glaubst nicht, wen ich gerade am Strand getroffen habe.« Schrödinger nippte an seinem viel zu heißen Kaffee, während Marion sich einen Kakao gönnte. Den hatte sie noch nie getrunken, seit er sie kannte. Und auch, dass sie gestern auf sämtliche Muscheln verzichtet hatte, war mehr als ungewöhnlich. Für Außenstehende. Für ihn als einzigen Eingeweihten bedeutete es pure Freude. Während Marion in ihr dick mit Honig bestrichenes Butterbrot bis – auch das eine Neuigkeit auf ihrem Speiseplan –, sah sie ihn fragend an.

»Das errätst du nie!«

»Den Bundesolaf? Chuck Norris? Helene Fischer?«, fragte Marion mit vollem Mund und mampfend.

»Senta.«

»Die Barfuß-Trulla?«

»Genau die.« Schrödinger nickte und machte dabei ein, wie er hoffte, wichtiges Gesicht.

»Und was ist so besonders daran, dass die ihre Quadratlatschen über den Strand schleift?«

»Daran ist eigentlich alles normal. Aber …«, er machte eine kleine Kunstpause. »Sie ist schuld daran, dass wir hier gelandet sind und nicht irgendwo in Italien.«

Marion legte fragend den Kopf schief. »Die? Was soll denn dieses durchgeknallte Schrapnell damit zu tun haben?«

»Sie hat Hillu dieses Etablissement empfohlen.«

»Hä?« Marions nun nur noch halbes Honigbrötchen

machte in ihrer Hand auf halbem Weg zum Mund einen Halt.

»Die beiden scheinen sich aus ihrer Jugend zu kennen.«

»Alter Falter.« Marion schüttelte den Kopf. »Der lange Arm meiner Mutter.«

»Der noch längere meiner Schwiegermutter!«

»War Hillu auch mal so drauf wie Senta?«

Marion lachte. »Meine Mutter? Ich glaube kaum. Obwohl …«

»Ja?«

»Es gibt da ein paar wenige Fotos, auf denen sie weite Batikkleider trägt. Mir hat sie immer erzählt, das sei am Rosenmontag aufgenommen worden.«

»Hillu als Hippie?« Schrödinger lachte. Und auch Marion stimmte mit ein.

»Hier herrscht ja gute Laune!« Heiner hieb Schrödinger mit seiner Pranke auf die Schulter, dass er zusammenzuckte. »Dürfen wir mitlachen?«

Die Tonalität erinnerte Schrödinger an seinen alten Mathelehrer. Wann immer ein pubertierender Schüler einen Lachkrampf in seinem Unterricht bekam – der nun beileibe nicht zum Lachen war –, sagte er genau diese Worte.

»Klar!« Marion schilderte, was Schrödinger gerade erzählt hatte.

»Diese olle Fregatte!« Brigitte grinste.

»Hillu, wie ich sie kenne«, setzte Heiner nach. Während die Ruhrpottler frühstückten, schmiedete das Quartett einen Plan. Für Marion stand heute Vormittag Pediküre auf dem Plan, Brigitte wurde zur Aromamassage erwartet. Beides wollten die Damen sich auf keinen Fall entgehen lassen, und so war rasch klar, dass die Herren sich um die Besorgung der für heute angekündigten Landkarten kümmern würden.

Kurz nach zehn Uhr betraten Schrödinger, sein Hund und Heiner den Flachbau der Touristik-Info. Heiner hibbelte vor Aufregung wie ein kleines Kind. Schrödinger hibbelte auch, als er sah, dass Frauke Hinrich hinter dem Tresen stand. Sie blickte nicht auf, sondern hämmerte irgendetwas in die Tastatur ihres Computers. Vermutlich die Anfrage eines künftigen Urlaubers, der auf der Suche nach einer Unterkunft war.

»Oh, da sind sie ja!«, jubelte Heiner und stürmte zum Prospektständer. Glückselig lächelnd entnahm er diesem drei der kostenlosen Landkarten und setzte sich damit an einen kleinen Tisch. Aus der Tasche seines Poloshirts zog er zu Schrödingers Ver- und gleichzeitiger Bewunderung einen knallgelben Textmarker und begann sogleich damit, auf der Karte herumzumalen. Obwohl er ahnte, dass dies alles weitere womöglich anstrengende Ausflüge mit sich ziehen würde, gönnte er seinem Kumpel dieses kleine Glück. Und sich selbst auch. Planend und malend war Heiner ganz versunken. Horst ließ sich zu dessen Füßen nieder, blies seufzend den Atem durch seine Plattnase und schloss die Augen.

»Hmmh.« Schrödinger räusperte sich. Frau Hinrich blickte vom Bildschirm auf.

»Ja, bitte?«

Sie schien komplett in Gedanken zu sein.

»Moin!«

»Moin auch. Ja bitte? Was kann ich für Sie tun?« Ganz allmählich kam Frauke Hinrich in der Realität ihres Arbeitsplatzes an.

»Ich habe da ein Anliegen«, sagte Schrödinger und lächelte möglichst debil. Dass die Hinrich ihn für ein bisschen doof hielt, war Teil seines Plans. Und der schien erstaunlich leicht aufzugehen. Ihrem Gesichtsausdruck nach seufzte die Touristikfrau innerlich.

»Gerne«, sagte sie mit einem gekünstelten Lächeln. Dass er vorgestern schon einmal hier gewesen war, schien sie vergessen zu haben. Kein Wunder eigentlich bei den Massen an Menschen, die sie Saison für Saison durchschleusen musste. Vielleicht tarnte ihn aber auch die knallgelbe Basecap, die eigentlich Marlene gehörte und die er sich einer Eingebung folgend aus dem Kofferraum geschnappt hatte und neben der Sonnenbrille von Max, die ihn ordentlich zwickte, auf die Nase geklemmt hatte. Schrödinger kam das schlechte Personengedächtnis der Frau gerade recht.

»Der Bekannte eines Bekannten hat mir erzählt …« Schrödinger musste sich innerlich den Ärzte-Song *Lasse redn* aus dem Hirn wischen. Nach einem weiteren Räuspern hatte er die Melodie aus seinem Kopf geworfen. Sein Gegenüber sah ihn mit stoischem beruflichem Desinteresse an. Er linste an ihr vorbei. Das Porträt von Elvers stand unverändert und geziert mit der schwarzen Trauerschleife an dessen ehemaligem Schreibtisch.

»Also, um es kurz zu machen«, und das wollte er wirklich, »gilt die Insel ja quasi als Einflugschneise für extraterrestrisches Leben.«

Schrödinger sah genau, wie die Hinrich innerlich die Augen verdrehte. Vermutlich waren er und Hermann also nicht die ersten, die sich auf diesem schwurblerischen Dulli-Pfad befanden.

»Sagen manche, ja«, kam eine erneut professionelle Antwort. Den Hohn konnte Schrödinger aber nicht überhören. Am liebsten hätte er selbst gelacht, doch sein mittlerweile recht professioneller Ermittlerinstinkt hinderte ihn daran.

»Ich habe da einige Forschungen angestellt«, fuhr er fort. Frauke Hinrich blieb standhaft und nickte nur kurz.

»Sellin und die Umgebung wären … nein: sind ein idealer Ort, an dem Außerirdische Kontakt mit uns Erdlingen aufnehmen können.«

Frauke Hinrich blieb ernst. Dafür gebührte ihr Schrödingers vollster Respekt. Hinter seinem Rücken seufzte Heiner verzückt und ließ den Leuchtmarker über das frisch gelieferte Druckerzeugnis gleiten.

»Ja, also, jedenfalls habe ich gehört, eben vom Bekannten meines Cousins und dessen Arbeitskollegen …« Wieder schlichen sich die Ärzte in seinen Kopf, aber er hustete sie weg.

»… also, dass ich hier bei Ihnen das entsprechende Equipment besorgen kann.«

Frauke Hinrich ließ die Schultern sinken und deutete traurig auf das Foto von Elvers.

»Vielleicht hätte mein Kollege Ihnen helfen können, aber …« Sie ließ den Satz in der Luft hängen.

Schrödinger schwieg und gab ihr damit die Gelegenheit, weiterzusprechen.

»Ich weiß gar nicht, was die Leute seit ein paar Jahren geritten hat. Ständig sind hier solche … ach … entschuldigen Sie. Also: Es gab immer mehr und mehr Anfragen nach unbekannten Orten auf der Insel.«

»Gibt es die denn?«

»Natürlich nicht. Und selbst wenn ein noch unbekannter Kieselstein aufgetaucht wäre, man hätte spätestens am nächsten Tag im Inselboten davon gelesen.«

»Das denken Sie … aber wenn es wirklich extraterrestrisches Interesse für eine Kontaktaufnahme gibt, dann dürfte die außerirdische Intelligenz ganz sicher Mittel und Wege finden, um ein Erscheinen in der Lokalpresse zu verhindern.«

Frauke Hinrich starrte ihn mit eingefrorener Miene an. Vermutlich hörte sie derlei Geschichten nicht zum ersten Mal.

»Wie also kann ich Ihnen helfen?«, sagte sie und wirkte einen Hauch genervt. Schrödinger wollte den Bogen nicht überspannen.

»Ich frage jetzt mal ganz direkt: Haben Sie Zugriff auf das Arsenal von Herrn Elvers? Ich brauche dringend entsprechendes Equipment.«

»Nein. Ich kann Ihnen Pensionen empfehlen, Ausflugstipps geben oder die Kurkarte ausstellen. Aber das war es dann auch.«

»Schade.« Schrödinger tat ernsthaft enttäuscht.

»Warten Sie.« Die Touristikfrau ging zum Schreibtisch, auf dem das Foto des Verblichenen noch immer stand, und öffnete eine Schublade. Sie holte ein Notizbuch heraus und blätterte darin. Dann riss sie vom Block einen kleinen Zettel ab und notierte etwas darauf.

»Hier.« Sie reichte Schrödinger das Papier. »Das ist die Nummer seines Geschäftspartners. Einen Namen hat er nie genannt. Ich kenne die Nummer nur, weil diese öfters auf dem Display des Haupttelefons erschien.«

Schrödinger nahm den Zettel an sich. In diesem Moment schepperte das eben genannte Telefon auf Hinrichs Schreibtisch und beendete das Gespräch.

Heiner murrte ein wenig, als Schrödinger zum Aufbruch drängte, ließ sich aber damit besänftigen, dass er ja im Hotel weiter nach Ausflugsrouten suchen könnte. Marion und

Brigitte waren schließlich beide noch eine ganze Weile beschäftigt. Sie fuhren also zurück. Heiner begab sich sofort in sein Zimmer, und Schrödinger steuerte das seinige an, wo er freudig vom schwanzwedelnden Horst begrüßt wurde. Die Schmuseeinheit musste kurz ausfallen. Schrödinger holte sein Mobiltelefon aus der Schublade seines Nachttischchens und zog den Zettel, den Frauke Hinrich ihm gereicht hatte, aus der Hosentasche. Nachdem er es nach mehreren Versuchen geschafft hatte, seine eigene Rufnummer zu unterdrücken – Marlene hatte ihm das mal gezeigt, aber er hatte nicht richtig aufgepasst und brauchte einige Zeit –, wählte er die von Frau Hinrich notierte Mobilnummer.

Es tutete. Einmal, zweimal. Siebenmal. Schrödinger tigerte zwischen Bett und Schreibtisch auf und ab. Sein Hund beobachtete ihn skeptisch.

Achtmal.

Neunmal.

Er wollte schon auflegen, als sich eine männliche Stimme meldete. »Ja?«

Mist. Schrödinger hatte sich keine Strategie zurechtgelegt.

Er holte tief Luft. Der Mann am anderen Ende der Leitung ebenso. »Woher haben Sie diese Nummer?«

»Das tut nichts zur Sache. Ich habe sie. Das muss genügen.« Das war, wie Schrödinger fand, ein ziemlich gutes Statement.

»Was wollen Sie?« Der Fremde klang gehetzt.

»Was alle wollen.«

»Alle haben ein Codewort. Also?«

Mist. Das hatte er natürlich nicht. UFO? Außerirdische? Schokopudding? Es konnte jedes Wort sein. Schrödinger versuchte es auf gut Glück.

»Annika.«

»Falsch.«

»Das weiß ich, aber so hieß Elvers Frau. Wir hatten Kontakt, ehe er mir wegen … nun ja … dieses Zwischenfalls das Codewort geben konnte.«

Einen Moment lang herrschte Schweigen in der Leitung, und als es kurz knackte, befürchtete Schrödinger schon, dass der Unbekannte aufgelegt hatte. Hatte er aber nicht.

»Wo hat er gearbeitet und wie lautete sein Vorname?«

So einfach sollte es sein? »Bei der Tourist-Info. Und Björn.«

Wieder herrschte Schweigen. Für Schrödinger unendlich und quälend lang.

»Okay«, sagte die Stimme schließlich. »Was brauchen Sie?«

Tja, was brauchte man als UFO-Jäger? Schrödinger hatte keinen blassen Schimmer.

»Das, was alle brauchen. Den Rolls Royce davon«, sagte er vage.

»Wird nicht billig«, kam es aus dem Handy zurück.

»Daran soll es nicht liegen«, gab er sich generös. Würde es sich um seine reale und nicht um eine virtuelle Geldbörse handeln, er wäre spätestens jetzt ausgestiegen. Aber was hatte er schon zu verlieren außer unter Umständen auf viele Jahre hinaus seine Freiheit?

»Na dann. Heute achtzehn Uhr. Unterhalb der Seebrücke.«

»Und wie erkenne ich Sie?«

Die Antwort blieb der Unbekannte schuldig, er hatte aufgelegt. Schrödinger seufzte und sah auf die Uhr. Es war Zeit fürs Mittagessen.

»Horst! Hopp!«, forderte er seinen besten Freund auf. Der ließ sich nicht zweimal bitten und folgte seinem Herrchen

Richtung Speisesaal, wo dieser seine Marion – die Mutter seines ungeborenen vermutlichen Kindes – zu treffen hoffte. Als das sechsbeinige Duo die Lobby durchquerte, kam Schrödinger ein Einfall. Er wählte erneut die Nummer von Elvers Geschäftspartner. Es dauerte gefühlt eine Ewigkeit. Hier im Inneren des Betonbunkers, der zu DDR-Zeiten Erholungsheim für hochrangige VoPo-Beamte gewesen war, schien der Mobilempfang miserabel zu sein. Dann aber tutete es, und im selben Moment ratterte irgendwo in der Lobby ein Handy. An der Rezeption! Roger Seyfarth griff danach. War das ein Zufall? Ehe der Hotelangestellte den Anruf entgegennehmen konnte, hatte Schrödinger aufgelegt. Zeitgleich erstarb das Klingeln. Sollte er noch einen Versuch wagen, um einen Zufall auszuschließen? Schrödinger kam das zu heiß und zu riskant vor. Mit unbeteiligter Miene ging er an Seyfarth vorbei und steuerte den Speisesaal an.

Weit kam er nicht. Auf halbem Weg im Flur stand die Kommissarin mit verschränkten Armen und blockierte den kompletten Weg.

»Frau Meesters!« Schrödinger versuchte, möglichst fröhlich zu wirken.

»Herr Schrödinger.« Das klang weit weniger nett.

»Was kann ich für Sie tun?« Er imitierte die Tonlage von Frauke Hinrich, aber offenbar erfolglos. Zum Touristikmanager schien er keine Qualitäten zu haben.

»Darf ich Sie höflich fragen, was Sie von Frau Hinrich wollten?«

»Ich?« Schrödinger spielte den komplett Ahnungslosen und setzte jene Miene auf, die er geübt hatte, wann immer

Marion, Hillu oder die Kinder ihn – berechtigter Weise! – des Schokoladendiebstahls aus der Küchenschublade verdächtigten.

»Sehen Sie hier sonst irgendwen?« Schrödinger drehte sich um. Er, Horst und die Beamtin waren die einzigen Personen in dem absurd langen, schmucklosen Flur.

»Was alle wollen?«, sagte er, was eben vorhin noch so gut funktioniert hatte. Meesters hochgezogene Augenbrauen verrieten ihm, dass das jetzt nicht der Fall war.

»Mein Freund wollte eine der neuen Landkarten abholen«, sagte er wahrheitsgemäß.

»Kann er das nicht alleine?«

»Doch. Natürlich, aber …« In dem Moment, als er »Aber« sagte war ihm klar, dass er spätestens in diesem Moment von seinem Gegenüber als Verdächtiger betrachtet wurde.

»Wir sind halt gerne zusammen, man sieht sich ja so selten, ist ein langer Weg zwischen dem Pott und dem Schwabenland.«

»Aha.«

»Ist das strafbar?« Er merkte selbst, dass er patzig klang. Und das war in seiner Situation sicher alles andere als hilfreich. »Kleiner Scherz!«, schob er schnell hinterher und lächelte. Meesters' Miene blieb eingefroren.

»Sie können hier, ganz unverbindlich, mit mir reden. Oder es wird verbindlich und ich nehme Sie für eine protokollierte Aussage mit aufs Revier.«

Immerhin: Präsidium hatte sie nicht gesagt. So was schien die Insel nicht zu besitzen. Seine Situation machte das allerdings um keinen Deut besser.

»Ich bin extraterrestrisch interessiert«, sagte Schrödinger

und schielte zu Horst. Der Hund hatte es sich neben seinem Herrchen auf seinen vier Buchstaben bequem gemacht und beobachtete die Polizistin aus seinen dunkelbraunen Knopfaugen.

Inke Meesters Mundwinkel zuckten. Schrödinger vermutete, dass sie ein Lachen unterdrücken musste.

»Klar. Hier landen im Minutentakt UFOs. Erzählen Sie keinen Quatsch. Sie sind keiner von den schräg denkenden Dödeln.«

Schrödinger holte tief Luft.

»Nein, das bin ich nicht«, räumte er schließlich ein. »Aber ich bin vielleicht einer oder der letzte, der Björn Elvers lebend gesehen hat.«

»Was ja eben Ihr Problem ist.«

»Und genau das will ich aus der Welt schaffen.« Schrödinger merkte selbst, dass er verzweifelt klang. Beinahe hätte er gesagt: »Ich werde bald Vater!«, aber er konnte sich eben noch auf die Zunge beißen. »Ich hatte von einem Hotelgast gehört, dass Herr Elvers offenbar ein Zubrot hatte, indem er technisches Equipment für die Kommunikation mit Außerirdischen verkauft hat. Das kam mir spanisch vor.«

»Im Vertrauen, Herr Schrödinger, uns auch. Wir haben die Kontobewegungen des Opfers überprüft. Nun ja. Wer ein Haus sanieren will, der braucht nun mal einen guten finanziellen Grundstock.«

»Genau!«, rief Schrödinger und dachte erneut an seine kommende Vaterrolle. Immerhin – das mit dem Haus war geklärt, wenngleich die Bude nicht ihm und Marion gehörte, sondern Hillu.

»Es waren anonyme Überweisungen. Zahlungen für *Flux-*

generatoren und ähnlichen Quatsch aus Filmen. Klar können wir die Bankverbindungen nachverfolgen, aber die meisten waren eben doch anonyme Bargeld-Einzahlungen.«

Die Kommissarin schien mit sich zu ringen. Dann sprach sie weiter. »Haben Sie, Herr Schrödinger, zufällig einen oder mehrere Namen von Elvers' UFO-Kunden?«

Habe ich, dachte er. Hermann Schulz. Aber sollte er den offensichtlich völlig harmlosen Mann anschwärzen, nur um sich selbst aus der Schlinge zu ziehen? Oder wäre es vielleicht ganz gut, die Kripo auf eine vermutlich falsche Fährte zu führen, um den Fokus von sich selbst zu lenken? Schrödinger zögerte. Einen Moment zu lange.

»Sie haben einen Namen«, stellte Meesters fest. Und da blieb ihm quasi keine andere Wahl, als Schulz zu nennen.

»Danke.« Meesters nickte ihm knapp zu und tätschelte im Vorbeigehen Horsts Kopf. Der Hund sah irritiert aus, folgte dann aber mit fröhlichen Trippelschritten seinem Herrchen in den Speisesaal.

So richtig satt fühlte sich Schrödinger nicht nach dem Mittagessen. Marion hatte nur in ihrer Dinkel-Pasta mit Parmesan gestochert. Sollte sie nicht für zwei essen? Schrödinger enthielt sich jeglichen Kommentars, schließlich hatte seine Frau bereits zwei gesunde, bezaubernde, wenn auch anstrengende Kinder auf diese Welt gewuchtet. Während er in seinem fleischlosen Risotto stocherte, stellte er sich vor, wie Marion in den kommenden Wochen und Monaten wohl aussehen würde. Ihre Brüste hatten sich ja schon vom Umfang her vermehrt. Würde er mit einem prallen, super dicken Bauch klarkommen? Verstohlen schielte er an sich herunter und musste sich eingestehen, dass Marion das mit ihm längst tat. Den Bauch einzuziehen würde nicht viel bringen, da war wenig Sixpack zu erkennen. Immerhin, das wusste er, war sein Hinterteil offenbar genau richtig, so oft wie Marion ihm darauf einen Klaps gab. Oder hineinkniff. Beides fand er nicht schlimm, im Gegenteil.

Marion legte die Gabel zur Seite. »Ich mag nichts mehr essen.«

»Geht's dir nicht gut?« Schrödinger horchte auf.

»Schrödi. Ich hab einfach keinen Hunger mehr.«

»Okay.« Er klang nicht gerade überzeugt.

»Und außerdem müssen wir in einer Viertelstunde in der Sauna sein.«

»Wo bitte?« Ihm wären beinahe die Reiskörner im Hals stecken geblieben.

»Sauna. Hast du schon richtig verstanden.«

»Ja, aber … also … in deinem Zustand? Das ist doch gefährlich!«

»Oargh! Ich bin schwanger. Vielleicht. Unter Umständen. Und nein, Sauna macht nichts. Wenn ein Baby in meinem Bauch ist, dann wird es nicht gekocht. Die knapp siebenunddreißig Grad Innentemperatur bleiben erhalten.«

Schrödinger legte die Gabel zur Seite. »Das Baby. Ja. Verstehe ich. Aber mir wird in der Sauna immer schlecht.«

»Memme.« Marion lachte und stand auf. Schrödinger hatte keine andere Wahl, als ihr zu folgen. Ihr und den von langer Hand geplanten Anweisungen seiner Schwiegermutter.

Seine Laune sank noch weiter, als sie den Saunabereich betraten. Bei ihrer Ankunft hatte er sich geschworen, auf keinen Fall in die Sauna zu gehen, und nun befand er sich hier. Aber bei ihrer Ankunft im Hotel hatte er viele Dinge noch für komplett ausgeschlossen gehalten.

Zugegeben, das Ambiente mit den künstlichen Palmen und den um das eiskalte Tauchbecken angeordneten Liegen war ganz hübsch. Sogar einen Wasserspender gab es, um den Flüssigkeitsverlust wieder auszugleichen. Aber: Über dem Ganzen lag der Duft von Fichtennadeln. Schrödinger hasste Fichtennadelduft. Als Kind war er einmal die Woche, ganz klassisch samstags, in die Badewanne gesteckt worden, und seine Mutter hatte mit dem dunkelgrünen Badezusatz alles andere als gespart. Es hatte war schön geschäumt, ihm war aber nach kurzer Zeit übel geworden. Und genau so war es auch jetzt.

Er zog seinen Hotelbademantel aus, unter dem er sich ein Handtuch um die privaten Stellen gewickelt hatte, und legte ihn auf eine freie Liege.

»Mir wird übel«, sagte er wahrheitsgemäß. Marion entledigte sich ebenfalls ihres Bademantels.

»Ja, ja, alter Drückeberger.«

»Das stimmt aber!«

»Herr Schrödinger, Sie kommen jetzt mit!« Marions Tonfall ließ keinen Widerspruch zu, und so trottete er seiner Frau hinterher, die auf die hölzerne Saunatür zustrebte. Dass darin nur ein kleines Fenster war und er die kommenden Minuten auf Holzwände starren würde, hob seine Laune auch nicht gerade. Die immense Hitze, die ihm entgegenschlug und von der er meinte, sie würde seine Lungen verbrennen, trug ebenfalls nicht zu seinem seelischen oder körperlichen Wohlbefinden bei.

Wie ein Lamm, das zur Schlachtbank trottet, ging er hinter

Marion her. Als sich die Tür hinter ihm schloss, verspürte er Beklemmung. Was, wenn sie sich nicht mehr öffnen ließ und sie bei lebendigem Leib gekocht würden? Ihm wurde noch übler. Wahrscheinlich war er blass, aber das verbarg das schummerige Licht, wie es wohl auch verbergen würde, dass er in wenigen Minuten die Farbe eines gekochten Hummers annehmen würde.

Immerhin: Die Luft war klar, es waberte kein Dampf durch die erstaunlich große Kabine, und so konnte er klar erkennen, dass Marion sich auf die dritte und damit oberste Stufe der Holzbänke setzte. Er erinnerte sich an sein Schulwissen. Hitze steigt auf. Vermutlich war es auf der untersten Palette also ein halbes Grad kühler, und so wählte er diesen Platz. Kaum hatte er sich gesetzt, gaben seine Poren Vollgas. Er begann zu schwitzen.

»Moin!« Dass sie beide nicht die einzigen in diesem Schwitzkasten waren, wurde Schrödinger erst jetzt bewusst. Ihm gegenüber saß Jessi. Von Maik war keine Spur. Zu seiner Linken hockte ein Mann mit der Figur von Buddha, dessen bestes Stück unter dem Handtuch hervorlugte. Etwas, was Schrödinger lieber nicht gesehen hatte. Rasch kontrollierte er, ob der kleine Schrödinger war, wo er sein sollte, unter dem Handtuch nämlich. Das war er. Anders als Jessis Brüste. Sie hatte sich nur untenrum in Frottee gewickelt und stellte ihren Busen offen zur Schau, reckte dabei das Kinn und straffte die Schultern. Schrödinger sah zur Seite. Ja, Jessi hatte perfekte Brüste. Zu perfekt, um nicht mit Plastik gefüllt zu sein, und ja, seinem männlichen Gusto kamen sie gerade recht. Er war eben auch nur ein Mann mit Hormonen. Allerdings er war ein erstens frisch verliebter und zweitens ein frisch verheirateter Mann, dessen Frau direkt in seinem Nacken saß und ihm, hätte sie es gewollt, sofort einen knackigen Fußtritt gegen den Kopf hätte verpassen können. Aber das hätte Marion nie getan. Sie war der uneifersüchtigste Mensch, den Schrödinger kannte.

»Ich liebe dich, du liebst mich, und wenn jemand einen von uns anflirtet – na und? So lange wir nicht darauf eingehen ist das doch kein Thema«, hatte sie ziemlich zu Beginn ihrer Beziehung gesagt.

Schrödinger hatte absolut nicht vor, auf Jessis Posen einzugehen. Das hätte er nicht einmal dann gewollt, wenn er ihre merkwürdige sexuelle Orientierung nicht gekannt hätte.

Wie auf ein Stichwort hin öffnete sich die Tür und Maik stapfte herein. Er warf einen Blick auf seine barbusige Frau und setzte sich dann eine Stufe unter den wuchtigen Kerl. Der schwitzte und atmete so heftig, dass Schrödinger überlegte, ob es im Saunabereich wohl einen Defibrillator gab. Dem Rasseln und Pfeifen nach zu urteilen, stand der Dicke kurz vor dem Exitus. Schrödinger schielte zu ihm hin. Der Schniepel des Saunagängers hatte sich zurückgezogen. Ob das ein gutes oder ein schlechtes Zeichen war? Ehe er weiter über das primäre Geschlechtsorgan des Urlaubers nachdenken konnte, erhob dieser sich mit einem Seufzen und watschelte zur Tür. Im selben Moment stand Jessi auf und folgte dem Mann. Und ihr folgten die bitterbösen Blicke ihres Mannes. Schrödinger rückte ein wenig nach links. Nun saß er genau gegenüber dem kleinen Fenster und sah, wie der übergewichtige Mann zum Wasserspender torkelte. Jessi folgte ihm. Dann zog sie einen der Pappbecher aus dem Spender, füllte ihn mit Wasser und reichte ihn dem Typen. Nebenbei ließ sie ihr Handtuch zu Boden gleiten. Der Mann stürzte das Wasser hinunter und verschluckte sich, als er Maiks Frau im Evakostüm vor sich stehen sah. Sie klopfte ihm mit der rechten Hand auf den Rücken. Mit der Linken umfasste sie sein bestes Stück.

Schrödinger schloss die Augen.

Als er sie nach wenigen Sekunden wieder öffnete, waren die beiden verschwunden. Einzig zwei weiße Handtücher mit Hotellogo, die auf dem Boden lagen, zeugten von ihrer Gegenwart. Wohin die beiden wohl verschwunden waren?

Noch während Schrödinger sich das fragte, wurde die Tür erneut geöffnet. Eigentlich war er froh über jede Abwechslung. Wie lange saß er nun schon hier drin? Drei Minuten? Fünf? Ihm kam es wie eine Ewigkeit vor. Und seinem Körper ebenso. Er schwitzte wie ein Schwein auf dem Grill.

»Halli-hallo!« Eine Frau betrat die Sauna. Schrödinger blinzelte den Schweiß aus seinen Augen und wünschte sofort, er hätte das nicht getan. Es war Senta. Sie setzte sich auf die Stufe zwischen ihm und Marion.

Problem Nummer eins: Sie hatte gar kein Handtuch um sich geschlungen, sondern setzte sich nackig auf das mitgebrachte Textil.

Problem Nummer zwei: Offenbar besaß sie keinen Rasierer. Einen derartigen Haare-Wald hatte Schrödinger zuletzt als Kind im Quelle-Katalog gesehen. Unter den Achseln und an den Beinen. Was in ihrer privaten Zone wucherte, erinnerte ihn an eine Schimpansendame.

Problem Nummer drei war dann also: Sie spreizte die Beine, was ihm erstens einen direkten Blick in ihre Intimzone gewährte und dreipunktzwo ungewollte Geruchseindrücke.

Problem Nummer vier: Ihre Käsequanten standen direkt

rechts und links von ihm. Er wollte es nicht, konnte aber nicht anders … er musste hinsehen. Der schwarze Nagellack an den Zehen war zum größten Teil abgesplittert. Die Fußnägel waren so lang, dass er verstand, warum Senta keine Schuhe trug: Sie hätte mindestens zwei Größen mehr gebraucht. Die Unterseite ihrer Treter war von einer dicken Hornhautschicht überzogen. Das Schlimmste war die Ferse ihres rechten Fußes. Die Haut war dick, schrundig, und wies tiefe Risse auf. In einem steckte ein pechschwarzer Kieselstein.

Bislang war ihm nur schwindelig gewesen, nun wurde ihm tatsächlich schlecht.

»Ich muss hier raus!«, rief er, stand auf und schwankte leicht. Sein Kreislauf würde ihm den Abbruch des Saunierens danken. Auf wackeligen Knien erreichte er den Ausgang, stieß die Tür auf und trat hinaus. Er schnappte nach Luft und steuerte den Wasserspender an. Drei Pappbecher später drehte sich die Welt nicht mehr, und er hatte beinahe den Kieselstein aus seinem Gedächtnis gelöscht. Aber er war ehrlich zu sich selbst. Dieses Bild und all die anderen würde er nie wieder löschen können. Er war sich bewusst, dass er jedes Mal, wenn er Hillu sah, an in Käsefüße eingewachsene Steinchen und behaarte Intimzonen würde denken müssen.

Ob Hillu einen Ladyshaver besaß?

Stopp!, rief er sich selbst zur Ordnung. Sein Schwiegermonster hatte zu Hause in Tuttlingen ein eigenes Badezimmer. Und das musste und wollte ihn nichts angehen.

Seine haarigen Gedanken wurden unterbrochen, als er ein klatschendes Geräusch vernahm. Ein klatschendes und rhythmisches Geräusch. Schrödinger spitzte die Ohren. Das Klatschen und Schmatzen kam fünfundvierzig Grad rechts von ihm. Er wandte sich um und zog das Handtuch straff. Dort standen Strandmuscheln oder wie auch immer die Dinger hießen, die einen aufklappbaren Himmel über der Matratzenlandschaft hatten. Zwei waren offen. Die dritte war zu. Er ging näher.

»Ja … ja … o ja! Weiter … weiter!«, vernahm er eine weibliche Stimme.

»Du geile …« Weiter kam der Mann nicht, sein martialisches Röhren dröhnte aus der Strandmuschel, untermalt von einem absurd hohen Kieksen. Im selben Augenblick wurde die Tür der Sauna aufgestoßen. Maik schoss heraus, sprintete an Schrödinger vorbei und baute sich mit in die Hüften gestemmten Händen vor der Liegelandschaft auf. Dass ihm beim Spurt das Handtuch abhandengekommen war, schien ihn nicht zu interessieren.

»Schlampe!«, brüllte er.

»Was? Wer sind Sie?« Der eben noch röhrende Zwölfender klang nun wie Papa Schlumpf.

»Verpiss dich, du notgeile fette Sau!« Maik lief tiefrot an. In seiner Stimme lag allerdings so viel Überzeugungskraft, dass Schrödinger sich hinter dem Wasserspender in Deckung begab und der Zeitvertreib von Jessi so hastig, wie es seine Körperfülle zuließ, von der Matratze kletterte und den Raum in Richtung Duschen verließ.

»Sag mal, spinnst du? Du hast mir gerade meinen Orgasmus versaut.« Jessi klang echt sauer.

»Mit diesem … diesem ... diesem Fettsack?«

»Leck mich, Maik.«

»Ganz bestimmt nicht, nachdem du mit dem Typen gevögelt hast!«

Maiks Stimme überschlug sich.

»Falsch. Du verstehst das falsch. Es geht mir nie um die Männer, langsam müsstest du das verstanden haben.«

»Ja, ja, ich weiß. Es geht nur um den Schwanz.«

»Wie du das jetzt schon wieder sagst.« Jessi seufzte theatralisch. »Aber was er nicht vollendet hat, warum kümmerst du dich nicht darum?«

Schrödinger hörte ein laszives Seufzen.

»Du tickst doch nicht richtig!«, rief Maik.

Die Saunatür wurde geöffnet. Eine schweißnasse Marion kam heraus und gesellte sich neben Schrödinger. Sie zapfte sich umgehend einen Becher Wasser. Er legte den Zeigefinger auf den Mund und deutete mit einem Nicken Richtung der Relaxwiesen. Marions Augen wurden kullerrund. Sie trank in kleinen Schlucken und noch ehe sie den ersten Becher geleert hatte, hatte ihr Gatte bereits den zweiten gezapft.

»Pack mich bloß nicht in Watte«, sagte Marion. »Ich bin vielleicht schwanger und weder krank, noch debil.«

»Ja, das weiß ich doch.«

»Jessi, so kenne ich dich nicht.« Maik klang resigniert. Schrödinger spitzte die Ohren. Marion zuckte mit den Schultern und ging zu dem per Handtuch resignierten Liegestuhl, wo sie sich ohne vorherigen Abstecher ins Tauchbecken hinlegte und die Augen schloss. Ob eiskaltes Wasser schlecht für einen Embryo war? Darüber konnte Schrödinger in diesem Moment nicht nachdenken.

Maik hatte sich scheinbar auf die Liege gesetzt. Das verriet zumindest ein Knarzen.

»Vielleicht hast du mich ja nie wirklich gekannt?« Jessi klang provozierend und Schrödinger konnte sich gut vorstellen, wie sie trotzig das Kinn reckte. Vielleicht zog sie auch einen Flunsch. Ihr Mann seufzte und das klang genervt.

Schrödinger sah sich um. Marion schien eingenickt zu sein, Senta hockte noch in der Sauna. Weit und breit war niemand zu sehen und so wagte er es, seine Deckung hinter dem Wasserspender aufzugeben und näher an den Pavillon heran zu gehen. Zu seiner Tarnung – sollte sie möglich sein – tat er so, als würde er das mit prächtigen, kunterbunten Fischen besetzte Aquarium betrachten. Die Fische gefielen ihm tatsächlich.

»Du machst mir mein Leben nur noch madig«, hörte er Jessi sagen. Maik schnaubte.

»Ey, entschuldige mal, du host dich doch dazu entschloss'n, wild in der Gegend …«

»Halt die Klappe! Scheiße nochmal, Maik, ich lebe nur einmal. Und du och. Was soll denn am Ende übrigbleib'm? Ich war malochen, die Nachrichten sind Kacke und mein eenz'ger Spaß war bissl Wein am Wochenende? Neeeee, danke.«

»Bislang war das okay.«

»Du versteht nicht. Ich will mich spüren. Ich will wissen, dass ich am Leben bin. Fuck, ich werde bald vierzig!«

»Das werden wir hoffentlich alle mal.«

»Björn wurde es nicht.« Bei diesen Worten aus Jessis Mund schien die fast tropische Temperatur im Erholungsbereich Richtung Arktis abzudriften. Schrödinger horchte auf.

»Dafür hatte er ja vorher seinen Spaß und konnte sich spüren«, platzte Maik heraus. »Sich und dich und wer weiß wen noch.«

»Jetzt klemm dir deine Eifersucht mal zwischen die Arschbacken … oder …«, Jessi zögerte … »oder hast du…?«

»Habe isch was?«

Sie sengte die Stimme: »Ich wollte es längst fragen. Hast du etwas mit Björns Tod zu tun?«

Maik sog die Luft ein. »Spinnste jetzt? Da hätt ich viel zu dun, wenn isch jeden deiner … wie socht man? Liebhober? Also wenn isch jed'n einzeln'n um die Ecke bringen wollte.«

»Würdest du das für mich tun?«

Jessi klang verzückt. Und auch wenn er es nicht sah, Schrödinger wusste, dass Maik ihr einen Vogel zeigte.

Eine Antwort blieb er schuldig. Ein Knarzen verriet Schrödinger, dass Maik aufstand. Er hastete zu seiner Liege und schaffte es gerade noch so, sich dort schlafend zu stellen, als Maik an ihm vorbei hastete. Seinen Schritten nach zu urteilen war Jessis Mann sauer. Stinksauer.

Horst

Igitt! Herrchen und Frauchen riechen, nein: stinken. Und wie! Nach künstlichem Wald, Chlor und Schweiß. Klar, sie steigen gerade nacheinander in die Dusche, aber die Kakophonie der Gerüche bleibt im Zimmer hängen und belästigt meine empfindliche Hundenase zusätzlich zum Raumspray, dass die Reinigungskräfte hier immer benutzen.

Bäh, und dann hat auch noch die Frau ohne Schuhe an die Tür geklopft, kaum dass Schrödinger und Frauchen wieder zurückgekommen waren. Hätte Herrchen meine Nase, er hätte nicht geöffnet. Aber Menschen sind da ja nicht so feinsinnig wie wir Hunde. Ich wollte ihn warnen und habe gebellt, was meine Boxerlunge hergab.

Erfolglos.

Und dann marschierte die Trulla einfach so in unser Zimmer. Ob sie wohl weiß, dass sie neulich in einen Kaugummi mit Erdbeergeschmack getreten ist, der noch immer in Spuren an ihren Quanten haftet?

Wohl kaum. Jedenfalls flüchtete Schrödinger ins Bad. Gute Entscheidung. Leider bekam Marion deswegen alles ab. Mit *alles* meine ich die Tirade von Senta. Sie hatte sich auf den Stuhl vor dem Schreibtisch geflackt. Und ihre selbst für einen Hund ekligen Füße in Richtung meines Körbchens ausgestreckt. Ich bin sofort aufs Bett geflüchtet und ausnahmsweise wurde ich nicht verscheucht.

Senta sprach von Hillu. Von gemeinsam gerauchten Joints. Von irgendwelchen Festivals und von Marions Vater. Das hat

Frauchen traurig gemacht, weswegen ich geknurrt hatte. Es dauerte ziemlich lange, bis diese merkwürdige Frau zum Punkt kam.

Sie hat Herrchen und Frauchen zu einer Räucherzeremonie eingeladen. Als Frauchen sagte, dass weder sie noch Schrödinger rauchen würden, hat Senta gelacht und erklärt, dass man sich nach Sonnenuntergang am Strand treffen würde. Dort wolle sie irgendein Kraut anzünden, um die *bad vibes,* die nach dem Tod von Elvers alle umkreisten, zu vertreiben und sie alle wieder mit positiver Energie aufzuladen. Ich dürfe auch mit. Denn sie spüre genau, »dass der Hund schwer getroffen ist in seiner unschuldigen Seele«.

Äh.

Ja. Also.

Nein.

Schrödinger

Als er aus der Dusche kam, war die Luft rein. Senta war gegangen, und Marion hatte zum Lüften die Terrassentür geöffnet. Als seine Frau ihm erzählte, was die Barfuß-Tante verzapft hatte, brach er in schallendes Gelächter aus. Nicht nur wegen der *bad vibes,* sondern ebenso wegen der Vorstellung einer kiffenden, in wallende Hippiekleider gewandeten Hillu.

Es dauerte, bis er sich wieder beruhigt hatte. Was die Einladung anging, war sein erster Impuls: Da gehe ich auf gar keinen Fall hin. Dann dachte er noch mal nach, während Marion unter der Brause stand. Für den Abend war nichts geplant. Und die Aktion war dermaßen schräg, dass er sie sich nicht entgehen lassen wollte. Vielleicht erfuhr er ja weitere Details zu Elvers Tod.

Als er seiner frisch geduschten Frau, die ein Handtuch um die nassen Haare gewickelt hatte, von seinem Entschluss erzählte, tippte die sich an die Stirn.

»Kommst du mit?«, fragte er.

»Weiß nicht. Ich will mich nicht ausräuchern lassen.«

»Ach komm, das wird bestimmt ganz witzig.«

»Ich weiß nicht. Ich glaube, ich passe lieber.« Marion nahm das Handtuch vom Kopf und schüttelte die Haare aus. Dann schlüpfte sie in eine bequeme Hose und ein Langarm-Shirt, schnappte sich ihren Roman und legte sich auf die Terrasse in die Sonne.

»Bist wenigstens du mit von der Partie?«, wollte er von Horst wissen, der auf dem Bett lag. Der Hund zuckte nicht einmal mit den Ohren.

Schrödinger zog sich ebenfalls bequeme Klamotten an, gesellte sich zu seiner Frau und wollte den Wolken zusehen, wie sie gemächlich von der Ostseeküste ins Innere des Landes trieben.

Am liebsten hätte er ein wenig geschlummert, doch er befürchtete, dann zu spät zu seiner Verabredung an der Seebrücke zu kommen. Also hielt er die Augen offen und beobachtete Marion, deren Kopf langsam zur Seite glitt. Sie war über dem Roman eingeschlafen. Leise, um sie nicht zu wecken, stand er auf und nickte Horst zu. Der Hund erhob sich stöhnend. Sie hatten noch üppig Zeit bis zum vereinbarten Treffen. Also zog sich Schrödinger erneut um; dieses Mal wählte er eine Jeans und ein dunkelblaues Hemd. Er schlüpfte in seine bequemen Turnschuhe, die eigentlich nur Turnschuhe hießen, aber nie den von Herstellerseite gedachten Zweck erfüllen mussten. Aber wieso sollte es den Tretern anders gehen als seinen Jogginghosen?

Natürlich waren Hund und Herrchen viel zu früh da. Sie blieben etwas abseits vom Geschehen stehen. Schrödinger betrachtete das imposante, ziemlich einzigartige Gebäude, das auf Stelzen stand. Welche rauschenden Feste die weißen Pavillons wohl schon erlebt haben mochten? Wie viele Dramen waren schon an den Tischen auf der Terrasse im Wohlgefallen des Wellengesangs in Nichtigkeiten verwandelt worden? Wenn er ein Autor wäre oder ein Maler, er hätte sich tausend Geschichten ausgedacht. Aber er konnte weder das eine noch das andere. Seine literarische Kunst endete kurz nach dem Einkaufszettel, und vom Malen wollte er erst gar nicht sprechen.

Die ersten ziemlich schick gekleideten Menschen flanierten über den langen Holzsteg – die Seebrücke eben – und strebten der Restauration zu. Wieder einmal war er froh, einen Hund zu haben. So fiel er den Leuten höchstens als Gassigänger auf. Er sah auf die Uhr. Der kleine Kratzer am Uhrglas stammte aus Tuttlingen, als er sich in MacGyver-Art aus einem Lagerraum hatte befreien müssen. Aber das war in einem anderen Leben gewesen und ein komplett anderer Fall, bei dem er nicht seine eigene Unschuld hatte beweisen müssen. Noch zehn Minuten. Er holte tief Luft und ging mit Horst zum Strand. Die Brücke ließ er buchstäblich links liegen und steuerte die rechte Ecke des wunderschönen, etwas schräg gegen das Ufer gebauten Komplexes an. Am dritten und damit dem Meer am nächsten gelegenen, fahlblau gestrichenen Betonpfeiler würde Mister X ihn erwarten. Das hoffte Schrödinger zumindest.

Der Sand war feucht, seine Sohlen machten ein schmatzendes Geräusch. Er sah sich um. Die Strandkörbe schienen alle verwaist zu sein. Nicht mehr lange, und sie würden für den Winter eingelagert werden. Aber sie würden noch lange genug stehen, damit er einen mieten und mit Marion die Ostsee genießen konnte. Morgen oder so.

Das sanfte Rauschen der Wellen, der ablandige Wind und die kreischenden Möwen lenkten ihn aber nicht von seiner Mission ab. Je weiter der Uhrzeiger vorrückte, desto unwohler wurde ihm. Was, wenn ihm der Unbekannte eine Falle gestellt hatte? Wenn er geradewegs in die Fänge der UFO-Mafia geriet? Seine Phantasie spielte Hollywood. Er würde in einem Labor landen. Als Versuchskaninchen. Bestenfalls. Schlimmstenfalls würde er Betonklötze an die Füße bekommen und einen ungewollten Tauchgang machen. Er lehnte sich an den blauen Pfeiler und versuchte, seinen Atem zu beruhigen.

»Guten Abend.«

Schrödinger fuhr herum. Horst drückte sich an Herrchens Beine.

»Guten Abend«, erwiderte Schrödinger und war mit seiner fast kieksenden Stimme alles andere als zufrieden. Er klang wie ein kleines Kind. So fühlte er sich auch, als er sein Gegenüber betrachtete. Der Mann war fast zwei Meter groß, hatte ein mehr als breites Kreuz und muskelbepackte Arme. Der Stiernacken verriet, dass er regelmäßig Gewichte stemmen musste. Die schwarzen Augen musterten Schrödinger wachsam.

»Wer sind Sie?«

»Das tut nichts zur Sache.« Die Miene des Mannes verfinsterte sich fast unmerklich. Schrödinger registrierte es dennoch. Der Fremde schwieg einen Moment und sagte dann: »Sie wollen etwas kaufen.«

»Das wäre mein Wunsch, ja.«

»Noch mal die Frage: Woher haben Sie die Nummer?«

»Das sagte ich schon. Ich habe sie, und das muss genügen.«

»Und wenn es das nicht tut?«

Ja. Was dann? »Dann …«, setzte Schrödinger an, verstummte aber sofort. Er wusste schlicht nicht, was er sagen sollte. »Haben Sie die Ware dabei?«, ging er stattdessen in die Offensive und kam sich ein bisschen wie jemand vor, der beim Dealer seines Vertrauens stimmungsaufhellende Mittelchen checken will. Oder wie er sich als absoluter Laie in der Frage eine solche Kaufsituation eben vorstellte.

»Könnten Sie Ihren Wunsch noch etwas präzisieren, bitte?« Höflich war der Mann ja.

»Sie sind der Fachmann. Sie müssen wissen, was das Beste ist«, schwadronierte Schrödinger vage, während sein Hinterstübchen ratterte. Er hatte den Mann schon mal gesehen. Nur wo? Im Hotel? Am Strand? Bei der Happy Hour? Er kam nicht drauf. Doch das war auch gar nicht nötig, denn in diesem Moment trat eine Frau hinter einer Säule hervor. »Lass gut sein!«, rief sie. Schrödinger fuhr der Schreck in alle Glieder, als er Imke Meesters sah.

Aus. Endgültig. Mit seiner dämlichen Aktion hatte er sich zum Hauptverdächtigen gemacht. Er wollte schon die Hände nach vorne strecken und hörte das klickende Geräusch von Handschellen. Die Kommissarin kam auf ihn zu. Ihm war schlecht, und trotz der frischen Brise brach ihm der Schweiß aus. Horst ließ ein besorgtes Wuffen hören und drückte sich ganz eng an die Beine seines Herrchens. Auch der Hund schien nichts Gutes zu ahnen.

»Herr Schrödinger.« Die Kommissarin seufzte. Dann schüttelte sie den Kopf und stemmte die Hände in die Hüften. Sie seufzte noch mal.

»Ist okay, Carlo, wir brechen ab.« Der hünenhafte Kerl zuckte mit den Schultern und machte auf dem Absatz kehrt.

»Schönen Feierabend!«, rief er noch, bevor er davonstapfte.

»Was machen Sie hier?«

»Ich … ich … ich bin also nicht verhaftet?«

Für den Bruchteil einer Sekunde grinste die Polizistin. »Nein, das sind Sie nicht. Die Ermittler zu nerven ist noch kein Straftatbestand. Auch wenn's manchmal schade ist.«

Schrödinger atmete auf.

»Aber ich frage Sie trotzdem, was Sie … ausgerechnet Sie … um exakt diese Uhrzeit an exakt diesem Ort machen.«

Er hätte sagen können, dass er nur mal eben Gassi war, aber das hätte wenig Sinn gemacht. Mit Sicherheit war dieser

Carlo verkabelt gewesen und die Kommissarin hatte alles mitgehört.

»Ich habe ein wenig recherchiert.«

»Aha. Private Ermittlungen?«

»Immerhin bin ich ja in den Fall involviert.« Er klang ein bisschen trotzig und schob ein unbeholfenes Lächeln hinterher.

»Ich frage nun auch: Woher hatten Sie die Nummer? Und sagen Sie jetzt bloß nicht, Sie hätten sie und das müsse genügen.«

Natürlich würde er kooperieren und gab Auskunft: »Von Frauke Hinrich aus der Touristikinformation.«

Meesters nickte knapp.

»Warum sind Sie und Ihr Kollege hier?«, erkundigte Schrödinger sich, nachdem beide einige Augenblicke auf die See gestarrt haben.

»Weil wir auch diese Nummer haben«, antwortete die Kommissarin, ohne Schrödinger anzusehen. »Aus derselben Quelle.«

»Und weil der Mann am Telefon Ihnen diesen Treffpunkt genannt hat.«

»Ganz genau. Gut kombiniert, Sherlock.«

»Dann war wohl die Touristikinfo so was wie die Bestellannahme von Elvers.«

»Vermutlich.«

»Und sein Geschäftspartner, wer auch immer das sein mag, hat uns alle hier ins Leere laufen lassen.«

»Wahrscheinlich. Ich nehme an, mit so vielen potenziellen Kunden hat er an einem Tag nicht gerechnet, und nach Elvers Tod kam ihm das spanisch vor.«

»Macht Sinn.« Schrödinger wandte sich der Kommissarin nun wieder direkt zu. »Was hätte ich denn kaufen können?«

Sie lachte kurz auf. »UFO-Kram. Vielleicht die Bundeslade oder Steine aus Atlantis? Wir hätten uns für einen mit Amethystenergie geladenen Eisenstab entschieden. Der soll anfangen zu vibrieren, sobald sich extraterrestrisches Leben in der Nähe aufhält.«

Schrödinger sah sie ungläubig an.

»Gucken Sie nicht so, Herr Schrödinger, etwas anderes hätte unser Etat nicht hergegeben.«

Beide mussten grinsen.

»Ich brauch ein Bier. Sie auch?«, sagte Meesters schließlich.

»Eigentlich schon, aber ich sollte zum Hotel, es gibt gleich Essen.« Was er danach noch geplant hatte, verschwieg er lieber.

Mit mehr Fragen als Antworten im Kopf kam er zurück ins Hotel. So langsam knurrte sowohl dem Zweibeiner als auch dem Hund der Magen. Schrödinger öffnete für Horst eine der mitgebrachten Dosen, füllte den Inhalt in einen Napf und sah seinem Hund dabei zu, wie dieser die üppige Portion im Nullkommanichts verschlang. Anschließend hob Horst den Kopf und sah sein Herrchen fragend an.

»Nichts da, es gibt nichts mehr«, teilte Schrödinger mit.

»Du bist gemein.« Marion kam aus dem Badezimmer. Sie hatte sich fein gemacht. Die Haare hatte sie zu einem Zopf gebunden. Sie trug eine knallgelbe Bluse, die er noch nie an ihr gesehen hatte, und eine hautenge Jeans. Lange würde diese Hose ihr nicht mehr passen, dachte er halb bedauernd.

»Warum bin ich gemein?« Schrödinger warf die leere Dose in den Papierkorb neben dem Schreibtisch.

»Horst bekommt nie was zu essen und wird auch nie gestreichelt.« Marion grinste und tätschelte dem Boxer den Kopf.

»Ja, klar.« Schrödinger lachte, während er die Jogginghose gegen eine Jeans und einen blauen Strickpullover tauschte. Dann erblickte er sich und seine Frau nebeneinander stehend im Spiegelbild. Blau und Gelb. Wie wunderbar das aussah. Wie gut sie zusammen passten!

Sie gingen in den Speisesaal. Den Gedecken nach zu urteilen, hatten Heiner und Brigitte bereits gegessen. Schrödinger entschied sich am Büffet für Ratatouille mit Spiegeleiern, was ungefähr so viel mit der Ostsee zu tun hatte wie Bernstein mit lupenreinen Diamanten. Marion überlegte lange, ehe sie sich einen großen Teller mit grünem Salat belud, den sie mit allerlei gerösteten Körnern bestreute.

»Reicht das für das Baby?«, schoss es Schrödinger durch den Kopf. Würde der Fötus nicht verhungern? Aber er sagte nichts, denn im Gegensatz zu ihm war Marion ja Profi in Sachen Kinderkriegen. Zwei Mal jedenfalls hatte sie die Sache ganz wunderbar gemeistert.

Nach dem Nachtisch – Naturjoghurt mit Honig für Marion, Quark mit Schokostreuseln für Schrödinger und ein Schälchen Milch für Horst – gähnte Marion.

»Mann, bin ich müde …«

»Die Hormone?«

»Ach, Schrödi …«

»Entschuldige. Die Sauna?«

»Die und die Ostseebrise.«

»Also bleibt es dabei: Kein Ausflug zum Strand?«

Marion blies die Wangen auf. »Wegen so einem Kokolores?

Ich würde lieber die Beine lang machen und noch ein bisschen lesen oder fernsehen.«

So lange du keine Hausfrauensender schaust wie Jessi!, lag ihm auf der Zunge. Aber er schwieg.

»Ja, okay. Bist du mir böse, wenn ich mir das Schauspiel reinziehe?«

»Quatsch! Geh nur und berichte anschließend.«

Gemeinsam verließ das Paar den Speisesaal und ging den absurd langen Flur entlang. In der menschenleeren Lobby – nicht mal Seyfarth war auf seinem Posten – verabschiedeten sie sich mit einem Kuss. Während Marion zum Zimmer strebte, trotteten Hund und Herrchen zum Ausgang.

Sie überquerten die Straße und steuerten den Strand an. Die hoteleigene Bar war geschlossen, dennoch flackerten hunderte Teelichter in Gläsern auf den Tischen. Schrödinger ging näher und fand Brigitte und Heiner, die auf einem der Palettensofas Platz genommen hatten. Ohne die sonst dort liegenden Polster sah das nicht sehr bequem aus.

»Moin!« Schrödinger setzte sich seinen Zimmernachbarn gegenüber. Horst ließ sich mit einem lauten Grunzen in den Sand fallen.

»Na, hast du auch nichts Besseres vor heute Abend?«, scherzte Heiner.

»Nö.«

»Läuft ja keine Bundesliga. Und kein Supertalent. Tatort sowieso nicht.« Brigitte seufzte.

»Eben, scheißlangweilig ist das«, sagte Heiner. Er kramte in seinem braunledernen Herrenhandtäschchen, vermutlich auf der Suche nach einer Zigarre. Schrödinger ließ den Blick schweifen. Senta wuselte zwischen den Tischen umher. Er entdeckte Maik und Jessi, die in gebührendem Abstand voneinander in einer der Kombis saßen. Gegenüber dem Paar hockten zwei Mittfünfziger mit versteinerter Miene. Zwei Sitzgruppen weiter hatte sich Hermann Schulz platziert. Zu Schrödingers Verwunderung saß Zoe direkt neben ihm, das Smartphone im Anschlag und wie ein Mikro auf seinen Mund gerichtet.

Zwei Plätze weiter flackte Seyfarth und grinste breit. Ihm zur Seite saßen zwei Damen, die Schrödinger noch nie gesehen hatte. Und auf der anderen Seite des flachen Palettentisches hatte eine Frau Platz genommen, die er nie im Leben erwartet hätte: Kommissarin Meesters. War sie nach dem Treffen an der Seebrücke bloß weiterhin am Strand geblieben oder verfolgte sie eine Spur? Möglicherweise hatte Senta sie ja ebenfalls persönlich zu diesem Happening eingeladen.

Schrödinger meinte, aus dem Augenwinkel eine schwarz gekleidete Gestalt hinter der verschlossenen Strandbar stehen zu sehen. Vielleicht war es aber auch nur ein zusammengeklappter Sonnenschirm.

Seinen Augen konnte Schrödinger in der Nacht nicht zu hundert Prozent vertrauen. Also setzte er auf seine Ohren. Die auch stante pede Futter bekamen. Die murmelnden Gespräche und das Rauschen des Meeres wurden mit einem Mal von einem Schrei unterbrochen, der Schrödinger ein wenig an die Tarzan-Filme mit Johnny Weissmüller erinnerten. Alle Köpfe fuhren herum, und alle Augen starrten Senta an.

»Wir sind hier zusammengekommen, um unsere Geister gehen zu lassen!«, rief sie, warf die Rastazöpfe nach hinten und entblößte bei der Bewegung ihren durchaus üppigen Bauch, der zwischen lila Tanktop und weiter grüner Pluderhose frei wurde.

Ihre Stimme klang verwaschen; Schrödinger war sicher, dass sie einige nicht ganz legale Substanzen konsumiert haben musste. Er schielte zu Meesters. Aber die Kommissarin rührte sich keinen Deut. Offenbar war der Konsum sanfter Drogen nicht ihr Einsatzgebiet, und so wandte er seine Aufmerksamkeit wieder Hillus ehemaliger Weggefährtin zu.

»Björn Elvers ist tot«, gab sie das, was alle wussten, nun auch dem wolkenverhangenen Nachthimmel preis.

Ein Raunen ging durch die Menge, und Schrödinger fragte sich, wie viele der Anwesenden wohl Kontakt mit dem dubiosen Toten gehabt haben mochten. Zeitgleich spürte er die Blicke der Kommissarin auf sich ruhen. Als Ablenkungsmanöver beugte er sich hinunter und streichelte Horst. Der Boxer machte keine Muckser.

»Lasst uns das Jenseits begrüßen.« Senta nahm einen Wok – tatsächlich, es war ein asiatisches Kochgeschirr – von einem kleinen Feuer und trat auf die Zuschauer zu. Aus dem Teil dampfte es.

Blöderweise saßen Schrödinger, Heiner und Brigitte ihr am nächsten, und so steuerte sie mit dem vor sich kreisenden Kochgerät auf das Trio zu.

»Salbei habe ich nicht bekommen, aber Basilikum«, wisperte Senta. Schrödinger schielte an ihr vorbei und entdeckte neben der Feuerstelle einen Haufen Plastikdosen. Sie musste den kompletten Insel-Vorrat an italienischen Gewürzen aufgekauft haben.

»Basilikum beschleunigt die Wahrheit, Oregano reinigt die Seele«, sagte sie, ließ den dampfenden Wok dreimal über der Sitzgruppe kreisen und machte sich dann auf zur nächsten. Kaum hatte sie sich abgewandt, tippte Heiner sich an die Stirn.

Zum Glück hatte Brigitte mitgedacht. Aus ihrer Handtasche zauberte sie drei eisgekühlte Dosen Whiskey-Cola. Die drei tranken und beobachteten das Spektakel.

Nach dem Schrödinger unbekannten Ehepaar ließ Senta ihre glimmende italienische Kräutermischung über den Häuptern von Maik und Jessi kreisen.

»Vertreibt die schlechten Schwingungen«, murmelte sie. »Seid einig im Schmerz. Vereinigt euch.«

Die Eheleute sahen die Barfuß-Frau fragend an. Schließlich ballte Maik die Hände zu Fäusten.

»Isch vereinige mich hier gar nich«, knurrte er in einem Tonfall, der selbst Horst alle Ehre gemacht hatte. Prompt horchte der Boxer auf. Sein Herrchen spitzte ebenfalls die Ohren. Senta hörte damit auf, den Wok über den Köpfen der beiden kreisen zu lassen. Sie stellte das zweckentfremdete Kochgerät zu ihren Füßen in den Sand und ging in die Hocke. Dann sah sie von Maik zu Jessi und wieder zurück. Beiden legte sie je eine Hand aufs Knie. Schrödinger vermutete, sie tat das, um nicht hintenüber in den Sand zu plumpsen. Weder Jessi noch Maik schien es bei dieser Geste sonderlich wohl zu sein.

Senta hingegen schon. Was auch immer sie geraucht oder geschluckt hatte, sie war in einer Zwischenwelt gefangen. Hätte dieser ganze Hokuspokus nicht einen todernsten Hintergrund gehabt, Schrödinger hätte laut gelacht. Stattdessen spitzte er gebannt die Ohren. Zum Glück saß das Paar nah genug, sodass er sie auch noch erkennen konnte.

»Bitte nicht. Es reicht.« Jessi sprach ein paar Töne zu hoch. Sie war offensichtlich nervös.

»Ich bin ein Sprachrohr«, entgegnete Senta und legte den

Kopf in den Nacken. Sie schloss die Augen und atmete tief ein und wieder aus.

»Ich spüre Liebe«, sagte sie schließlich. Maik zischte verächtlich. Seine Frau sah ihn böse an.

»Ich spüre aber auch Blockaden.« Sie ließ den Kopf kreisen. Atmete wieder tief ein und aus und ließ dann ein tiefes Brummen hören. Heiner grinste. Brigitte kippte den Inhalt ihrer Dose in sich hinein, warf diese hinter sich in den Sand und hatte in derselben fließenden Handbewegung die nächste aus ihrer Handtasche geangelt.

»Das ist besser als Fernsehen«, flüsterte sie und blies Rauch in den Nachthimmel. Der Wind vom Meer her nahm zu. Die Teelichter in den Gläsern flackerten, hielten aber der Brise stand. Heiner knüllte seine Dose knackend zusammen. Sofort holte Brigitte Nachschub aus der Tasche. Schrödinger fragte sich, wie viele Getränke sie wohl an Bord hatte und ob die Dosen pfandfrei waren. Als ehemaliger Angestellter in einem Getränkefachmarkt hatte er dafür ein feines Gespür. Aber es war nur eine Randnotiz an diesem für ihn, seinem Bauchgefühl nach, wichtigen Abend. Lange nachdenken konnte er nicht, denn Senta gab nun Vollgas. Einzig die Ostsee schien sich in diesem Moment und an diesem Ort nicht für die kruden Gedanken der durchgeknallten Frau zu interessieren. Alle Anwesenden hatten sich Maik und Jessi zugewandt. Fast taten Schrödinger die beiden leid.

Sentas Blick schien sich nach innen zu richten, ganz so, als würde was auch immer erst jetzt ihr Unterbewusstsein zur Gänze erreichen. Erneut frischte der Wind auf, die ersten Kerzen verlöschten. Selbst das ältere Ehepaar schien dem aufkommenden Wind gegenüber misstrauisch gestimmt zu sein.

Mit einem verwirrten Blick auf die Szenerie standen die beiden auf und verließen den Strand in Richtung Hotel. Als sie an Schrödingers Platz vorbeikamen, schnappte er einen Satz auf: »Die ticken doch alle nicht richtig.«

Schrödinger hätte nicht widersprechen können.

»Komm, Mariannchen, das ist nicht mehr unser Sellin.« Der Mann legte fürsorglich seinen Arm um die sichtlich verwirrte Angetraute. Für einen kurzen Moment folgte Schrödinger den beiden mit seinem Blick und konnte sich gut vorstellen, wie die beiden hier zu DDR-Zeiten wundervolle Tage verbracht hatten, endlich frei vom Kombinat, den Soll-Zahlen Erich Honeckers und vermutlich überdies befreit von sämtlichen Textilien. Doch für geschichtliche Exkurse blieb ihm keine Zeit, denn nun legte Senta noch einmal eine Schippe drauf.

»Liebe!«, brüllte sie so laut, dass alle zusammenzuckten. »Liebe ist das Heilmittel!«

Schrödinger hätte sich keinen Deut gewundert, wenn sie eine verblasste Flagge gezückt hätte mit dem Schriftzug *Make Love – Not War.* Sie tat es nicht. Stattdessen sprang sie auf.

»Ihr seid gefangen im gesellschaftlichen Gefängnis!«, brüllte Senta gegen den stärker werdenden Wind an und zeigte mit den Fingern auf Jessi und Maik.

Nun sprang auch Jessi auf. »Mein Reden!«, rief sie und warf die Arme in die Luft. Die Kräuterhexe mit ihrer Pluderhose landete jetzt doch im Sand.

»Du tickst doch nich ganz sauber!« Wen von den beiden Frauen Maik meinte, konnte Schrödinger nicht ausmachen. Im selben Moment, als er diese Worte ausrief, sprang er auf. Erst funkelte er Jessi an, dann Senta. Nicht nur die anwesenden Hotelgäste starrten zu den Dreien, auch die Kommissarin beobachtete genau, was geschah. Sie hatte sich aufrecht hingesetzt, und Schrödinger kam es so vor, als wollte sie jeden Moment aufspringen.

Die Barfußfrau rappelte sich auf und klopfte den Sand aus dem Flatterstoff.

»Das ist gut!« Senta schien begeistert zu sein. »Lass sie raus, deine Wut. Deswegen sind wir ja hier, damit alle schlechten Schwingungen verschwinden.«

Maik ließ ein hysterisch klingendes Lachen hören. Er klang ein wenig wie ein Hund, dem man den Schwanz eingeklemmt hatte.

»Bei ihm schwingt halt nichts mehr!«, ließ Jessi verlauten. Sie sah ihren Gatten streitlustig an, das Kinn gereckt, die Fäuste geballt.

Aus Maik schien alle Luft zu entweichen. Mit einem traurigen Gesichtsausdruck schüttelte er den Kopf. Dann wandte er sich um und stapfte in Richtung Ufer davon.

»Hau doch ab, du Feigling!«, brüllte Jessi.

»Du entziehst dich der seelischen Verantwortung!«, legte Senta nach. Maik schien es nicht zu kümmern. Vielleicht hörte er die beiden aber auch gar nicht mehr, denn der Wind hatte von See her weiter aufgefrischt und trug, mutmaßte Schrödinger, alle Gesprächsfetzen ins Land. Also auch zu ihm – und zu Imke Meesters. Beinahe zeitgleich standen die beiden auf. Meesters rollte kurz mit den Augen. Nach wenigen Schritten standen die beiden nebeneinander.

»Sie sind kein Polizist. Aber Sie sind ein Mann, und vielleicht kann ich den gerade jetzt gebrauchen.«

Schrödinger überhörte die unfreiwillige Zweideutigkeit,

genauso wie Horst, der seinem Herrchen unaufgefordert folgte.

Während im Rücken der echten und gefühlten Ermittler das krude Räucherritual seinen Verlauf nahm, gingen Meesters und Schrödinger nebst Horst Maik hinterher. Hinter der geschlossenen Strandbar blieb dieser stehen, lehnte sich gegen die hölzerne Wand und schloss die Augen. Sein Brustkorb hob und senkte sich in schnellem Rhythmus.

»Ist alles in Ordnung?«, sprach Meesters ihn an.

»Sie waren doch Zeuge von all'm. Was soll also in Ordnung sein? Nüscht!«, rief Maik gegen den Wind an. Schrödinger sah zum Himmel, die Wolken wurden immer schneller Richtung Insel geblasen. Horst hielt die Plattschnauze in den Wind. Schrödingers Blick folgte automatisch dem seines Hundes. Er zuckte zusammen. Was hatte Zoe hier zu suchen? Als die Influencerin bemerkte, dass er sie gesehen hatte, huschte sie hinter einen zusammengeklappten Sonnenschirm, der sich im Wind bog. Über ihre Neugier und den Grund dafür konnte Schrödinger jetzt aber nicht nachdenken.

»Hat Ihre Frau denn ein Problem?«, erkundigte sich die Kommissarin.

»Eens? Dutzende!«

Schrödinger ging auf Maik zu und stellte sich neben ihn. Dann klopfte er ihm in einer jovialen Geste auf die Schulter. Er merkte genau, dass Maik an sich halten musste, um nicht zu explodieren. Meesters blieb ebenfalls wachsam. Da sie keine Fragen zum Eheleben des Paares stellte, ging Schrödinger davon aus, dass sie längst im Bilde war. Vermutlich hatten sie und ihre Kollegen in alle Richtungen ermittelt und dabei ebenso Jessis ungewöhnliches Hobby ins Visier genommen.

Und Bingo! Er lag genau richtig.

»Wir wissen, dass sich Ihre Frau zwei Tage vor dem Zwischenfall mit dem Getöteten getroffen hat.«

»Ja und? Da erzähl'n Sie mir nüscht Neues.«

»Hat Sie das wütend gemacht?«

»Wie hätt'n Sie sich denn gefühlt?«, fragte Maik zurück. Meesters nickte Schrödinger zu. Offensichtlich war es das Signal für seinen Auftritt als solidarischer Mann.

»Maik, ich verstehe dich.« Der Angesprochene wandte sich Schrödinger zu, ein böses Flackern im Blick. Maik malmte mit dem Kiefer.

»Ach ja?«

»Wenn ich mir vorstelle, dass meine Frau mit allen möglichen Kerlen in die Kiste springt …«

»Tut sie aber nicht!«

»Egal, wenn Marion das täte, ich glaub, ich würde den Kerl windelweich prügeln. Mindestens.« Dass er das höchstwahrscheinlich nicht tun würde, verschwieg er. Von körperlichen Argumentationen hielt er nichts, zumal er bei einer Prügelei vermutlich eh den Kürzeren ziehen würde. Maik nickte stumm.

»Isch hab mir schon oft überlegt, dass ich den Kerlen mal so richtsch in die Eier treten sollte.«

»Überlegt oder gemacht?« Inke Meesters horchte auf.

»Isch hab's mir überlegt. Seh isch aus wie'n Schläger?«

»Wie sieht denn ein Schläger aus?«, konterte die Kommissarin.

»Was soll der Scheiß?« Die ersten Regentropfen fielen vom Himmel. Schrödinger fröstelte und sehnte sich nach seinem warmen Bett.

»Ihre Frau hatte Sex mit dem Toten. Und Sie haben kein Alibi für den Zeitpunkt des Todes.«

»Isch hab Ihnen schon gesocht, dass isch im Hotelzimmer war.«

»Wofür es keine Zeugen gibt. Sie müssen doch selbst zugeben, dass …«

Weiter kam die Kommissarin nicht. Ein ohrenbetäubender Donnerschlag zerriss die Stille, gleichzeitig zuckte ein blendend weißer Blitz vom Himmel. Als ob jemand ein Wasserfass auskippen würde, prasselte mit einem Mal der Regen herunter. Binnen Sekunden war Schrödinger nass bis auf die Haut.

»Wir reden morgen weiter!«, brüllte die Kommissarin und eilte davon. Horst und die beiden Männer beeilten sich ebenfalls, am mittlerweile wie leergefegten Ort des Räucherrituals vorbei zum Hotel zu rennen. Zu seinem eigenen Erstaunen war er schneller als der jüngere Maik. Beinahe wäre Schrödinger hingefallen, als eine Windbö ihn erfasste. Er konnte sich noch eben so berappeln. Dann hastete er in die Lobby. Von Maik war nichts zu sehen. Schrödinger wartete ein paar Sekunden. Das Wasser tropfte ihm aus den Klamotten und Horst aus dem Fell auf die Fliesen. Der Boxer schüttelte sich kräftig. Die Tropfen stoben in alle Richtungen davon. Dann nieste der Hund und sah sein Herrchen vorwurfsvoll an. Als kein Maik kam, beschloss Schrödinger, ins Zimmer zu gehen. Er fror jämmerlich.

Horst

Ich will das alles nicht.

Das ist doch kein Urlaub! Urlaub ist für mich, vom weichen Körbchen aus direkt zum gut gefüllten Napf gehen, dann am Strand ein paar von diesen eklig kreischenden grau-weißen Vögeln jagen, damit Herrchen sich amüsiert, und danach in der Sonne zu liegen.

Stattdessen liege ich jetzt hier, mein ganzes wunderschönes Fell ist feucht. Obwohl Frauchen mich trockengerubbelt hat, während Schrödinger ganz, ganz heiß geduscht hat, und trotz der Decke, in die sie mich gewickelt hat, ist mir jämmerlich kalt. Ins kuschelige Bett zu den Zweibeinern darf ich nicht. Weil ich nass bin und Frauchen sagt, dass ein nasser Hund eben wie ein nasser Hund riecht und ihr dann schlecht wird.

Richtig pennen kann ich auch nicht, weil Schrödinger alles haarklein erzählt. Nur die Sache mit den Getränkedosen aus Brigittes Rucksack lässt er aus.

Sprich leise, Schrödi, ich war dabei! Und wissen Sie, was mir persönlich ganz und gar komisch vorkam, oder besser gesagt wer? Dieses junge Ding, das ständig einen Handyknochen mit sich rumträgt. Die ist uns nachgeschlichen, meine Nase hat das eindeutig gewittert.

Aber Halleluja! Das jahrelange Training mit mir hat sich ausgezahlt. Auch Schrödinger kam das merkwürdig vor, wie er Marion erzählt. Frauchen findet da nichts dran. Die junge Frau sei eben am Strand gewesen, und vielleicht wollte sie sich nur mal die Beine vertreten und sei schlichtweg erschrocken, als da plötzlich drei Leute standen.

Schrödinger bezweifelt es, und damit, meine Damen und Herren, liegt er in meinen braunen Augen goldrichtig. Er wird, sagt er, sich gleich morgen früh mit dieser Zoe Hollmann unterhalten.

Marion findet die Idee so semi und sagt, er wolle sich bloß wieder vor dem Sport drücken. Das verneint er zwar, aber ich rieche genau, dass er keinen Bock auf Pilates hat. Was auch immer das ist.

Oh! Endlich machen die beiden das Licht aus.

Wussten Sie eigentlich, dass eine Fleecedecke nicht schmeckt? Hat was von Seife mit Plastik. Und Teile bleiben zwischen den Zähnen hängen. Das habe ich eben für Sie getestet. Danken Sie mir später.

Seebad Sellin, Tag sechs

Schrödinger

Frisch geduscht schlief es sich am besten. Oder wie sonst war es zu erklären, dass Schrödinger die ganze Nacht wie ein Stein durchgepennt hatte und zum ersten Mal seit langer Zeit erst *nach* Marion aufwachte? Am vorherigen kleinen Sprint vom Strand zum Hotel hatte es sicher nicht gelegen. Ganz so unfit war Schrödinger trotz vehementer Sportverweigerung dann doch nicht. Fand er jedenfalls.

Als er müde die Augen öffnete, war Marion nicht nur bereits komplett geduscht, sondern drauf und dran, mit dem Hund Gassi zu gehen.

»Warte, ich komm mit«, murmelte er schlaftrunken und sprang derart hastig auf, dass ihm erst einmal schwindlig wurde und er sich auf den Bettrand setzen musste. Sowie die Welt nicht mehr wankte, startete er einen zweiten Versuch, diesmal in einem besser zu ihm passenden Tempo und – siehe da – ohne überforderten Kreislauf.

»Geht's, alter Mann?«, fragte Marion, als er gemächlich in Hose, Shirt und Turnschuhe schlüpfte.

»Ich bin gerade erst aufgewacht«, entschuldigte er sich. »Und hatte noch keinen Kaffee. Ganz zu schweigen von was zu essen.«

Beim letzten Wort hob der Boxer sogleich interessiert die Ohren und ließ sie enttäuscht wieder sinken, nachdem keine entsprechenden Taten folgten.

»Wir können ja nachher beim Speisesaal vorbeigehen. Jetzt braucht erst mal der Hund seinen morgendlichen Rundgang.

Und uns tut ein kleiner Spaziergang auch ganz gut. Ein Meer direkt vor der Haustür haben wir bei uns zu Hause nicht, falls du das vergessen hast.«

»Habe ich nicht. Die Ostseebrise soll auch sehr gesund sein.« Solange kein unerwarteter Todesfall dazwischenkommt, fügte er in Gedanken hinzu. Für einen Krimi dürfte es allerdings ein recht guter Titel sein: *Mord mit Ostseebrise*. Ja, das klang nach einem Buch, das sogar er als lesefauler Konsument in die Hand nehmen würde. Wer in solch einem Roman wohl die Hauptrolle übernehmen könnte? Vielleicht ein Hund mit seinem Herrchen –das konnte er sich gut als Konzept für eine abwechslungsreiche Handlung vorstellen.

Sie ließen den Abzweig zum Tennisplatz und der Minigolfanlage hinter sich und steuerten routiniert auf die Steintreppen zu. An ihrem mittlerweile sechsten Tag in Sellin kannten sie sich bestens aus und vertrauten vorrangig auf ihrer Intuition statt auf die Hinweisschilder.

Von der massiven nächtlichen Regenfront war nicht mehr als ein kühler Wind vom Meer und eine etwas aufgewühlte See zurückgeblieben. Zum Schwimmengehen war es definitiv zu frisch, aber das hatte Schrödinger ohnehin nicht vor. Das Wasser von oben gestern Abend war mehr als ausreichend gewesen. Wobei das im Gegensatz zur Seeluft zumindest salzfrei gewesen war. Obwohl noch gar nicht lange am Strand unterwegs, spürte er bereits wieder einen leicht bitteren Film auf den Lippen. Außerdem roch es dezent nach nassem Sand und Fisch.

»Könntest du dir ein Leben an der Küste vorstellen?«, fragte Marion, während sie durch den feuchten Sand stapften. Obwohl außer ihnen nicht mehr als ein Dutzend Spaziergänger in Sicht kamen, waren es dennoch zu viele, um Horst komplett von der Leine zu lassen. So ließen sie ihm wenigstens so viel Leinenspielraum wie möglich.

»Vorstellen schon. So ein Häuschen am Meer klingt recht romantisch. Aber auf Dauer? Ich weiß nicht. Zur See fahren verträgt mein Magen nicht. Genauso wie zu viel Fisch. Das Klima scheint auch um Einiges rauer zu sein als bei uns in Süddeutschland. Ich komme ja aus Hannover, und schon dort wehte ab und zu eine ziemlich frische Brise. Das ist hier noch mal einen Tacken schärfer.«

Marion dachte über seine Worte nach. »Wahrscheinlich hast du recht. Zum Urlaub machen ist es super hier – ist ja auch was komplett anderes, doch auf Dauer würde ich wohl mein Ländle zu sehr vermissen, *weischt*? Da kommen wir lieber zum Urlaubmachen wieder.«

Rein von der Landschaft her hätte Schrödinger sofort zugestimmt. Ein gewisses kriminalistisches Problem jedoch ließ ihn zögern. Wahrscheinlich konnte er generell von Glück reden, wenn er das Björn-Dilemma heil überstand und nicht wegen fahrlässiger Tötung in irgendeinem Ostsee-Zuchthaus landete. Diese Aussicht konnte einem die Lust auf eine Rückkehr zu diesem Breitengrad durchaus vermiesen. Im Moment jedenfalls erschien ihm eine Flucht weitaus attraktiver als ein Wiederkommen.

Ansprechen konnte er den Punkt in dieser Deutlichkeit nicht. Daher war er froh, dass Horst gerade skeptisch an einer breiten weißen Muschel herumschnüffelte und Andeutungen machte, den Meeresschatz mit seinen Pfoten auszugraben.

»Lass das lieber. Das kannst du eh nicht kauen«, ermahnte er den Vierbeiner.

»Vielleicht steckt ja eine Perle drin.« Marion beugte sich über den Hund und begutachtete sein emsiges Treiben.

»Quatsch, so was gibt es an der Ostsee gar nicht. Dafür musst du in die Südsee fahren.«

»Was auch ein tolles Reiseziel wäre.«

»Ja, das hätte uns Hillu mal als Hochzeitsreise spendieren können. Aber vermutlich hat sie in der Karibik keine Bekannten, die ihr was zum Schnäppchenpreis vermitteln können.«

»Ach, du wieder. So ein Sparfuchs ist sie gar nicht. Neulich hatte sie überlegt, für einen alten Flurspiegel fünfhundert Euro hinzublättern. Nur weil er der Holzrahmen mit goldenen Schnitzereien verziert war.«

»Vielleicht war es der Spiegel aus dem Märchen. Du weißt schon, Schneewittchen und so.«

Marion hob skeptisch eine Augenbraue. »Willst du damit sagen, sie wäre wie die böse Schwiegermutter in der Geschichte?«

Hier musste sich Schrödinger auf die Zunge beißen. »Selbstverständlich nicht. So etwas würde ich niemals sagen, geschweige denn denken. Außerdem war es da ja gar keine Schwiegermutter, sondern eine Stiefmutter.«

Ehe Marion etwas darauf erwidern konnte, wanderte ihr Blick an seiner Schulter vorbei den Strand hinauf. »Du sag mal, ist das nicht dieser Axel Schulz?«

»Hä?« Schrödinger wirbelte herum und sah, wie sich ihnen ein hagerer Typ mit Ziegenbart und Brille näherte. Wie der Boxer Axel Schulz sah er definitiv nicht aus. Wegen der falschen Assoziation und weil seine Augen auf die Ferne eh nicht die besten waren, brauchte er einen Moment, um zu erkennen, wer sich da näherte. »Nein, das ist nicht *Axel*, sondern *Hermann* Schulz. Der NASA-Typ.«

»Habe ich doch gesagt: Hermann Schulz. Den meinte ich.«

Das hatte sie zwar nicht gesagt, aber Schrödinger war klug genug, nicht auf diesem Thema herumzureiten. Frauen irrten sich ja bekanntlich nie, sondern es waren stets die Männer, die nicht richtig zugehört hatten.

Zunächst kam Axel/Hermann Schulz unbeirrt weiter auf sie zu. Als sie jedoch nur noch rund 30 Meter voneinander trennten, schaute der UFO-Fan auf einmal auf und zögerte. Offenbar hatte er sie erst jetzt bemerkt und musste erst darüber nachdenken, ob er es riskieren konnte, sich noch einmal dem Boxer mit der toxischen Verdauung zu nähern.

Die Entscheidung wurde ihm abgenommen, indem Marion ihm fröhlich zuwinkte. Dieser Aufforderung konnte er unmöglich widerstehen, also setzte der Kinnbartträger seinen Weg fort. Marion, Schrödinger und Horst folgten seinem Beispiel und nahmen ihm die Hälfte der Strecke ab.

An seiner Laune schien es nichts zu ändern. Als er sie erreichte, funkelte Hermann sie grimmig an. Dabei war es weniger der Boxerhund, auf den er schlecht zu sprechen zu sein schien, sondern vielmehr dessen Herrchen. Wenn Blicke töten könnten, wäre es um Schrödinger in dieser Sekunde geschehen gewesen.

»Alles klar bei dir?«, hakte Schrödinger vorsichtig nach.

»Logisch, weshalb sollte nicht alles klar sein? Ich finde es immer schön, wenn ich bei der Polente angeschwärzt werde.«

»Ich hab dich nirgendwo angeschwärzt!«

»Und wer hat dann die Kommissarin auf mich gehetzt?«

Punkt für ihn. »Ja, okay, aber das war nicht so, wie du denkst.«

Schulz ignorierte den Einwand. »Dabei war das noch nicht mal das Schlimmste. Dank dir wissen *sie* jetzt Bescheid. Und das ist wirklich gravierend.«

»Wer sind denn *sie*?«, fragte Marion.

»Na *sie*! Die Men in Black! Die Leute in den dunklen Anzügen und den Sonnenbrillen. Die Regierungstypen, die nach Leuten wie mir Ausschau halten.«

»Nach Leuten wie dir?«, fragte Marion noch neugieriger als davor.

Hermann blickte sich verstohlen um, ehe er mit gedämpfter Stimme fortfuhr. »Leute, die Bescheid wissen. Dass es außerirdisches Leben gibt und das manche Bewohner von außerhalb vielleicht schon unter uns leben. Dieses Wissen darf nicht an die breite Öffentlichkeit dringen. Das kann und darf die Regierung nicht zulassen, weil sonst eine Massenpanik ausbrechen würde. Aus dem Grund ist meine Suche nach außerirdischen Artefakten auch so brisant und gefährlich. Ich lebe mit der ständigen Angst, ertappt und aufgespürt zu werden. Schon deshalb versuche ich jeglichen Kontakt mit Regierungsbehörden zu vermeiden. Aber dank Mister Schrödinger hier weiß nun der gesamte Staatsapparat über mich Bescheid. Ich musste mich ausweisen und meine Daten zu Protokoll geben. Ihr könnt euch nicht vorstellen, welche Auswirkungen das hat. Hätte ich mir nicht längst falsche Identitäten zugelegt, hätte ich es spätestens jetzt tun müssen. Ich muss auf Nummer sicher gehen, bevor es zu spät ist. Ärgerlich ist es dennoch. So viele Jahre habe ich es geschafft, unter ihrem Radar zu fliegen. Und jetzt könnte durch diese blöde Mordermittlung alles für die Katz gewesen sein.«

Die Fülle an Informationen, gepaart mit den Vorwürfen, verschlug nicht nur Marion die Sprache. Auch Schrödinger musste das Gehörte erst mal verdauen. »Das … äh … ich kann versuchen, noch mal mit der Kommissarin zu reden.«

»Nein! Bloß nicht. Das Ganze ist so schon heikel genug. Tu am besten nichts. Gar nichts. Nada. Niente. Damit ist allen Beteiligten am meisten geholfen.«

Schrödinger überlegte kurz, was er darauf erwidern wollte. Er hatte keine Ahnung, ob etwas von Hermanns Worten tatsächlich stimmte und nicht nur auf einen jahrelangen exzessiven Akte-X-Konsum zurückzuführen war. Dieses ganze Thema war nicht seine Baustelle. Die lag eher beim Mord und den dazugehörigen Ermittlungen. Glaubte er, dass Hermann etwas mit Björns Tod zu tun hatte? Schwer zu sagen. Vermutlich nicht. Komplett ausschließen wollte er es trotzdem nicht. Allein deswegen konnte er es sich nicht erlauben, dass der recht phantasiebegabte NASA-Fan ihn als Feind oder störende Kraft ansah. »Es tut mir leid, wenn ich dich in irgendwelche Schwierigkeiten gebracht habe. Die Polizei hatte mich ausgequetscht, wegen dem Typen aus dem Touristikbüro und seinen Geschäften nebenher. Auf diese Fährte sind sie ganz allein gekommen. Von mir wollten sie bloß wissen, ob ich jemanden kenne, der ihnen da weiterhelfen kann. Ich dachte, sie bräuchten jemanden, der Ahnung von der Materie hat.«

Das klang als Erklärung nicht schlecht, fand Schrödinger. Gelogen hatte er nicht. Jedenfalls nicht direkt, sondern bloß die Wahrheit ein wenig verdreht.

Hermann bedachte ihn mit einem kleinen Lächeln. »Ach, Schrödinger, wie naiv du bist. Die Bullen fragen nie einfach so wegen irgendwas. Und nach irgendwelchen Leuten, die Ahnung von der Materie haben, gleich zweimal nicht. Die tun nichts ohne Hintergedanken. Das ist alles eine List, mit der sie dich und mich und alle anderen hinters Licht führen wollen. Da musst du vorsichtig sein. Immer!«

»Irgendwas müssen wir doch für dich tun können«, schlug nun auch Marion vor. »Sollen wir die Kommissarin auf eine falsche Fährte locken? Sollen wir so tun, als würden wir uns mit diesen außerirdischen Sachen auskennen?«

Das hab ich schon versucht, wäre es um ein Haar aus Schrödinger herausgeplatzt. Das hätte die Lage unter Umständen noch schlimmer gemacht. Oder Hermanns Ärger weitere Nahrung verschafft.

Gott sei Dank kam ihm der NASA-Mann mit seiner Antwort zuvor. »Bitte nicht! Haltet euch einfach aus der Angelegenheit raus. Je weniger Staub aufgewirbelt wird, desto besser. Kümmert euch lieber um dieses drollige Ehepaar aus Sachsen. Die scheinen massive Beziehungsprobleme zu haben. Damit kenne ich mich überhaupt nicht aus. Ihr hingegen dürftet viel Ahnung von der Materie haben, hab ich nicht recht?«

»Ja«, stimmten die Schrödingers unisono zu. Zufrieden damit waren sie trotzdem nicht. Dafür gab Horst eine seiner berüchtigten Flatulenzen von sich. Dagegen kam selbst eine kräftige Meeresbrise nicht an. Binnen eines Herzschlags roch es, als wäre in unmittelbarerer Nähe ein Misthaufen explodiert. Ein Wunder, dass keine Möwen tot vom Himmel fielen.

Hermann riss die Augen auf, würgte und wich zurück. »Puh … ich muss weiter. Das ist mir alles zu heftig.«

Eine Reaktion des Tuttlinger Ehepaars wartete er nicht ab, sondern marschierte mit schnellen Schritten davon.

»So schlimm war es doch gar nicht«, fand Marion, die innerhalb des letzten Jahres weitaus Heftigeres in Horsts Gegenwart hatte miterleben müssen. Außerdem sorgte die Seeluft schon bald für eine deutliche Abmilderung der olfaktorischen Foltermethode.

»Alien-Fürze riechen bestimmt auch nicht nach Rosenwasser. Wobei … wenn das der Fall wäre, ergäbe das ein durchaus sinnvolles Argument für eine Kreuzung.«

Marion begann zu kichern. »Du bist ein Quatschkopf, Herr Schrödinger. Wie kann man in so einem Moment bloß an derartige Albernheiten denken?«

»Das geht ganz einfach. Außerdem hat er angefangen, mit seinen *Men in Black* und Regierungsverschwörungsmärchen! Ist doch klar, dass mein Hirn das als Steilvorlage nimmt.«

»Apropos Steilvorlage … schau mal da rüber zu der Düne. Ist das nicht deine Freundin?«

Schrödinger blickte in die Richtung, in die seine Frau deutete. Zunächst erkannte er dort nur einen kleinen Wiesenstreifen und eine Reihe von Sträuchern. Erst auf den zweiten Blick fiel ihm auf, dass hinter den Sträuchern jemand saß. Ein spindeldürres Mädchen mit einem Smartphone in der Hand.

»Zoe.« Schrödinger kniff die Augen zusammen, um weitere Einzelheiten auszumachen. Die Bloggerin schaute nicht in ihre Richtung. Es konnte durchaus sein, dass sie ihr Telefon bloß für Fotos oder Clips für ihre Follower verwendete. Genauso gut konnte sie allerdings auch Hermann, Schrödinger und Marion geknipst haben. Ebenso wie es sein konnte, dass sie einen von ihnen zum Strand verfolgt hatte.

»Glaubst du immer noch, dass sie dir und der Kommissarin gestern nachgeschlichen ist?«

»Glauben wäre ein zu starkes Wort dafür. Aber ich es für möglich.«

Marion seufzte. »Dann geh zu ihr und klär das endlich. Diese wilden Verdächtigungen führen zu nix. Das ist wie wenn ihr *Stille Post* spielt. Der eine versteht das, der andere das. Am Ende kommt dann vollkommener Blödsinn heraus. Sieh zu, dass du es schnell klärst. Du weißt, nachher ist dieser Pilates-Kurs.«

»Auf den ich eh keinen Bock habe. Wollen wir nicht lieber was unternehmen? Das hier sind unsere Flitterwochen und kein Casting für *The biggest Loser*!«

Über die Bemerkung kicherte sie abermals. »Wir werden sehen. Jetzt klär erst mal diese Sache, damit das abgehakt ist.«

»Einverstanden. Nimmst du Horst mit? Nicht, dass er vor lauter Hunger noch in Ohnmacht fällt.«

»Keine Chance, Schrödi. Der bleibt schön bei dir. Sieh ihn als zusätzliches Druckmittel, damit du dich ranhältst. Ich schaue derweil mal, ob es an der Bar irgendwelche Smoothies oder Fitnessdrinks gibt.«

»Mit Bärlauch und Spinat?«

Sie verzog das Gesicht. »Bäh … nein, das hebe ich für dich auf. Ich halte mich da eher an einen Fruchtmix. Sofern sie so was haben.«

Marion küsste ihn zum Abschied und ging davon. Ihr Gatte schaute ihr einige Sekunden nach, ehe er sich auf den Weg zu der viel zu neugierigen Influencerin machte.

Der raue Wind nahm zu und besaß durchaus Symbolcharakter. In Gedanken malte sich Schrödinger nämlich aus, wie er das Mädchen knallhart zur Rede stellen würde. Ähnlich wie die Kommissare im *Tatort* wollte er sie mit Zahlen, Daten und Fakten konfrontieren. Mit all den Plätzen, an denen er sie in den vergangenen Tagen gesehen hatte. Und er würde keine lahme Ausrede gelten lassen wie, dass sie sich lediglich umschaute. Nein, Madam, das waren alles Orte, die mit dem

Todesfall und seinen Verdächtigen in Verbindung standen. Dies ließ nur einen einzigen logischen Schluss zu: Zoe war auf irgendeine Weise in die ganze Angelegenheit verwickelt. Möglicherweise war das mit ihren Social-Media-Accounts reine Tarnung. Von wegen Lifestyle, eher Deathstyle! Unter Umständen sogar Murder Style!

Schrödinger hoffte, von Zoe unbemerkt zu bleiben, bis er sie erreicht hatte. Gut wäre ein kleines Ablenkungsmanöver aus der Gegenrichtung. Auf keinen Fall wollte er riskieren, dass sie sich davonschlich. Doch sich geräuschlos zu bewegen zählte bereits auf normalem Terrain nicht zu seinen Stärken, weil er nun mal tollpatschig war und ständig irgendwo dagegenstieß. An einem Standstrand, wo jedes Einsinken im Sand einen schmatzenden Ton verursachte, war es allein durch den Untergrund praktisch unmöglich.

So blickte das Mädchen mit den rotbraunen Haaren und der kleinen Knollennase nach wenigen Metern direkt in seine Richtung. Eine Sekunde lang schien sie in der Bewegung zu erstarren. Danach tat sie dasselbe wie Marion vorhin bei Hermann Schulz: Sie winkte, um zu signalisieren, dass der andere gerne näherkommen durfte. Vermutlich hielt sich die Freude der Bloggerin ähnlich in Grenzen wie davor bei dem NASA-Fan.

»Was treibt dich denn zu so früher Stunde an den Strand?«, rief sie ihm zu, als er noch etliche Meter entfernt war. Weil im selben Moment eine Seemöwe aufkreischte, war die Hälfte davon kaum zu verstehen.

»Genau das Gleiche könnte ich dich fragen. Meine Ausrede ist der Hund, mit dem einer Gassi gehen muss. Was ist deine Antwort?«

»Morgens ist hier noch nicht so viel los. Ich mag es, wenn nur das Rauschen der Wellen zu hören ist.«

»Hast du gestern Abend auch nach den Wellen gelauscht, als du bei Sentas Seelenreinigungs-Party warst?«

Sie erreichten die Influencerin, und Horst streckte sich erschöpft auf dem Wiesenstreifen aus. Besonders die wenigen Meter die Düne hinauf waren bestimmt äußerst anstrengend gewesen. Nach kurzem Zögern sank Herrchen neben ihm nieder. Das Gespräch konnte länger dauern und er hatte keine Lust, die ganze Zeit über zu stehen.

»Nein, das war *just for fun*. Senta ist voll *cringe*, findest du nicht?«

»Durchaus. Durchaus. Ich habe gesehen, dass du bei Hermann gesessen hast.«

»Der ist nicht bloß *cringe*, sondern echt *spooky*. Hast du gewusst, dass er glaubt, die Aliens wären entweder schon unter uns oder würden bald Kontakt aufnehmen?«

»Er hat es mal erwähnt …«

»Er hat auch gesagt, dass du ihn an die Bullen verpfiffen hast.«

»Hab ich nicht! Sein Name fiel nur in einer Unterhaltung.«

»Um deine eigene Haut zu retten, oder?«

»Bitte was?« Er schnappte entrüstet nach Luft. Das Gespräch verlief vollkommen falsch. Er war es doch, der seinem Gegenüber die sinnbildliche Pistole auf die Brust setzen wollte. Und nicht umgekehrt! »Wie kommst du darauf?«

»Ich hab dich beobachtet, Schrödinger. Du bist immer dort, wo was los ist.«

»Bitte was?«, entfuhr es ihm erneut. Er kam sich selbst wie eine kaputte Schallplatte vor, die ständig zur selben Stelle zurücksprang. »Ich bin immer dort, wo was los ist?«, schob er gleich die nächste Wiederholung hinterher. Er brauchte sie, um seinem Ärger Luft zu machen. »Du bist es doch, die überall herumschnüffelt. Ich hab dich gesehen, wie du dich gestern angeschlichen hast, als ich mit der Kommissarin und Maik gesprochen habe.«

»Das war bloß …«

Er ließ sie nicht aussprechen. Nun, da er einmal in Fahrt gekommen war, konnte er nicht mehr stoppen. »Und was war davor, als du Annika Elvers vor dem Laden aufgelauert hast? Oder als du die Frau vom Touristikbüro verfolgt hast? Oder als du Senta gestern beim Tennisplatz ausgequetscht hast?«

»Sag mal, stalkst du mich?«

»Ich dich? Umgedreht wird ein Schuh draus! Deshalb frag ich dich jetzt ganz offen: Was hast du mit Björn Elvers zu schaffen? Und versuch nicht, mich für blöd zu verkaufen. Du hast mit der ganzen Sache zu tun.«

Zwei Sekunden herrschte Schweigen, und nur das sanfte Rauschen der Wellen war zu hören. Selbst die Möwen schwiegen für einen Moment.

»Ja, ich habe damit zu tun. Das waren alles Recherchen für einen True-Crime-Podcast.«

»Für einen was?«

»Für einen, besser gesagt meinen True-Crime-Podcast. Darin bespricht man echte Kriminalfälle. Manchmal Fälle, die …«

»Ich weiß, was ein True-Crime-Podcast ist. Du hast so was nicht. Du hast einen Lifestyle-Kanal namens *Holly-Day Beauty Naked.*«

»Stimmt schon. Und seit Neuestem habe ich eben auch einen True-Crime-Podcast. Da, siehst du.« Sie tippte kurz mit den Daumen auf ihrem Smartphone herum und hielt ihm dann den Bildschirm ihn. Dort stand es Rot auf Weiß: *Holly-Day True Crime Buster*. Links vom Schriftzug waren eine Lupe und Sherlock Holmes' berühmte karierte Deerstalker-Mütze zu sehen, rechts bildeten ein gezeichnetes Messer und eine Pistole ein X.« Fast genauso surreal wie das alles war die Tatsache, dass Zoe bereits mehr als zehntausend Follower hatte.

»Sagtest du nicht, du hast den Podcast erst seit Kurzem?«

»Ja, seit drei Tagen. Wieso?«

Er winkte ab. »Nur so. Worum genau geht es in deinem Podcast?«

Zoe verdrehte die Augen. »Na, um den Mord an Björn Elvers!«

»Wer sagt denn, dass es ein Mord war?«

»Praktisch jeder. Es ist ein ungeklärter Todesfall. In meinen Augen ist das die Definition von Mord.«

Schrödinger schmunzelte in sich hinein. Ganz so simpel war es nicht. »Und wer ist *praktisch jeder*?«

»Jeder auf der Insel, mit dem ich in den letzten Tagen gesprochen habe. Wenn die Polizei ermittelt, liegt was im Busch. Und was das ist, werde ich für meine Zuhörer aufdecken.«

»Na klar. Wen hast du im Verdacht?«

»Dich natürlich. Du warst zur Tatzeit vor Ort.«

»Das meinst du doch nicht ernst!«, rief er mit viel zu hoher Stimme.

»Sehe ich aus, als würde ich Witze machen? Du hattest ein Motiv und die Gelegenheit. Alles, was noch fehlt, ist ein unumstößlicher Beweis. Aber keine Sorge, den finde ich schon noch. Das bin ich meinen Followern schuldig.«

Schrödinger machte den Mund auf und schloss ihn wieder, ohne etwas gesagt zu haben. Die Enthüllung hatte ihm die Sprache verschlagen. Ratlos starrte er zu Horst. Der wirkte ebenfalls geplättet.

»Jetzt bist du baff!«, fuhr die Influencerin fort. »Weil dir noch nie jemand so unverblümt die Wahrheit ins Gesicht geschleudert hat. Nicht mal die Kommissarin, die dir nachspioniert.«

»Ich bin baff, weil das totaler Blödsinn ist. Ich habe mit dem Mord oder dem Todesfall nichts zu tun.«

»Das sieht die Kommissarin anders.«

»Unsinn«, sagte er möglichst selbstsicher. Die Bloggerin brauchte ja nicht zu wissen, dass er sich über seine Unschuld selbst nicht zu hundert Prozent sicher war. »Die Polizei muss sämtliche Eventualitäten abklären. Das ist alles. Außerdem bin ich selbst so was wie ein polizeilicher Ermittler.«

Er hatte angenommen, dass diese Neuigkeit Zoe mindestens beeindrucken, eventuell gar verblüffen würde. Stattdessen blickte sie ihn ausdruckslos an. Dadurch fühlte er sich dazu gedrängt, seine Behauptung weiter zu untermauern: »Ich habe die Kripo schon in mehreren Mordfällen bei den Nachforschungen unterstützt. In Bad Mergentheim habe ich undercover in einer Klinik ermittelt. Und ein anderes Mal hat mich die Polizei sogar in eine Organisation eingeschleust, wo nicht alles mit rechten Dingen zuging.« Dass es sich dabei lediglich um einen Kleintierzüchterverein handelte, musste er ja nicht erwähnen. »Da staunst du, was?«

Anscheinend staunte sie nicht. »Das ist ja alles schön und gut. Doch selbst wenn es stimmt, können Bullen und Privatermittler genauso Verbrechen begehen. Jeder kann das. Und in diesem Fall sprechen die Tatsachen eindeutig gegen dich.«

Schrödinger hob die Brauen. Was sollte er auf eine solche Behauptung erwidern? Wie sollte er ihr gegenüber argumentieren? Wenn überhaupt, ging das bloß mit einem Appell an die Vernunft. »Okay, nehmen wir mal an, du hättest recht. Wieso erzählst du mir von deinem Verdacht? Hast du keine Angst, dass ich dich danach beseitige? In den Fernsehkrimis werden die lästigen Zeugen auch immer beseitigt.«

»Wer schaut denn heutzutage noch Fernsehkrimis? Das ist voll *old school*. Ich bin relativ sicher, weil ich mehr als zehntausend Follower habe, die ich alle auf dem Laufenden halte. Jeder von denen weiß über meine Vermutungen und Überlegungen Bescheid. Wenn mir was zustößt – und sei es bloß ein Magen-Darm-Infekt, wegen dem ich keine neue Podcast-Folge hochladen kann, nehmen die alle sofort das Schlimmste an und informieren die Polizei. Genauso habe ich es mit ihnen auch vereinbart: Wenn ihr bis zu einem bestimmten Zeitpunkt nichts von mir hört, könnt ihr sicher sein, dass was passiert ist.«

Erneut fehlten Schrödinger die Worte. Dies alles war ein Albtraum. Nichts anderes als ein bizarrer Albtraum. Jedes Mal, wenn er dachte, er würde gleich aufwachen, ging es noch einmal verrückter und abwegiger weiter als zuvor. Gott, wieso konnte er nicht jetzt nicht einfach in seinem Bett die Augen aufschlagen, und Marion würde ihm versichern, dass nichts davon tatsächlich passiert war?

»Ich habe mich in die Nachforschungen echt reingekniet. In den letzten Tagen war ich *nonstop* unterwegs. Das war echt *hardcore*. Wenn überhaupt, bin ich bloß zum Essen und Duschen ins Hotel gekommen. Manchmal habe ich selbst das kaum geschafft.« Sie hob ihren Arm und schnüffelte kurz am Ärmel ihres Kapuzenpullis. »Ah, geht noch.«

»Das Einzige, in das du dich reingekniet hast, ist ein Haufen Bullshit. Wie oft soll ich denn noch sagen, dass ich es nicht war?«

Sie blieb gelassen. »Sagen kann man viel. Auf die Beweise kommt es an.«

»Ich habe keine, weil es keine gibt. Deswegen rede ich auch so oft mit der Meesters. Ich spreche mich mit der Kommissarin ab, weil wir beide herausfinden wollen, was genau passiert ist.«

Das schien Zoe tatsächlich kurzzeitig ins Grübeln zu bringen. Vielleicht war es auch Horsts leises Niesen, nachdem der Wind dem Hund etwas Sand in die Nase geweht hatte.

»Die Polizistenfrau ist auch so ein Grund, wieso ich dir von meinem Podcast erzählt habe. Die blöde Bitch wimmelt mich nämlich jedes Mal ab und sagt, für meine Anfragen ist die Pressestelle zuständig. Und als ich sagte, dass eine Influencerin bin, hat sie bloß gelacht und gesagt, ich kann mich ja an ihre Kollegen Carina Anderson von der Kripo Stralsund wenden. Wenn die zustimmt, soll ich mich wieder melden.«

»Hast du das versucht?«

»Nee, das ist doch eh bloß ein Hoax. Die klingt wie eine ausgedachte Figur aus einem Alexander-Hartung-Roman. Entweder gibt's die gar nicht, oder sie wimmelt mich genauso ab. Wenn jemand Bescheid weiß, dann die Meesters. Du scheinst eine *connection* zu ihr zu haben. Deshalb ich schlag dir einen Deal vor: Du hältst mich über ihre Ermittlungen auf dem Laufenden, und im Gegenzug schauen wir, ob wir nicht rausfinden können, was an dem Tag im Maschinenraum tatsächlich abgelaufen ist.«

»Was genau soll daran ein Deal sein? Für mich klingt das nach einem ziemlich einseitigen Handel. Ich vermisse hier den Teil, der mir weiterhilft.«

»Na, wir klären den Fall auf und beweisen deine Unschuld. *Falls* du unschuldig bist.«

»Erstens: Ja, ich bin unschuldig. Immer noch. Zweitens: Diese Ermittlungen machen Imke Meesters und ich ohnehin schon. Warum sollte ich mir dafür eine Internet-Quasselstrippe zur Unterstützung holen?«

»Weil … weil …« An der Stelle schienen ihr tatsächlich die Worte zu fehlen. Schrödinger genoss diesen Moment und hätte ihn gerne so lang wie möglich ausgekostet. Andererseits hieß es im Sprichwort nicht umsonst: Schmiede das Eisen, solange es heiß ist.

»Pass auf, was hältst du von folgendem Deal: Wir spielen beide mit komplett offenen Karten. Du sagst mir alles, was du rausgefunden hast, und ich verrate dir meinen Teil plus, was die Kommissarin davon hält. Mit *alles* meine ich auch alles. Keine Geheimnisse, sondern vollständige Offenheit. Nur so kann das Ganze laufen. Einverstanden?«

Mehrere quälend lange Sekunden verstrichen. In der Ferne bellte ein Schaf.

Schließlich nickte die beeinflusste Beeinflusserin. »Einverstanden. Dann führe ich dich aber ganz offiziell in meinem Podcast ein und sage den Followern, dass wir zusammenarbeiten. Nur für den Fall, dass du irgendwas Komisches versuchst.«

»Mädel, ich weiß nicht mal, wie *komisch* geschrieben wird.«

Sie gaben sich die Hand, und der Handel war besiegelt.

Horst

Die Jugend von heute. Ich werde sie wohl nie verstehen. Ständig reden sie einen halbenglischen Kauderwelsch, bei dem sich jedem Germanistikstudenten die Fußnägel aufrollen. Von Hundekrallen ganz zu schweigen.

Bei Zoe kommt noch ein gewisser Müffelgeruch dazu. Da kann sie noch so lange an ihrem Pulli schnuppern oder sich mit Parfüm einsprühen. Gegen eine ordentliche Dusche kommt nichts davon an. Zähneputzen darf man übrigens auch zweimal am Tag, das schadet nie. Obwohl wir Hunde ja gerne mal an allerlei sonderbaren Sachen schnüffeln – und sie gelegentlich verspeisen –, wollen wir doch die Zweibeiner als wohlriechende Alternative haben. Lotterleben und Messietum gehen da gar nicht.

Igitt, wenn ich nur daran denke …

Was ich von Zoes komischen Pakt – oder neudeutsch: Deal – halten soll, weiß ich genauso wenig. Darf man wirklich jemandem vertrauen, der von Gerüchten und Behauptungen lebt? Und überhaupt: Wie kann eine Person einerseits einen Lifestyle-Blog führen und andererseits tagelang kaum ein Bad von innen sehen? Ist das der neue Lebensstil der Jugend? Na dann, Tschüssikowski!

Ich werde diese Tusnelda jedenfalls genau im Boxerauge behalten. Sobald die irgendwelche Fisimatenten versucht, kriegt sie es mit mir zu tun. Mein Herrchen derart zu erpressen! Ich glaube, es hackt!

Schrödinger

Das Gespräch mit der Influencerin hatte erheblich länger gedauert, als er gedacht hatte. Wer hätte auch annehmen können, was die spindeldürre Frau in den vergangenen Tagen alles auf die mageren Beine gestellt hatte? Schrödinger hatte irgendwann aufgehört, mitzuzählen, mit wie vielen Insulanern sich Zoe insgesamt unterhalten hatte. Es waren eine Menge gewesen. So viele, dass sich Schrödinger – und vielleicht ebenso die Kommissarin – eine Scheibe abschneiden konnte. Wie Zoe da noch die Zeit für das Aufnehmen ihres mehrteiligen Podcasts gefunden hatte, war ihm ein Rätsel. Andererseits … er hatte die dunklen Ringe unter ihren Augen bemerkt. Viel geschlafen hatte sie in der letzten Zeit wirklich nicht. Fast konnte sie einem leidtun.

Aber erstens hatte die Bloggerin ja niemand gezwungen, das alles auf sich zu nehmen. Und zweitens war sie noch jung. Als Schrödinger Anfang zwanzig gewesen war, hatte er die ganze Nacht durchgemacht und war am nächsten Morgen trotzdem fröhlich pfeifend zur Arbeit erschienen. Nun ja, fast. So genau wusste er das gar nicht mehr, wenn er ehrlich war. Es lag schließlich schon fünfzehn bis zwanzig Jahre zurück. Doch im Zweifel für den Angeklagten.

Während sich Schrödinger von Horst wie auf Autopilot zum Hotel zurückführen ließ, war er in Gedanken schon wieder ganz woanders. Eigentlich hatte er sich ja eine nette Entschuldigung für Marion einfallen lassen wollen. Immerhin hatte er sie schon wieder warten lassen. Und wenn er Pech hatte, war sie zwischenzeitlich zum Pilates gegangen. Doch obwohl seine frisch angetraute Ehefrau zweifelsohne seine Frau Nummer Eins war, war sie es im Moment nicht, die ihm durchs Hirn spukte.

Wider Erwarten war es weiterhin Zoe Hollmann. Beziehungsweise vielmehr das, was sie ihm berichtet hatte. Freilich, ein Großteil deckte sich mit seinen eigenen Rechercheergebnissen. Sie hatte ihm jedoch auch einige Dinge enthüllt, die er bislang überhaupt nicht auf dem Schirm gehabt hatte. Zum Beispiel, dass Björn Elvers drei Jahre lang eine Affäre mit einer anderen Inselbewohnerin geführt hatte. Und dass aus der Affäre ein Kind hervorgegangen war. Für eine gewisse Zeit waren Björn und Annika deswegen getrennt gewesen, bevor er sie auf Knien angefleht hatte, ihn zurückzunehmen, und sich die beiden vor zwei Jahren ausgesöhnt hatten. Viel besucht oder sich um seine kleine Tochter gekümmert hatte Björn seitdem nicht. Woran Annika nicht ganz unschuldig gewesen sein dürfte, die stets untersagt hatte, dass die Kleine zu ihnen nach Hause kam. Aber Björn war so oder so kein großer Familienmensch gewesen.

Sein Streben lag eher im geschäftlichen Bereich. In dem hatte er gemeinsam mit Senta Abt vor rund einem Jahr versucht, einen Esoterik-Store aufzuziehen. Zunächst ausschließlich online, bei Erfolg wollten sie auf Rügen jedoch auch einen physischen Laden eröffnen. Bedauerlicherweise war die Resonanz nicht halb so überschwänglich wie erhofft gewesen, sodass die beiden ihre Pläne ziemlich schnell verworfen hatten. Seither beschränkte er sich auf seine Arbeit in der Touristikinformation und gelegentliche Jobs nebenher. Das restliche Geld, das die zwei für die Sanierung von Annikas geerbtem

Grundstücks in Putbus benötigten, stammte von ihrer Arbeit als Aushilfskellnerin in einem griechischen Lokal in der Innenstadt von Sassnitz.

Sowie sie das Hotelgebäude betraten, verdrängte Schrödinger ganz automatisch alle störenden Gedanken in den Hintergrund. Es war wie ein durch die Evolution über die Jahrtausende übermittelter Urinstinkt. Er wusste, dass das Hotel das unangefochtene Reich von Roger Seyfarth war. Das wiederum bedeutete Gefahr und erforderte gesteigerte Wachsamkeit, um kein schreckliches Unheil heraufzubeschwören. Wann immer der Flur in eine Kreuzung mündete, lief er langsamer, zog Horsts Leine noch enger zu sich heran und linste vorsichtig um die Ecken. Das kostete zwar Zeit, war aber eindeutig besser, als abgefangen zu werden und einen verbalen Einlauf verpasst zu bekommen.

Schrödinger suchte im Speisesaal und an der Bar, an der es tatsächlich Smoothies gab, nach seiner Frau – leider vergebens. Wahrscheinlich hatte sie sich aufs Zimmer oder die dazugehörige Terrasse zurückgezogen und schmökerte wieder in einem ihrer Romane. Auch das konnte eine Vorstufe von Ärger bedeuten, und dafür musste er ebenfalls gewappnet sein. Deshalb schnappte er sich im Foyer rasch einige Ausflugsflyer und sah zu, dass er sich verdünnisierte, bevor der Rezeptionsmann auf ihn aufmerksam wurde. Schrödinger hoffte, Marion mit einem kleinen Tagestrip milde zu stimmen.

In ihrer Unterkunft war alles ruhig. Vielleicht *zu* ruhig. Wie zuvor auf dem Flur, schaute Schrödinger sich vorsichtig um. Das Bett war leer, und im Bad brannte kein Licht. Blieb noch die Terrasse – und hier entdeckte er seine bessere Hälfte.

Er wollte direkt zu ihr gehen, doch ein gewisser Boxerrüde zog ihn entschlossen in eine andere Richtung. In die, wo die Hundefutterdosen aufbewahrt waren. Also erledigte Herrchen auch das noch, bevor er die gläserne Schiebetür öffnete und nach draußen trat.

Marion hatte sich auf ihrer Plastikliege ausgestreckt und ließ in einer gemächlichen Bewegung ihr Buch sinken. Der Hundekrimi war scheinbar inzwischen ausgelesen, und ein verrücktes Abenteuer von Tante Poldi auf Sizilien stand an. Ein kleines Lächeln umspielte Marions Lippen und verschwand nicht, als sie ihren Gatten anblickte. Offenbar hatte die gute Laune nicht bloß mit ihrer Lektüre zu tun.

»Na, wenn das nicht mein Ehemann ist. Ich hatte schon fast vergessen, wie du aussiehst.«

»Sorry, es hat länger gedauert als erwartet.«

»Hab ich gemerkt. Hast du dich wenigstens mit ihr ausgesprochen?«

»Sozusagen. Du errätst nie, warum sie ständig überall herumschleicht.«

»Weil sie für ihren eigenen True-Crime-Podcast recherchiert?«

»Falsch. Sie hat ihren eigenen … Augenblick! Woher weißt du das?«

»Die Frau von Welt weiß, wie sie ihr Handy zu bedienen hat. Außerdem war ich neugierig und hatte viiiel Zeit, die ich mir vertreiben musste. Da dachte ich, ich schau mal nach, was das Netz über Zoe Hollmann zu sagen hat. Auf ihrem Lifestyle-Kanal macht sie auch kräftig Werbung für den neuen Podcast.«

Schrödinger wurde ganz flau im Magen, und diesmal lag es nicht am Hunger. »Hast du dir die Folgen angehört?«

»Noch nicht. Ich hatte es mir überlegt, mich dann aber doch ganz klassisch für ein neues Buch entschieden. Die Feder schlägt das Schwert, wenn man so will.«

»Schöner Vergleich. Hast du mal über meine Idee von einem Ausflug nachgedacht?«

»Du hast bloß keine Lust auf Fitness.« Marion schaute auf ihre Uhr. »Na ja, für Pilates ist es jetzt eh zu spät. Wo willst du denn mit mir hin?«

Das war das Zeichen, um ihr einen der eingesteckten Flyer zu präsentieren. »Was hältst du von einem Ausflug zum Königsstuhl?«

»Ist das was Ekliges?«

»Nein, ganz im Gegenteil, ein UNESCO-Welterbe. Man sagt, wer den Königsstuhl nicht wenigstens einmal besucht hat, war nicht wirklich auf Rügen.«

»Das können wir selbstverständlich nicht auf uns sitzen lassen.« Sie stand auf und legte ihren Tante-Poldi-Schmöker beiseite. »Dann mal los. Wenn schon kein Sport, dann wenigstens Wandern. Wird das ein Spaß!«

Das bezweifelte Schrödinger.

Es war gut, dass er sich vor dem Aufbruch noch hastig ein zwei Tage altes Brötchen und einen Müsli-Riegel geschnappt hatte, ansonsten hätte er den viereinhalbstündigen Marsch sicherlich nicht überstanden. Die Autofahrt ins 30 Kilometer entfernte Sassnitz stellte dabei noch den entspanntesten Teil der Reise dar. Anders als beim Trip mit Hermann gab es diesmal keine waghalsigen Überholmanöver oder nervenaufreibende Berichte über Besucher von fremden Planeten. Stattdessen eine freudig lächelnde Ehefrau auf dem Beifahrersitz und das neuste Frank-Turner-Album im Auto-CD-Player.

Vom Erholungsort Sassnitz aus spazierten sie zum Aussichtspunkt, der Piratenschlucht am Wissower Ufer. Der Ausblick von der steilen Kreidefelsenküste war mehr als beeindruckend. Wie Marion aus dem Internet zitierte, konnte man von hier aus hinab zu der Bucht schauen, in der sich berühmte Pirat Klaus Störtebeker im 14. Jahrhundert versteckt haben sollte.

Weiter ging es zu den berühmten Wissower Klinken und über den Hochuferweg zum Kieler Ufer. Nach einer gefühlten Ewigkeit (in Wahrheit gerade mal drei Stunden) und Blasen an Schrödingers Zehen und Fersen erreichten sie die Victoria-Sicht mit dem gigantischen Blick auf den 118 Meter hohen Königsstuhl. Zugegeben, imposant wirkte der massive Kreidefelsen zweifellos. Mit schmerzenden Füßen und einer vor Durst heraushängenden Zunge konnten Hund und Herrchen das Naturwunder jedoch nur bedingt genießen. Den Eintritt zur Aussichtsplattform hätte sich Schrödinger daher gerne gespart. Ein Blick in Marions vor Aufregung leuchtende Augen allerdings ließ ihn umso bereitwilliger das Portemonnaie zücken. Am wichtigsten ist es, dass die Frau glücklich ist, überlegte er sich. Dies war das Geheimnis einer erfolgreichen Ehe, hatte er sich sagen lassen.

Nach dem Ausblick von der Plattform wanderten sie oberhalb des Teufelsgrund zum Schwanenstein in Lohme. Als Marion anbot, von dort aus den Bus zurück nach Sassnitz zu nehmen, zögerte Schrödinger keine Sekunde. Auf den letzten Metern musste er Horst sogar tragen. Kaum saßen sie im Bauch des Busses, schnarchte der Vierbeiner bereits lautstark auf seinem Schoß. Selbst für seine berüchtigten Pupse war der Boxer viel zu erschöpft.

Nach so viel Natur und der spärlichen Mahlzeit im Hotel wollte Schrödinger in Sassnitz unbedingt etwas essen. In der Hinsicht kam ihm das ausgefallene Frühstück als Argument gerade recht. Als er im Stadtkern ein gewisses griechisches Restaurant erspähte, verkündete er, vor Hunger praktisch umzukommen und unbedingt etwas essen zu müssen.

Zum Glück ließ sich Marion ebenfalls nicht lange bitten. »Klar, warum nicht? Eine schöne Portion Gyros könnte ich jetzt auch vertragen.«

Im Lokal erwarteten sie weiße Wände mit Rundbögen, verzierten Säulen und bunten Gemälden mit Mittelmeermotiven. Von den rund zwei Dutzend Tischen war knapp die Hälfte besetzt und von jedem einzelnen roch es angenehm nach Gebrutzeltem. Am liebsten hätte sich Schrödinger im Vorbeigehen von jedem einzelnen Teller etwas gemopst. Das Loch in seinem Bauch schien gefühlt die Ausmaße des Grand Canyon zu besitzen. Ein Wunder, dass er nach wie vor halbwegs freundlich auftreten konnte. Normalerweise spiegelte sich das Fehlen von Nahrung bei ihm zuallererst in seiner Laune wider.

Ein Blick in Richtung Küche hob seine Stimmung. Dort stand eine zierliche Frau mit strohblonden Haaren, die sie zu einem Dutt nach hinten gekämmt hatte, und war dabei, vom Koch eine lecker aussehende Essensbestellung entgegenzunehmen. Genau darauf hatte er gehofft.

Zufrieden setzte er sich mit Marion an einen freien Ecktisch im hinteren Teil des Lokals, von dem aus er sowohl die Küche als auch den Eingangsbereich im Auge hatte. Es dauerte nicht lange, dann kam die blonde Kellnerin zu ihrem Tisch, um ihnen die Speisekarten zu bringen.

»Herzlich willkommen, darf ich Ihnen schon etwas zum Trinken anbieten?«

Mit einem skeptischen Blick registrierte sie den ausgestreckten Boxer unter dem Tisch, sagte jedoch nichts, da Marion just in dem Moment ein alkoholfreies Radler bestellte. Schrödinger tat es ihr gleich, einzig mit dem Unterschied, dass er sich für die Getränkevariante mit der geringen Promillezahl entschied. Für den Vierbeiner orderten sie ein Schälchen Leitungswasser.

Gerne hätte Marion ein Fischmenü bestellt, aber ebenso wie der obligatorische Ouzo fiel das ihren anderen Umständen zum Opfer. Stattdessen hielt sie sich an den bereits angekündigten Gyrosteller. Schrödinger entschied sich für den Klassiker schlechthin: Die Athen-Platte, die aus einem Mix der beliebtesten griechischen Köstlichkeiten bestand. Wobei er in seinem aktuellen Zustand vermutlich selbst einen panierten Kuhfladen verdrückt hätte. Hauptsache, das Vakuum in der Bauchregion wurde gefüllt.

»Irgendwie kommt mir die Kellnerin bekannt vor«, flüsterte Marion, nachdem sie wieder unter sich waren.

Das überraschte den Gatten. Wann bitte schön sollten sich die zwei über den Weg gelaufen sein? Einen Herzschlag später dämmerte ihm, dass ein Treffen heutzutage gar nicht mehr zwingend notwendig war. Es genügte ein Blick ins Internet respektive auf einen gewissen True-Crime-Blog. Aus dem Grund machte es auch keinen Sinn, Marion etwas zu verschweigen. »Ich glaube, das ist Annika Elvers.«

»Elvers? Ist das nicht der Name des Toten, den man in unserer Hotelanlage gefunden hat?«

»Kann schon sein …«

Marions Augen verengten sich zu Schlitzen. »Kann schon sein? Sag mir nicht, dass wir deswegen hier sind!«

»Nein, natürlich nicht. Nach der ganzen Wanderei haben wir alle kräftig Hunger, schon vergessen?«

»Du scheinst eher vergessen zu haben, mit wem du dich unterhältst. Du willst mir doch nicht ernsthaft weismachen, dass wir rein zufällig in genau das eine Restaurant auf der ganzen Insel gehen, in dem die Witwe des Toten arbeitet!«

»An Zufälle glaube ich nicht. Ich würde es eher als glückliche Fügung bezeichnen.«

Marion seufzte. »Schon gut. Und wofür genau wollen wir diese *glückliche Fügung* nutzen? Was willst du von ihr wissen?«

»Eigentlich nichts. Vielleicht ein paar Hintergrundinfos. Ich versuche ja noch immer abzuklären, was es mit diesem UFO- und Mystery-Kram auf sich hat.«

»Wegen dem dich Axel vorhin so angeblafft hat?«

»Axel? Welcher … ach so, ja, den Hermann meinst du. Genau, darum geht es.«

»Na, das sollte kein Problem sein.« Marion lächelte geheimnisvoll. »Lass mich mal machen.«

Damit war das Thema fürs Erste erledigt, und sie schwatzen einige Minuten lang über den Ausflug zum Königsstuhl und die tolle Landschaft auf der Insel, die bereits Künstler wie Caspar David Friedrich zu einem seiner berühmtesten Gemälde inspiriert hatte. Von Malern allerdings hatte Schrödinger wenig Ahnung. Nicht nur, was die eigenen aktiven Malfähigkeiten betraf, sondern mindestens genauso sehr das theoretische Fachwissen. Seit dem Ende seiner Schulzeit hatte er diesem Thema keine große Beachtung mehr geschenkt. Beziehungsweise dem Thema Kunst im Allgemeinen. Bei ihm ging es stets nach dem Motto *Ist das Kunst oder kann das weg?* Vor allem mit dem ganzen neuartigen Gekrakel konnte er überhaupt nichts anfangen. Dafür extra in ein Museum zu gehen, lief bei ihm unter dem Begriff *Strafe* und nicht *Vergnügen*.

Während sie sich unterhielten, war unter dem Tisch ein kontinuierliches leises Schnarchen zu vernehmen. Es hatte etwas Beruhigendes an sich, fand Schrödinger.

Sowie das wohlduftende Essen zu ihnen gebracht wurde, war es allerdings vorbei mit der einlullenden Geräuschkulisse. Als hätte jemand einen Schalter umgelegt, war der Hund aus seinem Tiefschlaf erwacht und stand aufrecht und aufnahmebereit neben Schrödingers Bein. Natürlich ging ihm das Servieren wie üblich nicht schnell genug, und er stupste sein Herrchen auffordernd gegen den Unterschenkel. Schrödinger ließ sich davon nicht aus dem Konzept bringen. Er kannte diese Ungeduld seit Jahren.

Obendrein blieb ihm sowieso keine Gelegenheit zum Reagieren. Denn wie aus heiterem Himmel fing Marion auf einmal an, von übernatürlichen Erlebnissen und Orten zu erzählen. Der Themenwechsel kam dermaßen abrupt, dass Schrödinger zunächst gar nicht verstand, was gerade passierte. Es war ebenfalls wie das Umlegen eines Schalters.

»Am liebsten sind mir ja die Bücher, in denen es richtig unheimlich zugeht. Wie die von Stephen King«, sagte sie mit einer Überzeugung in der Stimme, als würde sie den ganzen Tag von nichts anderem sprechen. »Und die Filme. Die mit dem Clown. Oder dem Nebel. Das ganze mysteriöse Zeug. Davon kann ich gar nicht genug kriegen.«

Sie neigte den Kopf halb zur Seite und schaute fragend zu Annika Elvers. »Wie stehen Sie dazu?«

Im ersten Moment wirkte die Kellnerin ebenfalls völlig perplex. Dann winkte sie ab. »Das ist nichts für mich. Ich bin eher Team *Blacklist* oder *Downton Abbey.* Hauptsache bodenständig.«

»Bodenständiges gibt es im Leben zuhauf. Das ist doch langweilig. Stellen Sie sich mal vor, es gäbe wirklich Geister, Aliens oder magische Amulette. Wäre das nicht cool?«

»Nicht für mich.«

»Wie ist das mit Ihrem Mann? Mag er solche Sachen? Ich habe gesehen, dass Sie an der rechten Hand einen Ring tragen.«

Das schien Annika ebenfalls erst in der Sekunde wieder einzufallen. Sie stellte Schrödinger seinen Athen-Teller vor die Nase und betrachtete nachdenklich ihre Hand. »So halb. Björn war schon so ein bisschen Mystery-Fan. Er hat sich Sachen wie *Supernatural* und *Stranger Things* angeschaut. Aber wirklich daran geglaubt hat er nicht. Wer tut so was auch?«

»Ich zum Beispiel«, behauptete Marion keck, nur um gleich darauf zurückzurudern. Mit mitfühlendem Blick schaute sie zu Annika Elvers auf. »Geht es Ihnen nicht gut? Sie sind auf einmal so blass.«

Das schien die zierliche Frau komplett aus dem Konzept zu bringen. Tränen stiegen in ihren Augen auf. »Es ist wegen meinem Mann … er ist gestorben. Erst vor wenigen Tagen.«

»O nein!« Marion hielt sich bestürzt die Hand vor den Mund. »Mein aufrichtiges Beileid. Das tut mir sehr leid. Ich bin erstaunt, dass Sie dann jetzt schon wieder arbeiten. Als mein erster Mann starb, war ich wochenlang zu nichts zu gebrauchen.«

Sie rückte den Stuhl neben ihr heraus und klopfte mit der

Handfläche sanft auf die Sitzfläche. Die Kellnerin nahm bereitwillig darauf Platz, ebenso wie sie dankend das Papiertaschentuch annahm, das Marion ihr anbot. »Ich brauche die Arbeit als Ablenkung. Daheim würde ich durchdrehen.«

»Woran ist Ihr Mann denn gestorben, wenn ich fragen darf?«

»Ehrlich gesagt, weiß ich das nicht genau. Er ist morgens ganz normal zur Arbeit gegangen. Dann rief die Polizei an, dass er tot im Hotel gefunden wurde. Sie ermitteln noch.«

»Sie meinen, er ist ermordet worden?«

»Es sieht so aus. Das ist alles so schrecklich! Wir hatten noch so viel vor. Unten in Putbus haben wir ein Haus umgebaut, auf einem Grundstück, das ich geerbt habe. Das sollte unser Traumhaus werden. Wir sind schon mitten in der Sanierung gewesen.«

Schrödinger lauschte mit offenem Mund. Erst als Horst ihn erneut anstupste, erwachte er aus seiner Starre. Ohne den Blick abzuwenden, reichte er dem Hund die Hälfte seines Biftekis. Damit hörte das Anstupsen auf. Wenigstens kurzzeitig.

Die traurige Witwe war derweil dazu übergegangen, Marion ihr Herz auszuschütten. Wie toll mit ihrem Mann alles gewesen war, dass sie beide sich schon seit der Schulzeit kannten und dass er in der Stunde der Not immer für sie da gewesen war. »Ich weiß überhaupt nicht, wie es weitergehen soll. Wie ich das alles schaffen soll. Ich vermisse ihn so sehr. Er war mein Ein und Alles.«

»Im Moment müssen Sie gar nichts schaffen.« Marion legte ihr mitfühlend ihre Hand auf die von Annika Elvers. »Über langfristige Pläne brauchen Sie sich zurzeit gar nicht den Kopf zu zerbrechen. Aus meiner eigenen Erfahrung kann ich Ihnen nur raten, leben Sie einfach einen Tag nach dem anderen. Es geht um kurzfristige Ziele. Immer nur der nächste Schritt. Bis der Schmerz zwar nicht verschwindet, aber etwas nachlässt. Ich mache Ihnen nichts vor: Es wird lange dauern, und ein gewisser dunkler Schatten wird nie ganz verschwinden. Doch so grausam und abgedroschen es klingt, irgendwann gewöhnen Sie sich selbst daran. Das ist der Augenblick, an dem sie wieder nach vorne blicken und vielleicht sogar mal wieder lächeln können, ganz gleich, wie unvorstellbar Ihnen das gerade erscheint.«

Das nächste Anstupsen folgte, und der Rest des Biftekis wanderte unter den Tisch. Gedankenverloren naschte Schrödinger an seinen Pommes und achtete ansonsten fasziniert auf seine Frau. Vermutlich geschuldet durch ihre eigene Erfahrung mit dem Thema agierte Marion dermaßen souverän, dass die Tränen der trauernden Witwe schon bald versiegten und ein kleiner Hauch von Normalität zurückkehrte.

»Björn hatte den Kopf ständig voller Ideen. Er hat sich als Fotograf versucht, hätte gern den Mount Everest bestiegen, hat ein Geschäft eröffnen wollen. Das und vieles mehr. Er hat in allem eine Gelegenheit gesehen. Für ihn war das Glas immer halb voll.«

Schrödinger trank einen Schluck. Das kühle Radler belebte ihn. Nun war sein Glas ebenfalls nur noch halb voll.

Irritiert bemerkte er, wie ein kurzes Zucken durch Annika Elvers' gesamten Körper fuhr, so, als würde sie frösteln. Im selben Moment schien sich die Farbe ihrer grauen Augen zu verändern. Der Glanz, der vielleicht noch den Tränen geschuldet war, verschwand. Auch Marion schien das nicht entgangen zu sein, denn sie warf ihrem Gatten einen fragenden Blick zu, ehe sie sich wieder der Witwe zuwandte.

»Genau so sollten Sie ihn in Erinnerung behalten. Denken Sie an die schönen Zeiten mit ihm und freuen Sie sich, dass Sie sie mit ihm erleben durften. Nur darauf kommt es an.«

Die beiden Frauen sprachen noch einige Minuten über die Phasen der Trauerbewältigung und was man alles tun konnte, damit der Schmerz nicht übermächtig wurde. Auch hier lauschte Schrödinger beeindruckt und gleichermaßen stolz. Er dankte allen Göttern dieser Erde, dass er diese tolle Frau kennen und lieben durfte.

Nachdem Annika gegangen war, blickte er noch immer mächtig verliebt zu ihr.

»Was ist?«, fragte Marion mit einem irritierten Lächeln.

»Du bist einfach unglaublich.«

»Danke sehr. Du bist aber auch nicht schlecht. Und jetzt iss deine Souflakis, oder willst du die auch noch dem Hund geben?«

»Was? Wie? Natürlich nicht.« Überrascht schaute er auf seinen halbleeren Teller, konnte sich aber nur dunkel daran erinnern, sein Gericht mit Horst geteilt zu haben. Wie aufs Stichwort stupste ihn der gefräßige Vierbeiner erneut an. Doch diesmal blieb er hart. Ein bisschen was für sich brauchte er schließlich auch.

Horst

Schrödinger, der alte Geizkragen! Erst schleift er mich in so ein Lokal, wo es die ganze Zeit über mordsmäßig lecker duftet, und dann gibt er mir nichts von seiner Mahlzeit ab. Also fast nichts. Aber es war entschieden zu mickrig, das kann ich Ihnen sagen!

Zum Glück hatte jemand auf dem Boden kurz vorher eine würzige Soße verschüttet und bloß unzureichend aufgewischt. Da gab es für mich immerhin ein bisschen was aufzuschlecken. Ich weiß, es ist ein schwacher Ersatz für all das kross gebratene Fleisch oben auf den Tellern, aber in der Not muss man sich eben selbst mit so was zufriedengeben.

Ich war ja schon froh, als die jammernde Kellnerin endlich verschwunden war. Dieses ständige Geschluchze und Gewimmer ist auf Dauer einfach zu viel für meine empfindlichen Hundeohren. Zumal ich weiterhin genug damit zu tun hatte, all den leckeren Essensgeruch auszublenden. Sie glauben gar nicht, wie schwer das ist.

Deshalb war ich beim Verlassen des Restaurants schon wieder ziemlich groggy. Als Marion vorschlug, in Sassnitz noch die Hafenpromenade anzuschauen, hätte ich ihr deshalb am liebsten vor die Schuhe gekotzt. Wenn das so weitergeht, brauche ich nach den sogenannten Flitterwochen erstmal Urlaub vom Urlaub. Wer hätte gedacht, dass wir auf Rügen dermaßen viel laufen würden? Das war am Bodensee und in den Alpen definitiv anders!

Zum Glück hatten wir unser Auto in der Nähe geparkt. Sobald ich die Familienkutsche gesehen habe, habe ich aufgeatmet. Endlich geht es zurück zum Hotel.

Schrödinger

Sie hatten Sassnitz noch nicht mal eine Minute verlassen, da fiel ihnen auf der Straße vor ihnen ein quietschgelber Seat auf, der langsam und in leichten Schlangenlinien fuhr. Marion war die erste, die ihn bemerkte und ihren Ehemann darauf aufmerksam machte,

Sofort nahm Schrödinger den Fuß vom Gaspedal und drehte die Musik im Autoradio leiser.

»Vielleicht ist der Fahrer besoffen«, mutmaßte er.

»Oder abgelenkt«, überlegte Marion. »Schau mal, da sitzen zwei in der Kiste und quasseln die ganze Zeit. »Die sind vollkommen abgelenkt. Los, hup sie mal an, damit sie sich wieder aufs Fahren konzentrieren.«

Schrödingers Finger zuckten schon, betätigten die Hupe dann aber doch nicht. Gerade jetzt fuhr der Wagen wieder ordnungsgemäß auf seiner Spur. Trotzdem war mit solchen Fahrern in der Regel nicht zu spaßen, und es war besser, sie baldmöglichst zu überholen. Der immense Gegenverkehr schien das anders zu sehen beziehungsweise ließ ihnen keine Chance dazu.

So blieb ihnen nichts anderes übrig, als dem nach wie vor ziemlich langsam fahrenden Seat hinterherzutuckern. Allein dafür hatte der Fahrer eigentlich schon ein lautes Hupsignal verdient. In Augenblicken wie diesen wünschte Schrödinger sich ein Fahrzeug wie in den Agentenfilmen, die alle über Bordwaffen verfügten. Ein gut platzierter Laserstrahl oder Pistolenschuss, und schon wäre der offensichtlich unfähige Fahrer weg von der Straße. Buchstäblich.

Statt mit geheimen Waffen hätten sie in ihrer Familienkutsche höchstens mit den Legomännchen der Kinder werfen können, die Marlene und Max aus welchem Grund auch immer in allen möglichen Ritzen und Öffnungen verstaut hatten. Das und allerlei Bonbonpapiere.

Plötzlich hatte Gott, das Schicksal oder der andere Autofahrer selbst Erbarmen mit ihnen und setzte den Blinker, um nach links in eine kleine Waldeinfahrt abzubiegen. Das bremste das Fahrzeug dahinter zwar vollends aus, aber das akzeptierte Schrödinger in dem Fall gerne. Er freute sich darauf, gleich mit deutlich mehr Tempo unterwegs zu sein.

Als der Seat abbog, traute Schrödinger allerdings seinen Augen kaum. Das am Steuer vor ihnen war kein Mann, sondern eine Frau. Und diese Frau war Senta Abt. Er sah ihr Seitenprofil ganz deutlich. Und es wurde noch verrückter: Auf dem Beifahrersitz beugte sich auf einmal eine junge schwarzhaarige Frau nach vorne, die bemerkenswerte Ähnlichkeit mit Jessi Zieschang besaß. Maiks bessere Hälfte.

Nun wusste Schrödinger überhaupt nicht mehr weiter. Sein Hirn war völlig zwiegespalten zwischen Gas geben und ebenfalls auf das Waldstück einbiegen, um herauszufinden, was die beiden hier zu suchen hatten. Einige Sekunden lang stand ihr Wagen einfach regungslos auf der rechten Fahrspur.

»Willst du nicht langsam mal weiterfahren?«, fragte Marion schließlich.

Genau das war die Frage. Schrödinger leckte sich nachdenklich mit der Zungenspitze über die Unterlippe. »Nein, ich habe mich gerade umentschieden. Lass uns doch noch ein bisschen die Füße vertreten.«

»Hast du nicht vorhin noch gejammert, dass dir alles wehtut?«

»Ach, ein bisschen Sonne und Natur geht immer.«

»Das wäre mir neu. Jedenfalls bei dir.«

Er ignorierte die Spitze und lenkte ihren Wagen in die gleiche Richtung, in die zuvor der Seat gefahren war. Es war eine breite Schneise mit deutlich sichtbaren Fahrspuren, die direkt zu einem kleinen Waldparkplatz führte. Hier standen mehrere Autos, und ein hölzernes Richtungsschild verriet ihnen den Grund dafür: Nicht weit hinter den Bäumen lag der Strand von Mukran. Irgendwo hatte er davon schon mal gehört oder gelesen. Vermutlich auf einem der vielen Flyer, die er in den vergangenen Tagen gesammelt hatte.

Er beeilte sich, an dem Seat vorbeizufahren und so mit der Wagenfront in Richtung Wald zu parken, dass Marion nicht gleich sah, wer da jede Sekunde aus dem anderen Auto aussteigen würde. Um sie zusätzlich abzulenken, beugte er sich zu ihr herüber und startete eine wilde Knutscherei.

»Schrödinger, hier nicht! Hier kann uns doch jeder sehen!«

Vermutlich bezog sich das nicht aufs Küssen, sondern auf das, was sich daraus ergeben könnte. Interessanterweise bewirkte es genau den gegenteiligen Effekt. Allein die Aussicht auf mehr spornte ihn zusätzlich an. Bis Marion ihn sanft zurückwies.

»Lass uns das lieber auf später verschieben. Wenn wir unter uns sind. Im Auto ist das eh viel zu unbequem.«

Das waren zwei triftige Argumente. Ein weiteres war, dass Senta und Jessi inzwischen den Seat verlassen hatten. Schrödinger sank in seinen Sitz zurück und tat eine Sekunde lang so, als wäre er enttäuscht. Dann stieg er aus und öffnete die hintere Autotür, damit Horst hinaushopsen konnte. Kurz überlegte er, den Boxer an die Leine zu legen, verwarf den Gedanken aber gleich wieder. Mitten im Wald, mit keiner Menschenseele in Sicht, lohnte sich das nicht.

Er lotste Marion und Horst die Richtung des Trampelpfades, über den vor Kurzem die beiden anderen verschwunden waren.

»Hier geht es ja zum Strand!«, stellte seine Ehefrau im Vorbeigehen fest.

»Echt? Ist mir noch gar nicht aufgefallen. Umso besser.«

Er wagte nicht, Marion bei diesen Worten in die Augen zu blicken. Sie anzulügen war nie ein Vergnügen. Trotzdem war es manchmal notwendig.

In der Ferne waren bereits Möwengeschrei und Meeresrauschen zu hören. Schrödinger glaubte sogar, vereinzelte Stimmen zu hören. Anfangs ging er davon aus, dass es sich dabei um Senta und Jessi handeln musste. Allerdings hatte sich eine Stimme eindeutig nach einem Mann angehört.

Er beschloss, nicht auf kompletten Konfrontationskurs zu gehen, und bog auf einen seitlich wegführenden Trampelpfad ab, als sich die Gelegenheit dazu bot. Marion und Horst folgten weiterhin bereitwillig und zögerten selbst dann nicht, als Schrödinger nach 100 Metern zwischen den Bäumen hindurch wieder auf den Strand zusteuerte. Sein Plan war es, sich auf diese Weise hoffentlich unbemerkt an die beiden Frauen heranschleichen zu können.

Wie so oft im Leben, unterschieden sich Theorie und Praxis enorm. Als Schrödinger die vor ihnen liegenden Büsche beiseiteschob, sah er deutlich mehr, als er sehen wollte. Mehrere frei baumelnde Penisse, um genau zu sein. Manche unter kugelrunden Schmerbäuchen, andere unter der Andeutung dessen, was mal ein Sixpack werden könnte. So oder so, seine überraschten Augen erblickten jede Menge Nackedeis. Es waren auch nicht nur Männer. Links von ihm drehte sich plötzlich eine Frau mit Dauerwelle zu ihm um. Ihre Brüste waren groß wie Kirchenglocken. Nicht weit entfernt spielten zwei weitere textilfreie Ladys mit einem aufgeblasenen Plastikball. Eine der Frauen war komplett rasiert, bei der anderen hingegen wäre vermutlich ein Rasentrimmer notwendig gewesen.

»Was ist denn hier los?«, raunte Marion hinter ihm.

»Das wüsste ich auch gerne.« Im gleichen Atemzug fiel ihm wieder ein, wann und wo er vom Strand von Mukran erfahren hatte. Senta hatte ihn als tolle Möglichkeit für FKK empfohlen. Offenbar hatte sie dabei kein bisschen übertrieben.

Das Stichwort Senta erinnerte ihn sogleich an den eigentlichen Grund ihres Herkommens. Er drehte den Kopf nach rechts und suchte den Strandabschnitt nach der alten Kräuterhexe ab. Nach kurzem Suchen wurde er fündig: Senta und Jessi hatten gerade eine karierte Stoffdecke auf dem Strandboden ausgebreitet und fingen nun an, sich auszuziehen. Ganz dem Beispiel der anderen folgend, fielen hier sogleich ebenfalls die letzten Hüllen.

Obwohl es nichts war, was er nicht gestern schon in der Sauna gesehen hatte, wandte er sich peinlich berührt von ihnen ab.

»Ich glaube, wir sollten lieber wieder gehen«, schlug er vor.

»Wieso denn? Könnte doch lustig werden.«

Entsetzt riss Schrödinger die Augen auf. Er betrachtete sich selbst ja nicht unbedingt als prüde, aber öffentliches Nacktbaden war ihm dann doch eine Spur zu viel. Und Marion eigentlich ebenso, hatte er bisher stets angenommen.

In der Sekunde zeigte sie ein freches Grinsen. »Ganz ruhig,

mein Lieber. Ich brauche das genauso wenig. Ich wollte bloß dein Gesicht dazu sehen.«

»Das ist dir gelungen. Los, lass uns verschwinden, bevor uns noch jemand für Spanner hält.«

»Oder doch zum Mitmachen überredet«, erwiderte Marion lachend.

Die restliche Rückfahrt verlief ohne besondere Vorkommnisse. Keine Schleicher, keine Baustellen oder sonstige Hindernisse. Lediglich ein überschaubares Verkehrsaufkommen, das zunahm, sobald sie Sellin erreichten.

Sie parkten wie üblich auf dem großen Parkplatz und legten die letzten Meter zu Fuß zurück. Schrödinger war gespannt, ob sich Marion an ihr vorhin im Wald gegebenes Versprechen halten würde. Allerdings waren *später* und *wenn wir unter uns sind* ziemlich dehnbare Begriffe. Das konnte *jetzt gleich* genauso wie *heute Abend* oder *morgen* bedeuten.

Überdies wurden die Begriffe kurz darauf noch dehnbarer. Auf halber Strecke zum Hauptgebäude kam ihnen nämlich ein etwas derangiert wirkender Blondschopf mit schmalem Gesicht und breiter Nase entgegen. Er erkannte sie aus der Ferne und schritt direkt auf sie zu. Beim Näherkommen bemerkte Schrödinger ein blaues Auge und eine aufgeplatzte Unterlippe.

»Mensch, Maik, was ist dir denn zugestoßen?«, begrüßte er ihn.

»Bist du überfallen worden? Sollen wir dich zu einem Arzt bringen?«; fragte Marion. Beide klangen sie besorgt.

»Nee, du, alles in Ordnung so weit. Ihr solltet mol den and'ren seh'n.« Er probierte zu lächeln, brach den Versuch jedoch nur Sekunden darauf wieder ab. Vermutlich schmerzte die Lippe dabei zu sehr. »Das Veilchen hab'sch mir gestern Abend eingefang'n. In einer Bar hier im Ort. Ich wollt dich ja fragen, ob de mitwillst, Schrödi, aber bei der Regendusche biste ziemlisch schnell abgedampft. Also binnich alleene losgezogen. Erst wollt'sch mich volllofen lass'n, dann gab's ne Planänderung und isch wollt bloß e bissl Mut tanken.«

»Mut wofür?«, fragte Schrödinger vorsichtig,

»Isch wollt mir Jessis Liebhaber vornehm'n. Een noch'm and'ren. Tja, und dann hat eener in der Kneipe nen blöden Spruch vom Stapel gelassen. Da sind mir irgendwie die Nerven durchgegangen. Oder eher die Fäuste. Dem and'ren aber och. Der hat mir ziemlich eene gezwiebelt und mir sin de Lichter ausgegang'. Zack. Bumm. Weg. Als isch wieder zu mir kam, lag isch of ner Liege im Hinterzimmer. Die Barkeeperin hat mir angebot'n, dass isch da mein' Rausch ausschlof'n könnt. Isch glob' die hatte Mitleid mit mir. Das ist alles. Es is' nüscht mit ihr gelof'n. Das schwör isch!«

»Herrjemine, du machst Sachen!«, fand Marion.

Maik verzog das Gesicht. »So im Rückblick betrachtet, war das nich so meine Glanzstunde.« Er senkte den Kopf, als er spürte, wie Horst interessiert an seinem Hosenbein schnüffelte. »Joa, isch weeß, ich stinkt wie Hupatz! Isch brauch unbedingt ne Dusche. Aber erstmal wollt ich die Jessi suchen. Weeß der Teufel, wo die sich wieder rumtreibt!«

»Ich bin zwar nicht der Teufel«, gestand Schrödinger, »aber ich habe sie vorhin mit Senta Abt wegfahren gesehen.« Dass die beiden – zu welchem Zweck auch immer – zu einem FKK-Strand aufgebrochen waren, behielt er lieber für sich.

Alles andere hätte bloß weiteres Wasser auf die sich ohnehin längst emsig drehenden Mühlenräder gegeben.

»Die olle Kräuterhexe? Och nö, och das noch! Die erzählt ihr bestimmt wieder was von freier Liebe, sich ausprobieren und so'n Scheiß. Das hat mir grad noch gefehlt! Verdammich noch eens! Was mach ich'n jetzt?«

Marion schaute ihn verständnisvoll an. »Ich würde vorschlagen, du gehst erst mal duschen oder nimmst ein heißes Bad. Danach sieht die Welt vielleicht schon ganz anders aus.«

»Und wenn nich?«

»Abwarten. Heißes Wasser bewirkt wahre Wunder.«

Maiks Antwort war ein Brummen. Schrödinger vermutete, dass der Gehörnte sich aus der Minibar in seinem Zimmer erst einmal eine Handvoll Eis für das Auge und einen Schnaps für die Seele gönnen würde. Eventuell auch zwei. Er selbst würde das an dessen Stelle zumindest so handhaben.

Handhaben wollte er etwas ganz anderes, als er nach seiner Liebsten und dem Boxer, der sofort den Wassernapf ansteuerte, das Hotelzimmer betrat. Er wollte genau da anknüpfen, wo er und Marion auf dem Waldparkplatz aufgehört hatten.

»Das kann doch nicht sein!«, rief Marion und kickte sich die Schuhe von den Füßen. Der eine flog bis zu Horsts Körbchen und wurde von der Plattschnauze ausgiebig beschnuppert.

»Was kann nicht sein?«

»Dass ich schon jetzt Wasser in den Beinen habe. Guck mal!« Sie zog die Socken aus. Ihre Füße sahen grotesk aus. Der Teil, der in den Schuhen gesteckt hatte, wirkte normal, aber ab dem Punkt, an dem die Strumpfbänder eingeschnitten hatten, war alles geschwollen.

»Ich bin noch nicht mal richtig schwanger!« Marion setzte sich auf das Bett und starrte ihre Zehen an. »Also, bei Marlene und Max hatte ich erst im neunten Monat Größe 44.«

»Was? Das ist ja größer als meine Füße!« Schrödinger hatte nicht gewusst, dass sich eine Schwangerschaft auch auf die zierlichen 38er-Füße seiner Frau auswirken könnte.

»Ach, Schrödi. Da schwillt in nächster Zeit noch ganz viel anderes an.« Marion seufzte. Dann warf sie die Haare zurück und sah ihn auffordernd an. »Noch ist es ja nicht so schlimm ...«

Anschwellen. Das schien das Stichwort für den kleinen Schrödinger zu sein. In seiner Hose begann es zu pochen. Er ging auf Marion zu, beugte sich hinunter und wollte eben seine Lippen auf ihre pressen, als es an der Terrassentür klopfte.

»Für den Schweinkram ist es noch zu früh am Tag! Auch in den Flitterwochen!«, bullerte Heiner. Schrödinger fuhr herum. Da ging sie hin, die traute Zweisamkeit. Da verpuffte sie, die Erotik. Heiner stand vor der Tür, bekleidet mit einer kurzen Sporthose und einem Feinripphemd. Seine nackten Füße steckten in Plastikschlappen. In den Händen hielt er jeweils ein Bier.

»Geh halt«, flüsterte Marion tonlos und stand auf. Sie verschwand im Bad. Schrödinger wäre ihr liebend gerne gefolgt, hatte aber genug Kinderstube, um dem ungebetenen Gast die Tür zu öffnen.

»Brigitte pennt«, sagte Heiner und drückte seinem Kumpel eine der bereits geöffneten Flaschen in die Hand. »Ich dachte, ich komm mal auf einen Plausch vorbei.« Ehe Schrödinger etwas erwidern konnte, pflanzte Heiner sich in den Liegestuhl.

»Prooost!« Er hob die Flasche und trank dann einige Schlucke. Schrödinger ließ sich in den zweiten Liegestuhl sinken und nippte ebenfalls am Gerstensaft. Mit Krallentrappeln kündigte sich Horst an, der kurz darauf zu Füßen seines Herrchens auf den Boden sank und ein dumpfes, müdes Stöhnen von sich gab.

»Und? Wie ist die Lage?« Heiner zwinkerte Schrödinger zu. Dieser wusste nur zu genau, dass sein Urlaubsfreund und Zimmernachbar auf eheliche Details aus war. Aber einem Gentleman wie ihm würden niemals irgendwelche Privatheiten über die Lippen kommen, weswegen er antwortete: »Spannend. Wir haben Annika Elvers getroffen.«

»Die Frau von dem Toten?« Es ging zwar nicht um Körperlichkeiten, Heiner riss dennoch neugierig die Augen auf.

Schrödinger beschloss, erst einmal auf cool zu machen. Schließlich hatte sein Kumpel ihm gerade etwas versaut.

»Jupp«, sagte er, trank einen Schluck und starrte schweigend in den Himmel. Die wenigen Schäfchenwolken zeugten längst nicht mehr vom Unwetter am Vorabend. Auch das beständige Kreischen der Möwen erinnerte keinesfalls an ein Unwetter.

»Und?« Heiner setzte sich auf.

»Was und?« Schrödinger gähnte gekünstelt. Heiner wurde hibbelig. Das geschah ihm gerade recht.

»Ja, wie ist die so?«

»Wie soll die schon sein?«

»Mann. Wo hast du die getroffen? Wie sieht die aus? Was sagt die? Du weißt genau, dass Brigitte mich nachher ausquetscht und dass ich am Arsch bin, wenn ich nichts liefern kann.«

»Och, armes, kleines Heinerle.«

»Dir bring ich nie wieder ein Bier!«

»Doch, Heiner. Und zwar jetzt gleich.« Schrödinger kippte das Gebräu in einem Zug hinunter und streckte Heiner die Flasche entgegen. »Leer!«

»Ja, und?«

»Also, wenn ich reden soll, dann müssen meine Stimmbänder schon geölt sein.«

»Das ist Erpressung!«

»Ich nenne das einen Deal.«

»Arschloch.« Heiner lachte, stand auf und kam wenig später mit zwei eiskalten, ebenfalls bereits geöffneten Flaschen zurück. Eine davon ließ er vor dem immer noch liegenden Schrödinger vor dessen Gesicht kreisen.

»Bier her, Bier her, oder ich fall um«, sang er schief. Und weiter: »Info her, Info her, oder du verdurstest!«

Schrödinger musste lachen und griff nach der Flasche aus braunem Glas.

Die Männer prosteten sich zu.

»Also gut«, sagte Schrödinger und rülpste leise. Dann erzählte er seinem Kumpel, was sich in dem griechischen Restaurant zugetragen hatte. Er baute möglichst viele Details ein, denn er war tatsächlich an Heiners Einschätzung interessiert. Einzig den Teil mit dem Nackedei-Strand, Senta und Jessi ließ er aus.

»Buff. Bämm. Umpf.« Heiner stieß einen Seufzer aus. »So ganz echt scheint die nicht zu sein.«

»Sagt mein Bauchgefühl auch«, stimmte Schrödinger ihm zu. »Aber wie verhalten sich Menschen, wenn sie trauern?«

Heiners Blick driftete ab.

Ein paar Momente lang schwieg er. Dann sagte er »Scheiße« und danach eine Weile nichts. Schrödinger nippte an der Flasche und wartete. Er ahnte, dass sein Kumpel etwas auf dem Herzen hatte. Und richtig, nach einigen schweigsamen Minuten begann Heiner zu sprechen, zunächst leise und stockend, anschließend immer gefasster.

Brigitte war nicht seine erste Frau. Zu Schrödingers Erstaunen waren die beiden, die ihm wie ein uraltes Paar vorkamen, erst seit knapp acht Jahren verheiratet. Die beiden hatten sich auf der Palliativstation kennengelernt, am Kaffeeautomaten. Brigittes Mann hatte Lungenkrebs im Endstadium. Heiners Frau litt an Leukämie. Die beiden tauschten sich aus. Schwiegen gemeinsam. Weinten gemeinsam.

Nach zwei Wochen starb Brigittes Mann. Zwei Tage später verschied Heiners Frau.

Wochenlang sahen sich die beiden nicht. Aus gutem Grund. Beide waren wie in Schockstarre. Wie gelähmt. Tief traurig. Unfähig, das Tageslicht zu erkennen, und unfähig, nachts zu schlafen.

»Und das war ein Tod mit Ansage«, sagte Heiner. »Das war kein Unfall mit dem Auto. Das war kein Mord von jetzt auf gleich.«

Schrödinger dachte nach. Tatsächlich wirkte Annika zumindest in den Momenten, wenn sie sich unbeobachtet fühlte, ziemlich gefasst.

»Jeder Mensch geht anders mit der Trauer um«, gab er also zu bedenken. »Was, wenn sie das Geschehene verdrängt und es eben bei uns am Tisch für kurze Zeit hochkam?«

»Neee.« Heiner schüttelte den Kopf. »So ganz genau kenne ich mich auch nicht mit der Materie aus. Aber Brigitte war mal für kurze Zeit in einer Trauer-Selbsthilfegruppe. Sie hat mir das mal erzählt, mit den Trauerphasen. Und die sind bei allen Leuten gleich. Individuell ist nur, wie lange die einzelnen Etappen dauern.«

»Stimmt, so was hab ich mal gelesen. Wie war das noch?« Schrödinger half seinem Gedächtnis mit einem Schluck Bier auf die Sprünge.

»Jetzt weiß ich es wieder! Man will das erst mal nicht wahrhaben, dann platzen die Tränen aus einem raus, und manche sind auch wütend. Später kann man langsam loslassen und sich neu orientieren.«

»Genau so war das bei mir«, gab Heiner zu. »Ich war fassungslos, bin am ersten Tag wie gewöhnlich zur Klinik gefahren. Als ich schließlich realisiert habe, dass meine Frau tot ist, war ich verdammt wütend. Und verdammt traurig.«

»Vielleicht steckt Annika noch in der ersten Phase und will das alles gar nicht wahrhaben?«

»Schon möglich.«

»Na ja, ein bisschen sauer war sie schon.«

»Ich glaube nicht, dass man diese Phasen wie mit dem Messer voneinander trennen kann. Das vermischt sich«, meinte Heiner, stellte die Flasche neben sich auf den Boden, schloss die Augen und war binnen Sekunden eingeschlafen. Schrödinger leerte seine Pulle, stellte sie neben Heiners und ging ins Hotelzimmer. Marion lag im Bett und blätterte lustlos in einer Zeitschrift. Der Poldi-Krimi lag unbeachtet auf dem Nachttisch. Gerne hätte Schrödinger sich zu ihr gelegt, aber mit dem nicht gerade leise schnarchenden Heiner direkt vor der Glasscheibe war an inniges Knutschen nicht im Geringsten zu denken. Er beuge sich über Marion und drückte ihr einen Kuss auf den Mund.

»Du hast eine Fahne.« Sie verzog das Gesicht.

»Verzeihung.« Sofort bekam Schrödinger ein schlechtes Gewissen. Er hatte mal irgendwo aufgeschnappt, dass Schwangere manche Gerüche plötzlich als widerlich empfanden. »Ich geh Zähne putzen«, schlug er vor.

»Musst du nicht. Ich glaube, ich schlafe eh gleich ein.« Sie gähnte und ließ die Zeitung auf den Boden fallen.

»Okay, dann …« Er dachte nach. Den platten Hund zu einer weiteren Gassirunde aufzuscheuchen, wäre gemein gewesen, und auch er selbst hatte für seinen Geschmack ausreichend Kilometer auf der Tagesuhr.

»Ich geh mal einen Kaffee trinken«, beschloss er.

»Mach das«, sagte Marion und gähnte herzhaft.

Horst

Ich bin hundemüde. Danke an die Götter aller Leckerlis! Schrödinger hat mich im Zimmer gelassen.

Seien Sie mir nicht gram, aber ich werde jetzt erst mal pennen.

Ich melde mich später wieder bei Ihnen.

Beste Grüße, Ihr Horst

Schrödinger

Der doppelte Espresso und die dazu gereichten Kekse belebten Schrödingers Geist. Er war bis auf eine ältere Frau, die in ein Sudoku vertieft war, der einzige Gast auf der Terrasse. Von der Ostsee her wehte ein laues Lüftchen. Er hielt die Nase in die spätnachmittägliche, untergehende Sonne und schloss die Augen. Doch so ruhig und entspannt er auf andere wirken mochte, in seinem Kopf ratterten die Gedanken wie eine mechanische Schreibmaschine, auf der eine Sekretärin das per Stenoschrift notierte Diktat abtippt.

Wieder und wieder ging er die in seinem Hirn abgespeicherten Notizen durch. Ganz egal, wie er es drehte, wendete und auf den Kopf stellte, er kehrte immer wieder in das griechische Restaurant zurück. Und das lag nicht daran, dass das Essen sensationell gewesen wäre. Nein, er analysierte mehrfach das Gespräch mit Annika. Schrödinger ließ den Blick schweifen. Unterhalb der Terrasse spazierte Hermann Schulz zum Strand, seine NASA-Kappe war gut zu erkennen.

NASA.

Aliens.

Invasion.

»So ein Blödsinn«, sagte er zu sich selbst. »Das wäre ja, wie wenn Bill Gates Mikrochips an Fledermäuse verfüttern würde, diese kacken die auf Menschen aus, und fortan sind wir alle auf seinem Betriebssystem unterwegs.« Er musste über seine irre Idee selbst lachen und spann sie fort.

Alle Menschen wären also gechipt. Könnten mit einem

Fingerzeig im Supermarkt bezahlen. Einerseits. Andererseits könnten Gates und hohe Politiker die Menschen steuern. Der Papierindustrie geht es schlecht, weil niemand mehr Bücher kauft? Ein Klick aus den USA, und alle Welt zieht los, um Klopapier zu kaufen – und schwupps wären die Papierhersteller gerettet. Dasselbe würde funktionieren für Nudeln. Öl. Sogar für Mayo. Die Menschen würden auf die Straßen gehen, demonstrieren. Gegen Bill. Gegen Fledermäuse. Gegen Aliens.

Womit er wieder bei seinem Thema war.

Außerirdische.

Was hatte Annika gesagt? Björn hatte nicht an deren Existenz oder das Übernatürliche im Allgemeinen geglaubt. Das tat Schrödinger genau so wenig. Oder? Wieder schloss er die Augen.

Aliens. Zeug, um mit denen Kontakt aufzunehmen. Für ihn klang das immer noch total bekloppt, aber wie man an Hermann Schulz, der gerade am Horizont verschwand, sehen konnte, gab es durchaus Leute, die davon felsenfest überzeugt waren. Er konnte es ihm ja nicht einmal verdenken. Er selbst war fasziniert gewesen von der Vorstellung, dass im schottischen Loch Ness ein urzeitliches Wesen herumpaddelte. Oder dass in Area 51 ein Alien seziert worden war. Es gab eben mehr Dinge zwischen Himmel und Erde, als sich die Schulweisheit erträumte. Das hatte schon Shakespeare gewusst.

Aber. Ja. Aber!

Annika Elvers hatte selbst gesagt, dass ihr Mann von solchen Sachen gar nichts gehalten hatte. Im Gegenteil.

Schrödinger spielte eine Art Planspiel in seinem Kopf. Mal angenommen, es träte der unwahrscheinliche Fall ein und er würde keinen Kaffee mehr mögen. Er würde denken, dass die belebende Funktion von Koffein nur eine Erfindung wäre, um die teuren Bohnen für die Vollautomaten zu verkaufen. Was würde er machen?

»Tee«, sagte er halblaut und schauderte. Er kippte den Rest des Espressos hinunter und orderte einen zweiten, den er ebenfalls auf die Zimmerrechnung würde setzen lassen, stets in der Hoffnung, dass dies ebenfalls Teil von Hillus Hochzeitsgeschenk war.

Bekanntlich stand ja jeden Morgen mindestens ein Dummer auf. Wieso sollte also Björn Elvers nicht wie so viele andere auf die schwachen Birnen seiner Kunden gesetzt haben und ihnen irgendwelchen nutzlosen Kram für teures Geld verkauft haben? Für Schrödinger klang das logisch. Und ebenso logisch fand er seine Überlegung, dass einer der Kunden herausgefunden hatte, dass er statt eines amtlichen Aliendetektors nur, sagen wir mal, einen umlackierten Staubsauger bekommen hatte. Die Wut bei solchen fanatischen Menschen konnte grenzenlos sein, wie es ja täglich in den Nachrichten zu sehen war. Aus dem Ruder laufende Demos, Gewaltbereitschaft. Ob das eine Möglichkeit war, den Fall neu zu betrachten?

Definitiv.

Schrödinger gönnte sich extra viel Zucker. Die rätselnde Dame ein paar Tische weiter hatte offenbar einen kapitalen Fehler gemacht und strich das halb gelöste Sudoku durch, ehe sie umblätterte und sich im nächsten Zahlenrätsel verbiss. Schrödinger stand auf. Mit Abwarten und Däumchendrehen würde er nicht weiterkommen. Also kehrte er ins Hotelinnere zurück. Er kam an der Bar vorbei, wo ein einsamer Barkeeper auf dem Smartphone daddelte.

»Handy! Natürlich!« Schrödinger kramte das Mobiltelefon aus seiner Hosentasche. Bei der Lobby angekommen, lugte er ums Eck. Roger Seyfarth wandte ihm den Rücken zu und sortierte Papiere. Rasch huschte Schrödinger einmal quer durch den Raum und ging hinter seinem Lieblings-Prospektständer in Deckung. Da er sich selbst ziemlich gut kannte, kontrollierte er vorsichtshalber erneut, ob seine eigene Rufnummer unterdrückt war. Sie war es. Anschließend wählte er die Nummer, die Hermann ihm gegeben hatte. Sowie das Freizeichen zu hören war, lauschte er angestrengt. Und tatsächlich schepperte ein Standardklingelton. Das Geräusch kam aus Richtung der Rezeption. Doch Seyfarth reagierte kein Stück. Sonst war niemand zu sehen. Schrödinger ließ es ein halbes Dutzend Mal läuten. Der Rezeptionist machte keinen Mucks. Schrödinger unterbrach die Verbindung. Das Klingeln verstummte.

Merkwürdig, sollte das ein Zufall gewesen sein? Schrödinger glaubte nicht an Zufälle. Im Moment glaubte er an gar nichts mehr. Im Gegenteil, die Momente, in denen er an sich, seinem Verstand und dem, was im Maschinenraum geschehen war, zweifelte, häuften sich. Er verstaute das Telefon und wollte sich eben auf die Socken machen, um ins Hotelzimmer zu gehen, als NASA-Hermann das Foyer betrat. Einem Impuls folgend verließ Schrödinger seine Deckung.

»Moin!«, begrüßte er Schulz. Der Angesprochene stutzte und sah sich um. Da von Horst weit und breit nichts zu sehen war, entspannte er sich sichtlich.

»Moin«, gab er zurück. »Bist du allein unterwegs?«

»Frau und Hund machen Nickerchen«, bestätigte Schrödinger wahrheitsgemäß.

»Aha.« Das schien Hermann nicht die Bohne zu interessieren.

»Warst du gerade am Strand?«, erkundigte sich Schrödinger, obwohl er das ja wusste.

»Wieso?«

»Weil du Sand an den Schuhen hast.«

Hermanns Blick ging zu seinen Schuhen. Er trippelte ein paar Mal auf der Stelle, sodass die feinen Körnchen von der Oberseite der in die Jahre gekommenen braunen Treter fielen.

»Gut jedenfalls, dass ich dich treffe«, sagte Schrödinger und meinte das auch so.

»Ah ja, warum?«

»Nun, ich hätte da noch ein, zwei Fachfragen.«

Hermann horchte auf. »Aber nicht hier.« Er flüsterte nun und forderte Schrödinger mit einem Kopfnicken auf, ihm zu folgen. Dieser hatte den Gang an einen konspirativen Ort vermutet, stattdessen ging es lediglich vor das Gebäude. Links neben der Eingangstür stand eine weiße Holzbank, auf die die beiden Männer sich setzten.

»Hier ist es gut. Hier sind keine negativen Schwingungen.«

Schrödinger ließ das unkommentiert stehen. Er nickte und machte ein zustimmendes Gesicht.

»Was kann ich für dich tun?«, hakte Hermann nach.

»Bei der Du-weißt-schon-welcher-Nummer hebt keiner ab.«

»Wann hast du es probiert?«

»Heute. Vorhin.«

Hermann schüttelte den Kopf. »Du musst wirklich noch eine ganze Menge lernen.«

»Ich verstehe nicht?«

»Heute ist generell kein gutes Datum für solche Anrufe. Zusammen mit der Uhrzeit ergibt das in der Quersumme einfach viel zu oft die falsche Zahl.«

»Wie bitte? Ich hatte keine mathematische Frage, sondern …«

»Zwölf. Die Quersumme ist meistens zwölf oder ein Vielfaches davon.«

»Äh. Ja.« Schrödinger war schon in der Schule eine Niete in Mathe gewesen. Zahlen waren für ihn ähnlich aufschlussreich wie chinesische Schriftzeichen. »Ich verstehe nur Bahnhof.«

»Die Zwölf ist die dreidimensionale Verbindungszahl. Manche nennen sie auch Kusszahl. Das hängt damit zusammen, dass man zwölf mehrdimensionale Kugeln um eine genauso große Kugel platzieren kann, ohne dass sich die Kugeln überschneiden.«

»Hermann, ich kapiere gar nichts.«

»Dabei ist es ganz einfach: Die Zwölf ist eine erhabene Zahl. Sie ist ein mathematisches Naturphänomen. Oder nimm die Bibel – da spielt sie eine wichtige Rolle. Da liegt es doch auf der Hand, dass sich jemand, der sich mit der geheimen Bedeutung von Zahlen auskennt, bei solch einem Zusammenhang nicht ans Telefon geht. Nicht wegen übernatürlichen Dingen. Das korreliert zu sehr mit anderen Dingen und stört das kosmische Gefüge. Es ist eh ratsam, in Zeitkorridoren wie diesen möglichst wenige mobile Daten zu den Satelliten und Sendemasten zu funken, um die Nachrichten unserer außerterrestrischen Freunde nicht zu blockieren.«

In Schrödingers Kopf waberte ein immens großes Fragezeichen. Er zwang sich, verstehend zu nicken. Und nicht zu lachen. »Und wann schließt sich dieser Korridor?«

»Wenn es nicht mehr auf die Zwölf hinausläuft, ist doch logisch. Morgen Vormittag zum Beispiel.«

»Aber nur, wenn dann der Wind aus Nord-West bläst«, rutschte es Schrödinger heraus. Die Ironie troff ihm förmlich von den Lippen.

Hermanns Augen verengten sich zu Schlitzen. »Mit der Himmelsrichtung hat das nichts zu tun. Wie kommst du denn darauf? Das wäre völlig absurd.«

Genau. *Das* wäre völlig absurd.

Hermann klopfte ihm lachend auf die Schulter. »Ja, ja, ich weiß, du wolltest mich damit bloß reinlegen. Du alter Schelm, du.«

Schrödinger setzte ebenfalls ein Lächeln auf. Es erschien ihm als das Sinnvollste in diesem Moment. Er wollte noch einmal wegen Du-weißt-schon-welcher-Nummer nachbohren, da erklang hinter ihnen plötzlich ein kräftiges »Nu gugge!«. Von einem zum anderen Atemzug war die konspirative Stimmung dahin. Maik steuerte direkt auf die beiden zu.

»Wir sprechen uns später«, wisperte Schulz und stand auf. Schrödinger verspürte ebenfalls keine Lust auf den gehörnten Ehemann, doch der nahm ungefragt Hermanns Platz ein.

»Weiber. Isch sog's dir, die ticken doch nicht ganz richt'sch.«

»Wie bitte?«

»Ja sorry, deine vielleicht.«

»Was ist denn passiert?« Schrödingers Interesse war echt. Maik nahm die Sonnenbrille ab. Das Veilchen hatte sich farblich verändert, wie er fasziniert feststellte.

»Jessi will, dass isch de Annika tröste.«

»Bitte was?«

»Na ja, isch soll mit der Witwe in die Kiste steig'n. Se ablenken. Aus'm Verlustloch rausholen.«

»Äh.«

»Ja, genauso habsch och geguckt. Senta und Jessi ham sogar schon alles klar g'macht. Morgen Nachmittag in nem kleenen Hotel.«

»Die lassen ja nichts anbrennen.«

»Isch aber. So een Scheiß mach ich nich!« Maik holte einen Zettel aus seiner Hosentasche, zerknüllte ihn und versuchte damit den blechernen Mülleimer am gepflasterten Wegesrand zu treffen. Den Zielbereich erwischte er tatsächlich, dann allerdings prallte der Knäuel an der Oberkante ab und landete unter einem Strauch, genau an der Stelle, die Horst so gerne markierte.

»Na ja. Egal. Isch will disch nich belasten.« Maik stand auf tippte sich gegen die Stirn und verschwand im Hotel. Schrödinger sah sich um. Dann hastete er zur Ligusterhecke und bückte sich. Er entfaltete den kleinen Zettel. Darauf stand eine Handynummer. Er sah sich noch einmal um, steckte die Notiz ein und begab sich ebenfalls nach drinnen.

Sein Plan war es, das Foyer auf direktem Weg zu durchqueren und gar nicht erst Blickkontakt mit dem dünnen Schnurrbartmann hinter dem Rezeptionstresen aufzubauen. Roger Seyfarth war einer jener Menschen, mit denen man am besten so wenig Kontakt wie möglich hatte.

Dass dies im vollkommenen Widerspruch zu seinem Anrufversuch vorhin stand, war Schrödinger durchaus bewusst. Trotzdem fand er, dass man beide Dinge wenig bis gar nicht miteinander vergleichen konnte. Der Rezeptionist war und blieb ein Sonderfall. In mehrfacher Hinsicht.

Mit schnellen Schritten lief er über den weinroten, flauschigen Teppich, als er aus dem Augenwinkel eine Bewegung wahrnahm. Sein erster Gedanke galt Seyfarth, doch der hielt sich noch immer dort auf, wo er hingehörte. Also linste Schrödinger vorsichtig zu der Tischgruppe mit den schneeweißen Sesseln im Wartebereich. Dort saß ein spindeldürres Mädel mit rotbraunen Haaren und kleiner Knollennase. In der einen Hand hielt sie – mal wieder – ihr Smartphone, mit der anderen winkte sie Schrödinger zu. Sowie Zoe sicher war, seine Aufmerksamkeit erregt zu haben, stand sie auf und kam auf ihn zu.

»Wo hast du denn deinen Hund gelassen?«

»Der ist noch groggy von dem Ausflug, den wir heute gemacht haben. Zum Königsstuhl. Kann ich sehr empfehlen. Ist aber mit ein bisschen Wandern verbunden.«

An Tourismustipps schien die Influencerin nicht interessiert zu sein. »Ich dachte, du ermittelst in einem Mordfall?« Der vorwurfsvolle Unterton in ihren Worten war nicht zu überhören.

»Erstens wissen wir nicht, ob es tatsächlich ein Mordfall ist, und zweitens mache ich das nebenberuflich. In erster Linie bin ich hier mit meiner Frau in den Flitterwochen.«

»Besucht die dich dann auch im Knast?«

Aua. Dieser Tiefschlag hatte gesessen. »Das braucht sie nicht, weil ich gar nicht erst ins Gefängnis gehe. Ich habe nichts getan. Aber diese Diskussion hatten wir bereits. Ich weiß nicht, wie oft ich dir noch sagen soll, dass …«

Zoe unterbrach ihn mit einer hastigen Handbewegung. »Es geht nicht um das, was ich denke oder glaube, sondern um das, was sich deine Polizeifreundin überlegt. Wenn da die Fakten gegen dich sprechen, war's das. Dann kannst du die Flitterwochen in der Zelle ausleben. Oder unter der Dusche, wenn dir die Seife aus der Hand flutscht. Ist dann wahrscheinlich nicht ganz so romantisch …«

»Ja, ja, das weiß ich selbst. Ich bin an der Sache dran. Halte Augen und Ohren offen. Das habe ich auch heute getan.«

Augenblicklich veränderte sich etwas im Gesicht der Influencerin. Sämtliche Angriffslust und aller Trotz wichen einer grenzenlosen Neugierde. »Und was hast du rausgefunden?«

»Nichts, was einen Sinn ergibt.«

»Vielleicht, weil du das große Ganze noch nicht sehen kannst.«

»Was soll das große Ganze sein?«

Sie zuckte mit den Schultern. »Das kann ich dir auch noch nicht sagen. Aber gut möglich, dass wir das gemeinsam herausfinden. Erzähl mir am besten, was du heute alles gehört und gesehen hast.«

Er machte den Mund auf, und erneut unterbrach sie ihn mit einer Handbewegung. »Nicht hier. Komm mit.«

Ohne seine Antwort abzuwarten, ergriff sie sein Handgelenk und zog ihn mit sich. An der Rezeption entlang, wo ihnen Roger Seyfarth verdutzt hinterherblickte, am Regal mit den Flyern vorbei und hinaus auf den Korridor, der zu den Hotelzimmern führte. Zuerst dachte er, sie würde ihn zurück zu Marion und Horst führen, doch kurz vorher bogen sie in einen anderen Flur ab.

»Bringst du mich etwa zu deinen heiligen Räumen?«, fragte er erstaunt.

»Bilde dir nichts darauf ein. Es geht bloß um den Podcast.«

»Das dachte ich mir schon. Trotzdem hast du mich heute Morgen noch des Mordes verdächtigt. Tust es wahrscheinlich immer noch. Und jetzt lädst du mich zu dir nach Hause ein?«

»Du bist *einer* der Verdächtigen. Und ja, zugegeben, wie ein kaltblütiger Killer siehst du nicht aus. Daher gehe ich mal nicht davon aus, dass du gleich über mich herfällst, wenn ich die Tür hinter uns zumache. Außerdem kann ich Karate.«

»Über dich herfallen würde ich so oder so nicht. Wie gesagt: Ich bin in den Flitterwochen.«

»Im Honeymoon geht natürlich niemand fremd«, sagte sie mit ironischem Unterton. Noch immer zog sie ihn am Handgelenk hinter sich her. Ein ihnen entgegenkommendes Pärchen lächelte verschmitzt und irritiert zugleich. Wahrscheinlich fragten sie sich, was das junge Ding mit dem alten Sack wollte. Zumindest hätte Schrödinger sich das an ihrer Stelle gefragt.

Im nächsten Korridor blieb Zoe auf einmal abrupt stehen und fischte mit ihrer freien Hand einen Schlüssel aus der Tasche. »Hier geht's rein«, erklärte sie unnötigerweise und schleifte ihn mit sich in eine Unterkunft, die sich vom Aufbau und der Ausstattung nur unmerklich von der seinen unterschied. Selbst den Zugang zu einer kleinen Terrasse gab es.

Drinnen ließ sie ihn endlich los.

»Danke. Meintest du nicht, dir wurde die *Krabbenkutter-Suite* mit eigener Dachterrasse und Whirlpool angeboten?«, fragte Schrödinger, nachdem er sich umgesehen hatte. Es sah echt alles ziemlich identisch zu seinem und Marions Zimmer aus. Nur schwer widerstand er daher dem Drang, sich einfach wie gewohnt rückwärts auf das Bett fallen zu lassen.

»Angeboten schon, aber nicht angenommen. Der Deal war, dass ich im Gegenzug nur von der *sunny side of life* berichte. Das beißt sich ein bisschen mit dem True-Crime-Podcast. Außerdem geht es hier um ein Statement: Ich bin nicht käuflich, sondern schildere die Dinge so, wie ich sie wahrnehme.«

»Du bist nicht käuflich, aber einen Gratis-Urlaub lässt du dir vom Hotel sponsoren? Wie passt denn das zusammen?«

»Das passt sehr gut zusammen. Ich habe mich ja nicht vertraglich dazu verpflichtet, hier Werbeclips fürs Hotel zu drehen. Es geht vielmehr darum, ein paar Tage frei zu machen und meine Follower an meinen *activities* teilhaben zu lassen. Sport, Massage, Cocktailbar und was es sonst noch alles gibt. Das normale Hotelangebot eben. Dass ausgerechnet jetzt ein Mord passiert ist – oder von mir aus auch ein ungeklärter Todesfall –, ist ja nicht Schuld des Hotels.«

»Für mich klingt das trotzdem nicht so, als würden Seyfarth und Co. deinen True-Crime-Podcast gutheißen. Was machst du denn, wenn man dich explizit bittet, damit aufzuhören?«

Darüber schien die Influencerin einen Moment nachdenken zu müssen. »Dann würde ich versuchen, mich mit dem Management zu einigen. So eine Mordermittlung muss ja nicht automatisch schlecht sein fürs Hotel.«

»Genau: *Kommen Sie zu uns und lassen Sie sich umbringen*. Eine tolle Werbung wäre das. Da kommen die Gäste sicherlich scharenweise.«

Zoe grunzte verächtlich. »Dass du immer so überdramatisieren musst. Lass uns doch einfach mal abwarten, was passiert. Bisher gab's noch keine Ansage vom Management …«

»Ja, weil die noch nix von deinem Podcast mitgekriegt haben. Andernfalls würde Seyfarth längst bei dir auf der Matte stehen.«

Schrödinger lauschte kurz, ob genau jetzt jemand an der Zimmertür klopfte. Es wäre das perfekte Timing gewesen.

Doch auf dem Gang blieb alles still. Einen Atemzug lang bedauerte er das sogar.

»Ist ja auch egal«, fuhr Zoe fort. »Mein Arrangement mit dem Hotel braucht dich nicht zu interessieren. Wir wollen hier podcasten, schon vergessen?«

»Nicht im Geringsten. Wie gehen wir vor?«

Das war Zoes Stichwort. Sie zückte ihr Lieblingsarbeitsgerät, öffnete eine App für Sprachaufnahmen und hielt Schrödinger das Smartphone erwartungsvoll vors Gesicht. »Du kannst loslegen.«

»Äh … womit genau?«

»Mit deinem Bericht. Was du heute alles rausgefunden hast. Am besten fängst du aber mit einer kleinen Vorstellung an, damit meine Follower wissen, wer du eigentlich bist. Ich werde nachher ebenfalls noch ne kleine Anmoderation machen. Besser ist es jedoch immer, wenn die Leute selbst was von sich erzählen. Also, dann leg mal los.«

Erneut blickte die Influencerin ihn auffordernd an. Das setzte Schrödinger unter Druck. In seinem Magen kribbelte es auf einmal und er begann zu schwitzen. »Ich … äh … ja, hallo, erst mal. Ich weiß gar nicht, ob Sie es wussten …«

»Stopp!« Zoe drückte mit dem Daumen auf den Aus-Knopf und ließ das Telefon sinken. »So kann man doch nicht anfangen! Nicht so stammeln und nicht so ein lahmer Einstieg. Es muss von Anfang an Boom machen. Du musst die Leute mitreißen. Von der ersten Sekunde an.« Sie betätigte wieder den Aufnahme-Button und hielt ihm das Telefon unter die Nase.

Eben war Schrödinger nervös gewesen. Jetzt war er nervös *und* irritiert. Er hatte nicht die geringste Ahnung, was er sagen sollte. Mehrere schweigsame Sekunden verstrichen. Zoe schaute auffordernder denn je. Schrödinger schwieg. Schließlich fuchtelte sie zuerst mit dem Smartphone vor ihm herum und unternahm anschließend wellenartige Bewegungen mit der anderen Hand. Als ihren Gesprächspartner selbst das nicht in Schwung brachte, flüsterte sie: »Du musst schon was sagen. Gedankenlesen ist im Podcast eher schlecht.«

»Ich weiß aber nicht, was ich sagen soll!«

Mit einem ärgerlichen Knurren stoppte sie die zweite Aufnahme. »Fang am besten mit deinem Namen an und wieso du im Hotel bist. Dann leiten wir über zum Mordfall. Wenn du willst, können wir das auch gerne als Interview machen.«

»Ja, bitte.«

Sie seufzte schwer. »Dann machen wir es so. Also dann, Aufnahme *take three.*«

Ein weiteres Mal betätigte ihr Daumen den roten Knopf auf dem Smartphone. Ein weiteres Mal begann Schrödinger zu zögern. »Hallo, ich bin Schrödinger und …« Er hielt inne. Eine Sekunde. Zwei Sekunden. Immer weiter, bis die Influencerin auch den dritten Take gestoppt hatte.

»Was war jetzt schon wieder?«

»Ich wusste nicht weiter.«

Entgeistert starrte sie ihn an. »Du wusste nach deinem Namen nicht weiter? Du sollst doch von dir als Person erzählen. Was du machst. Wo du herkommst. Stell doch diesen drolligen Hund vor, der dir sonst nie von der Seite weicht.«

Das war eine gute Idee, freute sich Schrödinger. Er räusperte sich noch einmal, und Zoe drückte ein viertes Mal auf das Recording-Symbol.

»Hallo, ich bin Schrödinger, und ich mach mich zum Horst. Also zum Hund. Mein Hund. Der heißt Schrödinger.

Nein, Horst, meine ich. Er ist Horst und ich bin Schrödinger. Horst, also der Hund, ist ein Boxer. Nicht so wie im Fernsehen mit Handschuhen und im Ring, sondern eher klein, vier Pfoten, Stummelschwanz und Schnauze. Er ist immer hungrig, der Horst. Wir kennen uns schon seit vielen Jahren. Als er klein war, da …«

Zoe stoppte die Aufnahme erneut. »Wir sind hier nicht bei Cesar Rütter oder wie der Typ heißt. Sag einfach, dass du einen Hund namens Horst hast, und dann gehst du zum eigentlichen Thema über. Okay?«

»Okay.«

Aufnahme Nummer Sechs startete. »Hallo, ich bin der Horst und mein Boxer ist Schrödinger.«

Aufnahme Nummer Sechs endete. »Das machst du mit Absicht, oder?«

»Nein, ich bin nur nervös.«

»Kein Problem. Willst du dich hinsetzen?« Die Influencerin wies auf das Bett hinter ihnen. »Da, setz dich auf die Kante und atme tief durch. Brauchst du frische Luft?«

Ohne seine Antwort abzuwarten, ging sie zur Terrassentür und öffnete sie einen Spalt weit. Zumindest kurzzeitig. Da draußen gerade irgendwelche Gäste in Feierlaune herumgröllten, war die Tür schnell wieder verschlossen. Dennoch hatte er flüchtige Moment genügt, Schrödinger eine frische Prise zukommen zu lassen. Er atmete einige Male tief durch und fühlte sich dann bereit für den Podcast. So schwer konnte es schließlich nicht sein, da etwas einzusprechen. Reden konnte er doch zur Genüge. Manchmal viel zu viel, wenn er den Worten seiner Schwiegermutter Glauben schenkte.

Aufnahme Nummer Sieben startete. »Hallo, mein Name

ist Schrödinger. Ich mache hier Urlaub, und mein Hund ist auch dabei. Horst heißt er. Der Hund, nicht der Urlaub. Eigentlich wollte ich …« Er stockte, weil er unschlüssig war, wie er fortfahren sollte. War es gut, die Flitterwochen zu erwähnen? Durfte er Marions Namen sagen? Was, wenn sie nicht genannt werden wollte? War es überhaupt gut, von dem Hotel zu sprechen? Was, wenn Roger Seyfarth davon erfuhr und ihn dann rauswarf? Und was würde die Kommissarin denken, wenn er jetzt auf einmal frei von der Leber weg von seinen Nachforschungen erzählte? Und was noch viel gravierender sein könnte: Wenn Björn tatsächlich ermordet worden war, konnte es gut möglich sein, dass der Mörder den Podcast anhörte und dann durch Schrödingers Aussage genau Bescheid wusste, wie der Stand der Ermittlungen war.

Zoes entnervtes Stöhnen riss ihn aus den Gedanken. »Woran liegt es diesmal? Wieso hast du aufgehört?«

»Ich weiß nicht, ob das alles so eine gute Idee ist.«

»Was genau meinst du?«

»Na, das mit dem Podcast.« Er weihte sie in seine Bedenken bezüglich Imke Meesters und der vertraulichen Informationen ein. Die Influencerin lauschte, ohne ihn zu unterbrechen – obwohl es ihr sichtlich schwerfiel.

»Wir plaudern hier ja keine Polizeiinterna aus«, widersprach sie, kaum dass er aufgehört hatte. »Schon allein aus dem Grund, weil wir die Polizeiinterna gar nicht kennen. Wir sind private Ermittler und damit an nichts und niemanden gebunden.«

»Trotzdem könnten wir die Ermittlungen behindern, egal, ob bewusst oder unwissentlich.«

Zoe schüttelte entschieden den Kopf. »Jeder hat das Recht,

seine Meinung zu äußern. Wir sind Journalisten, die Fakten aufdecken. Da ist es egal, ob wir im Podcast oder in einer Zeitung darüber berichten.«

»Bei Zeitungen sichern sich die Reporter im Vorfeld ab. Da wird nichts veröffentlicht, was nicht vorab gründlich überprüft wurde und nicht belegt werden kann.«

»Genau das machen wir auch: Wir überprüfen Sachen. Und lassen die Hörer daran teilhaben.«

»Und wenn das die Kripo bei ihrer Arbeit behindert? Für so was kann man im Knast landen. Man könnte es so deuten, als würden wir mutwillig die Ermittlungen stören.«

»So wie ich das sehe, kann man so oder so in den Knast wandern. Vor allem du. Ein gewisses Risiko besteht immer.«

»Aber man muss die Leute ja nicht unnötig gegen sich aufbringen oder mit der Nase darauf stoßen.«

Plötzlich begann Zoe zu lächeln. Es war dermaßen unpassend zu der Situation, das Schrödinger irritiert zurückwich. Es wirkte fast so, als hätte die Influencerin den Verstand verloren. Dabei fiel die Lösung deutlich simpler aus und wurde von Zoe selbst vorgetragen: »Dann lassen wir am besten die Zuhörer entscheiden. Liebe Hörer, was meint ihr dazu? Tragen wir mit unseren privaten Nachforschungen dazu bei, dass der Fall aufgeklärt wird, oder behindern wir ihn?«

Schrödinger schaute zu ihrem Smartphone und stellte voller Schrecken fest, dass gerade eine Aufnahme lief. Und das nicht erst seit wenigen Sekunden, sondern seit mehreren Minuten. Aufnahme Nummer Sieben, die mit seiner nicht ganz so sehr verhaspelten Anmoderation begonnen hatte, lief noch immer.

Scheiße.

Weiterhin lächelnd betätigte die Influencerin die Stopp-Taste. »Den Anfang haben wir schon mal. Es war gar nicht so schlecht. Ich glaube, bei dir funktioniert das mit dem Sprechen eher, wenn du gar nicht daran denkst, dass alles mitgeschnitten wird.«

»Das ist …« Ein weiteres Mal fehlten ihm die Worte, diesmal aber vor Entrüstung. Das spindeldürre Mädchen hatte ihn zwar nicht direkt ausgetrickst, aber dennoch irgendwie hinters Licht geführt. Wer hätte denn ahnen können, dass sie tatsächlich alles aufnehmen würde? Zigmal hatte sie vorher auf den App-Knopf gedrückt, damit sie neu starten konnten. Wieso zum Geier diesmal nicht? Während er sich darüber noch ärgerte, dämmerte ihm, dass das Ganze unter Umständen gar nicht sooo schlimm war. Schließlich hatte er nicht wirklich etwas Vertrauliches verraten. Er hatte lediglich seine ehrlichen Bedenken geäußert. Was konnte daran falsch sein? In Gedanken ließ er die vergangenen Minuten noch einmal Revue passieren und fand nicht, dass es irgendetwas gab, woraus Imke Meesters ihm einen Strick drehen konnte. Hoffentlich würde das die Kommissarin genauso sehen.

»Okay, und jetzt lass uns noch mal über deine heutigen Ermittlungen reden. Denk am besten gar nicht daran, dass das Handy alles aufnimmt.«

Als wenn das so einfach wäre! Sowie er sah, dass Zoes Daumen in Richtung Aufnahmetaste wanderte, begann er wieder zu schwitzen.

»Wie gesagt, ich weiß nicht, ob es so gut ist, wenn wir diese Einzelheiten jetzt schon an die große Glocke hängen.«

»Welche große Glocke denn?«

Er verdrehte die Augen. »Das ist ein Sprichwort. Das sagt man so.«

»Wie auch immer. Wenn du magst, dann lade ich diese Aufnahmen erst mal nicht hoch und wir warten ab, was meine Follower zu dem Thema sagen. Trotzdem können wir uns ja schon mal vorab über unsere Ermittlungen austauschen. Das war unser Deal. Wir spielen mit offenen Karten und verraten dem anderen, was es Neues gibt. Wenn du also wissen willst, was ich heute rausgefunden habe, dann musst du mit deinen Infos genauso rausrücken. *Show me yours and I show you mine.*«

»In Ordnung. Aber es wird nichts hochgeladen, bevor wir nicht noch mal darüber gesprochen haben. Einverstanden?« Er bedachte sie mit einem besonders eindringlichen Blick.

Die Influencerin ließ sich davon nicht aus dem Konzept bringen. »Einverstanden. Und jetzt schieß endlich los, Herrgott noch mal!«

Mit diesen Worten startete sie die nächste Aufnahme – inzwischen war es *take number eight* –, und nach anfänglichem Zögern begann Schrödinger tatsächlich zu erzählen.

Seebad Sellin, Tag sieben

Horst

Ich weiß ja nicht genau, wo Schrödinger sich bis spät in der Nacht rumgetrieben hat, aber als er zurück in unser Quartier kam, war es kurz vor Mitternacht, und er hat nach Parfüm gestunken. So ein aufdringlich blumiges, wies es die Teenie-Girls immer verwenden. Oh-Oh – da schwant mir Übles.

Zum Glück scheint es Herrchen selbst gemerkt zu haben, und er springt vor dem Zu-Bett-Gehen noch mal unter die Dusche. Ob Marion davon was mitgekriegt hat, weiß ich nicht. Gerührt hat sie sich im Bett jedenfalls nicht und ist auch nicht auf Schrödingers spätere Streichel- und Annäherungsversuche eingegangen. Was auch immer er zuvor also getrieben hat, es scheint eher ein Appetitholen als eine tatsächliche Mahlzeit gewesen zu sein. Und was auch immer es war, seinen Hunger stillen konnte er danach trotzdem nicht.

Apropos: Mir knurrt schon wieder der Magen. Und raus müsste ich auch mal wieder. Wird also Zeit, dass ich Herrchen mal an den Füßen kitzele, damit er endlich aus den Federn kommt. Alles muss man hier alleine machen!

Schrödinger

In seinem Traum kämpfte er sich gleichzeitig durch Treibsand und einen Sandsturm. Egal, wie sehr er sich bemühte, Schrödinger kam nicht vom Fleck. Schlimmer noch: Er sah kaum, wohin es ging, und versank parallel dazu stetig tiefer im Erdboden. Er tastete um sich, um irgendwo Halt zu finden, doch da war nichts und niemand, der ihm helfen konnte. Als er an sich hinabblickte, sah er, dass es gar kein Treibsand war, sondern dass sich unzählige Schlangen um seine Füße wanden. Ihre dünnen Zungen kitzelten seine Füße, bis es kaum mehr auszuhalten war. Es kostete ihn extreme Überwindung und Selbstbeherrschung, sie nicht einfach wegzuziehen. Doch er wusste, dass die sich permanent windenden Tiere dann sofort zuschnappen würden.

Auf einmal riss eine von ihnen ihr gefräßiges Maul auf, und er konnte nicht anders, als reflexartig zurückzuzucken. Wie befürchtet, schnellte der Schlangenkopf unverzüglich nach vorn. Erschrocken riss Schrödinger die Augen auf und wusste eine Sekunde lang nicht, wo er sich befand. Dann erkannte er Horst, der ihm die Zehen abschleckte, und ihm dämmerte, dass alles bloß ein Albtraum gewesen war.

»O Mann«, seufzte er und sank erschöpft auf das Kopfkissen zurück. Er spürte, wie sehr sein Herz noch immer hämmerte. An Schlaf war da definitiv nicht mehr zu denken.

Da passte es recht gut, dass sich seine Liebste neben ihm ebenfalls regte und allmählich munter wurde. Müde öffnete sie ihre Augen. Das Erste, was sie erblickte, war das Gesicht ihres Ehemanns. Marion begann zu lächeln.

Wenigstens einige Sekunden lang.

Dann sprang sie plötzlich wie von der Tarantel gestochen auf und rannte zum Badezimmer. Bevor Schrödinger wusste, was los war, vernahm er Würgegeräusche.

Was für eine schöne morgendliche Begrüßung. Was konnte es Schöneres geben, als wenn die Frau bei seinem Anblick auf einmal kotzen musste?

»Das beziehe ich nicht auf mich«, sagte er zu sich selbst. Obwohl er bisher noch keine Schwangerschaft begleiten durfte, wusste er dennoch von der berühmten Morgenübelkeit. Dass die so früh auftrat, überraschte ihn zwar, aber ein Problem sah er darin nicht. Eher das Gegenteil: Wenn es sich tatsächlich um die berühmte Morgenübelkeit handelte, bedeutete das im Umkehrschluss, dass seine Frau wohl ziemlich sicher schwanger war.

Die Vorstellung gefiel ihm. Sie gefiel ihm sogar sehr. Es fühlte sich gut an, auch wenn es ihn sofort wieder nervös machte. Aber nachdem er gerade einer ganzen Armee von Giftschlangen entkommen war, war dies nichts, was ihm Sorgen bereitete.

»Sorry, mir war auf einmal so flau im Magen«, entschuldigte sich Marion bei ihrer Rückkehr.

»Da gibt es nichts zu entschuldigen. Brauchst du was? Kann ich was für dich tun?«

»Nein, alles gut. Ich glaube, ein bisschen frische Luft würde mir guttun. Gib mir zehn Minuten, dann können wir mit Horst Gassi gehen.«

Dreißig Minuten später verließen sie die Unterkunft und spazierten Hand in Hand auf den Eingangsbereich zu. Horst zog sie an der Leine hinter sich her und schien es kaum erwarten zu können, dass sie das Hotel verließen.

Schrödinger konnte es ihm nicht verdenken. Seit gestern Nachmittag war der Hund nicht mehr draußen gewesen; seine Blase war bestimmt zum Bersten gefüllt. Und wahrscheinlich nicht bloß die. Kurz plagte ihn ein schlechtes Gewissen, den Boxer gestern Abend so lange allein gelassen zu haben. Aber es war ja nicht so, als hätte er ihm nicht angeboten, ihn bei seinem Weg nach draußen zu begleiten. Außerdem hätte ihn Marion über die Terrasse nach draußen gehen lassen können. Eventuell hatte sie das sogar.

Gelohnt hatte sich der Abend für ihn auf jeden Fall. Das hieß, sofern man über den etwas holprigen Anfang bei den Podcast-Aufnahmen einmal hinwegsah. Im Ausblenden von unschönen Details besaß Schrödinger ja einige Erfahrung. Ebenso mit dem Hervorheben der wichtigen Sachen. Deshalb hatte er noch sehr gut im Ohr, was Zoe ihm gestern von ihren eigenen Nachforschungen berichtet hatte.

Ganz konkret hatte sie sich mit Björn Elvers' Vergangenheit und seinen Nebenbei-Geschäften befasst. »Von irgendwoher müssen diese Alien-Artefakte ja kommen«, hatte er noch genau die Stimme der Influencerin im Ohr. »Deshalb habe ich mich mal in Björns Bekanntenkreis und bei seinen Nachbarn umgehört. Wie sich herausstellte, hat der Mann sehr häufig Pakete bekommen. Manchmal auch mit recht schweren Sachen. Seinen Nachbarn gegenüber hat er es immer auf seine Frau geschoben, die angeblich dem Shoppingwahn verfallen ist. Was für ne lahme Ausrede! Allerdings haben die Nachbarn mehrfach gesehen, wie Elvers die Kartons wieder in seinen Kofferraum geladen hat.«

»Eventuell hat er die Sachen bloß zurück zur Post gebracht«, hatte Schrödinger argumentiert.

»Oder es war Alienkram, den er zu den Käufern bringen wollte.«

Zugegeben, die Idee war gut. Bloß ohne handfeste Beweise war es nicht mehr als eine weitere Vermutung. Ohne jemanden, der den Inhalt der Pakete mal gesehen hatte, würde sie das nicht weiterbringen.

Sie erreichten das Foyer und spazierten gerade an dem Regal mit den Ausflugsflyern vorbei, als Marion plötzlich wie angewurzelt stehenblieb. Unschlüssig betrachtete Schrödinger seine Frau und versuchte, ihre Miene zu deuten. War ihr möglicherweise nochmals flau im Magen? War ihr etwas eingefallen, was sie vergessen hatte?

Er machte gerade den Mund auf, um sie zu fragen, da erklärte seine Angetraute es ihm von alleine: »Du, ich glaube, ich muss noch mal schnell aufs Klo.«

Ohne seine Antwort abzuwarten, ließ sie ihn und Horst stehen und flitzte den Flur in Richtung Hotelzimmer zurück.

»Wir warten hier«, rief Schrödinger ihr hinterher, war jedoch nicht sicher, ob sie das überhaupt gehört hatte.

Jemand anderes hingegen hatte es durchaus gehört und kam auch sogleich auf sie zu. Schrödinger vernahm zwar das Geräusch seiner hektischen Schritte, drehte sich jedoch zu spät danach um, um das Schlimmste verhindern zu können.

»*Herr* Schrödinger!«, empfing ihn eine donnernde Stimme, die so einschüchternd klang, dass selbst Horst irritiert zurückwich. Der Rezeptionist blieb vor ihm stehen und stemmte die Hände erwartungsvoll in die Hüften. »Sie sind jetzt bereits sieben Tage Gast in unserem Hotel und haben sich bisher – trotz zahlreicher deutlicher Aufforderungen und Ermunterungen – kaum an einer der sportlichen Aktivitäten beteiligt.

Dabei hat sich die Geschäftsleitung so viel Mühe gegeben, ein möglichst ergiebiges und abwechslungsreiches Programm zu konzipieren.«

Der Mann rasselte seine Standpauke herunter, ohne dazwischen einmal Luft zu holen. »Zu Beginn dachte ich noch, Sie könnten sich schlichtweg nicht entscheiden oder wären zögerlich ob der großen Auswahl. Langsam beschleicht mich jedoch das Gefühl, dass Sie die sportlichen Aktivitäten mutwillig auslassen, sie sozusagen schwänzen. Ich muss Ihnen sagen, dass ich das nicht gutheißen kann. Das Fitnessprogramm ist Teil des Hotelkonzepts. Alles hier ist darauf eingestellt und ausgerichtet. Querulanten und Querschießer können wir daher nicht nur nicht gutheißen, sondern auf keinen Fall dulden. So jemand bringt Unruhe ins Haus und das gesamte Konzept durcheinander. Wenn solch ein Beispiel Schule macht …«

»Was dann?«, blaffte Schrödinger dazwischen. Er hatte die Ermahnungen des schmalen Rezeptionisten lange genug ertragen. Jedes Mal, wenn dieser theatralisch die Nase gerümpft und sein dünner Oberlippenbart beim Sprechen auf und ab gehüpft war, war sein Zorn gestiegen. Zu lange hatte er vor dem Mann gekuscht. Er war hier, um Urlaub zu machen, verdammt noch mal! Schlimm genug, dass die schöne Flitterwochenzeit durch einen Todesfall getrübt wurde, da brauchte es nicht auch noch diesen Ordnungsfreak, diesen Fitnessnazi, der ihm ständig hinterherspionierte und dafür sorgte, dass man nicht mal mit ruhigem Gewissen die Hotellobby betreten konnte.

»Wissen Sie, was Sie mit all Ihren verdammten Sportübungen machen können? Sie können sie sich dahin schieben, wo auch tagsüber keine Sonne hinscheint. Ich lasse mir doch von Ihnen nicht meinen Urlaub vermiesen! Wann und wie ich mich bewege, überlassen Sie bitte immer noch mir.«

»Herr Schrödinger, so lasse ich nicht mit mir reden! Sie sind Gast eines Wellnesshotels und müssen sich als solcher …«

»Einen Scheiß muss ich!«, unterbrach ihn Schrödinger auch diesmal. »Ihretwegen bin ich zur Wassergymnastik gegangen und beinahe bestohlen worden. Ich habe mein Glück bei Spaziergängen am Strand und in der Sauna versucht, aber wissen Sie was: Kein einziges Mal konnte ich dabei entspannen. Ich bin hierhergekommen, um mich wohlzufühlen. Stattdessen sehe ich ständig die Polizei herumlaufen. Wegen eines Toten, der in *Ihrem* Hinterhof gefunden wurde. Kümmern Sie sich erst mal darum, damit haben Sie genug zu tun, Sie Hanswurst, Sie.«

»Herr Schrödinger, ich muss doch sehr bitten! Ich verstehe Ihre Verärgerung und gebe auch zu, dass die vergangenen Tage etwas turbulent waren. Dennoch ist das noch lange kein Grund, dermaßen aus der Rolle zu fallen.«

Schrödinger starrte den Mann an. Er spürte, wie sein innerer Groll allmählich abebbte. Es hatte gutgetan, die ganze angestaute Wut herauszulassen. Einen Grund, sich deswegen bei Seyfarth zu entschuldigen, sah er trotzdem nicht. Der Rezeptionist hatte ihn durch seine penetrante Art genug terrorisiert. Er überlegte, ihn einfach stehen zu lassen und mit Horst vor die Tür zu gehen. Dann kam ihm eine bessere Idee, und er schnappte sich sein Mobiltelefon. Es gab noch ein weiteres Thema, das ein für alle Mal geklärt werden musste. Heute dürften die kosmischen Verbindungen dafür ja wieder günstiger stehen. Also wählte er die Nummer von Du-weißt-schon-wem.

Kaum war die Verbindung zustande gekommen, begann es in Seyfarths Hosentasche zu piepen und zu vibrieren. Die Blicke der beiden Männer trafen sich. Der Hotelmann wirkte erschrocken. Schrödinger hingegen spürte, wie er mit jedem weiteren Klingeln mehr Höhenluft schnupperte.

»Wollen Sie nicht rangehen?«, fragte er im ebenso donnernden Tonfall wie sein Gegenüber vorhin. »Es könnte wichtig sein!«

Seyfarth betrachtete ihn mit versteinerter Miene. Er schien mit der Situation komplett überfordert zu sein. Nach kurzem Zögern holte er das Smartphone hervor und nahm das Gespräch an. »Hallo?«

Mit einem Haifischgrinsen ging Schrödinger ebenfalls ans Handy. »Ja, hier spricht Schrödinger. Ich habe gehört, Sie verkaufen angeblich authentischen UFO-Kram.«

Das Gesicht des Rezeptionisten schwoll an wie eine Tomate. »Ich … also … wie können Sie …?«

»Das frage ich eher Sie. Was hatten Sie mit Björn Elvers zu tun?«

»Gar nichts! Wie kommen Sie an diese Nummer?«

»Von einem Bekannten. Aber das tut jetzt nichts zur Sache. Mir geht es um die Alien-Artefakte.« Beim letzten Satz wurde er bewusst mit jedem Wort lauter.

Es verfehlte seine Wirkung nicht. Seyfarth hob beschwichtigend die Arme. »So hören Sie doch auf! Sie machen ja alles nur noch schlimmer.«

»Was mache ich schlimmer? Ich habe keine Ahnung, wovon Sie sprechen.«

Seyfarth zögerte. Er schien vollkommen hin und her gerissen zwischen Leugnung und Schadenbegrenzung. Die Entscheidung fiel ihm sichtlich schwer.

Das war nicht Schrödingers Problem. Nicht nach Seyfarths bisher so ruppiger Art. Nicht bei all den ungeklärten Fragen. Die Zeit für Antworten war gekommen, und mit einer Ausrede würde er sich nicht abspeisen lassen. Deshalb behielt er seine entschlossene Miene bei. Er würde keinen einzigen Millimeter zurückweichen.

Dies dämmerte schließlich auch dem Hotelangestellten. »In Ordnung. Kommen Sie mit und lassen Sie uns reden.«

Nun geriet Schrödinger doch ins Zögern. Er hatte keine Ahnung, wohin Seyfarth mit ihm gehen wollte. Womöglich steckte er hinter Björns Tod und wollte nun einen weiteren lästigen Störenfried aus dem Weg schaffen. Hinzu kam Marion, die nach wie vor nicht in Sicht war. Wenn er jetzt wegging, hätte er das Gefühl, sie im Stich zu lassen und abermals zu versetzen. Das sollte in den Flitterwochen nicht passieren. Und danach genauso wenig.

Der Rezeptionsmann deutete seine Zurückhaltung offenbar als Sorge ums eigene Wohlergehen und hob erneut beschwichtigend die Arme. »Ich werde Ihnen nichts tun.«

»Warum können wir dann nicht hier reden?«

»Weil das kein Thema für jedermann ist. In einem Hotel haben die Wände Ohren. Ständig ist jemand in der Nähe und hört zu. Nun kommen Sie schon. Ich tu Ihnen nichts.«

Unschlüssig blickte Schrödinger zu Horst. Konnte er dem Mann mit dem dünnen Schnurrbart vertrauen? Nicht wirklich. Andererseits schien Seyfarth nicht die körperliche Statur zu besitzen, ihn überwältigen zu können. Notfalls könnte Horst sein Herrchen verteidigen. Bei der Vorstellung musste Schrödinger unweigerlich schmunzeln.

Er beschloss, das Risiko einzugehen, und folgte dem Rezeptionisten zu einem kleinen Zimmer hinter dem Empfangstresen, das gleichzeitig als Büro und Ablageort für allen möglichen Krimskrams zu fungieren schien. An der Wand hing ein Kalender mit den Dienstplänen der einzelnen Mitarbeiter. In der Raummitte stand ein uralter Doppelschreibtisch, der den Anschein erweckte, er könnte noch aus alten DDR-Beständen stammen. Die dazugehörigen Bürostühle waren zwar deutlich jüngeren Baujahrs, wiesen aber ebenfalls schon gehörige Abnutzungserscheinungen auf.

»Setzen Sie sich«, sagte Seyfarth. Es klang weniger wie eine Bitte als viel mehr wie ein Befehl.

Schrödinger schaute skeptisch hinter sich. Dass der Hotelmann die Tür hinter sich nicht verschlossen hatte, deutete er als gutes Zeichen. Also folgte er der Aufforderung und stützte die Arme auf einer schmuddeligen Arbeitsunterlage aus Papier ab. Zahlreiche Krakeleien und gemalte Kringel deuteten an, dass es hier jemand öfters mit nicht funktionstüchtigen Kugelschreibern zu tun hatte.

Mit einem Seufzen ließ sich auch Horst neben dem Schreibtisch nieder. Schrödinger betrachtete ihn einen Moment lang mitleidig – beziehungsweise gab vor, es zu tun. Stattdessen zog er klammheimlich sein Smartphone hervor und fand nach kurzem Suchen die Aufnahmefunktion. Was auch immer gleich passieren würde, es konnte nicht schaden, davon einen Mitschnitt zu haben. »Also, dann packen Sie mal aus, was Ihren interdimensionalen Abverkauf betrifft.«

Seyfarth zögerte. »Es war nicht meine Idee. Also, nicht direkt. Björn hat mir irgendwann mal vorgejammert, wie viele Menschen bei ihm in der Touristikinfo nach komischen Sachen fragen. Nach okkulten Plätzen. Nach geheimen Militärstationen. Solches Zeugs. Anfangs hat er sie alle weggeschickt und ihnen gesagt, dass er da nicht weiterhelfen kann. Eine Zeitlang war das fast schon ein Running Gag zwischen uns, wann immer wir uns gesehen haben. Eines Abends habe ich dann im Scherz zu ihm gesagt, dass man diesen Spinnern wahrscheinlich jeden Scheiß andrehen könnte und sie es nicht mal merken würden. Er hat das dann tatsächlich ausprobiert – und tja, die Leute wurden auf einmal sehr hellhörig und haben gefragt, ob er ihnen da nicht was vermitteln könnte. Damit war die Idee geboren. Wir haben ein bisschen im Internet recherchiert und angefangen, geheime Karten zu basteln und mysteriöse Gegenstände zu bestellen. Sie würden sich wundern, was man da alles findet. Selbst bei eBay werden alle möglichen Sachen angeboten. Vom Meteoritengestein bis zu Überresten von angeblichen außerirdischen Raumschiffen gibt es im Web praktisch alles. Zu Beginn haben wir noch versucht, möglichst authentisches Zeug zu kaufen. Das ging aber zu sehr ins Geld. Also haben wir unser eigenes Material produziert. Ist gar nicht so schwer, wenn man sich eine Weile damit beschäftigt.«

»Wie sind solche Deals dann abgelaufen?«

»Wenn jemand in der Touristik-Information nach solchen Sachen gefragt hat, hat er ihm oder ihr die Nummer eines geheimen Kontaktmanns gegeben. Das war ich. Ich habe mir dafür extra übers Internet ein nicht registriertes Prepaid-Handy besorgt. Ich habe dann unsere Preise durchgegeben und ein Treffen vereinbart. Meist irgendwo nach Einbruch der Dunkelheit. Das gehörte zum Spiel. Damit es möglichst verrucht und rätselhaft wirkt. Und damit uns keiner auf die Schliche kommt.«

»Und da ist kein Kunde misstrauisch geworden oder hat sich im Nachhinein beschwert?«

»Keiner. Ich schätze, die Leute wollen einfach glauben, dass es echt ist. Außerdem: Wo und wie hätten sie denn was reklamieren sollen? Ich war offiziell bloß der Kontaktmann, und bei den Treffen haben wir sehr darauf geachtet, dass uns keiner erkennt oder auf die Schliche kommt.«

»Wie viel Geld haben Sie damit gemacht?«

Der Rezeptionist schüttelte den Kopf. »Jetzt bin ich dran. Wie sind Sie auf mich gekommen?«

»Ich habe mich langsam vorgetastet. Sozusagen im Ausschlussverfahren. Am Ende blieben nur noch Sie übrig.«

Darüber schien Seyfarth kurz nachdenken zu müssen. »Dann waren Sie das neulich, mit dem ich ein Treffen an der Seebrücke vereinbart habe?«

»Ja.«

»Und die Anrufe mit unterdrückter Nummer?«

»Davon weiß ich nichts«, log Schrödinger, obwohl das Gegenteil auf der Hand lag. Vorhin hatte er ihn ebenfalls inkognito angefunkt. »Woher kannten Sie Björn Elvers überhaupt?«

»Er ist in der Tourismusbranche, ich bin in der Tourismusbranche. Da läuft man sich zwangsweise über den Weg. So groß ist Rügen nicht.«

»Wer hat Björn Elvers getötet?«

»War es denn überhaupt ein Mord? Ich habe jedenfalls nichts damit zu tun.«

»Sicher?«

»Sicher. Warum sollte ich das tun? Er war mein Geschäftspartner. Er hat die Kontakte hergestellt. Ohne ihn habe ich nichts.«

Das klang nach einem triftigen Argument. Ein Unschuldsbeweis war es trotzdem nicht. Diese Gedanken schienen ihm deutlich ins Gesicht geschrieben zu stehen.

»Außerdem habe ich ein Alibi«, fuhr Seyfarth fort. »Zu der Zeit, als Björn gestorben ist, war ich nicht mal in der Nähe vom Hinterhof. Da habe ich mich mit einem … äh … Kunden getroffen und ihm eine Landkarte mit geheimen Alien-Landekoordinaten verkauft. Der Schwachkopf hat echt geglaubt, dass es auf Kap Arkona eine vergessene Militärstation gibt, in der die NVA früher Experimente mit Außerirdischen gemacht hat. Er war richtig wild darauf, da hinzufahren.«

Der Rezeptionist schüttelte lachend den Kopf, und Schrödinger spürte, wie seine vorherige Wut wieder zum Leben erwachte. Er hatte keinerlei Verständnis dafür, wenn jemand Menschen auf derartige Art und Weise ausnutzte. Dieser Mistkerl spielte mit den Hoffnungen und Erwartungen der anderen und zockte sie einfach ohne jegliche Skrupel ab. Es kümmerte ihn kein bisschen, was er ihnen damit antat. Allein dafür hätte Seyfarth einen erneuten verbalen Einlauf verdient gehabt.

»Sagten Sie nicht zu der Polizistin, dass Sie zur Tatzeit im Büro waren und Buchungsanfragen beantwortet haben?«

»Habe ich auch. Im Anschluss. So lange hat das Treffen mit dem UFO-Trottel nicht gedauert. So was geht immer rucki-zucki, weil alle Kunden denken, sie würden was Geheimes und Verbotenes tun. Jedenfalls bin ich danach auf direktem Weg zur Rezeption zurückgekehrt. Ich war vielleicht zwanzig Minuten weg. Danach war ich hier. Bis mich der Haustechniker geholt hat und wir zum Pumpenraum gegangen sind.«

Schrödinger musterte ihn skeptisch und war unschlüssig, ob er ihm glauben sollte. Es klang plausibel. Zu sagen hatte das trotzdem nichts.

»Was wollen Sie jetzt mit diesen Informationen anfangen?«, fragte Seyfarth.

»Das weiß ich noch nicht«, antwortete Schrödinger wahrheitsgemäß.

»Sie sollten sich auf jeden Fall abschminken, damit zur Polizei zu gehen.«

»Wieso, bitte schön?«

»Erstens ist das alles überhaupt nicht Ihr Bier. Zweitens haben Sie keinerlei Beweis, dass ich in irgendwas verwickelt bin. Ich habe *immer* darauf geachtet, alle Spuren zu verwischen. Nichts deutet auf mich. Und drittens ist der gesamte Kuhhandel durch Björns Tod zum Erliegen gekommen. Am Ende bleibe ich sogar auf einigen Unkosten sitzen.«

»Hoffentlich sind sie hoch.«

Seyfarth strich sich mit der Zunge über die Lippen. »Das lassen Sie mal meine Sorge sein. Sind wir dann hiermit fertig? Ich muss wieder an die Arbeit.«

»Müssen Sie den nächsten zur Minna machen, der nicht alle Sporttermine wahrgenommen hat?«

»So was in der Art.«

Einen Moment lang funkelten sich die Männer schweigend an. Beide wirkten sie grimmig und entschlossen. Schließlich erhob sich Schrödinger und betätigte unbemerkt die Stopptaste auf seinem Mobiltelefon. Was er mit der Aufnahme anfangen würde, wusste er noch nicht. Vor Gericht würde Seyfarths Aussage, die ohne sein Wissen und Einverständnis erstellt wurde, wahrscheinlich nicht mal als Beweismittel zugelassen. Trotzdem konnte es nicht schaden, diesen kleinen Trumpf in der Tasche zu haben.

Schrödinger rüttelte kurz Horsts Hundeleine und verließ mit dem Boxer zusammen das Büro.

Marion, die immer noch ein bisschen blass um die Nase war, tigerte bereits vor dem Hotel auf und ab und hielt nach Horst und dessen Herrchen Ausschau. Als die beiden aus der Tür traten, atmete sie auf.

»Ich dachte schon, ihr seid von Außerirdischen entführt worden«, sagte sie. Dann kniff sie die Lippen zusammen. »Wo zum Teufel warst du schon wieder?«

»Moment«, rief Schrödinger, der von Horst mit aller Kraft mitgezogen wurde. Der Hund steuerte den nächstgelegenen Laternenpfahl an und strullerte mit beachtlichem Druck. Marion gesellte sich zu den beiden.

»Seyfarth hat mich abgefangen«, sagte Schrödinger und schob hinterher: »Tut mir leid.« Das tat es wirklich.

»Was wollte der denn?«

»Uns, also eher mich zusammenfalten, weil wir das Sportprogramm nicht ausreizen.«

»Hä?«

»Ja, genau so hab ich auch geguckt.«

»Aber wir sind doch im Urlaub!«, sagte Marion. »Also, ganz ehrlich, der spinnt.«

»Da gebe ich dir recht.«

Horst hatte sich endlich seines Überdrucks entledigt und schnupperte munter am Wegesrand. Die drei schlenderten zur Promenade und ließen sich die frische Brise um die Nasen wehen. Schrödinger legte den Arm um die Schultern seiner

Frau. Gemeinsam sahen sie einem Schwarm Möwen nach, der über dem Strand kreiste. Horst erledigte derweil den zweiten Teil seiner Geschäfte, den Schrödinger brav mit einem Tütchen entsorgte, nachdem er Marion geküsst hatte.

»Möchtest du frühstücken gehen?«

»Ich glaube, ich würde lieber ein paar Schritte gehen. Mir ist immer noch ein bisschen flau.«

»Gerne«, antwortete Schrödinger, obwohl er dringend einen Kaffee hätte gebrauchen können. Das Gespräch mit Seyfarth hatte zwar auch ohne Koffein für sein Wachwerden gesorgt, aber so ganz ohne Doping war das auch nichts. Dennoch ging er Hand in Hand mit Marion über den Sand. Horst hielt Abstand zur Wasserlinie, er fand die Muscheln und das Treibholz offenbar ziemlich interessant.

Nach ein paar Minuten entdeckte das Paar eine Bank und steuerte diese in stillem Einvernehmen an. Die ersten Strandgänger erschienen und installierten sich in den Strandkörben oder auf Handtüchern. Zwei Wagemutige stürzten sich in die sanften Wellen, die sicher eiskalt waren, wie Schrödinger vermutete. Aus der Ferne wirkte einer der Männer wie Maik. Doch mangels Adlerauge konnte Schrödinger das nicht genau erkennen.

»Ist das Maik?«, fragte er deshalb seine Frau.

»Nein.«

»Ich dachte schon …«

»Schrödi, du musst dringend zum Optiker.« Marion grinste.

»Ich sehe noch ausreichend gut«, beharrte er. »Meine Augen sind fantastisch.«

»Deine Augen sind wunderschön. Aber offenbar ein bisschen in die Jahre gekommen.«

»Pah.« Schrödinger tat beleidigt, war es aber nicht. Er mochte es, wenn seine Frau ihn frotzelte. »Was sich liebt, das neckt sich«, sagte er.

»Sieht so aus.« Marion lachte. »Obwohl, das mit dem Sehen ist ja nun eher nicht mehr deine Stärke. Also deine Sehstärke.« Sie lachte, und Schrödinger stimmte mit ein. Horst legte den Kopf schief. Was hinter seinen braunen Kulleraugen wohl gerade vorging? Der Hund setzte sich neben die Bank und starrte aufs Meer.

»Noch mal zurück zu Maik«, sagte Schrödinger.

»Was hast du denn die ganze Zeit mit dem?«

»Nichts.«

»Willst du wissen, welche Farbe sein Veilchen mittlerweile hat? Das kann ich dir sagen, es tendiert ganz leicht ins Lila, gespickt mit einem winzigen Hauch Gelb. Quasi die Modefarben der Herbstsaison.«

»Woher weißt du das denn?«

»Weil ich im Gegensatz zu dir noch alle Dioptrien besitze, Schrödi. Außerdem ist er mir im Foyer eben gerade über den Weg gelaufen.«

»Und?«

»Was und?«

»Was hat er getan, was hat er gesagt, wohin wollte er, woher kam er?«

»Das sind ganz schön viele Fragen auf einmal, Herr Kommissar.«

»Auf die du hoffentlich Antworten hast.«

»Er ist gelaufen. Du weißt schon, mit den Beinen, diese Dinger, mit denen man sich fortbewegt.«

»Oooorrrr Marion!«

»Was denn? Du fragst doch so blöd.« Sie knuffte ihm liebevoll mit dem Ellbogen in die Seite.

»Also, Maik ist gelaufen.«

»Durch das Foyer. Genau, er kam aus dem Flur, in dem sein Zimmer ist.«

»Und wo ist er hingegangen?«

»In den Speisesaal. Ich nehme an, um zu frühstücken.«

»Und was hat er gesagt?«

»Guten Morgen. Was soll er sonst sagen?«

»Hätte ja sein können.« Schrödinger kratzte sich nachdenklich am Kinn. »Welchen Eindruck hat er auf dich gemacht?«

»Er wirkte noch ein bisschen verschlafen.«

»Okay.«

»Also, jetzt sei ehrlich, das fragst du mich doch nicht bloß aus reiner Neugier, ich kenn dich.«

Ja, Marion kannte ihn. Wie um das zu beweisen, fragte sie nun ihrerseits: »Das mit dem Anschiss wegen des Sportprogramms war doch nicht alles, um das es bei Seyfarth ging?«

Leugnen war zwecklos, also erzählte Schrödinger ihr auch noch den Rest. Als er geendet hatte, schüttelte sie ungläubig den Kopf.

»Wie kann man Leute nur so Abzocken! Solche Arschlöcher!« Marion musste wirklich wütend sein, denn solche Kraftausdrücke gab sie sonst nie von sich.

Schrödinger weihte sie in seine Überlegungen ein. Da Seyfarth ja nun mit einem hieb- und stichfesten Alibi aus der Nummer raus war, kam vielleicht Maik als Täter infrage. Immerhin wusste niemand so genau, wie er zu seinem blauen Auge gekommen war. Okay, das war lange nach Elvers' Tod gewesen, aber allein die Tatsache, dass er in eine Prügelei geraten war, legte die Überlegung nahe, dass er einem gewissen Quäntchen Gewalt gegenüber nicht abgeneigt war.

»Traust du ihm das zu?«, fragte Schrödinger.

Marion dachte nach.

Lange.

Dann gab sie den Ball an Schrödinger zurück. »Mal angenommen, ich wäre Jessi und du wärst Maik und ich hätte, sagen wir mal, Spaß mit Elvers gehabt. Wie würdest du reagieren? Versetz dich mal in Maiks Lage.«

»Das kann ich nicht, du würdest so was niemals tun.«

»Ich bin jetzt aber nicht Marion, ich bin jetzt Jessi, und du bist Maik.«

»Ach, Marion!«

Sie lachte. »Wenn es dir hilft, kann ich dir auch ein Veilchen verpassen.« Sie hob die Faust.

»Also gut, dein schlagendes Argument hat mich überzeugt. Ich denke mal nach.«

Und das tat er: während des gesamten Rückwegs zum Hotel, während des schweigsamen Frühstücks, das er völlig in Gedanken einnahm und während des Rückwegs zum Zimmer. Dort angekommen, schlabberte Horst erst einmal seine halbe Frühstücksdose hinunter, und Marion verschwand auf dem Klo. Schrödinger trat auf die Terrasse. Wenig später drang das Schnarchen des Hundes zu ihm. Marion trat unbemerkt neben ihn.

»Und?«, fragte sie.

Schrödinger war so in Gedanken versunken, dass er vor Schreck zusammenzuckte.

»Immer mit der Ruhe, Brauner!« Marion küsste ihn auf die Wange.

»Ich bin die Ruhe selbst«, sagte Schrödinger.

»Du ja, aber wie sieht es mit deinem inneren Maik aus? Mit mir als Jessi?«

Obwohl all das theoretisch war, schnellte Schrödingers Puls nach oben, und er atmete schneller, als eben noch.

»Na?«, forderte Marion ihn erneut auf und stellte sich direkt vor ihn, die Hände in die Hüften gestemmt, das Kinn kampflustig nach vorne gereckt.

»Los, Maik!«

Wie auch immer Marion das geschafft hatte, es funktionierte. Ihr Gesicht verschwamm vor seinen Augen, und er blickte in das Antlitz von Jessi. Zeitgleich begann sein Auge zu puckern, fühlte sich geschwollen an. Ungewollt ballte er die Hände zu Fäusten.

»Ich gehe. Zu ihm.« Marion wandte sich ab und fläzte sich auf die Strandliege. »Mach doch, was du willst, du Schlappschwanz«, sagte sie und räkelte sich lasziv.

»Was?« Schrödinger vergaß, wer er war. Nein, nicht ganz, er entdeckte eine zweite Persönlichkeit. Nun war er Maik. »Du dumme Sau!«

»Du mich auch. Björn besorgt es mir wenigstens so, dass es sich nach Sex anfühlt.«

»Ich … ich …« Maik-Schrödinger ballte die Hände zu Fäusten.

»Du, du … was?«, äffte Marion-Jessi ihn nach.

»Den bring ich um!«, brüllte Schrödinger-Maik.

»Siehst du…« Marion klang nun wieder ganz sanft. Ganz wie sie selbst. Die kieksende Jessi-Stimme hatte sie abgelegt. »Du hättest es gekonnt.«

»Ich nicht. Maik aber schon.« Schrödinger fühlte sich komplett ausgelaugt und ließ sich auf die zweite Liege fallen. Er atmete schwer und schloss die Augen.

»Ja, Maik ist definitiv ein Kandidat.«

Marion hörte das nicht mehr. Sie war von der einen auf die andere Sekunde eingeschlafen.

Schrödinger war aufgewühlt und erschrocken über sich selbst. Wenn er so tun konnte, als neigte er zu Gewalt, wenn er so wütend werden konnte wie gerade eben – war das wirklich reine Imagination gewesen oder steckte tatsächlich ein Tyrann in ihm? Ein Mörder? Was, wenn er während des Aufenthalts im Maschinenraum einen Blackout gehabt hatte? Wenn er sich einfach nur nicht mehr erinnern konnte, was wirklich geschehen war, wenn er die schreckliche Tat begangen und danach ausgeblendet hatte?

So viele Wenns.

Aber! Er kannte sich ein Leben lang, und nein, eigentlich konnte er nicht mal der berühmten Fliege aus dem Sprichwort etwas zuleide tun. Es sei denn, das Insekt nervte oder wollte zustechen. Dann griff auch er zur Klatsche. Wie jeder normale Mensch.

Er stand auf, holte eine leichte Decke aus dem Zimmer und deckte Marion zu. Dann verließ er das Zimmer.

Im Foyer stockte ihm für einen Moment der Atem, als er Roger Seyfarth hinter der Rezeption entdeckte. Doch der Hotelangestellte war vertieft in das Gespräch mit einem eben eincheckenden Ehepaar. Vermutlich erhielten die beiden gerade eine ellenlange Liste mit Sportterminen. Sie taten ihm ein bisschen leid, aber andererseits war dies seine Chance, ungesehen an Seyfarth vorbeizukommen. Er flitzte also aus dem Hotel und machte sich auf den Weg zur Strandbar.

Zu seiner Erleichterung war diese trotz der recht frühen Stunde bereits geöffnet. Der nicht mehr ganz junge Mann hinter dem Tresen sah aus, als hätte er die Nacht hier verbracht und sich einmal quer durch das Angebot gesoffen. Trotz seiner dunklen Augenringe und der zerzausten Haare bewegte er sich flink und geschmeidig. Wenig später saß Schrödinger mit einer Rhabarberschorle-Flasche in der Hand auf einem der Sofas aus Paletten. Er sah einer jungen Familie dabei zu, wie diese mit Buggy, Baby und Badetüchern zu einem der Strandkörbe ging und sich dort häuslich einrichtete. Schrödinger staunte über die Menge an Dingen, die offenbar für einen solchen Minimenschen benötigt wurden. Max und Marlene hatten schon viel Zeugs, wie würde das erst mit einem Säugling werden?

Er schob den Gedanken beiseite. Wenn er sein Kind in Freiheit aufwachsen sehen wollte, dann musste er herausfinden, wer Elvers aus dem Leben katapultiert hatte. Seyfarth war ausgeschlossen. Maik war die nächste Option.

Nun ja, so ganz ausgeschlossen war der Hotelmann nicht. Ein paar seiner Aussagen kamen ihm komisch vor. Hatte er sich zum Tatzeitpunkt tatsächlich mit einem Kunden getroffen? Wie konnte man das verifizieren? Den kurzen Gedanken, sich mit dieser Frage an Inke Meesters zu wenden, verwarf er sofort wieder. Womöglich würde die Kommissarin nur denken, dass er den Verdacht von sich selbst ablenken wollte.

Zoe? Er war sich ziemlich sicher, dass sie seit gestern nichts Neues erfahren hatte, und ehrlich gesagt verspürte er auch keine Lust, vor ihrem dämlichen Handy rumzustottern und ihr Dinge anzuvertrauen, die ihm persönlich nützen konnten. Dann steuerte ein Mann die Strandbar an. Schrödinger winkte frenetisch, als er ihn erkannte: Hermann Schulz!

»Wo ist der Hund?«, rief der NASA-Mann.

»Nicht hier!«, rief Schrödinger zurück. Schulz schien sehr erleichtert, holte sich bei dem verpennten Barmann ein Bier und setzte sich Schrödinger gegenüber, wobei er stöhnte und das Gesicht verzog.

»Prost und Moin!«

»Ebenso! Alles klar bei dir?«

»Komm, frag nicht.«

»Ich frag ja nicht.«

»Mein Rücken. Irgendwas hab ich mir verrenkt. Hab schon zwei Ibu intus. Achthunderter.«

»Na, die werden mit dem Alkohol ja zügig wirken«, scherzte Schrödinger.

»Genau das ist mein Plan«, sagte Schulz und trank gierig.

»Ich hab auch Rücken«, sagte Schrödinger. »Ich war deswegen in Reha.«

Vertrauen schaffen, Gemeinsamkeiten finden. Und wenn es nur der Bandscheibenknorpel war.

Es funktionierte. »Willkommen im Club. Ich hatte vor drei Jahren eine OP. Hoffentlich komm ich jetzt ohne davon.«

»Das hoffe ich für dich. Hast du Physio?«

»Nee. Aber das wär ne Idee.«

Eine Weile philosophierten die beiden über Wirbelsäulen, gute Ärzte, schlechte Ärzte und Schmerzmittel. Dann ging ihnen der Gesprächsstoff aus. Was Schrödinger nicht schlimm fand. So entspannt wie nach dem zweiten Bier hatte er den gedopten Alien-Fan noch nie erlebt. Er witterte seine Chance und war fest entschlossen, sie wahrzunehmen.

»Was machen deine Forschungen?«, begann er vorsichtig.

»Pah. Ich hab dir ja gesagt, dass gestern die Schwingungen …«

Schrödinger winkte ab. Noch einmal wollte er das Geschwurbel nicht hören. »Das weiß ich doch, und ich finde das ziemlich blöd für dich.«

»Danke, Kumpel.«

»Darf ich dich was fragen?«

»Fragen darfst du, aber ob du eine Antwort bekommst, das ist die andere Frage.« NASA-Schulz lachte.

»Also gut, ich frag mal. Du hattest doch diese Karte dabei, als wir nach dem Militärbunker gesucht haben.«

»Ja, was ist mit der? Also, die geb ich dir nicht!«

»Das weiß ich, und ich will sie auch gar nicht. Du bist der Fachmann in diesen Dingen. Ich könnte damit sowieso nichts anfangen«, beschwichtigte Schrödinger ihn. Was er nicht sagte: Die Karte war reiner Humbug, und Schulz könnte genauso gut in einem Schrebergarten im Ruhrgebiet nach dem Bernsteinzimmer suchen.

»Warum fragst du dann danach?«

»Weil ich wissen will, nein, wissen muss, wann du sie gekauft hast. Bei wem, das weiß ich schon.«

Schulz sah ihn perplex an. »Ja, hier auf der Insel. Bei … na. Du weißt es wohl. Das war vor ziemlich genau einer Woche.«

»Ziemlich genau ist nicht exakt.«

»Bist du immer so ein Korinthenkacker?«

»Nö. Aber trotzdem …«

»Ich kann mich an die Datumse nie so genau erinnern.« Schulz ölte seinen Rachen, und Schrödinger stellten sich ob der Grammatik die Haare auf.

»Aber da haste Glück, das weiß ich, das war an dem Tag, als der Elvers umgekommen ist.«

»Oh!« Schrödinger horchte auf.

»Und weißt du auch noch, wann genau?«

NASA-Hermann nickte. Dann nannte er ihm die Uhrzeit. Es war genau jene, die Seyfarth ihm genannt hatte. Seyfarth hatte ein Alibi. Der Rezeptionist war also komplett raus aus dem Kreis der Verdächtigen.

Horst

Schrödinger spinnt.

Das wussten Sie ja schon.

Das weiß ich seit Langem.

Jedenfalls tigert er ohne mich aus dem Zimmer. Ich habe genau gerochen, dass er wieder irgendeinen Blödsinn vorhat. Tja. Ich bin sein persönlicher Bodyguard, aber er lässt mich hier bei der pennenden Marion.

Die wird mir übrigens immer sympathischer. Wir Hunde schlafen ja achtzehn bis zwanzig Stunden am Tag. Mal mehr, mal weniger tief. Meistens dösen wir und sind dennoch mit beiden Ohren und unserer Schnauze mitten im Geschehen.

Frauchen nähert sich allmählich meinem Pensum an. Ich mag das. Was ich nicht mag, sind Herrchens Alleingänge.

Jetzt lieg ich hier neben Marion auf der Terrasse, passe auf, dass keine Biene sie sticht, und bin in echter Sorge.

Bitte, wenn Sie Schrödinger sehen, sagen Sie mir Bescheid. Sofort!

Schrödinger

»Ich muss dann mal!« Schulz tippte sich an die NASA-Kappe. Schrödinger verzichtete darauf ihn zu fragen, was er musste. Pipi? Ins All telefonieren? Gründe gab es viele. Einen Moment lang sah er Hermann nach, der sich Richtung Hotel bewegte. Dann stand er selbst auf. Seine Nase triefte ein bisschen, und er suchte in seiner Hosentasche nach einem Papiertaschentuch. Dabei bekam er den zerknüllten Zettel zu fassen.

»Ach ja!«, sagte er zu sich selbst, schnäuzte sich und faltete das Papier auseinander. Darauf war mit blauem Kugelschreiber und in Schönschrift, die man sofort hätte abdrucken können, eine Handynummer geschrieben. Mit Schriftarten kannte er sich nicht aus, wohl aber mittlerweile mit Mobiltelefonen, die er vor der Begegnung mit seiner jetzigen Frau kategorisch abgelehnt hatte. In diesem Moment war er dankbar, selbst eines zu besitzen und zu wissen, wie er es zu bedienen hatte. Und so schlau zu sein, vor dem Wählen der Nummer noch einmal zu checken, dass seine eigene Rufnummer nach wie vor unterdrückt war.

Null-eins-fünf-zwo-vier-zwo … und so weiter tippte er ab, wobei er die Augen zusammenkneifen musste. Offenbar hatten seine Augen nicht nur das Sehen in die Ferne, sondern auch in die Nähe aufgegeben. Ihm graute. Wie er von einem Kollegen wusste, waren Gleitsichtbrillen alles andere als günstig, erstens, und zweitens brauchte man Wochen, wenn nicht länger, um sich an so ein Teil zu gewöhnen. Sein Kollege jedenfalls war mehrfach über die Pflastersteine des Tuttlinger

Marktplatzes gestolpert, weil er die Pupillen auf die Nahfunktion fokussiert hatte.

Nasenfahrrad und sein Baby gut sehen oder keine Brille und dafür ausreichend Euronen für Windeln haben? Schrödinger kam gar nicht dazu, diesen Gedanken weiterzudenken. Nach nur zweimaligem Tuten meldete sich eine weibliche Stimme.

»Ja?«

»Ich bin's.« Das sagte er aufs Geradewohl hinaus.

»Ja.« Sehr redegewandt schien die Dame nicht zu sein.

»Bleibt es dabei?« Auch das war ein Stich ins Nichts. Aber offensichtlich ein Treffer.

»Ja.« Konnte die Frau noch andere Wörter?

»Wo genau soll ich noch mal hinkommen?«, fragte Schrödinger. »Und wann?«

Ein leises Seufzen war zu hören, dann nannte sie ihm Adresse und Uhrzeit. Die ziemlich bald war. Er würde sich ranhalten müssen, um sein falsches Date einzuhalten. Seine Blase drückte. Obwohl er nur eine Rhabarberschorle getrunken hatte, meinte er, zeitnah zu platzen. Leider verfügte die Strandbar über keinerlei Sanitäranlagen, weshalb er gezwungen war, zwischen zwei nicht belegte Strandkörbe zu pieseln. Was mit Sicherheit ein immenses Vergehen darstellte, doch wo kein Bademeister, da kein Richter, da kein Henker.

Kaum war die Blase leer, wurden die Beine in die Hand genommen. Sinnbildlich. Schrödinger war ein wenig stolz auf sich, dass er die Landkarten-Suchfunktion seines Handys dabei nicht brauchte, sondern sich auf seine uralten, lange nicht mehr genutzten Pfadfinder-Fähigkeiten berufen konnte. Oder ganz einfach darauf, dass er in den vergangenen Tagen oft genug in Sellin unterwegs gewesen war, um zu wissen, wohin er gehen musste. Erst der Wilhelmstraße in Richtung Bernstein-Museum folgen und von dort aus noch ein Stück südwestlich. Der Plan ging auf: Zwei Minuten vor der verabredeten Zeit erreichte er den gesuchten Ort.

Er brachte sich hinter einer ausrangierten gelben Telefonzelle in Position, die mittlerweile als Tauschbörse für Bücher genutzt wurde. In den Regalen standen massenweise Konsaliks und alte Lexika, die wohl jeder deutsche Haushalt – egal ob in Ost oder West – in den 1970ern und 1980ern erstanden hatte, weil sie im Wohnzimmerschrank gut aussahen. Er entdeckte einen von der Sonne verblichenen Bildband über die Ukraine. Ein zerlesenes Mädchenbuch über Zwillinge in einem Internat und ein scheinbar neues Buch, das wohl am Bodensee spielte. Fast hätte er danach gegriffen. Dann aber erschien eine Frau und steuerte direkt das kleine Hotel an. Der Name *Zum Krabbenbagger* ließ ihn schmunzeln. Welche Krabben dort wohl gebaggert wurden?

Das Lächeln verging ihm, als er sah, wie die zierliche Frau mit strohblonden Haaren die drei Stufen zum Eingang nahm und im Inneren verschwand.

Sie war es.

Höchstpersönlich.

Annika Elvers.

Auf einmal bekam er Muffensausen. Richtig massiv inklusive Schwitzen, Atemnot und heftigem Unwohlsein. Zugleich kamen ihm Maiks Worte wieder in den Sinn.

Jessi will, dass isch de Annika tröste. Isch soll mit der Witwe in die Kiste steig'n. Se ablenken. Aus'm Verlustloch rausholen.

Der gehörnte Ehemann aus Sachsen hatte gekniffen. Zu

Recht. Die ganze Idee war Wahnsinn. Doch was genau sollte Schrödinger jetzt hier machen? Das nachholen, was Senta und Jessi eigentlich für Maik ausgemacht hatten? Auf keinen Fall. Aber würde sich die Witwe überhaupt mit einem Gespräch begnügen? Und mit welchen Erwartungen war Björns Gattin hierhergekommen? Wusste sie, was sie hier erwartete, oder hatten ihr Senta und Jessi irgendeine hanebüchene Geschichte aufgetischt? Irgendwas mit Seelenreinigung oder so?

Schrödinger starrte unschlüssig auf das kleine Hotel. Ob er umkehren sollte? Oder ebenfalls das unscheinbare Gebäude betreten?

»Mist. Kacke. Verdammt.«

Er drehte sich einmal um die eigene Achse. Dann ballte er die Fäuste und stapfte auf den *Krabbenbagger* zu.

Kaum hatte sich die Haustür hinter ihm geschlossen, stand er quasi im Dunklen. Eine rote Lampe war die einzige Lichtquelle, und ihm dämmerte, dass er hier nicht in einem Hotel mit Zimmerservice gelandet war. Er folgte dem dämmrigen Lichtstrahl durch den schmalen, muffigen Flur. Er schnupperte. Es roch nach abgestandenem Rauch und Nuttendiesel. So jedenfalls hatte seine Schwiegermutter vor wenigen Monaten das Parfüm bezeichnet, das er seiner Marion aus dem Drogeriemarkt mitgebracht hatte. Ihm hatte der herzförmige Flakon gefallen. Aber ja, kaum hatte Marion das Eau de Toilette versprüht, war es allen Anwesenden lieb gewesen, dass sie sofort die Fenster geöffnet hatte. Trotz einer Außentemperatur knapp über dem Gefrierpunkt. Er rechnete es ihr hoch an, dass sie den vollen Flakon noch immer auf der Ablage im Badezimmer aufbewahrte und genau wie ihre Cremes und Puder regelmäßig abstaubte.

Marion.

Seine Frau.

Er hatte eine Frau.

Deswegen dürfte er sich gar nicht in einem Etablissement wie diesem aufhalten.

Oder doch vielleicht *gerade* deswegen. Wenn er Marion und das noch nicht geborene Kind würde unterstützen wollen, dann in Freiheit. Und genau dieser galt seine Mission. Er straffte die Schultern und ging auf das rote Licht zu.

Hinter einem schmalen Tresen saß eine runzlige Dame, die in ein Kreuzworträtsel vertieft war. Schrödinger wunderte sich, wie sie bei dem Licht etwas lesen konnte. Er räusperte sich. Die Frau sah auf.

»Ist schon oben, Nummer zwo«, sagte sie und klickte zwei Mal die Kugelschreibermine rein und raus. Dann schwieg sie.

»Okay«, sagte Schrödinger und wandte sich nach rechts, wo eine Stiege nach oben führte. Immerhin war auf Höhe des Treppenabsatzes eine Lampe angebracht, die zwar nicht hell war, ihn aber über den abgetretenen Teppich nach oben führte.

Vor ihm erstreckte sich ein schmaler Flur. Auch hier war der Teppich abgetreten. Rechts und links davon gingen Türen ab. Schrödingers Herz wummerte, und das lag nicht daran, dass er die Treppenstufen erklommen hatte. Links sah er Nummer eins, rechts gegenüber Nummer zwei. Er atmete tief ein. Aus. Ein und aus. Dabei hatte er eine Eingebung. Es dauerte zwar eine Weile, doch dann hatte er die Aufnahmefunktion seines Handys gefunden. Er aktivierte sie und steckte das Mobiltelefon mit dem Lautsprecher nach vorne gerichtet in seine rechte Hosentasche. Danach hob er die rechte Hand. Er zögerte einen kurzen Moment, ehe er dreimal kurz und dreimal lang anklopfte. Von drinnen hörte er Schritte. Die Tür wurde eine Hand breit geöffnet. Annika Elvers blieb halb verborgen. Sie musterte ihn von Kopf bis Fuß.

»Sie?«, sagte sie schließlich ungläubig.

»Ja. Ich.« Was hätte er auch sonst antworten können?

»Aber ich dachte …«

Sie schwieg und hielt die Tür weiterhin nur ein wenig geöffnet.

»Ich rede ungern zwischen Tür und Angel«, sagte Schrödinger.

»Ich weiß gar nicht, ob ich überhaupt mit Ihnen reden möchte.« Annika Elvers klang patzig.

»Ob Sie das wollen oder nicht, spielt für uns beide keine Rolle.« Schrödinger straffte die schmächtigen Schultern. Es schien zu wirken. Björns Witwe trat einen Schritt zurück. Er nutzte die Chance, schlüpfte ins Zimmer und lehnte sich gegen die nunmehr geschlossene Tür.

»Also, Butter zu den Fischen oder wie das heißt. Was machen Sie hier?«

»Ich wurde herbestellt. Und Sie?«

»Ebenso. Das heißt, eigentlich sollte nicht ich hier sein, sondern ein anderer Mann. Der von Jessi. Und lassen Sie mich raten, sie war es auch, die sie hierherzitiert hat.«

Annika Elvers blieb der Mund offen stehen.

»Also ja«, beantwortete Schrödinger seine Frage selbst. Die Witwe nickte und ging zu einem uralten Stuhl. Als sie sich setzte, knarrte das Holz. Er nutzte die Gelegenheit, um sich im Zimmer umzusehen. Es wurde dominiert von einem überbreiten Bett, das mit einem lilafarbenen Laken bezogen war. Eine Bettdecke gab es nicht, dafür unzählige Kissen in Pink und Orange. Seine Augen begannen zu schmerzen ob der farblichen Kakophonie. Über dem Bett prangte ein Spiegel an der Decke. Einen Kleiderschrank konnte er nicht entdecken, dafür ein Waschbecken an der linken Wandseite und zu seinem Erstaunen eine Duschkabine, die quasi mitten im Zimmer stand. Auf dem lila Laken lagen Handtücher, eine Packung Kosmetiktücher und ein kleines Körbchen mit Kondomen unterschiedlichster Ausprägung. Neben dem Bett stand ein brummender Kühlschrank. Darauf waren billige Sektgläser über Kopf abgestellt, und er nahm an, dass es als einziges Getränk Puffbrause gab. Vermutlich zu Mondpreisen.

»Was wollten Sie von Maik?«

»Maik?«

»Jessis Mann.«

»Ich wusste nicht, dass der so heißt.« Annika Elvers knibbelte nervös an der Nagelhaut ihres Daumens.

»Also? Was wollten Sie?«

»Mir wurde gesagt, dass er an Material interessiert sei.«

»Lassen Sie mich raten, irgendein Alien-Quatsch?«

»Woher wissen Sie, dass Björn …«

Schrödinger fiel ihr ins Wort. »Ihr Mann hat die Leute nach Strich und Faden verarscht.«

Annika klappte die Kinnlade herunter.

»Sie wussten das.«

Annika Elvers' Schweigen sagte mehr als die berühmten tausend Worte.

»Und er hat Sie genauso verarscht«, wagte er einen Vorstoß.

Björns Witwe sprang auf. Wie zur Verteidigung verschränkte sie die Arme vor der Brust und reckte das Kinn. Das sollte wohl aussagen, dass dem nicht so war, doch die hektischen roten Flecken und ihre flackernden Augen beantworteten Schrödingers Frage.

»Ich weiß nicht, was Sie meinen«, behauptete sie dennoch.

»Das wissen Sie sehr wohl. Sonst wären Sie nämlich gar nicht hier. Warum sonst sollten Sie sich auf ein Treffen einlassen, dass eine wildfremde Frau vorschlägt. Noch dazu an einem Ort wie diesem. Nein, Sie wissen ganz genau, wer diese Jessi ist und welche Rollen sie spielt. Was mich interessieren würde: Ist sie von sich aus gleich mit der Tür ins Haus gefallen und hat gestanden, dass sie was mit Björn hatte? Oder haben Sie es schon vorher gewusst? Wie muss ich mir das Gespräch zwischen Ihnen vorstellen?«

»Ich … na ja … das«, stammelte Annika. Durch die vielen roten Flecken sah sie aus, als wäre ein Schwarm Insekten über sie hergefallen. »So war das nicht. Mein Björn … eigentlich war er ein ganz Lieber. Er hat versucht, mir jeden Wunsch von den Lippen abzulesen. Hat mir Blumen und Pralinen mitgebracht. Und er hatte immer so verrückte Ideen.«

»Aber das war leider nicht alles, oder?«

Sie schwieg.

Er fuhr fort. »Da ist ja zum Beispiel diese andere Frau, mit der ein Kind hat.«

»Das ist vorbei. Sie haben sich getrennt, und er ist zu mir zurückgekommen.«

»Trotzdem konnte die Katze das Mausen nicht ganz lassen, oder? Eine Frau allein hat ihm nicht genügt.«

Annika starrte stumm zu Boden.

»Er war immer auf der Suche nach neuen Bekanntschaften«, mutmaßte Schrödinger weiterhin ins Blaue. »Vielleicht hat er deshalb in der Touristeninfo gearbeitet. Weil er dort ständig die Neuankömmlinge begutachten und mit den Frauen flirten konnte, hab ich recht?«

Ihr Schweigen bestätigte seine Vermutungen.

»Wahrscheinlich war da nicht bloß Jessi, sondern noch jede Menge andere Weiber. Große, kleine, dicke, dünne – egal was, Hauptsache, sie gehörten irgendwie in sein Beuteschema.«

Einmal in Schwung gekommen, fiel es Schrödinger schwer, sich zu bremsen. Er wollte ausholen und spekulieren, was wie gewesen sein könnte. Dabei wusste er selbst genau, wie unklug das war. Nicht mal so sehr aus strategischer Sicht, sondern vielmehr, weil er es hier ja mit Björns Witwe zu tun hatte. Dieselbe Frau, die gestern an ihrem Tisch im griechischen Lokal in Tränen aufgelöst gewesen war. Allein bei der Vorstellung wurde ihm ganz anders. Was bildete er sich ein, die arme Frau dermaßen unverfroren anzublaffen? Ihr solche Dinge an den Kopf zu knallen?

Das Problem war nur, dass Annika im Augenblick überhaupt nicht wie eine trauernde Witwe aussah. Nein, von Trauer war da keine Spur. Im Gegenteil. Weder war sie den Tränen nahe, noch schienen die eben gehörten Vermutungen bei der Frau überhaupt eine Reaktion hervorzurufen. Sie sah aus, als würde sie das alles gar nichts angehen. Als wären dies alles keine Neuigkeiten, sondern Fakten, mit denen sie sich längst abgefunden hatte.

Ja, sie wirkte abgeklärt. Und gleichzeitig so, als würde sie irgendwie neben sich stehen. Schrödinger verstand es nicht, und dies war es auch, was ihn letztendlich stoppen ließ. Er konnte nicht fortfahren, wenn er nicht wusste, was überhaupt Phase war.

Plötzlich fing Annika mit leiser, nasaler Stimme an zu reden. Sie sprach beinahe tonlos und hielt den Blick weiterhin starr auf den Boden gerichtet. »Es stimmt schon. Ich kann es nicht abstreiten, mein Mann war kein Heiliger. Er war schwach und zügellos. Von seiner Leidenschaft angetrieben. Er war immer so schnell Feuer und Flamme. Das muss nicht generell schlecht sein. Aber es kann. Lange Zeit habe ich die Wahrheit nicht sehen wollen, weil es zu schmerzhaft war. Doch es kommt die Zeit, da hilft alles Leugnen nichts mehr. Diese ständigen Seitensprünge. Die Lügen und die Untreue. Das alles hat nicht nur mein Herz gebrochen, sondern mir den letzten Nerv geraubt. Ich wollte meine kleine Welt beschützen und zurückbekommen. In der alles richtig und korrekt abläuft. Es war wie ein Zeichen von oben. Von einem Moment zum anderen wurde mir klar, dass ich das mit Björn nie schaffen würde. Er ist verantwortlich für jedes Hoch und jedes Tief in unserer Beziehung. Und nicht nur dafür. All die Sachen, die er den anderen Leuten angetan hat. Den Partnern der anderen Frauen. Den Menschen, denen er vorgegaukelt hat, er würde wertvolle Artefakte besitzen. Er hat so vielen geschadet, das können Sie sich gar nicht vorstellen. Und am meisten natürlich mir. Das musste aufhören. Deshalb habe ich ihn getötet. Für mich und für alle anderen. Man könnte sagen, ich habe der Welt damit einen Gefallen getan. Und wenn schon nicht der ganzen großen Welt, dann auf jeden Fall meiner eigenen kleinen.«

Sie kicherte leise und ein wenig irr vor sich hin, die Augen noch immer auf den imaginären Punkt am Boden gerichtet. Allein das machte die Situation schon sehr gruselig. Schrödinger wusste nicht, ob Annika Elvers überhaupt noch klar war, dass er sich mit ihr zusammen in dem Raum aufhielt. Sie erweckte den Anschein, als wäre sie mindestens zur Hälfte ganz woanders.

»*Sie* haben ihn umgebracht?«, fragte er deshalb. Nicht nur, um es besser begreifen zu können, sondern um die Frau irgendwie zu erden und ins Hier und Jetzt zurückzuholen. »Wie haben Sie es gemacht?«

»Das war ziemlich simpel. Ich habe gewusst, dass Björn an dem Tag im Hotel zu tun haben würde. Er wollte Fotos für die Urlaubsbroschüre der nächsten Saison knipsen. Das und wahrscheinlich im Aquapark ein wenig flirten. Er kann da gar nicht anders. Und ich dachte mir, diese Chance muss ich nutzen. Ich habe ihm einen anonymen Brief zugespielt, dass ich Gast in dem Hotel sei und ihn wegen des Alienkrams sprechen muss. Und dass, wenn er sich nicht mit mir trifft, ich zur Polizei gehen und dort alles ausplaudern würde. Das konnte er natürlich nicht riskieren. Deshalb ist er zu dem Pumpenraum gekommen. Dort habe ich ihn überwältigt und getötet.«

Erneut kicherte sie, diesmal leise und hoch wie eine verrückte alte Frau. Dabei war sie noch gar nicht so alt. Was vollkommen im Widerspruch dazu stand: Ihre Wangen glänzten nass. Dünne Tränenrinnsale liefen daran hinab. Ohne den Blick zu heben, nestelte Annika Elvers in ihrer Umhängetasche herum. Vermutlich suchte sie ein Taschentuch. Ohne hinzuschauen, dürfte das gar nicht so leicht sein

Schrödinger beschloss, sie auf Kurs zu halten. Leute, die gerade ein Verbrechen gestanden, sollten nicht unterbrochen werden, das kannte er aus zig Krimis. »Äh … wie haben Sie ihn denn überwältigt? Er war doch bestimmt größer und kräftiger an Sie! Sie sind ja doch eher … nun ja, schmächtig.«

»Ach, das war kein Problem. Ich habe ihn betäubt.«

»Betäubt?«, fragte er irritiert und neugierig zugleich.

Völlig unvermittelt sprang die zierliche Frau auf einmal hoch. In ihrer Hand sah Schrödinger etwas aufblitzen. Bevor er richtig reagieren konnte, spürte er einen Stich im Halsbereich. Danach wurden seine Beine weich, und um ihn herum wurde alles finster. Wie er kraftlos zu Boden stürzte, spürte er kaum noch.

Marion

Langsam, aber sicher wurde Marion nervös. Dass ihr Göttergatte gelegentlich mal verschwand, hatte sie inzwischen längst akzeptiert. Aber in neun von zehn Fällen sagte er ihr vorher Bescheid oder nahm zumindest den Hund mit. Doch Horst war hier und wirkte genauso ratlos wie sie.

Das Letzte, woran sie sich erinnerte, war ihr kleines Rollenspiel, in dem sie Jessi und er Maik nachgeahmt hatte. Dabei war es ziemlich hitzig zur Sache gegangen. Einige Herzschläge lang schien es sogar fast außer Kontrolle zu geraten. Aber dann hatten sie sich rechtzeitig darauf besonnen, wer wer war, und alles war gut. Nun ja, fast.

Der Rollentausch hatte sie dermaßen angestrengt, dass sie danach sofort eingeschlafen war. Hing das mit der Schwangerschaft und der Neukalibrierung ihres Körpers zusammen? Vermutlich. Früher hatte sie nicht so schnell schlapp gemacht. In keinerlei Hinsicht.

Wie lange sie geschlafen hatte, wusste Marion nicht mehr, weil sie dummerweise bei der Jessi&Maik-Geschichte nicht auf die Uhr geschaut hatte. Es war also gut möglich, dass Schrödi schon seit mehreren Stunden weg war.

Bei Brigitte und Heiner steckte er nicht. Die zwei waren vorhin erst von einem kurzen Trip zum Supermarkt zurückgekommen, wo sie die Alkoholvorräte aufgefüllt hatten. Hier im Hotel gab es ja kaum was, und das, was es gab, war erstens zu teuer und zweitens nicht ganz nach dem Bochumer Geschmack.

»Wahrscheinlich schlürft er nur irgendwo nen Kaffee«, versuchte Heiner sie zu beruhigen.

Wahrscheinlich stimmte das. Marion hoffte es. Aber was, wenn nicht?

Zuerst versuchte sie, ihn auf dem Handy anzurufen. Aber das klingelte und klingelte, ohne dass jemand ranging. Hatte er es auf stumm gestellt oder irgendwo liegen lassen? Vielleicht konnte er aktuell einfach nicht an den Apparat gehen, weshalb auch immer. Um sich auf andere Gedanken zu bringen, probierte sie zuerst, Horst zum Spielen zu animieren (was natürlich nicht funktionierte), und anschließend, sich ihrem Tante-Poldi-Buch zu widmen. Doch so sehr sie sich auch bemühte, sie schaffte es nicht, sich darauf zu konzentrieren. Immerzu wanderten ihre Gedanken zu Schrödinger. Sie spürte, dass etwas nicht stimmte. War es die berühmte weibliche Intuition, die ihr das sagte? Oder die mentale Verbindung zu ihrem Ehemann, ihrem Seelenverwandten? Was auch immer es war, es sorgte dafür, dass ihr Herz unregelmäßig pochte und sie schlichtweg nicht zur Ruhe kam. Schließlich gab sie die ohnehin unwirksame Zerstreuung auf, leinte Horst an und verließ das Zimmer.

Sie hoffte, dass der Boxer sie instinktiv in die richtige Richtung führen würde. Als das nicht funktionierte und er sie nur ratlos anglotzte, gab sie ihm ganz konkret die Anweisung: »Los, such das Herrchen!«

Das schien zu funktionieren; der Vierbeiner fing an zu schnüffeln und zu suchen. Weiter als bis zum Speisesaal kamen sie nicht. Und dort war von Schrödinger weit und breit nichts zu sehen. Entweder war er zwar dort gewesen, inzwischen aber wieder gegangen, oder aber, den Boxer hatten ganz andere Beweggründe hergeführt. Wie auch immer, Horsts Fähigkeiten als Fährtenleser hielten sich offenbar stark in Grenzen.

Möglicherweise war sein Spürsinn durch die Vielzahl an Sinneseindrücken im Hotel auch verwirrt oder überfordert. Immerhin roch es hier aufgrund der zahllosen Gäste in jeder Ecke anders. Um seinen Geruchssinn zu entwirren und weil sie sich ohnehin keinen anderen Rat wusste, verließ Marion das Hotel durch den Hinterausgang.

Draußen blies ihnen eine leichte Meeresbrise die Nasengänge frei. Es tat gut, einmal tief durchatmen zu können. Es belebte Marion und schenkte ihr zusätzliche Energie. Die Sorge um ihren Ehemann nahm es ihr nicht.

»Los, Horst, streng dich an. Wo steckt das Herrchen?«, spornte sie den Hund an.

Dieser hob die Schnauze in den Wind, senkte sie anschließend zum Boden und schnüffelte sich den Fußweg und die Seitenränder entlang. Ob er damit tatsächlich die Fährte seines besten Freundes aufgenommen hatte, ließ sich schwer beurteilen. Es lag durchaus im Bereich des Möglichen. Genauso gut könnte er aber auch bloß die Duftnote eines anderen Artgenossen aufgenommen haben. Wer konnte das bei einem Hund, insbesondere bei Horst, schon so genau sagen? Es hätte sie nicht mal gewundert, wenn er sie schnurstracks zu einigen weggeworfenen Essensresten oder einem Imbissstand außerhalb des Hotelgeländes geführt hätte. In der Hinsicht war er ein nimmersatter Halunke, dem man nicht trauen konnte.

Sie beschloss dennoch, es darauf ankommen zu lassen. Besser, als im Zimmer herumzusitzen und die Decke anzustarren, war es allemal. Hier an der frischen Luft bestand zumindest der Hauch einer Chance, Schrödi in die Arme zu laufen oder auf jemanden zu treffen, der ihn gesehen hatte. Und selbst wenn nicht, war sie wenigstens unterwegs und *tat* etwas,

Marion erreichte die Weggabelung, an der es den Schildern zufolge links zum Strand und rechts zu den Sportbereichen ging. Letzteres hielt sie für ausgeschlossen: Ihr Mann war der größte Bewegungsmuffel, den sie kannte. Freiwillig würde er gewiss zu keinem Tennis- oder Minigolfplatz gehen. Die einzige Ausnahme war, wenn ihn eine heiße Spur dahin geführt hätte. Aber wie hoch war die Wahrscheinlichkeit, dass das der Fall war? Zumal sie nicht einmal wusste, ob er im Moment überhaupt irgendwelche Nachforschungen anstellte. Vielleicht war er ja mit Hermann am Strand und ließ sich von ihm irgendwelche Geschichten über Alf und E.T. auftischen.

Der Strand klang ohnehin nach einer guten Idee. Jeder, der an die Ostsee reiste, tat das, weil er ans Meer wollte. Jeden zog es dorthin. Dies war auch der Ort, an dem ständig etwas los war und wo sie praktisch jede ihrer Urlaubsbekanntschaften getroffen hatten. Die Chance, auf Schrödinger oder jemanden zu treffen, der ihn gesehen hatte, war dort vermutlich am höchsten.

Horst schien es ebenfalls in diese Richtung zu ziehen.

Das war schon mal ein gutes Zeichen.

Sie folgte ihm bereitwillig und probierte derweil noch einmal, Schrödi auf seinem Mobiltelefon zu erreichen. Mit demselben niederschmetternden Erfolg wie zuvor.

Viel Zeit zum Ärgern blieb ihr nicht. Sie hatte das Hotelgelände kaum verlassen, da entdeckte sie neben den Sträuchern am Wegesrand zwei bekannte Gesichter. Es waren Jessie und Senta, die sich angeregt unterhielten. Beide wirkten gut gelaunt. Beim Näherkommen schnappte sie etwas von einem baldigen Date auf. Um Schrödinger würde es dabei wohl nicht gehen. Oder etwa doch? Marion wollte kurz darüber nachdenken, doch allein die Vorstellung erschien ihr so absurd, dass sie den Gedanken auf der Stelle wieder verwarf. Nein, das würde Schrödinger auf keinen Fall tun. Für so was war er überhaupt nicht der Typ. Und *jetzt* gleich dreimal nicht.

In dem Moment bemerkten die Damen sie und lächelten ihr freudig zu.

»Hallo, Marion, alles gut bei dir?«, fragte Senta. »Du ziehst ja ein Gesicht wie drei Tage Regenwetter.«

»Habt ihr meinen Mann gesehen?«, platzte es sofort aus ihr heraus. Im Moment verspürte sie wenig Lust auf Smalltalk.

»Den Schrödinger?«, fragte Jessi überflüssigerweise. Wen sollte sie sonst meinen?

»Genau den. Er ist seit Stunden weg, und ich erreiche ihn nicht über sein Handy.«

»Ach, der is bestimmt nich weit. Wahrscheinlich sitzt er mit Heiner oder Hermann in der Strandbar und hat nach dem vierten Bier die Zeit vergessen. Ich glob, der verträgt mehr als meiner. Schon vonner Statur her. Bei Maik is meest schon nach'm zweeten Bier Schluss. Nach'm dritten läuft gar nüschts mehr.«

Sie sprach nicht mit dem gleichen starken Dialekt wie ihre bessere Hälfte, aber je länger man ihr zuhörte, desto mehr hörte man ihre sächsische Herkunft heraus.

»In der Hinsicht sind die Männer alle gleich«, philosophierte Senta. »Wenn irgendeiner Bier anbietet, springen sie alle sofort auf.«

»Und nebenbei besprech'n se dann hochpolitische Themen und was alles falsch läuft in unserem Land. Sind ja alles Leute von Welt, die den totalen Durchblick ham.«

Die Unterhaltung steuerte in eine Richtung, in die Marion nicht mitgehen wollte. Wenn sie die dralle Jessi anschaute, hatte sie sofort das vorhin geführte Rollenspiel vor Augen. Und wusste sogleich einen sehr triftigen Grund, wieso Maik sich das eine oder andere Bier zu viel genehmigen könnte. Aber auch das tat momentan nichts zur Sache. Sie zupfte leicht an Horsts Leine, um ihm zu signalisieren, dass sie gleich weitergehen würden.

»Mach dir keine Sorgen, dein Adonis taucht schon wieder auf«, prophezeite Senta. »Entweder lallt er, dass du ihn kaum verstehst, oder er erzählt dir die verrücktesten Märchen. Besonders Schrödinger scheint ja zu so was zu neigen, nach allem, was Hillu mir über ihn erzählt hat.«

Was bitte schön soll das sein?, lag es Marion auf der Zunge. Es ärgerte sie, wie diese Frauen über ihren Mann sprachen. Keine von ihnen wusste, was für ein liebevoller und herzensguter Mensch er war. Überdies wurmte Marion, dass ihre Mutter die Wahrheit offenbar mal wieder etwas ausgeschmückt hatte. Für Aktionen wie diese könnte sie sie manchmal echt auf den Mond schießen, Blutsverwandtschaft hin oder her.

»Ach, sieh man eener an«, sagte Jessi und wies auf jemanden oder etwas hinter Marion. »Kaum spricht'ma vonner Wüste, kommt's Kamel.«

Neugierig und erwartungsvoll drehte Marion sich um. Hatte die Sächsin Schrödinger entdeckt? Nein, leider Fehlanzeige. Es war bloß Maik, der mit gemächlichen Schritten und

Händen in den Jackentaschen auf sie zukam. Seiner Miene nach zu urteilen, bewegte sich seine Laune im einstelligen Temperaturbereich. Passend dazu traf Marion eine besonders kühle Meeresbrise.

»Was machst'n du hier?«, rief Jessi ihrem Ehemann zu.

»Urlaub«, erwiderte dieser. »Jedenfalls war das mal so geplant.«

»Hä, ich dachte, du bist im *Krabbenbagger*?«

»Keen Bock. So'n Scheiß is nüschts für mich. Ich brauch keenen aus dem Stimmungsloch holen.«

»Vor allem dich selbst nicht«, konstatierte Senta.

Maik nickte. »Genau. Isch bin de gude Laune in Person.«

»Aber jetzt ma ernsthaft«, sagte Jessi. »Warum biste nich im *Krabbenbagger*?«

»Isch wüsst nich, was isch da soll!«

»Was ist denn ein *Krabbenbagger*?«, fragte Marion irritiert. Im Moment verstand sie nur Bahnhof.

»Das ist ein schnuckliges kleines Hotel nicht weit von hier«, erklärte Senta. »Dort sollte er sich mit der Witwe von dem toten Björn treffen.«

»Um was zu tun?«, fragte Marion, jetzt noch verwirrter.

»Na ja, sie sollten sich treffen. Austauschen. Trösten. Nach Gemeinsamkeiten suchen. Vielleicht mehr.«

»Ernsthaft?« Marion kam sich vor wie in einem falschen Film. »Auf wessen Mist ist denn das gewachsen?«

»Auf unserem«, sagte Jessi nicht ohne Stolz. »Weißt du, da war was zwischen dem Björn und mir. Nix Ernstes, nur mal so und bloß ganz kurz. Aber Maik war deswegen sauer. Da ham die Senta und ich uns gedacht, wenn er sich mit der Annika trifft, könnten die sich unterhalten. Das könnt' ja beeden helfen. Mit der Trauer vom eenen und dem Rappel vom and'ren. Verstehste?«

»Kein Wort«, gestand Marion.

»Siehste, genauso geht's mir«, bestätigte Maik. »Das kann keener verstehen. Weder isch noch de Annika noch sonstwer. Weil das alles een totaler Stuss is!«

»Was ist totaler Stuss?«, erklang es auf einmal hinter ihnen. Synchron schwenkten die Köpfe alle herum und sahen, dass sich Zoe Hollmann näherte. Die Influencerin schaute neugierig und amüsiert zugleich. Offenbar versuchte sie zu erkunden, worum es hier gerade ging. Marion kam sich wie in einer schlechten Sitcom vor.

»Gude Güde, das is ja wie beim Klassentreffen«, stöhnte Maik, dem die Situation ebenfalls sichtlich zu viel war. Und das vermutlich nicht bloß, weil er hier als Mann vollkommen unterrepräsentiert war. »Wer kommt'n noch alles?«

»Ist irgendwas passiert?«, fragte die spindeldürre Internetfrau. »Weil ihr alle hier zusammensteht.«

»Nee, das is nur so.« Jessica schüttelte den Kopf. »War ganz spontan und so.«

»Okay. Ich dachte schon, es wär was mit dieser Annika. Es geht doch um Annika Elvers, oder?«

Marion seufzte innerlich. Sie sah der Influencerin deutlich an, dass diese wieder nach Material für ihren True-Crime-Podcast suchte. Die Erwähnung der Witwe eines kürzlich Verstorbenen dürfte da ein willkommenes Fressen darstellen. Doch sämtliche Online-Aktivitäten interessierten Marion aktuell nicht im Geringsten. Diese ganzen Verbrechensrecherchen gingen ihr zunehmend auf den Zeiger. Jetzt mehr denn je. »Zoe, hast du zufällig meinen Mann irgendwo gesehen?«

»Nein, wieso? Wo ist er denn?«

»Wenn ich das wüsste, würde ich nicht fragen. Wollte *er* sich mit dieser Annika treffen?«

»Nein, darum geht es gar nicht«, widersprach Jessi sofort. »Wir wollten, dass Maik sich mit ihr trifft. Hier, meen Männel, den meen ich. Schrödinger dürfte von der ganzen Sache überhaupt nüscht wissen.«

Maik hob den Zeigefinger. »Des würd'sch so nich sog'n. Isch hab misch mit'm Schrödi drüber ausgetauscht. Irgendem muss ich ja och mei Sorgen mitteil'n.«

»Hast du ihm von dem Hotel erzählt?«, fragte Senta.

»N'bissel schon. Wees nich, ob ich den Namen erwähnt hob, aber von der Eenladung weeß er. Ooch, dass isch das für'n totalen Humbug halte. Wie kommt ihr bloß auf so'n Scheiß?«

Die Frage ging an Jessi und Senta, aber wie irgendwer auf diesen Scheiß kam, interessierte Marion nicht.

Zoe offenbar genauso wenig. »Meint ihr, er könnte so verrückt sein, anstelle von Maik zu dem Treffen zu gehen?«

»Warum sollte er das denn tun?«, fragte Jessi. »Jetzt steh ich auf'm Schlauch.«

»Na um mit ihr zu reden«, sagte Zoe. »Wegen der Nachforschungen für den Podcast.«

Das schien Jessi noch mehr zu verwirren.

»Verrückt genug wäre er allemal«, gab Marion zu. »Aber wir haben die Frau gestern erst getroffen. Ich wüsste nicht, was die noch zu besprechen hätten.«

»Vielleicht wegen dem Alienkram?«, überlegt Zoe. »Darüber habt ihr im Restaurant nämlich nicht viel geredet. Damit hängt das, glaube ich, alles zusammen.«

Woher weißt du von dem Restaurant?, lag es Marion auf der Zunge. Dann kombinierte sie, dass Schrödinger es vermutlich gestern Abend erwähnt hat, als er wegen des Podcasts bei Zoe gewesen war. Offenbar wusste hier jeder irgendwas Skurriles über jeden anderen.

»Von UFO-Sachen hat sie keine Ahnung«, widersprach Marion. »Sie kann mit dem ganzen übernatürlichen Kram nichts anfangen. Das hat sie uns gesagt.«

»Also, wenn einer darüber was weeß, dann ja wohl der Hermann«, sprach Jessie. »Der lebt für so was. Vielleicht hat er ja vor Kurzem mit'm Schrödi drüber gesprochen oder weeß, wo er steckt.«

Der Meinung war Marion ebenfalls. An Hermann hatte sie vorhin bereits gedacht. Nur, wo würde sie den verrückten Typen finden? Sollte sie an der Rezeption nach ihm fragen? Doch selbst wenn er auf seinem Zimmer wäre – was um diese Zeit alles andere als wahrscheinlich war, immerhin war er ja hier, um seine ganz eigenen Nachforschungen anzustellen – würde Roger Seyfarth ihr das vermutlich niemals verraten. Wegen Privatsphäre oder Datenschutz oder was dafür sonst noch alles infrage kam. Nein, wenn sie den Alienjäger aufspüren wollte, musste sie ihr Glück selbst versuchen.

Ganz spontan fiel ihr dazu der Strand ein, zu dem sie ohnehin unterwegs war. Beim letzten Mal hatte sie Hermann dort schon getroffen. Wer weiß, vielleicht trieb er sich dort ja heute wieder rum. Entweder das, oder Schrödinger hielt sich da auf. Es war allemal besser, als sich weiter über dieses absurde Kuppel-Szenario zu unterhalten.

Mit den Worten »Dann schaue ich mal, ob ich ihn finde« verabschiedete sie sich deshalb wieder. Als sie mit Horst davonging, versuchte Jessie von Zoe gerade etwas über Dating-Apps und -Plattformen zu erfahren. Sehr zum Ärger von Maik, den allein die Erwähnung auf Hundertachtzig brachte. Wie Marion bei einem Blick über die Schulter sah, stapfte der Sachse verdrossen in die Richtung zurück, aus der er gerade gekommen war. Der Arme konnte einem echt leidtun, fand sie.

Ebenfalls leidtun konnten einem die Menschen, die parallel zum Ufer in einer kleinen Karawane durch den feuchten Sand wetzten. Es waren knapp ein Dutzend Frauen und Männer im Alter von Mitte Dreißig bis Ende Sechzig. Manche dünn, manche dick, alle in Trainingsanzügen. Angeführt wurden sie von einer gertenschlanken Trainerin, die Marion an die Vortänzerin aus dem Aquapark erinnerte. Offiziell lief die Aktion vermutlich unter dem harmlosen englischen Begriff *Beach Walk*, aber wenn Marion sich die puterroten Gesichter, zum Teil mit heraushängenden Zungen, ansah und auf das erschöpfte Stöhnen einzelner Teilnehmer achtete, wäre eine Bezeichnung, die das Wort *Tortur* enthielt, wohl passender gewesen. Einzig die Trainerin wirkte so, als wäre sie topfit und könnte den ganzen Tag weiterlaufen.

Marion war froh, dass ihr diese Folter bislang erspart geblieben war. Sie wusste zwar sehr gut um den inneren Schweinehund, der jedes Mal aufs Neue überwunden werden musste, aber zumindest im Urlaub sollte man doch eigentlich alle Fünfe gerade sein lassen, oder?

In der Hinsicht stimmte sie mit Schrödinger zu hundert Prozent überein. Der Gedanke daran brachte sie zum Lächeln und verstärkte gleichzeitig ihre Sorge. Ach, wenn er doch jetzt hier wäre! Kurz dachte sie daran, die Trimmdichtruppe abzufangen und zu befragen, ob ihn unterwegs jemand gesehen hatte. Aber das konnte sie wohl vergessen. Aus Angst, zum Mitmachen animiert zu werden, hätte sich ihr Mann niemals in deren Nähe gewagt, sondern hastig abgewandt, selbst wenn er sich am Strand aufgehalten hätte.

Außerdem sah es im Moment sowieso nicht danach aus, als wäre er hier. Keiner der ihr entgegenkommenden Leute kam ihr bekannt vor. Nicht anders sah es bei den Personen aus, die sich in den Sand gesetzt hatten oder mit hochgekrempelten Hosenbeinen durch das kalte Ostseewasser staksten.

Von Hermann fehlte ebenfalls jede Spur. Das sprach dafür, dass die beiden eventuell gemeinsam losgezogen waren. Zum Beispiel zu einem Trip ähnlich dem zum Kap Arkona. Marion zückte ihr Smartphone und wählte ein weiteres Mal die Handynummer ihres Mannes. Ein weiteres Mal gelang es ihr nicht, ihn zu erreichen.

Bleib ruhig, versuchte sie sich gut zuzureden. Es gibt für alles eine harmlose Erklärung. Später lachen wir darüber.

Wie gern hätte sie darauf vertraut.

Doch auch das wollte ihr nicht gelingen.

Als die Strandbar in Sicht kam, suchte ihr Blick dort alles ab. Zuerst den spärlich besuchten Außenbereich und nach ihrer Ankunft auch das Gebäudeinnere. Nirgendwo war Schrödinger oder Hermann in Sicht.

»Was ist mit dir?«, fragte sie Horst zunehmend genervt. »Warum hast du ihn noch nicht gewittert? Irgendwo muss er doch stecken!«

Der Hund starrte sie, wie es ihr schien, ratlos an. Er schien nicht die geringste Ahnung zu haben, wo sein Herrchen sein könnte

Frustriert kehrte sie um und verließ die Strandpromenade. Vielleicht ist er ja inzwischen ins Hotel zurückgekehrt, überlegte Marion. Bei der Vorstellung ging sie gleich einen Schritt schneller. Nach kurzer Zeit kam sie an der Stelle vorbei, wo sie vorhin Jessie und Senta getroffen hatte. Inzwischen hatte sich die kleine Versammlung aufgelöst. Aus irgendeinem Grund deprimierte Marion selbst das.

Sie betrat das Hotelgelände auf dem gleichen Wege, auf dem sie es vorhin verlassen hatte. Am Abzweig zum Sportbereich zögerte sie kurz, entschied sich aber lieber für die Rückkehr zum Hotelzimmer. Als die Zimmertür aufsperrte, war erst die Erwartung und gleich darauf die Enttäuschung groß. Alles sah genauso aus, wie sie es hinterlassen hatte. Marion schnupperte kurz in die Luft, um vielleicht Schrödingers Aftershave wahrzunehmen. Doch da war nichts Neues hinzugekommen.

Die Einsicht schmerzte sehr. Marion war den Tränen nahe. Wo um alles in der Welt steckte er nur?

Nachdem ein weiterer Anrufversuch unbeantwortet blieb, dachte sie ernsthaft darüber nach, zur Polizei zu gehen. Eventuell war er ja entführt worden. Oder Schlimmeres. Immerhin war hier vor nicht mal einer Woche ein anderer Mensch ums Leben gekommen.

Nach kurzem Abwägen der Möglichkeiten beschloss sie, mit Horst noch mal zur Rezeption zu gehen und dort nachzufragen. Unter Umständen hatte Seyfarth ihn gesehen oder eine Nachricht von ihm entgegengenommen. Machte man so etwas heutzutage überhaupt noch? Früher war so etwas in Hotels gang und gäbe gewesen – das wusste sie noch aus alten Romanen. Aber die Zeiten hatten sich geändert. Inzwischen besaß jeder ein Smartphone und war zumindest in der Theorie ständig und überall erreichbar.

Auf halbem Weg zum Empfang erblickte sie eine Person, die sie sofort an übernatürliche Verbindungen glauben ließ. Nein, nicht Hermann Schulz kam ihr da über den weinroten Teppich entgegen, sondern Imke Meesters. War das Gedankenübertragung? Hatte die Kommissarin gespürt, dass sie sich Sorgen machte, und kam deshalb, um nach dem Rechten zu sehen? Vorstellen konnte es sich Marion auf jeden Fall. Sie war noch nie so froh gewesen, eine Polizistin zu sehen.

Mit raschen Schritten ging sie auf die Frau zu und winkte bereits aus etlichen Metern Entfernung, um unmöglich übersehen zu werden. Als Meesters sie bemerkte, hellte sich auch deren Gesicht merklich auf.

»Frau Schrödinger«, rief sie. »Na, das trifft sich ja gut. Ich war gerade auf der Suche nach Ihrem Mann.«

»Ich auch.«

»Wie, Sie auch?« Die Kommissarin runzelte die Stirn.

Hastig fasste Marion die Ereignisse der vergangenen Stunden zusammen. Wie sie nach ihrem Mittagschläfchen aufgewacht war, wie sie ihren Mann vermisst und wo sie überall schon nach ihm gesucht hatte. Es tat gut, dies alles einer professionellen Ermittlerin anzuvertrauen. Wenn hier jemand weiterhelfen konnte, dann wohl sie.

Die Polizistin lauschte ihr aufmerksam, wirkte allerdings mit jeder Sekunde besorgter. Das wiederum steigerte sogleich Marions Nervosität. »Frau Schrödinger, was Sie mir da erzählen, gefällt mir gar nicht«, sagte sie dann. »Bei jedem anderen würde ich dem Ehepartner gut zureden, ruhig zu bleiben und davon ausgehen, dass der Partner sicher in Kürze wieder auftaucht. Aber bei Ihrem Mann …« Sie schüttelte heftig den Kopf. »Er hat dieses Talent, sich in Schwierigkeiten zu bringen. Die Kollegen in Tuttlingen haben mich gewarnt. Er steckt seine Nase viel zu oft zielgerichtet in die falschen Angelegenheiten. Irgendwann geht so was mal schief.«

»Was für Schwierigkeiten? Wovon reden Sie?«

Jetzt wirkte die Kommissarin irritiert. »Hat Ihr Mann Ihnen nichts von seinen Nachforschungen zu Björn Elvers erwähnt?«

»Ja. Nein. So halb …«

Horst wuffte zustimmend und brachte die Polizistin für eine Sekunde aus dem Konzept.

»Äh … Nun, exakt deswegen bin ich hergekommen. Inzwischen liegt der Laborbericht der Obduktion vor. In Elvers Blut wurde ein Betäubungsmittel gefunden. Eine Überdosis, um genau zu sein. Mit Giften kennt sich Ihr Mann nicht aus, oder?«

»Schrödi?« Marion lachte unfreiwillig auf. »Neulich wollte er mir einen Kuchen backen und hat dabei Zucker und Salz verwechselt. Boah … das hätten Sie probieren müssen …«

»Danke, das glaube ich Ihnen auch so. Manchmal ist der Kerl einfach ziemlich ungeschickt. Ich habe auf dem Überwachungsvideo gesehen, wie er im Pumpenraum einen Sack Chlor umgeworfen hat. Von einer Plattform. Fünf Meter in die Tiefe. War das eine Sauerei! Mit dem Todesfall jedenfalls hat Ihr Mann rein gar nichts zu tun. Darüber wollte ich mit ihm sprechen. Die Fakten deuten auf jemand völlig anderen hin. Diese Person hat ihre Spuren recht gut verwischt. Aber wenn man gründlich genug sucht, findet man auch mehrere Monate zurückliegende Onlinebestellung auf einen falschen Namen.«

Marion spürte, wie ihr Hals trocken wurde. »Sie reden vermutlich nicht von Hermann Schulz, oder?«

»Der UFO-Bursche? Nein, der ganz sicher nicht. Der tut keinem terrestrischen Wesen was zu Leide. Und Außerirdischen sowieso nicht. Und es ist auch nicht der Haustechniker, der ebenfalls etwas abgedreht ist. Aber Sie verstehen natürlich, dass ich über laufende Ermittlungen nicht sprechen darf.«

»Natürlich verstehe ich das«, bestätigte Marion schüchtern. »Das ist ja ganz klar. Ehrlich gesagt möchte ich darüber auch gar nichts wissen. Nur eine Frage müssen Sie mir noch beantworten: Es ist nicht Annika Elvers, die Sie im Verdacht haben, oder?«

Die Gesichtszüge der Polizistin versteinerten. »Wie kommen Sie jetzt ausgerechnet auf die?«

Eisige Finger legten sich um Marions Herz. Sie ahnte sofort, was es mit dieser Gegenfrage auf sich hatte. »O nein, sie ist es. Habe ich recht?«

»J-ja, sie ist es. Die Kollegen fahren gerade zu ihr nach Hause, um sie zur Befragung abzuholen.«

»Daheim werden sie sie nicht finden. Aber ich weiß, wo sie steckt. Und bei Schrödingers unfassbarem Dusel ist er wahrscheinlich ebenfalls dort. Ach, ich hätte es wissen müssen. Verdammt noch mal!«

Mit einem Mal war sie wütend auf sich selbst, dass sie diese Möglichkeit nicht doch in Betracht gezogen hatte. Aber sie war auch von den falschen Voraussetzungen ausgegangen. Selbstverständlich würde Schrödinger nicht wegen eines Seitensprungs zu einer anderen Frau gehen. Wegen Nachforschungen hingegen schon.

»Ganz ruhig. Wo stecken die beiden?«

»Das verrate ich Ihnen nur, wenn Horst und ich Sie begleiten können. Ich muss wissen, dass es meinem Mann gut geht. Und wir sollten uns beeilen, ich weiß nicht, wie lange Annika dort noch ist.«

Die Kommissarin zögerte erneut. »Einverstanden. Und jetzt raus mit der Sprache.«

»Sie ist in einem kleinen Hotel hier im Ort. *Zum Krabbenkutter.*«

Imke Meesters riss die Augen auf. »Sie meinen den *Krabbenbagger*? Was um alles in der Welt will sie denn dort? Das ist …«

»Keine Ahnung. Aber wir werden es herausfinden.« Marion riss den Hund so abrupt vom Boden hoch, dass Horst irritiert bellte. Dann rannte sie zum Ausgang. »Los, kommen Sie schon! Ich will nicht, dass diese Giftmischerin noch einen Ehemann umbringt.«

Die Kommissarin nickte lediglich. Sie musste sich beeilen, um überhaupt mit Marion und Horst Schritt halten zu können.

Horst

Normalerweise mag ich Marion ja. Aber es gibt Momente, da hab ich Zweifel, ob sie noch alle Latten am Zaun hat. Zugegeben, ich mache mir ebenfalls Sorgen um Schrödinger. Ist gar nicht seine Art, uns dermaßen hängen zu lassen.

Trotzdem ist das kein Grund, dermaßen am Rad zu drehen. Vor allem dieses viele Gerenne! Kreuz und quer durch die Gegend. Sogar zum Strand. Hat es was gebracht? Nee! Hätte ich ihr aber auch vorher sagen können. An manchen Stellen lag zwar eine leichte Schrödinger-Note in der Luft, aber die Duftspuren sind so viele Stunden alt, dass sie gar nicht mehr relevant sein können.

Gut, okay, sie macht sich eben Sorgen um ihren Liebsten. Verstehe ich ja. Deshalb war es auch ein kluger Zug, die Polizistin einzubeziehen. Was ich ihr dennoch nicht verzeihen kann ist, dass sie mich einfach so in die Höhe gerissen hat!

Ey, Frauchen, ich bin ein kleiner Boxerhund mit kleinen Beinen! Wenn ich mich schon bewegen muss, tue ich es gerne sehr nahe am Boden. Mit der Höhe hab ich es nicht so. Das solltest du nach über einem Jahr allmählich wissen.

Was ich noch viel weniger abkann, ist unvermittelt in die Höhe gerissen zu werden. Marion kann froh sein, dass ich vor Schreck nicht meinen Darm entleert habe. Oder die Blase. Oder beides. Viel gefehlt hat nicht, das kann ich Ihnen sagen!

Was ich trotz allem nicht verstehe: Wieso lässt Frauchen nicht einfach so Herrchens Handy orten? Macht man doch heutzutage so, oder? Klar, vielleicht hat sie nicht das notwendige Knowhow, aber zumindest die Kommissarin hätte so was in Windeseile zur Verfügung gehabt. Vorgeschlagen hat es keine von beiden.

Stattdessen rasen wir in diesem Volvo mit einem Affenzahn durch Sellin. Komischerweise ohne Blaulicht oder Sirene. Wahrscheinlich hat die Polizei kein Geld mehr dafür. Es muss ja überall gespart werden.

Hab ich schon erwähnt, dass dieses schnelle Tempo meinem Magen nicht guttut? Da wird er mehr durcheinandergeschüttelt, als es ratsam ist.

Hoffentlich ist diese Achterbahnfahrt bald vorüber. Sonst kann ich für nichts garantieren!

Schrödinger

Schrödinger blinzelte und öffnete mühsam die Augen. Um ihn herum war alles furchtbar hell. Zu hell, um etwas zu erkennen. Nicht weit entfernt sprach jemand mit sanfter Stimme. Um wen es sich handelte, wusste er genauso wenig wie er verstand, was die Stimme sprach. Er versuchte, sich zu rühren, doch sein Körper fühlte sich gleichzeitig federleicht und bleischwer an. Er war unfähig, sich auch nur einen einzigen Millimeter zu bewegen.

Dafür beschlich ihn auf einmal ein schrecklicher Verdacht. Befand er sich womöglich im Himmel? Das grelle Licht, die einlullende Stimme, die irgendwie beruhigend wirkte … Dazu dieses Gefühl, schwerelos zu sein … Alles passte.

O Gott.

Schrödinger zuckte zusammen. Wann war er denn gestorben? Und vor allem, wie? Er hatte keine Ahnung. So sehr er sich auch bemühte, in seinen Erinnerungen zu kramen, in seinem Kopf befand sich lediglich dichter Nebel. Das war nicht gut. Das war sogar richtig schlecht und verstärkte seine Befürchtung weiter. Also war er tot. Es konnte gar nicht anders sein.

Die Erkenntnis traf ihn wie ein Kinnhaken. Warum hatte er so früh abtreten müssen? Schrödinger hatte noch so viel vorgehabt in seinem Leben. Er wollte um die Welt reisen, einen Schatz heben und fit genug sein, um vielleicht einmal zum Mond zu fliegen, wenn die Preise dafür nicht mehr so astronomisch waren. Was würde jetzt aus Marion, Horst und den Kindern werden? Den Kindern! Was war mit dem Ungeborenen? Er würde es niemals zu Gesicht bekommen. Niemals sehen, wie es heranwuchs, seine ersten Schritte machte, mit dem Fahrrad fuhr, in die Schule kam und all die anderen Meilensteine. Verdammt, er würde nicht mal wissen, ob es ein Mädchen oder Junge war.

Bei der Vorstellung wurde sein Herz schmerzhaft zusammengedrückt. Nein, das durfte einfach nicht sein!

Mit wem konnte er hier reden, um sich zu beschweren? Mit wem konnte er einen Pakt schließen, um ins Leben zurückzukehren? Vielleicht war es noch nicht zu spät dafür. Entschlossen probierte er, aufzustehen. Was ihn zu zweierlei Erkenntnis verhalf: Erstens, dass er offenbar irgendwo lag. Auf dem Rücken, um genau zu sein. Und zweitens, dass er nach wie vor keine Kontrolle über seine Gliedmaßen besaß.

Wenigstens gewöhnten sich seine Augen allmählich an die Helligkeit, und er nahm verschwommene Umrisse wahr. Zwei Personen standen einige Meter von ihm entfernt und sprachen miteinander. Sie trugen keine weiße Kleidung, und die Umgebung besaß ebenfalls wenig himmlischen Flair. Befand er sich möglicherweise gar nicht im göttlichen Penthouse, sondern eher ganz weit unten im Süden? Dort, wo das Fegefeuer brannte und es paradoxerweise immer viel zu kalt sein sollte?

Doch was hätte er angestellt haben können, um in der Hölle zu landen? Er hatte die ganze Zeit versucht, ein aufrichtiger und rechtschaffener Bürger zu sein. Freilich war es ihm nicht immer zu hundert Prozent gelungen, aber wie hatte es schon in seinen Zeugnissen gestanden: Er war stets bemüht gewesen.

So ganz konnte das mit der Hölle auch nicht zu stimmen. Weder bemerkte er verrückte Diktatoren, religiöse Fanatiker oder jemand anderes um sich herum, der oder die es verdient hatte, ins finsterste Loch der Unterwelt gesteckt zu werden. Und wenn dies hier nur seine persönliche Hölle wäre, würde mit Sicherheit ununterbrochen Musik von Abba und Helene Fischer gespielt.

Wenn dies also weder Himmel noch Hölle waren, konnte er folgerichtig nicht gestorben sein. Die Schlussfolgerung brachte ihm dermaßen viel Erleichterung, dass er zufrieden seufzte und sich unbewusst ein weiteres Mal bewegte. Es fiel ihm erst auf, als er die Beine bereits angewinkelt hatte. Er war also definitiv nicht tot und erhielt stückweise die Kontrolle über seine Extremitäten zurück. Der Gedanke verschaffte ihm zusätzliche Energie und Willenskraft.

Schrödinger strengte sich an, und nach einigen erfolglosen Versuchen gelang es ihm schließlich, die Arme zu heben und sich darauf abzustützen. In einer schwerfälligen Zusammenarbeit mit seinen Beinen schaffte er es, sich aufrecht hinzusetzen. Dadurch klärte sich seine Sicht, und er erkannte, dass sich vor ihm ein überbreites Bett mit lilafarbenem Laken befand. An der linken Wandseite hing ein Waschbecken. Nicht weit davon entfernt gab es eine Duschkabine. Alles hier erinnerte ihn an ein Hotelzimmer.

Moment! Das *war* ein Hotelzimmer. In diesem Moment fiel ihm alles wieder ein. Wie er hergekommen war. Warum er hergekommen war. Zugleich wusste er auch, wer die beiden Frauen waren, die sich da zwischen Tür und Angel unterhielten. Die eine war Annika Elvers, die andere die Rezeptionsfrau, die ihm bei seiner Ankunft hinauf zum Zimmer Nummer zwei geschickt hatte. Offenbar machten die beiden gemeinsame Sache. Bei dieser Erkenntnis entwich ihm ein weiteres Stöhnen, diesmal kehliger und kräftiger als zuvor. Ja, langsam kehrten sämtliche Lebensgeister zurück.

Leider war das Geräusch laut genug, dass es den Damen ebenfalls auffiel. Die Rezeptionsfrau hob überrascht die Brauen und beugte den Oberkörper nach links. Scheinbar war ihr die dritte Person bislang gar nicht aufgefallen. Diese Bewegung änderte alles.

»Was wird hier gespielt?«, fragte die runzlige Dame mit hörbarer Besorgnis in der Stimme.

»Nichts. Das ist nur ein abgefahrenes Rollenspiel«, erwiderte Annika Elvers.

»Sieht aber gar nicht danach aus.«

»Ach, mein Lover tut er nur so. Normalerweise ist er ganz anders …«

Wie dieses *anders* aussah, erfuhren sie nie. Noch während Annika sprach, zog sie einen länglichen Gegenstand aus der Tasche und rammte ihn der alten Frau in den Hals. Schrödinger wollte sie noch warnen, doch alles ging viel zu schnell. Außerdem waren weder seine Gliedmaßen noch seine Zunge fit genug dafür. So war er zum tatenlosen Zuschauen verdammt und verfolgte stumm, wie die Rezeptionsdame kraftlos zusammensank.

Ein zutiefst verstörendes Bild. War sie tot oder bloß betäubt? Schwer zu sagen. Schrödinger hoffte inständig, dass sie noch am Leben war.

»Mensch, Meier, wieso bist du schon wieder wach?«, fragte Björns Witwe an ihren männlichen Gast gewandt. Mit Meier meinte sie offenbar ihn. »Die Dosis hätte genügen müssen, um einen Ochsen auszuschalten.«

Ich bin kein Ochse, versuchte er zu erwidern. Heraus kam lediglich ein unverständliches, schwerfälliges Nuscheln. Er klang wie ein Betrunkener mit mindestens drei Promille.

Auf eine Antwort schien Annika Elvers aber auch gar nicht aus zu sein. »Na gut, dann eben Planänderung. Mord und anschließender Selbstmord dürften für euch gut passen. Na, wie gefällt dir das? Das hast du davon, dich in meine Angelegenheiten einzumischen.«

Sie verpasste Schrödinger einen verärgerten Tritt gegen die Schuhsohlen, der ihr wahrscheinlich mehr wehtat als ihm. Dann wandte sie sich ab und machte sich daran, die Rezeptionsfrau an den Füßen ins Zimmer zu ziehen. Der regungslose Körper verursachte ein dumpfes Schleifgeräusch, als würde Annika einen Fünfzig-Kilo-Hundefuttersack bewegen. Es klang gruselig und vertraut zugleich.

Kaum befand sich die Hotelfrau weit genug im Zimmer, ließ die Elvers-Witwe deren Beine achtlos zu Boden knallen und eilte zur Tür. Ihr Plan war es sicherlich, diese zu schließen, um so keine weiteren unliebsamen Zeugen zu bekommen. Die Idee war gut, die Umsetzung und das Timing weniger.

Annika schaffte es, die Tür halb zu schließen. Dann knallte es dumpf, und die Tür wurde wieder aufgestoßen. Es geschah so kraftvoll und so abrupt, dass Annikas Oberkörper den vollen Türschwung abbekam und nach hinten geschleudert wurde. Verzweifelt probierte sie, das Gleichgewicht zu halten, stolperte jedoch über die Beine der am Boden liegenden Rezeptionsdame und verlor vollends die Kontrolle. Der Aufprall war dumpf und heftig, gefolgt von einem schmerzgeplagten Aufschrei.

Zunächst verstand Schrödinger nicht einmal, was gerade passierte. Alles hatte sich innerhalb weniger Sekunden abgespielt. Erschrocken wanderte sein Blick von Annika Elvers zum Zimmereingang. Er wusste nicht, wen er erwartete, dort zu sehen. Wahrscheinlich niemanden. Umso überraschter war er, das Gesicht von Maik Zieschang zu erblicken. Wie kam der denn auf einmal hierher?

Der Neuankömmling stürmte in den Raum und warf einen hastigen Blick auf Schrödinger und die bewusstlose Rezeptionsfrau. Sein erster Impuls war vermutlich, zu ihnen zu laufen und nach dem Rechten zu sehen. In dem Moment begann Annika Elvers, sich wieder aufzurichten, und die Prioritäten verschoben sich.

Mit wenigen Schritten war Maik bei ihr. Er drückte sie zum Boden zurück, indem er sich schlichtweg auf sie setzte. Die Witwe fauchte aufgebracht und versuchte wie ein wildgewordenes Pferd, seinen Reiter abzuschütteln. Doch Rodeo schien Maik nicht fremd zu sein; er bewegte sich geschickt wie ein Cowboy. Nach wenigen Sekunden sah Annika ein, dass sie auf diese Weise nicht weiterkam, und wechselte die Taktik. Statt unkontrolliertem Winden und Zucken hämmerte sie nun mit den Fäusten auf ihren Angreifer ein.

Zunächst zeigte das wenig Wirkung. Maik winkelte die Arme an wie ein Boxer und schaffte es so, einen Großteil der Schläge abzufangen.

»Hören Sie auf damit«, rief er keuchend und im vollkommen dialektfreien Deutsch. »Sie haben keine Chance.«

Das wusste Annika sicherlich – und nutzte es für ihre Zwecke. Sie täuschte einen weiteren Fausthieb an, um dann den Arm hochzureißen und Maik mit der flachen Hand eine Ohrfeige zu verpassen. Es klatschte nicht nur laut, sondern geschah dermaßen unvermittelt, dass Maik eine Sekunde lang verdutzt innehielt. Diese kurze Zeitspanne verwendete Annika sofort für ihre Zwecke. Sie bäumte sich auf und verlagerte scheinbar sämtliche Kraft in ihren Oberkörper. Dadurch verlor Maik den Halt und kippte nach hinten. Annika war dermaßen in Schwung, dass sie seiner Bewegung folgte. Gleich darauf knallten beide wieder auf den Boden und rollten wie zwei sich duellierende Katzen umher. Nebenbei schlugen und traten sie aufeinander ein.

Es war schwer zu sagen, wer dabei die Oberhand behielt. Mal schien Annika, danach wieder Maik vorne zu liegen.

Schrödinger verfolgte alles mit fassungslosen Blicken. Er musste seinem Freund irgendwie zur Hilfe eilen, bevor es der schwarzen Witwe gelang, ihn tatsächlich zu überwältigen. Denn wenn ihr das gelang, dann waren sie alle verloren. Das durfte nicht geschehen!

Das Problem war nur, dass Schrödinger noch immer nicht vollständig Herr über seine Gliedmaßen war. Seine Arme und Beine fühlten sich an, als wären sie mit Zentnergewichten beschwert. Dazu kam, dass die geringste Vorwärtsbewegung zu massiven Gleichgewichtsstörungen führte. Die Welt um ihn herum wankte, als befände er sich auf einer Nussschale mitten im gewaltigen Ozean. Bei hohem Wellengang.

Doch selbst das war kein Argument, aufzugeben. Irgendwie schaffte Schrödinger es, auf die Beine zu kommen. Er schleppte sich vorwärts, wankend und torkelnd. Jeder einzelne Schritt kostete ihn enorme Kraft.

Egal.

Er musste die Zähne zusammenbeißen. Noch dieses eine

Mal, um Maik zu helfen. Wenn er danach wieder ohnmächtig wurde, wäre das eben so. Nur vorher durfte es nicht passieren. Denn das käme einem Todesurteil gleich.

Die halbe Strecke hatte er bereits hinter sich gebracht. Ihn trennten nur noch drei Meter von dem herumrollenden Knäuel. Gelegentlich hörte er anstrengendes Keuchen und Stöhnen und war nicht sicher, ob es von ihm oder den zwei Kämpfern am Boden stammte.

Das Gewicht an seinen Füßen schien mit jedem Schritt zuzunehmen. Es erinnerte ihn an den Treibsandtraum – nur dass dies hier erheblich schlimmer war. Buchstäblich auf dem letzten Meter verließ ihn die Kraft, und er stürzte benommen über die eigenen Füße. Oder waren es die der Rezeptionsfrau vor ihm? Schrödinger wusste selbst das nicht. Sicher war nur, dass er urplötzlich nach vorne fiel und auf allen Vieren landete. Verschnaufen war keine Option, er krabbelte weiter. Vorwärts, immer weiter vorwärts.

Im gleichen Augenblick schaffte es Annika, die Oberhand zu gewinnen. Sie lag halb auf Maik und hatte die Hände um seinen Hals geschlungen. Er versuchte, sie wegzustoßen, doch ihr Griff war zu fest. Das sah nicht gut aus. Es war die dunkelste Stunde vor dem Sonnenaufgang, aber sie dauerte nur wenige Sekunden lang.

Rechts von sich nahm Schrödinger auf einmal Bewegungen wahr. Zwei Gestalten stürmten in den Raum. Nein, eigentlich drei. Die dritte war ein Boxerhund, der sich so schnell wie wohl niemals zuvor in seinem Hundeleben bewegte, um sein Herrchen zu erreichen. Parallel dazu eilten die beiden anderen Neuankömmlinge zu Annika Elvers und rissen sie von Maik herunter. Erst jetzt dämmerte Schrödinger, dass die neuen

Personen bekannte Gesichter trugen. Eines war sogar das schönste überhaupt und erwärmte sofort sein Herz. Marion und Kommissarin Meesters waren gekommen, um sie zu retten!

Im selben Atemzug wusste Schrödinger, dass alles gut werden würde. Erschöpft sank er zu Boden und genoss, wie sich Horst an ihn schmiegte und ihm das Gesicht abschleckte. Es hatte sich noch nie so gut angefühlt.

Horst

Meine Güte, was für ein Stress! Erst im Hotel, dann bei der Autofahrt und zum Schluss in dieser Bumsbude. Keine Ahnung, was dort abgelaufen ist, aber Herrchen sah so knülle aus, als hätte er an einem von Seyfarths Drill-Programmen teilgenommen. Da musste ich gleich mal zu ihm und nach dem Rechten sehen. Verletzungen schien er keine zu haben. Nach Blut roch es ebenfalls nicht.

Jedenfalls nicht bei ihm. Von Maik und Annika konnte ich das nicht behaupten. Beide hatten diverse Kratzer und Platzwunden. Zwischen denen musste es mächtig hin und her gegangen sein. Ich war ja überrascht, Maik überhaupt in dem Hotel anzutreffen. Was hatte er dort denn verloren?

Genau diese Frage haben die Marion und die Kommissarin ihm auch gestellt. Er meinte daraufhin ganz trocken, er habe nach dem Gespräch mit Jessi und Zoe geahnt, dass was im Busch sein könnte. Deshalb habe er mal lieber nachschauen wollen.

Klingt logisch. Ich frag mich, wieso Frauchen nicht auf dieselbe Idee gekommen ist. Aber gut, über Umwege ist sie ja schließlich doch noch ans Ziel gelangt. Und das sogar mit einer Punktlandung. Jetzt ist alles gut, und wir können aufatmen.

Nun ja, fast. Schrödinger sieht noch immer ziemlich angeschlagen aus. Dabei hat er offenbar die ganze Zeit bloß rumgelegen. Der soll sich mal nicht so anstellen. Er hat schließlich keine halbe Weltreise zu Fuß erdulden müssen, das alte Weichei.

Schrödinger

Obwohl es ihm nach Marions und Horsts Eintreffen stetig besser ging, bestand Imke Meesters darauf, dass Schrödinger und die nach wie vor ohnmächtige Rezeptionsfrau ins Krankenhaus gebracht und gründlich durchgecheckt wurden.

Bezüglich ihres Gatten pflichtete Marion der Kommissarin sofort bei und verbot ihm jegliche Widerworte. Schrödinger war zu müde, um zu widersprechen und durfte die nächsten vierundzwanzig Stunden zusammen mit der Hoteldame in ärztlicher Obhut verbringen. Beide im gleichen Zimmer.

Seine Freude war grenzenlos.

Da die Frau auch nach ihrem Erwachen ziemlich mundfaul blieb, langweilte er sich irgendwann dermaßen, dass er sogar anfing, mal wieder einen Krimi zu lesen. Es ging um einen Berufschullehrer und seine Polizistengattin, die mehr oder minder gemeinsam chaotische Kriminalfälle lösten. Zu seiner eigenen Überraschung gefiel ihm der Roman recht gut, und er beschloss, von nun an wieder häufiger und vor allem mehr zu lesen. Und das nicht nur, wenn er zwangsweise Zeit in einem Klinikum verbringen musste.

Trotzdem war er heilfroh, als er am darauffolgenden Tag endlich als fit und vollständig genesen entlassen wurde. Für seinen Hausarzt in Tuttlingen bekam er es sogar schriftlich bestätigt: Annika Elvers hochdosiertes Betäubungsmittel hatte keinerlei bleibende Schäden hinterlassen.

Marion holte ihn zusammen mit Brigitte und Heiner vom

Krankenhaus ab und kutschierte ihn zurück zum Hotel, wo die Truppe bereits von Hermann, Zoe, Senta, Jessie und Maik in der Eingangshalle erwartet wurde.

Wie Schrödinger heraushörte, hatte Maik mit seinem heldenhaften Einsatz im *Krabbenbagger* bei seiner Ehefrau mächtig Eindruck schinden können. Jessie deutete sogar an, dass das mit der freien Liebe offenbar doch nicht bei jedem gleichermaßen gut ankam und sich manch einer davon verletzt fühlen könnte. Wie ernst sie es mit dieser Einsicht tatsächlich meinte, ließ sich schwer beurteilen. An diesem Nachmittag jedenfalls wirkte sie ziemlich reumütig. Doch auch Maik schien zwischenzeitlich stark ins Grübeln gekommen zu sein. Wann immer er sich unbeobachtet zu fühlen schien, wirkte er tief in Gedanken versunken. Was ihm dabei durch den Kopf ging, wollte er Schrödinger trotz mehrfachem Nachhaken nicht mitteilen.

Das komplette Gegenteil davon war Zoe, die nicht nur plapperte wie ein Wasserfall, sondern den Hobby-Ermittler genauso penetrant mit Fragen löcherte. »Deal ist Deal«, beharrte sie.

Es kam, wie es kommen musste: Schon bald befand sich Schrödinger – diesmal mit Marion und Horst im Schlepptau – im Zimmer der Influencerin und berichtete für deren True-Crime-Podcast ausführlich von den Ereignissen. Diesmal brauchten sie lediglich vier Anläufe und einen besonders innigen Kuss, bevor der neue Shooting Star am Podcast-Himmel ohne Stottern und Stocken sprechen konnte.

Nach einer Weile fühlte sich Schrödinger dermaßen in seinem Element, dass er sein eigenes Smartphone zückte und während der laufenden Aufnahme den Mitschnitt von

Seyfarths Geständnis abspielte. Er fand, dass das Aufdecken der fiesen Betrugsmasche eindeutig mit in den Podcast gehörte.

Die restlichen Anwesenden fanden das ebenso.

Nachdem er sich buchstäblich den Mund fusselig geredet hatte, verfolgte Schrödinger mit wissbegierigen Blicken, wie Zoe die große Audio-Datei in mehrere Häppchen zerlegte und für jedes eine separate An- und Abmoderation aufnahm. Bei den letzten zwei durfte Schrödinger sie sogar unterstützen.

Dadurch bestärkt, überlegte er später, wie es wäre, seinen eigenen Podcast zu betreiben. Wahrscheinlich würde er nicht halb so viele Follower wie die Influencerin haben, aber nachdem er wusste, wie der Hase lief, dürfte die Umsetzung einer solchen Idee zumindest keinen großen Aufwand darstellen. Allein durch die fünf Fälle, die er in den vergangenen anderthalb Jahren aufgeklärt hatte, dürfte er genug Material für zig Folgen haben. Vor allem, wenn er sich an Zoes Beispiel orientierte und alles in mehrere Teile aufsplittete.

In Gedanken sah sich Schrödinger bereits daheim auf dem Sofa sitzen und Anekdoten in sein Smartphone sprechen. Es war ein schöner Traum. Der nicht allzu lange hielt.

»Hast du da nicht eine Kleinigkeit vergessen?«, fragte Marion, als er sie in seine Überlegungen einweihte.

»Bestimmt. Was genau meinst du?«

Marion wies auf ihren Bauch. Noch war er nicht angeschwollen. Dennoch verstand Schrödinger den Hinweis sofort.

»Stimmt, da war doch was.«

»Ich glaube, in den nächsten neun Monaten werden wir Einiges zu tun haben. Und wenn der Nachwuchs erst mal da ist, ist es mit der Freizeit eh vorbei. Für die nächsten achtzehn Jahre. Mindestens.«

Die Vorstellung klang gruselig und schön zugleich. Schrödinger konnte nicht anders und begann zu grinsen. Er war gespannt, was sie alles erwarten würde.

Was danach geschah

Heiner und Brigitte sind wohlbehalten und mehr oder weniger erholt zurück im Ruhrpott. Während sich Brigitte durch Reisekataloge blättert, sucht Heiner im Internet nach einem günstigen Wohnmobil. Er würde gerne nach Kroatien reisen, seine Frau zieht es eher in die USA. In einem Preisausschreiben wurde ein vierzehntägiger Roadtrip auf der Route 66 ausgelobt. Das Lösungswort *New York* hatte sie ratzfatz raus und drückt sich nun selbst die Daumen für den Hauptgewinn.

Zoes True-Crime-Podcast wurde ein riesiger Erfolg. Fast eine Million Follower lauschten gebannt jeder neuen Episode des Mordfalls. Ein Augsburger Verlagshaus sicherte sich die Buchrechte inklusive Hörbuchfassung. Zoe war sogar in den Abendnachrichten des dritten Regionalprogramms zu sehen. Da sie aber nach einem halben Jahr noch keinen anderen Tatort gefunden hatte, ebbte das Interesse rasch wieder ab. Die Influencerin belegte bei der Volkshochschule einen Kochkurs und postet auf Instagram nun vegane Rezepte. Da jedoch die meisten Menschen lieber ein Schnitzel mit Pommes als Tofukram essen, ist die Resonanz überschaubar. Aktuell überlegt Zoe daher, sich dem angeblich höchst angesagten Thema *ASMR*, also der unabhängigen sensorischen Meridianreaktion, zu widmen. Allerdings hat sie bisher noch nicht viele Menschen gefunden, die den geflüsterten Botschaften und sonstigen leisen Geräuschen länger als ein paar Sekunden zuhören können, ohne einen spontanen Wutanfall zu erleiden.

Senta Abt schien in den ersten Wochen nach der Zeit auf

der Insel wie vom Erdboden verschluckt. Sie reagierte auf keine von Hillus SMS. Irgendwann trudelte schließlich eine Postkarte aus Indien ein. Die Barfußfrau war ohne Schuhe auf einem Selbstfindungstrip und hatte sich sämtlicher Elektronik entledigt. Derzeit ist sie in Neu-Delhi. Nicht, weil sie das will, sondern weil das weit und breit der einzige Ort ist, an dem es Zahnärzte gibt, die nicht am Straßenrand mit nicht sterilen Zangen operieren. Noch zwei Zähne müssen raus, dann will sie Richtung Osten trampen. Vielleicht. Vielleicht auch nicht. Das kommt darauf an, wohin sie der Ruf des Universums leitet.

Vom Universum hat Hermann Schulz erst mal die Nase voll. All die angeblichen Wunderwerke aus Björns Fundus hat er weggeworfen. Ja, er glaubt noch immer daran, dass es intelligentes Leben außerhalb unseres Planeten gibt. Dennoch hat er sich einer anderen Wissenschaft verschrieben. Er wurde Mitglied in einem Verein, der sich um das Wiederauffinden verschwundener Artefakte kümmert. Angeblich haben sie bereits vielversprechende Spuren zum Verbleib des Bernsteinzimmers gefunden. Auch der Weg nach Atlantis ist immer wieder ein Thema.

Kriminalhauptkommissarin Imke Meesters musste nach der Festnahme von Annika Elvers erst einmal viel Papierkram erledigen. Momentan wartet sie auf den Prozessbeginn, zu dem sie als Zeugin geladen ist. Da es außer Parksündern und ab und zu einem Ladendieb im Winter an der Ostsee nicht viel zu tun gibt, verbringt sie die Arbeitstage im Revier mit der Lektüre von historischen Romanen.

Roger Seyfarth hat die Buxe voll, seit seine krummen Geschäfte aufgeflogen sind. Er hatte mehrfach Besuch von Steuerprüfern. Diese haben auch die Buchhaltung des Hotels unter die Lupe genommen. Dort gibt es die eine oder andere Ungereimtheit, die aber offenbar nicht dramatisch ist. Problematischer sind die Buchungen von Elvers' Konto auf seines. Überweisungsangaben wie *Deppenbonus* oder *Idioten-Cash* fielen den Beamten auf. Er ist zwar noch als Rezeptionist angestellt, jedoch derzeit ohne Gehalt auf unbefristete Zeit von seinem Dienst freigestellt. Da er keine Hobbys hat, sind seine Tage elend lang und von Langeweile und endlosen Spaziergängen am Strand geprägt.

Jessi und Maik Zieschang sind zurück in Sachsen. Und sie leben getrennt. Zwei Tage nach der Rückkehr machte Maik einen Termin beim Anwalt für Familienrecht und reichte die Scheidung ein. Direkt danach kehrte er noch einmal in die eheliche Wohnung zurück und musste seine baldige Exfrau beim Vollzug des Geschlechtsverkehrs mit einem Gerichtsangestellten stören, als er seine Klamotten im Schlafzimmer packen wollte. Maik ist derzeit bei einem Kumpel untergekommen und fühlt sich dort pudelwohl: Die beiden Zocken *GTA*, gehen gemeinsam ins Stadion und finden Frauen doof. Der Kumpel, weil er schwul ist, Maik aus bekannten Gründen. Jessi war nach dem Urlaub bei ihrer Gynäkologin. Neben einer vollumfänglichen Blasenentzündung hat sie sich einen Tripper eingefangen. Im Moment ist sie damit beschäftigt, die Kerle anzurufen, von denen sie die Kontaktdaten hat. Es sind längst nicht alle.

Annika Elvers sitzt in Untersuchungshaft auf dem Festland. In welcher Justizvollzugsanstalt genau, wurde nicht mitgeteilt, um das Medieninteresse so gering wie möglich zu halten. Bekannt ist nur, dass sie das Grundstück, auf dem sie und

Björn ein Haus sanieren wollten, über ihren Anwalt veräußern lässt, um die Prozesskosten zu tilgen. Ein psychiatrisches Gutachten assistiert ihr eine Persönlichkeitsstörung mit manisch-depressiven Zügen, die in den manischen Phasen zu schizophrenen Episoden führen können. Klingt kompliziert, heißt aber einfach nur: Sie ist geistig nicht ganz auf der Höhe. Deshalb wird sie wohl glimpflich davonkommen und vermutlich den Rest ihres Lebens auf Kosten der Steuerzahler in einer geschlossenen Anstalt verbringen. Was ihr nichts ausmachen dürfte, denn in der Haft hat sie das Puzzeln für sich entdeckt. Neuschwanstein (2000 Teile) und der Eiffelturm (5000 Teile) sind bereits fertig. Aktuell arbeitet sie am achttausend Teile großen Taj Mahal. Von dort hatte ihr Senta nämlich eine Postkarte geschrieben.

Und was ist mit den Schrödingers?

Tja, Schrödinger und Marion sind längst zurück in Tuttlingen. Schrödinger versucht derzeit, im Rahmen seiner bescheidenen handwerklichen Möglichkeiten aus Hillus ehemaligem Schlafzimmer ein Reich für das Baby zu schaffen. Für das Baby? Nein: für die Babys! Der Frauenarzt fand zwei schlagende Herzen – was bei Hillu prompt zu einem imaginären Herzinfarkt samt Notarzteinsatz geführt hat.

»Der Hannoveraner – von mir aus. Ein Balg mehr, ja. Aber zwei von der Sorte? Das halte ich nicht aus!«

Damit war klar, dass sich Marions Mutter eine neue Bleibe würde suchen wollen oder müssen. Niemand war betrübt, als der Umzug ins betreute Wohnen am Tuttlinger Donauufer anstand. Niemand, außer den dortigen Betreuern. Diese betrachtet Hillu als ihre Leibeigenen. Die Tageszeitung liegt falsch herum? Ein Drama. Die Linsen sind zu hart und die Spätzle zu weich? Eine Eskalation. Erst vor wenigen Tagen warf sie mit einer Maultasche nach einer Altenpflegerin. Da sie diese um gut zwei Meter verfehlte und das Lebensmittel stattdessen mit einem lauten Klatschen an der bereits winterlich mit Fensterbildern dekorierten Scheibe kleben blieb, zog der Vorfall keine Konsequenzen nach sich. Immerhin: Das Wohnheim bietet dreimal in der Woche einen Spielenachmittag an und Hillu hat ihre Fähigkeiten, beim *Mensch-Ärgere-Dich-Nicht* zu schummeln, um ein Vielfaches erhöht.

Schrödinger und die täglich runder werdende Marion besuchen Hillu jeden Sonntag in ihrem neuen Zuhause. Nach dem Mittagessen, das ihr niemals mundet, spielt sie Memory mit Max und Marlene. Die beiden lassen ihre Oma gewinnen. Und sie haben ihre diebische Freude daran, dass sie schlechte Gerüche aus unteren Regionen stets auf Horst schiebt.

Auf ihre Geschwister freuen die beiden Kinder sich, obgleich sie noch keine Vorstellung davon haben, wie zwei Säuglinge auf einen Streich das Leben der Familie auf den Kopf stellen werden. Seit klar ist, dass Kind eins ein Junge wird, plant Max ein gemeinsames Baumhaus auf dem erst anderthalb Jahre alten, jüngst gepflanzten Apfelbaum. Marlene hat schon einen Teil ihrer Zopfgummis und Spangen für die neue Schwester in eine Schatzkiste getan. Sie ist überzeugt, dass das Baby mit langen, wallenden Locken zur Welt kommen wird.

Marion geht es blendend. Bei Zwillingsbörsen hat sie schon einen Kinderwagen, Autositze und ausreichend Kleidung für kleines Geld ergattert. Der Arzt ist zufrieden, den Embryos geht es prächtig, und sie schwankt täglich zwischen Nussecke und sauer eingelegten Paprikas. Meistens isst sie beides. Auf einmal.

Und Schrödinger? Fünf Morde ist es her, seit Sie ihn kennengelernt haben. Hätten Sie am Bodensee gedacht, dass er gleich doppelt Vater wird? Wir Autoren nicht. Und er selbst schon gar nicht. Tja, so ist das Leben: Es schreibt die besten Geschichten. Die dann im oben genannten Augsburger Verlag veröffentlicht werden und bei Ihnen, liebe Leser, auf dem Nachttisch, dem Sofa oder wo auch immer landen. Hauptsache, sie kommen an.

Wir werden Schrödinger ermittlungstechnisch nun erst

einmal in Elternzeit schicken. Insgesamt haben wir, Silke Porath & Sören Prescher, sieben Kinder. Nicht gemeinsam! Aber wir ahnen, was auf unseren Schrödi zukommt. Schlaflose Nächte. Windeln. Koliken. Zähnchen, die durchbrechen. Wir wollen ihm den Spaß und die Vorfreude nicht verderben.

Wir bedanken uns für Ihre Treue. Und wer weiß, eventuell sehen wir uns beim Gassigehen mit Horst. Irgendwo. Irgendwann.

Von Herzen,
Silke Porath & Sören Prescher,
Herbst 2022

Horst

Leute, ganz ehrlich: Ich pupse nicht!

Also fast nie. Ich schwöre: Herrchen hat Blähungen. So wahr ich Horst heiße!

Ich weiß gar nicht, wieso mir immer solche Sachen unterstellt werden. Eine Frechheit ist das!

Tja. Nun haben Sie die Story mit meinen Menschen gelesen. Fünfmal musste ich Schrödinger aus der Patsche helfen. Und was ist der Dank dafür? Ein paar getrocknete Entenfilets. Ich hasse Ente. Ja, okay, ich fresse das, aber nur, damit es wegkommt. Lieber wäre mir irgendwas mit Hase oder Rind. Oder getrocknete Schweineohren. Die sind super, und die insgesamt drei Hundekollegen meiner Erfinder freuen sich darüber bestimmt ebenso.

Was ich noch sagen wollte: Ein Boxer wie ich hat natürlich eine eigene Mailadresse: horstundherrchen@web.de.

Dahin dürfen Sie mir gerne schreiben, ob und wie Ihnen die Geschichte gefallen hat.

Und sorry, dass ich nicht mehr schreiben kann. Ich muss ins obere Stockwerk. Marion pennt schon wieder, und ich muss ihren Bauch lecken. Ohne mich läuft hier nichts. Nicht mal ein kleiner Wurf. Zwei? Nur zwei? Meine Lieblingspudeldame Priscilla aus Friedrichshafen hat es auf sieben gebracht.

Aber ich sag es Ihnen ja seit vier – nun fünf! – Bänden: Zweibeiner sind anders.

Herzliche Grüße,

Ihr Horst

… mit der Pfote unterzeichnet und nur deswegen echt. Unterschrift kann jeder!

Horst

Ah, gut. Sehr gut, dass Sie wieder da sind. Denn ohne Sie würde ich das hier im ganzen Hundeleben nicht aushalten. Sie hören mir zu. Sind für mich da. Verstehen mich. Herrchen gerade nicht so sehr.

Ich hab die Schnauze voll. Und zwar so richtig.

Warum? Nun, da muss ich ein wenig ausholen. Haben Sie Zeit? Ja? Oh, wie lieb von Ihnen.

Schrödinger, mein Herrchen, hat Marion geheiratet. Ich kann das ja nicht verstehen. Warum sollte man sich auf ein einziges Weibchen festlegen, wenn auf der Hundewiese im Park Priscilla, die schnieke Pudeldame, Loretta, die knorke Rottweilerin und Bonny, die wunderschöne Colliehündin gleichzeitig läufig sind? Aber was weiß ich schon von Menschen? Ich bin in dieser Geschichte ja nur der Boxer.

Wussten Sie, wie doof so eine Menschen-Hochzeit ist? Also, bei uns Hunden ist das easy. Am Popo riechen, ein bisschen bellen und zack. Beide sind glücklich. Irgendwann gibt's Welpen. Nicht so bei Schrödinger. Der war Wochen im Voraus nervös. Ich hab gar nicht verstanden, weshalb. Wir sind wie sonst zum Wocheneinkauf mit unserer Familienkutsche losgefahren, ins Rathaus rein, haben uns irgendeinen Sermon von einer Frau angehört, die riechbar mindestens zwei Katzen besitzt, und dann haben Herrchen und Marion einen Wisch unterschrieben und ein bisschen geweint.

Als ob ich jemals geheult hätte, wenn ich die Ehe vollzogen hätte! Nicht beim ersten Mal. Und all die anderen Male genauso wenig.

Dann ging's in ein Restaurant. Immerhin habe ich ein paar Wiener Würstchen bekommen. Und Schrödinger und Marion einen Gutschein von Hillu. Sie wissen schon, Marions Mutter. Ich kann sie nicht leiden, sie kann mich nicht leiden. Wahrscheinlich stand ich genau deswegen auch mit auf dem Urlaubsgutschein. Flitterwochen nennen die Zweibeiner das.

Jedenfalls: Wegen dieses Reisegutscheins sitzen Marion, Schrödinger und ich nun auf Rügen, der größten und bevölkerungsreichsten Insel Deutschlands. Und pfotentief in der Scheiße. Mal wieder.

Seebad Sellin, Tag eins

Schrödinger

»Das kann ich nicht annehmen. Ich kann nicht annehmen, dass das alles gewesen sein soll.« Schrödinger zitierte Otto Waalkes. Aber anders als der in seinem Film haderte der Frischvermählte nicht mit der angeblich popligen Gabe einer Flasche Rotwein, sondern mit dem Anblick des Betonbunkers, in dem er und seine Marion die Flitterwochen verbringen sollten. Das Hotel war optisch meilenweit entfernt von den schicken Villen mit den schneeweiß gestrichenen Balkonen, an denen vorbei sie über die Seestraße durch den Ort gefahren waren.

Er war hundemüde von der langen Fahrt durch ganz Deutschland, von Tuttlingen aus bis an die Ostsee, und einem Hund, der vom Kofferraum mittels Flatulenzen quasi minütlich mitteilte, dass er den Pansen in seinem Futter bestens verdaute.

Marion stieg aus und streckte sich. Schrödinger sah sich um. Die berühmte Seebrücke lag winzig klein in einiger Entfernung und wurde von der tiefstehenden Sonne beschienen. Das war so malerisch, dass der Kontrast zu ihrer Unterkunft umso deutlicher sichtbar wurde.

»Vielleicht sind die Zimmer renoviert?«, sagte Marion ohne große Überzeugung in der Stimme. Schrödinger ließ seinen Blick über das mehrstöckige Gebäude schweifen, das langgestreckt vor ihm lag. Es sah aus wie Bienenwaben aus Beton. Waben mit Fenstern. Von Balkonen keine Spur. Immerhin: Das Etablissement lag direkt am Strand und damit genau da, wo Hillu, seine ihm nun angetraute Schwiegermutter, bei der kleinen Hochzeitsfeier großkotzig angekündigt hatte, als sie den Reisegutschein überreicht hatte. Mit den Worten: »Um Max und Marlene kümmere ich mich. Aber der Hund muss mit euch mit.«

Letzteres hatte sie mit der ihr gewohnten Verachtung ausgesprochen, sodass Schrödinger versucht gewesen war, Google nach der Möglichkeit zu durchforsten, sich von einer Schwiegermutter scheiden zu lassen. Doch Marion, seine Herzensfrau, hatte sich so sehr über die Auszeit ohne Kinder gefreut, dass er – wieder einmal – den Kloß geschluckt hatte. Und nun stand er hier. Müde. Ratlos.

»Komm, gehen wir rein!«, forderte Marion ihn auf. Horst wuffte zustimmend, trabte ein paar Schritte voraus und wässerte mit gehobenem Bein eine dürre Ligusterhecke, ehe er neben einem blechernen Mülleimer einen veritablen Haufen absetzte. Angesichts des maroden Hotels hielt der Hundehalter es für akzeptabel, die Tretmine nicht wegzuräumen. Sein schlechtes Gewissen hielt sich in sehr engen Grenzen.

Schrödinger folgte seiner Frau. Ein wohliger Schauer lief ihm über den Rücken, wie er sie da gehen sah, mit ihrem knackigen Po in der engen Jeans, dem fast tänzerischen Wackeln der Hüften und den glänzenden Haaren, die in diesem Moment von der Ostseebrise erfasst wurden. Er kniff die Augen zusammen, konnte sein Glück kaum fassen und musste trocken schlucken, ehe er Marion und Horst in den Betonbunker folgte.

Zu seiner Überraschung erwartete ihn im Foyer keine Ausstattung wie in der Stasi-Zentrale. Den Boden bedeckte ein weinroter, flauschiger Teppich. Schneeweiße Sessel waren um

Tische gruppiert, auf denen ebenso weiße Orchideen drapiert waren. Die Rezeption war ein im Halbrund angelegter Tresen aus hellem Holz und Glas, hinter dem ein freundlich lächelnder Herr im schwarzen Anzug seinen Dienst tat. Der dünne Mann sah trotz seiner schmalen Schultern, des abgemagerten Gesichts und des dünnen Oberlippenbarts eleganter aus als er selbst bei seiner Trauung, dachte Schrödinger. Nun gut, er und Marion hatten sich gegen Brautkleid und Smoking entschieden. Zum einen aus finanziellen Gründen, zum anderen gaben sie beide nicht viel auf unnötigen Schnickschnack. Marion hatte in ihrem weit schwingenden, gelb geblümten Kleid zauberhaft ausgesehen, und das knallrote Poloshirt hatte Schrödinger ausgesprochen gut gestanden.

»Moin!«, begrüßte der Rezeptionist das Paar im schönsten Plattdeutsch.

»Grüß Gott!«, entgegneten das frisch vermählte Paar und der Hund in einem ähnlich klingenden Bellen auf gut Schwäbisch.

»Was kann ich für Sie tun?« Der Rezeptionist legte professionell geschult seinen Kopf zur Seite und schenkte den Neuankömmlingen ein unaufdringliches Lächeln.

»Ich … also …«, stammelte Schrödinger, eingeschüchtert von der Weltläufigkeit des roten Teppichs. Marion sprang ihm zur Seite.

»Marion und… äh… Schrödinger. Seine Schwiegermutter hat für uns reserviert. Hillu. Also meine Mutter. Hiltrud Maier-Ungemach.«

Ein Grinsen ging über das Gesicht des Rezeptionisten, dessen Namensschild ihn als Roger Seyfarth auswies. Schrödinger konnte ihm das Grinsen nicht verdenken. Der Name war genauso furchtbar wie die Frau. Eines schlimmer als das andere. Er spürte, wie Marion mit der rechten Hand an seine Schulter griff. Mit den von der Hochzeit noch cremeweiß lackierten Nägeln der linken Hand tackerte sie ungeduldig auf den Tresen.

Er konnte nicht anders, als sie verzückt anzulächeln. Ob sie, wie er, es kaum erwarten konnte, in die flauschigen Daunen zu sinken, um sich dem sehr privaten Teil des Ehelebens hinzugeben? Seine Hoffnung wurde gedämpft, als Marion ihm zu zischte; »Ich muss pinkeln! Jetzt!«

Schrödinger verstand die Pein seiner Ehefrau.

»Die Toiletten sind dort hinten links«, sagte der Rezeptionist, ohne von seinem Buch aufzublicken. Der Typ musste Ohren haben, die für die Beschattung eines ausländischen Spions taugten, dachte Schrödinger, während Marion losflitzte. Horst folgte ihr. Schrödinger hoffte, dass der Hund nicht das tat, was Marion dringend vorhatte.

Doch darüber nachzudenken blieb ihm keine Zeit. Der Hotelmann schob ein Blatt über den Tresen. »Wenn Sie sich hier bitte registrieren möchten?«

Schrödinger mochte, und sein Herz tat einen Sprung, als er das Kreuzchen bei *Ehepaar* machte. Dem Rezeptionisten war es offensichtlich piepegal, ob ein legales Paar eincheckte, weswegen Schrödinger ihn informierte: »Wir sind frisch verheiratet.« Er hielt die rechte Hand hoch und wackelte mit den Fingern. Nun gut, so richtig glücklich war er mit dem Ehering nicht, er hätte sich und Marion gerne ein echt goldenes Paar gegönnt. Doch die silberne Version aus der *Verlobungsring-Kollektion* des Tuttlinger Juweliers war besser als nichts, und wer wusste schon, ob er nicht eines Tages seiner Braut einen Hochkaräter würde kaufen können. Vorerst hatten Marion und er sich einvernehmlich für das günstigste Modell entschieden. Max' Einschulung stand im kommenden Jahr bevor, die Preise für Schulranzen und Sportbeutel schienen explodiert zu sein, und Tochter Marlene hatte ihre Leidenschaft für das Ballett entdeckt. Die Kursgebühren hatten Schrödinger nach Luft schnappen lassen, doch er hatte die Kröte geschluckt. Wenn es nur bei den Kosten für das Training geblieben wäre, aber nein. Marlene brauchte Tanzschuhe, Strumpfhosen, einen Trainingsbody, ein Tutu und und und. Die siebenundzwanzig Euro für die Stange, die er mit den dreizehn Euro teuren Halterungen im Flur angebracht hatte, waren dagegen schon fast Peanuts gewesen. Immerhin hatte sich Hillu als Marlenes Oma an dem fast 200 Euro teuren bodentiefen Wandspiegel mit 20 Euro beteiligt.

Nun aber lagen 1073 Kilometer und, die Pausen kurz hinter Nürnberg und bei Leipzig miteingerechnet, zwölf Stunden zwischen ihm und seinen nun offiziellen Stiefkindern. Schrödinger schob alle Gedanken an das Schwabenland beiseite. Er war hier, mit seiner Marion und seinem Seelenhund Horst, und hatte nur eines im Sinn: Flitterwochen.

Kaum hatte er den Hotelwisch unterzeichnet, reichte ihm der Rezeptionist eine dicke Infobroschüre und den Zimmerschlüssel im Scheckkartenformat.

»Zimmer neunzehn, Erdgeschoss. Mit dem Hund wollen Sie sicher nicht ganz oben wohnen.«

Schrödinger nickte, und wie aufs Stichwort hin kamen Marion und Horst zurück. Beide sahen deutlich entspannter aus.

»Wunderbar. Sie haben eine Terrasse. Leider nicht zum Strand hin gelegen.«

»Oh, wie schön!« Marion lächelte breit.

»Das ist es tatsächlich. Südseite. Mit Liegen und allem, was Sie benötigen«, erklärte Seyfarth und schlug die Broschüre auf.

»Frau Hillu … also, Ihre Schwiegermutter, hat quasi das Rundum-Sorglos-Paket gebucht.« Schrödinger schwante Übles. Und tatsächlich: Für das junge Ehepaar war mehr vorgesehen, als Schrödinger es von seiner Reha in Bad Mergentheim kannte. Nordic Walking. Yoga. Wassergymnastik (das Etablissement musste also über einen Pool verfügen, denn in der Ostsee würde das Planschen im Oktober hoffentlich nicht stattfinden). Tägliche Saunagänge, von denen der frisch gebackene Ehemann schon jetzt wusste, dass er einen Großteil, wenn nicht alle schwänzen würde, um seinen Kreislauf zu schonen. Der Zeitplan war so eng getaktet, dass sich Schrödinger ernsthaft fragte, wann er mit Horst an der Promenade Gassi gehen sollte. Oder, was ihm die Röte in die Ohren trieb, mit Marion in den hoffentlich weichen Daunen zu tun, was Ehepaare eben so taten.

»Ja, ja, schon gut.« Marion beendete die Ausführungen Seyfarths, in dem sie nach dem Papierstapel und der Zimmerkarte griff.

»Frühstück gibt es von sieben bis neun Uhr, das Restaurant ist von achtzehn bis zwoundzwanzig Uhr geöffnet«, rief der Rezeptionist dem Trio nach, das auf dem Weg zum Zimmer durch die Lobby eilte. Schrödinger schielte auf seine Armbanduhr. Immerhin, sie hatten noch gut zwei Stunden Zeit, um sich den Bauch vollzuschlagen. Vor seinem inneren Auge erschien ein Fischbrötchen. Ob Horst damit glücklich wäre? Er folgte seiner Frau den Gang hinunter. Sie zählte die Zimmernummern ab. Siebzehn, achtzehn, neunzehn.

»Da simmer!« Marion hielt die Zimmerkarte triumphierend in die Höhe, dann zog sie sie durch das Lesegerät. Es piepste leise, dann sprang die Tür auf. Horst drängte sich an seinen Menschen vorbei und rannte in das dunkle Zimmer.

Marion wollte ihm folgen.

»Moooment mal!« Schrödinger hielt sie zurück. Er fasste Marion an den Schultern und drückte ihr einen langen, innigen Kuss auf die Lippen. Dann tat er, was seine Bandscheiben alles andere als amüsant fanden: Er hob sie hoch und wuchtete sie, wenig grazil, über die Schwelle.

Marion kicherte. »Du nun wieder!«

Schrödinger hätte sie am liebsten quer über das blütenweiß bezogene Doppelbett geworfen, doch sie entwand sich seiner Umarmung, betätigte den Lichtschalter und strebte auf die Terrassentür zu. Mit ein paar schnellen Handgriffen kurbelte sie den Rollladen hoch. Fahles Abendlicht drang in den Raum. Marion öffnete die Schiebetür und trat nach draußen.

Schrödinger zögerte einen Moment, bevor er die Zimmertür aufschloss und sich umsah. Anders als die Fassade vermuten ließ, war das Zimmer tatsächlich auf modernem Stand. Das Bett schien nicht älter zu sein als ein, zwei Jahre. Ein Flachbildfernseher hing an der Wand über einem Schrank, in dem wohl eine Minibar untergebracht war. Ein kurzer Blick ins Bad zeigte ihm, dass die ebenerdige Dusche mit einer Wand aus Glasbausteinen und das stylische flache Waschbecken nicht aus den Siebzigern stammten. Horst sprang begeistert auf das Bett und knautschte sich in die Kissen. Schrödinger folgte Marion auf die Terrasse.

»Oh, schön!«, sagte er und meinte damit erstens seine Ehefrau, die sich in einen der beiden mit dicken Auflagen versehenen Liegestühle legte. Und zweitens das dämmrige, orangefarbene Licht. Der Sonnenuntergang beschien die mit vereinzelten Gräsern bewachsenen Dünen auf der Rückseite des Hotels und tauchte alles in einen Filter, um den Instagram-Follower ihn beneidet hätten.

»Magst du was trinken?«, fragte er Marion.

»Alkohol. Ja«, sie seufzte und machte sich auf der Liege lang. Schrödinger ging zurück ins Zimmer. Die Preisliste der Minibar ließ ihn schnappatmen. Aber, dachte er sich, mit einer solchen Frau ist man nur einmal im Leben in den Flitterwochen. Also griff er zu zwei Flaschen Prosecco im Miniformat und holte in Ermangelung von Gläsern die beiden Zahnputzbecher aus dem Bad. Der billige Sekt passte nach dem Aufdrehen der Schraubverschlüsse exakt in die Becher.

»Voilà!«, bemühte er den allerletzten Rest seines Schulfranzösisch, als er Marion ihr Getränk reichte.

»Auf uns. Auf die Liebe. Auf das Leben!«, gab sie den Trinkspruch aus. Das Ehepaar stieß an. Schrödinger trank einen Schluck und lauschte, ob er die Ostsee hören konnte. Und er schnupperte. Würde salzige Meeresluft in seine Nase dringen?

Tatsächlich drang etwas in sein Riechorgan. Das aber hatte herzlich wenig mit dem wunderbaren Salzgeruch des Meeres zu tun. Er musste niesen. Einmal. Zweimal. Marion kicherte. Nach dem dritten Niesen war Schrödinger klar, dass der Geruch von Zigarillos seinen Riechkolben gereizt hatte. Er stellte seinen Becher auf das Tischchen und schielte um die Ecke der Terrassenabtrennung aus billigem Holz.

»Ja, leck mich am Arsch!«, entfuhr es ihm. Das Paar auf der anderen Seite des Sichtschutzes fuhr herum. Er erkannte sie auf Anhieb: Heiner und Brigitte! War denn das die Möglichkeit?

»Ja, leck mich selber!« Der Rentner sprang auf und drückte Schrödinger fest an seine behaarte Brust, die nur von einem weißen Feinripphemd und einer goldenen Panzerkette bekleidet war. Nur Sekunden später klebte Heiners voluminöse Frau Brigitte an Schrödinger und lachte ihm ein erfreutes, von Zigarettenqualm begleitetes »Na, aber hallo!« in die Ohren. Auch sie hatte sich kaum verändert: Noch immer blondiert, mit großem Vorbau, großen Lippen und großen Augen.

»Was macht Ihr denn hier?« Schrödinger war, gelinde gesagt, verdattert. Ein gutes Jahr war es her, dass er die zwei als Nachbarn auf dem Campingplatz am Bodensee kennengelernt hatte. Sie hatten sich als Urlaubsbekanntschaften ewige Freundschaft geschworen, zu einem Besuch bei den Bochumern war es aber nie gekommen. Nicht einmal zu einem Telefonat. Der Kontakt war nach ein paar wenigen WhatsApp-Nachrichten abgebrochen. Da hatte wohl auch nicht gezählt, dass sie gemeinsam einen Mordfall aufgeklärt hatten. Nun gut, von Schrödingers Seite aus war klar, warum Funkstille eingekehrt war: In jenem Urlaub hatte er seine Marion kennen- und lieben gelernt, da blieb ja kaum noch Zeit für anderes. Genau sie lugte nun um den Sichtschutz und stieß einen Begeisterungsschrei aus.

»Biggi!« Die beiden Frauen fielen sich um den Hals.

Jubel. Kreischen. Küsschen. Schrödinger fühlte sich an den Bodensee versetzt. Doch als Heiner seinen Zigarillo im fast schon überquellenden Aschenbecher ausdrückte, war sie endlich da: die salzig-herbe, frische Luft der Ostsee.

»Setzt euch! Setzt euch!«, befahl Brigitte mit ihrer tiefen Reibeisenstimme. Dabei übersah sie, dass nur zwei Stühle an dem kleinen Tisch standen. Schrödinger eilte um den Sichtschutz, schnappte sich die seinem Zimmer zugedachten Sitzmöbel und wäre auf dem Rückweg beinahe über Horst gestolpert, der seine für einen Hundehorizont uralten Freunde mit freudigem Bellen und ausgiebigem Abschlecken mit der Schlabberzunge begrüßte.

Brigitte kehrte aus dem Apartment zurück. Unter den linken Arm hatte sie einen Karton mit Zapfverschluss geklemmt, welcher der Aufschrift nach *Bardolino rosso* enthielt. In der rechten Hand hielt sie Pappbecher.

»Ah, ihr Camper seid immer für alles gewappnet«, frotzelte Schrödinger und nahm dankbar einen frisch gezapften, billigen und viel zu warmen und süßen Wein entgegen.

»Na, aber sagt mal, was verschlägt euch denn nach Rügen? Ich dachte, ihr seid Überzeugungs-Camper in Süddeutschland und Südeuropa?« Marion schielte zur Kippenpackung. Schrödinger nickte gönnerhaft. Was könnte er seiner Liebsten schon verwehren? Eigentlich rauchte sie ja nicht, aber in extremen Stresssituationen oder in guter Gesellschaft steckte sie sich gelegentlich mal einen Glimmstängel an. Während Heiner Marion das Feuerzeug entgegenhielt und diese den Rillo paffend zum Leben erweckte, erklärte Brigitte, dass sie gerne Kreuzworträtsel löste.

»Die kauft sich jedes Scheißheft«, brummelte Heiner. »Hauptsache, die englische Else oder die atemlose Fischer sind drin.«

»Stimmt doch gar nicht!« Brigitte füllte ihren und Heiners Becher nach. »Und hör auf zu meckern. Ohne mich wärst du jetzt gar nicht hier.« An Schrödinger und Marion gewandt sagte sie, die Schultern vor Stolz gestrafft: »Ich habe den Urlaub hier im Kreuzworträtsel gewonnen.«

»Das Lösungswort erratet ihr nie!« Heiner verschluckte sich vor Lachen am Rauch.

»Nein, wohl nicht«, sagte Marion.

»Schimanski!« Heiner prostete in die Runde. »Götz George sei selig!«

»Na, dann Prost!« Marion hob ihren Becher.

»Glückwunsch!«, tat Schrödinger es ihr nach und prostete im Geiste seinem Hund zu, der nach eben dieser Tatort-Figur benannt war. Horst schien das piepegal zu sein. Er schnarchte zufrieden zu Füßen seines Herrchens vor sich hin. Immerhin: Sein Hintertürchen schien für den Moment dicht zu sein, und abgesehen vom Zigarrenqualm erfüllte kühle und erfrischende Salzwasserluft die Atmosphäre.

»Fischbrötchen. Die Lösung des anderen Rätsels war Fischbrötchen. Für Schimanski gab es nur ein Fässchen Bier mit Gläsern«, sagte Heiner tonlos. Die anderen drei brachen in schallendes Gelächter aus.

»Bah, mach dich halt lustig. Über das Topfset hast du dich auch gefreut!«

»Fischbrötchen …« Schrödinger sabberte beinahe.

»Für ein Fischbrötchen wären wir günstiger hier«, giggelte Marion und klärte die alten Kameraden über den neuen Beziehungsstatus auf. Sofort füllte Brigitte die Becher randvoll. Wenn das so weiterging, dachte Schrödinger, würde er mit einer Fettleber aus den Flitterwochen zurückkehren. Andererseits … soll man die Feste nicht feiern, wie sie fallen? Ja, beschloss er, denn die Trauung war mehr als bescheiden ausgefallen und die anschließende Feier bei Schnitzel und Pommes im *Tuttlinger Hof* sowieso. Da man keine Trauzeugen mehr benötigte, um sich zu vermählen, war es quasi ein ganz normales Familienessen mit Hillu, Max und Marlene gewesen. Die einzige Besonderheit hatte im Prinzip darin bestanden, dass Horst ein Paar Wiener Würstchen für sich allein bekommen hatte.

Keine fünf Euro für eine Besonderheit. Das, befand Schrödinger, war einen dritten Pappbecher Bardolino wert.

»Seit wann seid ihr hier?«, erkundigte er sich und atmete tief ein. Seine Zunge wurde bereits schwer und langsam … Und er verspürte einen Bärenhunger.

»Seit drei Tagen«, antwortete Heiner, erstaunlich sicher in der Stimme.

»Ich hab Hunger«, schaltete Marion sich ein, die nun auch nicht mehr wie eine Fernseh-Ansagerin klang. Horst ließ ein leises Wuffen hören. Offenbar konnte auch der Hund ein paar Happen zwischen die Zähne vertragen.

»Ja dann!« Heiner klopfte sich auf die Schenkel und stand auf. »Follow me!« Er hielt beide Arme hoch. Die anderen drei Zweibeiner und der Hund folgten ihm wie ferngesteuert. Sie durchquerten Heiners und Brigittes Zimmer, gingen einen langgezogenen Flur entlang, gelangten in die menschenverlassene Lobby, bogen dreimal ab und betraten schließlich den immens großen Speisesaal des Hotels. Schrödinger fühlte sich stante pede in eine Bahnhofshalle versetzt. Flirrendes Neonlicht tauchte den Raum in eine eisgekühlt anmutende Atmosphäre.

Rechter Hand befand sich das Büffet, an dem sich gerade ein spindeldürres Mädel mit rotbraunen Haaren und kleiner Knollennase Salatblätter auf den Teller legte und anschließend in einer fließenden und offenbar geübten Bewegung mit dem Smartphone ein Foto ihrer Speise schoss, ehe sie sich mit dem Rücken zum Büffet stellte und ein Selfie machte.

»Die ist seit gestern da und knipst dauernd was«, raunte Heiner Schrödinger zu.

Brigitte grinste. »Kennste den: Was machst du beruflich? Ich bin Influencer. – Oh schön, ich kann auch nix!« Sie lachte schallend. Die andere stimmten mit ein und steuerten einen Tisch am linken Ende des Raumes an. Die raumlange Fensterfront bot einen Blick auf den Hauptstrand. Die Ostsee wurde von der tief stehenden Sonne in ein beinahe magisches sanftes Licht getaucht. Schrödinger nahm sich vor, den nächsten Sonnenuntergang mit seiner Marion direkt am Strand zu verbringen. Beim Gedanken an eine Picknickdecke und Händchenhalten wurde ihm warm ums Herz.

Die Romantik verpuffte direkt wieder, als die vier Platz genommen hatten. Aus den unsichtbar in die Decke eingelassenen Lautsprechern dröhnte ein ohrenbetäubendes Knacken.

»O nein!« Brigitte verdrehte die Augen. »Das Bordradio.« Schrödinger befürchtete schon, dass jetzt Andrea Berg oder Semino Rossi für die Beschallung des Saals sorgen würden. Aber nein, es war eine simple Durchsage: »Meine sehr geehrten Damen und Herren, hier spricht Roger Seyfarth. Ich darf Sie herzlich an unser Mitternachts-Yoga am Strand erinnern. Am Strand. Mitternachts-Yoga!«

»Seitenbacher-Yoga. Yoga von Seitenbacher«, äffte Schrödinger ihn nach. Marion lachte schallend und ergänzte: »Carstrand repariert, Carstrand taucht auf!«

Brigitte und Werner verschluckten sich, so sehr mussten sie lachen. Der Mann am Nebentisch fuhr herum und starrte die Vier an. Er war in den Dreißigern, hatte kurze dunkelblonde Haare mit den ersten Anzeichen von Geheimratsecken, dazu ein schmales Gesicht mit breiter Nase.

»Nu! Woss iss'n hier los?« Sein sächsischer Akzent war nicht zu überhören.

»Yoga!« Marion kicherte und griff unter dem Tisch an Schrödingers Knie. Worauf diesem sehr, sehr warm wurde. Horst, der unter dem Tisch lag, stupste Marions Hand weg. Der Hund war und blieb offenbar eifersüchtig. Und hungrig. Er sabberte Horsts Jeans am Knie voll.

»Nu glor!« Der Tischnachbar stand auf und zog sich einen der zwei noch freien Stühle am Sechsertisch heran. »Do is noch frei?«

Die ehemaligen Campingfreunde waren so perplex, dass sie alle vier nickten.

»Isch bin der Maik«, sagte er und nahm zwischen Brigitte und Marion Platz.

»Hallo, Maik!«, sagte das Quartett unisono, und Horst steuerte ein leises Wuffen bei.

»Isch bin mit dr Dschessi doh. Ober die is noch bei dr Mossohsche.«

»Oh!« Marion horchte auf. »Massage?«

»Nu glor.« Maik erklärte, dass man die Pakete, natürlich gegen Aufpreis, an der Rezeption buchen konnte und ließ Worte wie *Hot Stone* und *Aroma* fallen. Schrödinger registrierte ein wenig besorgt das Glänzen in den Augen seiner Frau.

»Das erledige ich gleich morgen!«, gab Marion auch sogleich bekannt. Brigitte tat kund, dass sie sich ihr anschließen wolle. Heiner und der frischgebackene Ehemann tauschten einen besorgten Blick. Würde das kostenpflichtige Wellness-Programm die Urlaubskassen sprengen?

Zum Nachdenken blieb keine Zeit, denn ein blutjunger

Kellner trat an den Tisch, begrüßte die Runde mit »Moin!« und nahm die Getränkebestellungen auf. Als Schrödinger ein Pils bestellen wollte, wurde er belehrt, man sei hier in einem gesundheitsbewussten Hotel, und so etwas gäbe es nur in der alkoholfreien Version. Heiner grinste. Sein hauseigener Bardolinovorrat hatte also auch ganz praktische Gründe. Die drei Herren bestellten also zähneknirschend eine dieselfreie Biervariante, während die Damen sich für Johannisbeersaft-Schorle entschieden. Kaum war der Ober Richtung Theke abgedampft, machten sich die fünf auf zum Büffet.

Die Enttäuschung mit dem laschen Getränkeangebot wurde für Schrödinger noch getoppt. Er hatte einen unbändigen Jieper auf ein Fischbrötchen – aber Pustekuchen! Die Salatauswahl war gigantisch. Daneben gab es allerlei Alternativen zu Fleisch. Doch wer wollte schon ernsthaft auf der Hochzeitsreise Tofu knabbern? Er nicht und Horst schon gar nicht. Am Ende des kläglichen Liedes entschied er sich für eine Gemüsebrühe, eine Schippe Kartoffelsalat mit Majo und etliche Scheiben Vollkornbrot samt veganem Butterersatz.

»Morgen Abend gehen wir essen!«, flüsterte Marion ihm ins Ohr. Auch sie sah nicht glücklich aus mit den Blatt- und Tomatensalaten sowie dem Basilikum-Aufstrich für ihren Pumpernickel.

»Man gewöhnt sich dran«, gab Heiner bekannt, als die Truppe wieder Platz genommen hatte.

»Das ist nicht dein Ernst«, sagte Schrödinger.

Heiner prustete los. »Du kennst uns. Gaskocher, Dose Ravioli, fertig.«

Bei der Erwähnung des typischen Studentenfutters begann Schrödingers Magen zu knurren. Mit dem Effekt, dass er sich sein mit Sicherheit super gesundes Essen mit einigermaßen Appetit hinter die Zähne schob. Und mit reichlich fahlem und viel zu warmem umdrehungsfreien Bier nachspülte.

Kaum hatte er den letzten Bissen vertilgt – Horst hatte seine veganen Würstchen mit erschrockenem Blick zwar gegessen, sein Herrchen danach aber angeschaut, als hätte dieser sein hellbeiges Fell rosa eingefärbt –, krallte sich die Müdigkeit der Anreise in Schrödingers sämtliche Zellen. Er gähnte herzhaft. Marion tat es ihm nach.

»Ich glaube …«, sagte sie.

Brigitte zwinkerte. »Klar. Frisch verheiratet!«

»Nee, nur müde«, entgegnete Schrödinger und stand auf. Er reichte seiner Marion die Hand.

»Ja. Is klar. Hahaha!« Heiner lachte, Maik stimmte ein. Dem Ehepaar war das egal. Sie strebten dem Zimmer zu. Marion verschwand im Bad, Schrödinger entledigte sich der nötigsten Klamotten und gab sich für wenige Augenblicke der Vorstellung hin, sich ganz und gar seiner Ehepflichten zu widmen. Doch dann übermannte ihn tiefschwarzer Schlaf. Er bekam weder mit, wie Marion ins Bett schwankte, noch, dass Horst es sich in der Bettritze bequem machte.

Horst

Brigitte ist hier! Meine Brigitte! Keine kann meine Ohren so schön kraulen wie sie mit ihren künstlichen Fingernägeln. Ja okay, Herrchen bemüht sich. Und Marion macht ihre Sache ebenfalls ganz gut. Aber sie feilt sich die Nägel eben kurz, und das, mit Verlaub, triggert meine Nerven nicht so wie lange und mit Gel gestärkte Nägel. Ob die nun rosa, blau oder pink sind, ist mir persönlich Wurst.

Wurst ist mir allerdings ganz und gar nicht die Verpflegung in diesem Etablissement. Tofu? Ich bitte Sie! Ich bin ein Hund von Welt. Ich kann nur sehr hoffen, dass Schrödinger morgen ein paar meiner würdige Futterdosen auf dieser Insel ausfindig macht. Sonst muss ich leider die Matratze fressen, und das wäre schade. Denn obwohl ich in der Bettmitte liege und von zwei Seiten angeschnarcht werde, ist es doch recht bequem.

Schade fand ich, dass Herrchen und Frauchen nicht zum Mitternachts-Yoga gegangen sind. Also schade für die beiden und den Zimmerservice. Wären wir am Meer gewesen, hätte ich mich standesgemäß in den Dünen erleichtert. Nun aber bleibt mir keine andere Wahl, als über den pennenden Schrödinger zu klettern, die Gardine an der Terrassentür anzupullern und mein seit gestern aufgespartes Häufchen hinter einen der beiden Sessel zu platzieren.

Zweibeiner. Selber schuld. Nun gut, ich schleiche mich zurück in die weichen Daunen.

Oha.

Marion hat gepupst. Ich glaube, sie verträgt den Tofu genauso wenig wie ich. Frauchen, I feel you! Ich stecke meine Plattschnauze dann mal an Schrödingers Hals. Da riecht alles normal. Und so kann ich noch ein bisschen über den Tag nachdenken.

Nein, nicht über das Geruckel bei der Anfahrt. Schrödinger ist ein mieser Fahrer, aber für Stop-and-Go auf der Autobahn kann er ja nichts. Nein, mir geht es vielmehr um einen Geruch, den ich noch nicht so genau identifizieren kann. Ein menschliches Odeur, das nichts Gutes verheißt. Und ich bete um alle meine zu Hause vergrabenen Knochen, dass wir dieses Mal einen ungestörten Urlaub verbringen können.

Bitte beten Sie mit mir, und wenn Sie nicht gläubig sind: denken Sie an mich. Die letzten Jahre mit Schrödinger brachten Arbeit und Leichen genug für mich, den schönsten Boxer der Welt.